**HAYMON** verlag

Rosa verliert um 1900 ihren Liebsten bei einem tragischen Unfall – und damit auch alle Hoffnung für die Zukunft. Als ihr Vater von ihrer ledigen Schwangerschaft erfährt, jagt er sie vom Hof. Nun muss Rosa selbst sehen, wie sie und ihre kleine Burgi zurechtkommen. Burgi wächst heran und lebt ein bescheidenes Leben in ärmlichen Verhältnissen. Nach Beginn des Ersten Weltkrieges obliegt es diesseits und jenseits des Brenners den Frauen, die Familien zusammenzuhalten. Nach Kriegsende heiratet Burgi einen jungen Lehrer. Und dann erblickt ihre erste Tochter das Licht der Welt ...

Rosa steht am Beginn einer Tiroler Familiengeschichte. Mit einfühlsamer Hand webt Edith Moroder ein Abbild der Geschichte eines Landes aus den Leben von mehreren Generationen von Töchtern und Enkeltöchtern. Sie alle haben zu kämpfen mit den Irrungen und Wirrungen der Politik, den Veränderungen der Gesellschaft und den Folgen, die diese für die Bevölkerung haben. Mutig und entschlossen bieten diese Frauen – stärker und leidensfähiger als ihre Männer – dem Schicksal die Stirn.

Edith Moroder

# Bergtöchter

*Ein Südtiroler Familienroman*

Südtiroler **KULTUR**institut

Gedruckt mit freundlicher Unterstützung durch die Südtiroler
Landesregierung/Abteilung Deutsche Kultur und
die Südtiroler Sparkassenstiftung.

Herausgegeben in Zusammenarbeit mit dem Südtiroler Kulturinstitut.

Auflage:
8    7    6    5
2021 2020 2019 2018

**HAYMON** verlag
© Haymon Verlag, Innsbruck-Wien 2015
Haymon Verlag Ges.m.b.H.
Erlerstraße 10
A-6020 Innsbruck
office@haymonverlag.at
www.haymonverlag.at

Alle Rechte vorbehalten. Kein Teil des Werkes darf in
irgendeiner Form (Druck, Fotokopie, Mikrofilm oder in einem
anderen Verfahren) ohne schriftliche Genehmigung des Verlages
reproduziert oder unter Verwendung elektronischer Systeme
verarbeitet, vervielfältigt oder verbreitet werden.

Der Verlag behält sich das Text- und Data-Mining nach § 42h UrhG vor,
was hiermit Dritten ohne Zustimmung des Verlages untersagt ist.

**ISBN 978-3-7099-7182-6**

Umschlag- und Buchgestaltung nach Entwürfen von
hœretzeder grafische gestaltung, Scheffau/Tirol
Umschlag: hœretzeder grafische gestaltung, Scheffau/Tirol
Coverfoto: privat
Satz: Da-TeX Gerd Blumenstein, Leipzig

Gedruckt auf umweltfreundlichem,
chlor- und säurefrei gebleichtem Papier.

# Rosa

Der Herd glüht. Die Hitze steigt ihr zu Kopf, während sie den Grieß in die Milch einrührt. Sie zieht die schwere Pfanne näher zum Rand, damit die Milch nicht hochsteigt, schiebt derweil den Topf mit der Erbsensuppe in die Mitte. Sie atmet schwer, fährt sich mit dem Handrücken über die feuchte Stirn. Mit dem Schneebesen verteilt sie den Grieß gleichmäßig, damit das Mus nicht klumpig wird, dann schiebt sie die Pfanne wieder der Herdmitte zu und den Topf an den Rand. Tritt dann ein paar Schritte zurück, um Luft zu schnappen. Es wird ihr so leicht eng in der Brust in letzter Zeit.

Klopfen am Fenster. Sie schrickt zusammen und schaut hin. Es ist der Jörg, der sich draußen vor dem Fenster auf die Zehen stellt, um hereinzuschauen. Was will denn der? Einen Blick zur Muspfanne, dann öffnet sie das Fenster.

Was gibt's denn? Hast du mich aber erschreckt.

Rosa? Kannst einen Augenblick herauskommen? Nur kurz?

Warum denn? Das geht nicht. Ich bin beim Kochen. Sonst brennt's mir an. Was gibt's denn so Dringendes, dass du's mir nicht so sagen kannst?

Wieder ein Blick zurück zur Pfanne, in der Blasen aufsteigen. Sie packt den Stiel und zieht sie an den Herdrand. Dann wendet sie sich wieder zum Fenster.

Der Jörg ist ernst und blass im Gesicht. Plötzlich wird ihr kalt im Magen. Sie hält sich an der Fensterbank fest und lehnt sich vor, schaut ihm gerade in die Augen. Sein Blick schweift ab, er sieht zu Boden.

Und? Was ist?

Es ist wegen dem Hias. Es ist ... was passiert.

Sie schwankt einen Moment, dann fängt sie sich wieder, die Finger an den Rand der Fensterbank gekrallt. Ihre Stimme ist ein Hauch: Was – passiert? Sag schon!

Er ist aus dem Zug gesprungen, wie er es immer macht, an der Strecke. Aber der Mast war noch nicht vorbei ... Er hat wohl zu wenig aufgepasst ...

Sie sinkt fast um, hält sich mit letzter Kraft fest. Der Jörg schaut in ihr verstörtes Gesicht, will sie stützen, aber die Mauer ist dazwischen, er reicht ja nicht hin.

Rosa!

Sie hört ihn schon nicht mehr. Sie ist auf der anderen Seite zusammengesunken.

Rosa! Der Jörg sieht sie nicht mehr.

Sie kann sich gerade noch aufrappeln, um zu erbrechen. Über das Feuerholz in die Lege hinein. So schlecht war ihr schon lang nicht mehr. Nur nicht denken! Sie zieht das Taschentuch aus dem Kittelsack, wischt sich über den sauren Mund.

Das Mus!

Schon zieht sie sich an der Herdstange hoch. Wieder steigt ihr die Hitze ins Gesicht. Sie rührt verzweifelt in der Pfanne, es ist schon angesessen, der Vater wird maulen. Sie stochert herum, rührt die Scheren wieder auf. Mit mehr Butter drüber schaut's vielleicht nicht so schlecht aus. Aber merken werden es alle, dass es nicht schmeckt wie sonst. Und das Holz muss sie abwaschen, die Lege auswischen, alles zugleich. Es riecht sauer. Wenigstens die Suppe ist fertig, braucht nur aufgewärmt zu werden.

Und der Hias?

Mit einem Sprung ist sie wieder am Fenster. Draußen wird es langsam dunkel. Vom Jörg keine Spur.

Sie werden bald heimkommen.

Heut ist wohl das Mus angebrannt? Es riecht so komisch ... Rosa?

Die Geschwister stoßen sich gegenseitig, alle drängeln sie zugleich mit dem Löffel in der Hand an den Tisch. Aber bevor der Vater nicht da ist, wird nicht aufgetragen.

Der bleibt an der Tür stehen und rollt die Hemdsärmel hinunter. Rosa? Was riecht denn heut so?

Rosa gießt die Suppe in die Schüssel und bringt sie zum Tisch. Sie gibt keine Antwort, den Blick auf den Tisch geheftet, aber der Vater poltert schon los: Hast nicht aufgepasst, verträumte Dirn! Und dafür gehst von der Feldarbeit weg zum Kochen! Nichtsnutziger Trampel!

Dann reißt er sich zusammen, spricht das Tischgebet, Vaterunser, Ave Maria und den Schlussvers: Herr, segne diese Speise und uns arme Sünder. Amen. Noch ein finsterer Blick, aber dann langt er mit dem Löffel in die Suppe, die Geschwister machen es ihm gleich nach. Der erste Hunger schafft Ruhe rundum, eine Weile ist nur Schlürfen zu hören. Die Schüssel leert sich schnell, Rosa muss schon die Muspfanne holen. Die abgeschleckten Löffel tauchen gierig ein. In jedes ausgestochene Musloch rinnt die braune Butter nach. Jedes hat einen Keil in der Pfanne markiert, aber die Grenzen sind fließend. Das gibt sofort Anlass zum Hakeln. Jedes schlingt, um das andere nicht in Versuchung zu bringen, über die Grenzen hinaus zu langen, die Ränder breiter auszukratzen, als ihm zusteht.

Rosa sitzt mit dem Löffel im Schoß. Sie kann jetzt nicht essen. Die Geschwister merken es nicht, nur der Vater schießt einen Blick zu ihr herüber unter seinen struppigen Brauen. Die Pfanne leert sich. Rosas Anteil haben die Buben, die zu beiden Seiten sitzen, stillschweigend kassiert.

Wer noch nicht satt ist, darf sich eine Handvoll Grammeln aus der Speisekammer holen; die Buben gehen damit noch vor die Tür.

Der Vater lehnt sich zurück. Zeit für den Schnaps. Rosa holt die Flasche und das Stamperl und stellt ihm beides hin. Aufschenken kann sie jetzt nicht, der Vater soll nicht sehen, wie ihr die Hand zittert.

Wie sie dann beim Waschtrog die Becher und die Löffel spült, sagt der Vater beim Hinausgehen: Den Hias haben sie gefunden, an den Geleisen. Morgen müssen wir alle zum Rosenkranz.

Rosa sinkt neben dem Trog zusammen. Die Luise, die gerade mit dem Besen aus der Speisekammer kommt, hat es nicht mehr geschafft bis zu ihr hin.

Elend, so elend! Wenn bloß die Mutter noch da wäre, dass sie mit ihr reden könnte! Rosa lehnt den Kopf an den warmen Leib der Kuh, die sie gerade melkt. Die Wärme und der Geruch machen ihr schon wieder zu schaffen. Es würgt sie im Hals. Mechanisch arbeiten die Finger, die Milchstrahlen zischen in den Melkkübel.

Mit niemandem kann man reden. Höchstens mit der Luise, aber die versteht das auch nicht so recht, ist noch zu jung, um verliebt zu sein.

Rosa fühlt sich schrecklich allein und elend. Sie hatten schon gemeinsame Pläne gemacht. Wegziehen, irgendwo Arbeit annehmen, gleich wo. Der Vater konnte dagegen sein, so viel er wollte, sie war bald alt genug. Dann musste eine andere die Geschwister versorgen, sollte er sich halt eine Wirtschafterin suchen. Es war vielleicht gar nicht deswegen, weil er den Hias nicht mochte: Auf die Rosa als billige Haushälterin wollte er nicht verzichten. Und trotzdem hatte er nie ein gutes Wort für sie, obwohl sie tat, was sie konnte. Nie machte sie es ihm recht. So früh schon ohne Mutter, und erst als es ganz zum Verzweifeln war, kam die alte Nann und half ihr kochen. Da reichte sie mit dem Arm kaum hinauf, um im Topf auf dem Herd zu rühren. Und die kleinen Geschwister ließen sie nie zur Ruhe kommen. Wenigstens zeigte ihr die Nann, was sie noch lernen musste.

Die Tränen rinnen, wenn Rosa daran denkt. Nie etwas für sie selber, nie einen Moment allein, ohne Arbeit. Immer nur Arbeit und harte Worte. Es gab Zeiten, da verübelte sie es der Mutter, dass sie gestorben war, alle im Stich gelassen hatte. Jesus Maria, das darf ich nicht denken. Aber es war schwer genug.

Und jetzt der Hias. Der einzige Mensch, bei dem sie sich aufgehoben fühlte. Der ihr das Gefühl gab, wichtig zu sein. Der sie zum Lachen brachte und immer einen Ausweg wusste – und wenn es nur ein Traum war. Mit dem Hias genoss sie jeden Augenblick. Lang war es ja nie, nicht einmal am Sonntag hatte sie Zeit, nicht wie andere, die sich nicht allein um die Hausarbeit zu kümmern brauchten, die eine Mutter hatten, die für sie sorgte.

So wenig Zeit blieb ihnen gemeinsam. Zweimal nur zum Tanzen und der Heimweg. Und jetzt ist schon alles aus. Warum nur werd ich so gestraft?

Als Rosa den vollen Melkkübel aufhebt, kommt er ihr schwerer vor als sonst. Gleich wird ihr wieder schlecht. Sie muss sich an die Stalltür lehnen.

Es ist doch nicht zu glauben – so plötzlich soll alles zu Ende sein! Sie schlägt die feuchte Schürze über das Gesicht. Es tut so weh, als ob es ihr das Herz abdrücken wollte. Es schmerzt überall in der Brust, sogar das Schnaufen und das Schluchzen tun weh. Wenigstens allein weinen kann sie da, im Stall schaut keiner so leicht nach.

Jedes Mal, wenn die Haustür aufgeht, wird das Murmeln lauter. Kerzen flackern im Hintergrund, die Leute stehen bis in den dunklen Flur heraus. Murmeln, Schluchzen und Schnäuzen. Aus der Kammer hört man die quäkende Stimme der Vorbeterin, bei der sich in der langen Zeit der Übung unverkennbare Eigenheiten eingeschliffen haben: Härr ... gib ihm ... die äwige ... Rrru-hä ...

Das laut einsetzende Gemurmel aus vielen Kehlen bringt Rosa plötzlich zu Bewusstsein, um wen es hier geht. Der Atem stockt ihr, das Herz krampft sich zusammen, sie kann nicht mitbeten. Den ganzen Tag über ist sie wie betäubt herumgegangen, hat mechanisch ihre Arbeit getan, kaum geredet. Jetzt bleibt sie am Türstock stehen, schaut auf die flackernden Kerzen zu beiden Seiten des Bettes, wo er aufgebahrt liegt ... Der Kopf ist zur Seite gedreht, wohl um die andere, zerschlagene Seite zu verbergen. Die braunen Locken hängen ihm in die Wange herein. Er trägt den Feiertagsanzug; sein Körper schaut ungewöhnlich lang aus, wie er so daliegt. Die Hände sind mit dem Rosenkranz zusammen auf der Brust verschränkt.

Könnte sie ihm wenigstens die Haare zurückstreichen wie sonst. Aber sie traut sich nicht hin. Einmal noch wenigstens. Schluchzen steigt in der Kehle auf, die Brust scheint zu zerspringen. Schon wieder keine Luft mehr. Mit letzter Kraft dreht sie sich um und rennt zur Haustür hinaus, an den anderen vorbei, hinüber zum Gartenzaun, würgt und erbricht sich über die Brennnesseln, als könnte sie nicht mehr aufhören. Es dröhnt ihr in den Ohren, das Gewicht in ihrem Kopf drückt sie fast zu Boden. Sicher wissen es schon alle, dass sie etwas gehabt haben miteinander, dass sie sich heimlich getroffen haben, und jetzt haben es alle gemerkt, wie sie leidet, sie kann nichts verstecken. Verzweifelt setzt sie sich ins schüttere Gras und hebt die Schürze wieder bis über die Augen. Vor Schluchzen bebt sie am ganzen Leib. So hat sie nur geweint, als die Mutter gestorben ist, und sich so verlassen gefühlt.

Die Luise kommt ihr nach, hilft ihr aufstehen und führt sie nach Hause. Sie lässt sich führen und in der Kammer aufs Bett legen. An dem Abend steht sie nicht mehr auf.

Rosa, wir haben was zu bereden, sagt der Vater und hält sie noch in der Stube zurück. Sie folgt ihm und bleibt vor dem Tisch stehen. Er nimmt die Pfeife aus dem Mund und räuspert sich.

Du brauchst nicht zum Begräbnis zu gehen, Rosa.

Sie schaut erschrocken auf.

Es genügt, wenn wir dabei sind, ich und die Buben. Es muss nicht ein jeder sehen, dass du dich nicht beherrschen kannst. Wissen eh schon alle und reden über dich und über uns.

Rosa schaut verzagt zu Boden.

Du weißt genau, wie ich darüber denk. Der Hias war mir nicht recht. Der war kein Bauer, bloß ein Eisenbahner. Und ein Hallodri. Und von daheim hat er nix zu erwarten gehabt. Der Richtige wird schon noch kommen, irgendwann einmal. Dass du jetzt traurig bist, das versteh ich sogar. Aber das geht schon vorbei.

Ein scharfer Blick trifft sie. Es wird wohl bloß das sein, oder? Wollen wir hoffen, Mädel, dass das vorbeigeht. Und dann wird sich schon der Richtige finden. Also – du bleibst daheim. Und jetzt geh an die Arbeit.

Rosa verlässt wortlos die Stube und weiß im Augenblick nicht mehr wohin. Doch, hinaus in den Garten, etwas tun. Und schon geht sie in die Knie und beginnt zu jäten, reißt die letzten Unkrautpflanzen aus der Erde, dass die Knollen fliegen. Sie merkt kaum, dass die Augen rinnen, dass es ihr auf die Hände tropft, sie zieht und reißt, sie keucht vor Anstrengung und weint dabei, aber da sieht's ja keiner.

In der Nacht hat sie wieder Beklemmungen. Schon das Einschlafen ist schwierig. Und dann, jede Nacht, wacht sie plötzlich wieder auf, weil sie schwitzt. Und dann liegt sie wach, und das Elend steigt wieder hoch. Wenn doch jemand da wäre, dem sie sich anvertrauen könnte. Die Mutter war auch streng, aber nicht so wie der Vater. Der wird sie ausjagen, wenn es herauskommt.

Der Hias streckt die Arme nach ihr aus, und sie springt hinein. Er ist immer der Erste, der vom Heuboden heruntersteigt, und jetzt fängt er sie auf. Atemloses Glück an seiner Brust, wenn er sie fest an sich drückt. Dann lässt er sie vorsichtig zu Boden gleiten. Sie ist aufgehoben bei ihm, nichts kann ihr mehr passieren. Seine Arme um ihre Schultern und ihre Mitte gelegt, hält er sie fest und drückt sich an sie wie zuvor im Heu, streichelt ihren Rücken und flüstert ihr ins Ohr: Es wird alles gut, du wirst sehen. Dein Vater wird schon nachgeben.

Jetzt erst wacht sie richtig auf. Alles nur geträumt, Erinnerung, die sich in den Traum geschlichen hat. Die bittere Wirklichkeit kehrt mit einem Stich in der Brust zurück. Ihr ist nach Schreien zumute, aber sie darf niemand wecken. Die kleinen Schwestern atmen tief unter ihren karierten Federbetten.

In der Kammer ist es kalt. Der Schweiß auf der Haut macht Rosa sofort frösteln. Sie beißt ins Kissen und winselt. Es ist nicht mehr auszuhalten. Jesus Maria, das kann doch kein Mensch aushalten.

Die Rosa derbarmt mich schon, aber dass sie nicht einmal bei der Beerdigung war, ist schon recht eigen.

Vielleicht hat der Vater sie nicht gehen lassen, man weiß doch, dass ihm der Hias nicht gut genug war für seine Tochter.

Aber dass sie was gehabt haben miteinander, ist sicher. Mein Valtl ist ihnen einmal begegnet im Wald, da haben sie sich an der Hand gehalten und gleich ausgelassen, wie sie ihn gesehn haben. Er hat dann auch so getan, als ob er's nicht bemerkt hätte. Dass sie Liebesleut waren, ist ganz gewiss. Man hat ja bloß hinschauen brauchen, wie sie sich mit den Augen gesucht haben in der Kirche, sogar während der Messe. Ich hab mir das lang schon gedacht.

Aber der Alte hat was dagegen gehabt. Der hätte die Rosa dem Hias nie gegeben, die wird ja daheim noch gebraucht, so viel Geschwister und ein großer Hof. Der lässt sie sicher erst weg, wenn sie schon fast zu alt ist zum Heiraten.

Die Leni hat gesehn, dass die Rosa beim Rosenkranz war und ganz plötzlich weggelaufen ist. Vielleicht geniert sie sich bloß, das arme Ding. Es muss schon hart sein für sie. Der Hias war doch ein netter Kerl, immer lustig und gut aufgelegt. Der hätte schon anderen auch gefallen. Der war nicht fad und hat nix geredet wie die anderen Burschen, und was jede gern hört, das hat er schon verstanden. Die andern sind ja oft so langweilig, und Manieren haben sie auch keine.

Schad um ihn ist's, richtig schad! Immer die Falschen erwischt's.

Und mit Bedauern und einem seufzenden Pfiat Gott beinand' gehen die Nachbarinnen an der Wegkreuzung auseinander, jede in ihre Richtung.

Wem soll sie ihre Not klagen? Wem beichten, wie es um sie steht? Wem erzählen, dass sie jeden Morgen mit Herzklopfen ihre Unterwäsche durchsucht, nach dem Blutfleck, der schon viel zu lang ausbleibt?

Der Nann kann man nichts sagen, die geht damit zum Vater. Die war es zwar, die ihr bei der ersten Blutung erklärt hat, dass das jetzt jeden Monat sein wird, und ihr die ersten selbst genähten Stoffstreifen mit Bändern daran gegeben hat, dazu den Gürtel aus Ripsband, zum Dranhängen. Und dass man Blut nur mit kaltem Wasser auswaschen darf, das war ihre wichtigste Auskunft gewesen. Ich sag dir das nur, weil du keine Mutter mehr hast und weil du nicht weißt, wie das bei den Frauen ist. Von jetzt an pass ja auf und lass keinen Burschen her zu dir, warnte die Nann noch.

Das war damals wirklich nicht schwierig. Die Buben waren alle blöd in dem Alter, starrten ihr nur auf die Brust und versuchten immer wieder, sie schnell im Vorbeigehen daran zu zwicken. Dass sie die nicht herließ, verstand sich von selber.

Nur beim Hias war dann alles anders. Aber das war viel später und ist jetzt eh schon wieder vorbei.

Der Nachbarin kann man auch nichts sagen, die geht damit hausieren. Mit der Hebamme könnte sie reden, wenn sie einmal zufällig um die Wege wäre. Aber die ist dann auch nicht still und verredet sich vielleicht beim Tratschen. Wann wird es so weit sein, dass es nicht mehr zu verstecken ist? Wie sie ihre Mutter vermisst – wie schon lang nicht mehr! Die hätte gewiss auch schrecklich geschimpft, aber dann wäre das erste Hindernis schon genommen, und es wäre ihr leichter. So muss sie alles mit sich selber ausmachen.

Die Nann schaut schon wirklich manchmal kritisch. Und der Vater jagt mich aus dem Haus, das ist sicher. Besser ich geh selber und noch früh genug.

Beim Schlachten müssen immer alle zusammen helfen. Der Vater und die Buben machen die schwere Arbeit, für die es Kraft und Geschick braucht, die Nann und die Mena helfen der Rosa, das Fleisch zu versorgen, die jüngeren Schwestern rühren das Blut um. Es ist kalt auf dem Hofplatz, aber man muss sich beeilen, und bei der Arbeit wird einem warm genug.

Am schlimmsten findet Rosa immer den Moment, wenn das Schwein aus dem Stall gejagt wird, weil jedes versteht, was ihm droht. Es sträubt sich und schreit laut, will nicht heraus auf den Platz, die Buben müssen mit aller Kraft von hinten schieben und dann schnell die Stalltür zuschlagen. Da kann es nicht mehr zurück, steht stampfend und dampfend da und quiekt aufgeregt in der kalten Luft. Der

Vater wartet mit dem schweren Hammer in der Hand, bis die Buben das Schwein seitlich eingeklemmt haben. Die Rosa hat genug zu tun mit dem Weitling, sie muss das Salz und das Wasser und das Kolophonium vorbereiten, sie schaut nie hin, aber sie hört das letzte verzweifelte Quieken, wenn der Vater ausholt und den Hammer auf den Kopf des Schweins niederkrachen lässt. Es knickt in den Vorderbeinen ein und sackt zur Seite, der Hannes springt vor und ist schon mit dem Messer zur Stelle, sticht in den Hals und macht einen tiefen Schnitt, und die Rosa muss den beiden Mädchen den Weitling aus der Hand reißen, um das Blut aufzufangen, das herausschießt – die zwei stehen stockstff da vor Schreck und sind nur im Weg.

Dann zeigt sie der Luise, wie sie den Schneebesen bewegen soll, damit das Blut nicht stockt. Der Vater und die Buben legen inzwischen die Ketten in den Trog, und sobald das Blut ausgeronnen ist, muss das Vieh da hineingelupft werden zum ersten Waschen. So ein Schwein ist schon arg voller Dreck, kaltes Wasser genügt da nicht. Inzwischen sind auch die Nann und die Mena zur Stelle, und nachdem das Schaff zum ersten Mal ausgeschüttet ist, wird das Schwein mit Kolophonium eingerieben. Die Frauen schwitzen gleich, die Rosa auch, und schlecht ist ihr auch schon wieder, vom warmen Blutgeruch würgt es sie. Sie rennt hinüber in die Waschküche, um nachzuschauen, ob das Wasser im Kessel schon siedet, aber zum Luftholen reicht das nicht aus. Schwer schnaufend steht sie in der Tür. Höchste Zeit, das Wasser auszuschöpfen und das schwere Schaff zu füllen, um das Schwein abzubrühen. Es dampft und zischt in der Kälte. Jetzt müssen alle mittun, das Fleisch mit alten Blechlöffeln sauber abzuschaben, besonders der Kopf und die Füße machen Mühe. Die Greti jammert, dass ihr kalt ist und es sie graust, bis die Luise vorschlägt, die Greti solle sie beim Blutrühren ablösen, dann macht sie dafür mit dem Putzen weiter.

Der Vater und die Mena drehen das Schwein mit Hilfe der Ketten ein paarmal um. Das Schmutzwasser wird ausgelassen und überschwemmt gelbrötlich den hart gefrorenen Hofplatz, auf dem sich bald darauf glitschige Lachen bilden.

Danach legt der Vater die Sehnen an den Hinterbeinen bloß, damit man dort Stricke durchziehen und das Schwein daran aufhängen kann. Alle müssen sich mit ganzer Kraft ins Zeug legen und es mit hau ruck! am Balken hochziehen. Endlich ist es geschafft. Aber der Vater lässt keine Zeit zum Rasten, er treibt alle an. Jetzt müssen die Borsten weg. Mit scharf geschliffenen Messern rasiert es der Vater, und die Mädchen schütten kaltes Wasser nach, damit die Haut sauber wird.

Was jetzt folgt, ist besonders grausig, das weiß die Rosa seit dem ersten Schlachten, als noch die Nann alles in Empfang genommen hat, um ihr zu zeigen, wie es geht. Der Vater schneidet das Schwein unten zuerst auf und hackt dann den Knochen auseinander. Die unteren Organe werden sichtbar, die Blase und der Mastdarm, das muss alles abgelöst werden. Wie der Vater weiter schneidet, gibt die speckige Bauchdecke plötzlich nach, und dann platscht das Gedärm in den daruntergestellten Weitling. Der Darm muss gleich ausgestreift werden, der herausquellende Kot stinkt fürchterlich, immer noch kommt etwas nach, und die Rosa würgt schon wieder. Sie schaut weg, will aufstehen, aber der Vater merkt es und brüllt, sie soll sich nicht so anstellen, die Arbeit ist zu machen, und zwar heut noch ... Die Nann schaut ihr von der Seite zu und packt schließlich kopfschüttelnd selber mit an. Zuerst muss die Galle vorsichtig abgezogen werden, während der Vater das Zwerchfell auslöst und das Beuschel aus der Brusthöhle zieht, einschneidet und neben dem Schwein an den Haken hängt.

Die Rosa fühlt sich ganz zitterig. Die Nann gibt ihr einen prüfenden Blick, aber dann müssen sie gleich die

Gedärme auseinandernehmen, solang die noch warm sind. Der Magen ist herauszuschneiden, der Dünndarm und die Nieren abzutrennen. Alles wird in lange Stücke geschnitten und ausgeleert, umgedreht und ausgekratzt. Die Mädchen müssen auch mithelfen, obwohl sie jammern, dass ihnen dabei ganz speiberisch wird, aber die Frauen lassen das nicht gelten. Sie sollen sich früh genug daran gewöhnen, sagen die Mena und die Nann. Alle Teile sind auszuspülen und mit Salz einzureiben, alles wird noch gebraucht. Das ist Weiberarbeit; der Vater und die Buben warten, bis das Fleisch etwas ausgekühlt ist. Dann hackt der Vater das Rückgrat durch, und die Buben helfen, das Fleisch in Stücke zu zerlegen. Man hört es krachen und knacken, wenn die Knochen nachgeben.

Die Nann und die Rosa machen sich daran, die Innereien sauber voneinander zu trennen. Stück für Stück wird in Schaffen in den Keller gebracht, nur was gleich gekocht werden muss, kommt in die Speisekammer. Die Männer haben bald aufgeräumt, für die Frauen geht die Arbeit weiter. Auch die nächsten Tage kommen die Nann und die Mena noch oft, um der Rosa zu helfen, Sulz und Presswurst zu kochen, das Fleisch zu pökeln und das Fett auszulassen, Blutwurst herzurichten und die Nieren zu wässern und zu braten. Dafür kriegt jede einen Anteil; der Vater sucht die Stücke eigenhändig aus, später noch vom Speck, wenn der so weit ist.

Rosa muss immer wieder die Zähne zusammenbeißen, tief schnaufen und schlucken. Den Fleischgeruch wird sie nicht wieder los, kommt ihr vor. Die Nann merkt es zwar, sagt aber nichts. Erst als die meiste Arbeit getan ist, fragt sie einmal so nebenbei vor dem Heimgehen, ob sie nicht einmal mit dem Vater reden soll. Die Rosa erschrickt und schüttelt den Kopf. Die Übelkeit hat eh schon nachgelassen. Ich derpack's schon.

Das Festtagsgewand zu Weihnachten wird ihr aber schon recht eng. Lang geht's nicht mehr. Es kommt ihr eh schon vor, dass die Weiberleut sie alle besonders genau mustern. Vor der Nann muss sie sich extra in Acht nehmen, die spannt etwas. Vielleicht, weil sie sie am längsten kennt.

Der Busen rundet sich zuerst. Wenn sie das Mieder schnürt, bleiben die Haken jetzt weiter auseinander, und vom Band, das vorher noch ein langes Ende hatte, bleibt kaum mehr was übrig. Die Mitte dehnt sich langsam, die Schürze deckt zwar manches zu, aber die dickeren Stoffe tragen auch auf, und man merkt's, vor allem von der Seite.

Unterm Nachthemd fährt sie mit den Händen den Leib auf und ab und jammert leise, wenn die Schwestern schlafen. Mutter, hilf mir, ich weiß nicht, was tun. Im Tennen ist sie schon vom Heustock heruntergesprungen, immer wieder. Sie hat sich nur den Knöchel verknackst, es hat wehgetan, aber es rührt sich nichts. Alles andere traut sie sich nicht. Der Hebamme ist sie zwar schon einmal begegnet, aber sie war nicht darauf vorbereitet und hat sich nicht zu fragen getraut. Sie weiß nur, dass sie ein Kind kriegt. Und dass es so ähnlich zugehen wird, wie wenn eine Kuh kalbt. Dass sie dann Hilfe braucht und dass das daheim unmöglich ist. Vor den Schmerzen hat sie weniger Angst als davor, was der Vater sagen wird.

Irgendwann im Jänner, plötzlich beim Kochen, spürt sie es innen zappeln. Der Löffel fällt ihr aus der Hand vor Schreck. Das hat ihr noch niemand gesagt, dass man das Kind im Bauch spürt.

In ihrer Kammer sucht sie ihre Habseligkeiten zusammen, gibt alles in die große Schublade der Kommode. Einen Koffer wird sie brauchen. Sie steigt auf den Speicher, wo ein alter geflochtener Koffer steht, bürstet den Staub ab und probiert die Schlösser aus. Eines bleibt nicht zu, da braucht es einen Spagat. Heimlich richtet sie alles her, wenn die Hausarbeit vorbei ist. Ein paar Leinentücher und Baumwollgarn, mit dem sie für das Kind etwas stricken kann, findet sie in der Rumpelkammer noch von der Mutter. Nähzeug auch, davon ist genug da, da merkt keiner, wenn sie etwas abzweigt. Ein bisschen Schafwolle für das Bett und zwei alte Kissenbezüge. Sonst traut sie sich nichts zu nehmen.

Nächtelang zermartert sie sich den Kopf, wie sie dem Vater gegenübertreten soll und sagen: Vater, ich bin schwanger, und ich geh weg.

Und dann kommt alles anders, als sie geplant hat. Die Nann begleitet sie nach der Messe heim. Und als sie sich verabschieden, sagt sie laut, dass es auch der Bauer hört: Lang kannst du jetzt nimmer warten, Rosa. Dein Rock ist vorn schon ein Stück kürzer als hinten.

Vor dem Haus sagt der Vater nichts, aber sobald die Tür hinter ihnen zugefallen ist und die Geschwister in ihren Kammern verschwunden sind, fährt er sie an: Was hat die Nann gemeint? Was kann nimmer warten?

Und zum ersten Mal seit langer Zeit starrt er auf ihren Leib und schaut genau hin. Dann packt er sie hart am Arm, zerrt sie in die Stube, lässt sie plötzlich in der Mitte des Raumes los und schmettert die Tür zu.

Jetzt red. Ist es so weit? Also doch. Ich hab's doch geahnt.

Er lässt sich auf einen Stuhl fallen.

Man merkt's schon genau, wenn man richtig hinschaut. Und du sagst die ganze Zeit nix. Willst mir deinen Balg wohl noch vor die Nase setzen?

Rosa steht wie in heißes Öl getaucht. Sie zittert am ganzen Leib. Ihr kommt es vor, als ob der Boden unter ihren Füßen schwankte. Jetzt ist der Moment da, vor dem sie sich so gefürchtet hat. Das Herz klopft ihr laut und hart bis in den Hals.

Der Vater schaut sie wütend an. Ich hab's dir schon gesagt. Wenn das herauskommt, will ich dich da nimmer sehen. Deine arme Mutter dreht sich im Grab um. Auf Lichtmess bist du weg.

Jeder Satz saust wie ein Peitschenhieb auf Rosa herunter. Bei jedem zuckt sie zusammen. Aber dann schaut sie in sein zornrotes Gesicht und redet zum ersten Mal: Ich weiß, Vater. Ich geh schon von selber. Und ich komm sicher nicht mehr zurück, nie mehr!

Verschwind!, schreit er nur und haut mit der Hand auf den Tisch, dass es knallt.

Da dreht sie sich um und rennt aus der Stube, schnurstracks in die Kammer, und wirft sich aufs Bett. Jesus Maria, jetzt ist es heraus. Und in ihrem ganzen Elend ist sie sogar ein bisschen erleichtert, dass es vorbei ist.

Zwei Wochen bleiben ihr noch. Sie strengt sich besonders an, das Hauswesen sauber zu hinterlassen. Der Vater redet nicht mehr mit ihr. Die Geschwister schleichen stumm und bedrückt herum. Nur die Luise drückt ihr immer wieder die Hand und weint an ihrem Hals, weil Rosa ihr leidtut, und auch, weil sie Angst hat, allein zu bleiben. Alle wissen es jetzt. Aber alle nehmen es hin, was der Vater als Urteil verhängt hat.

Zu Lichtmess findet sie etwas Geld auf der Kredenz in der Küche. Die Geschwister verabschieden sich stumm. Nur die beiden Mädchen sehen ihr von der Haustür aus nach, wie sie mit ihrem Koffer den Weg zum Dorfplatz einschlägt, um den Stellwagen zu nehmen.

Die Nann hat ihr geraten, es zuerst bei den Verwandten der Mutter zu versuchen. Vielleicht braucht jemand eine Hilfe im Haushalt. Aber Bescheid sagen soll sie gleich.

Der Rat war vernünftig, aber schwer umzusetzen. Rosa bringt es kaum über die Lippen, aber die Frauen sind ohnehin nicht leicht zu täuschen. Die Hermine, die jüngere Schwester ihrer Mutter, die sie schon lang nicht mehr zu Gesicht bekommen hat, verhärtet sich sofort. Wir haben selber Mäuler genug zu stopfen. Und auch wenn wir verwandt sind – eine Magd, die ein Kind kriegt, kann ja nicht richtig anpacken. Nix für ungut, da musst du schon weiter schauen.

Und bei der Lena, der Frau vom Bruder der Mutter, ist nur eine Moralpredigt zu holen. So geht's, wenn eine keine Mutter mehr hat, die auf sie schaut. Ich hab deinem Vater gleich gesagt, dass er eine neue Frau nehmen soll. Gleich darauf das Wichtigste: Bei mir leben alle ordentlich, auch die Dienstboten. Da kann ich dir auch nicht helfen. Und der Onkel, der auf den Hof eingeheiratet hat, schaut nur bedauernd drein und zuckt die Achseln dazu. Auch da darf sie nur eine Nacht bleiben.

Bei den Cousinen rechnete sie sich schon im Voraus noch weniger Hilfsbereitschaft aus, und so ist es auch. Vor allem lassen sie sie merken, dass sie selber schuld sei an ihrem Zustand und nun eben die Folgen zu tragen habe. Da alle drei, die in der Nähe erreichbar wohnen, keinerlei Verpflichtung ihr gegenüber empfinden und die Bittstellerei eine immer größere Demütigung für sie bedeutet, ist Rosa bereit, jede Stelle anzunehmen, die sie kriegen kann. Lieber noch bei fremden Leuten als bei Verwandten.

In Langkampfen geht sie zuerst ins Gasthaus, um die Wirtin zu fragen, ob sie Verwendung für sie hätte. Die verneint zwar, aber sie weiß eine Adresse. Die alte Kirmoserin hat sich beklagt, dass ihr die Arbeit zu viel werde, und sie gebeten, ihr was Sauberes zu schicken, wenn ihr was unterkäme, aber eine, die alles kann. Die Kirmoserin ist nicht von da, die kommt aus dem Bayrischen. Ist zwar nur eine Kleinhäuslerin, aber der Sohn hat eingeheiratet. Nachfragen kannst ja, schadet ja nix.

Die alte Kirmoserin ist ein großes, knochiges Weibsbild, das nicht viel Worte macht. Sie fragt Rosa nur aus, woher sie kommt und was sie bisher getan hat.

Und von daheim bist also weg, weil ein Kind kriegst, sagt sie ihr auf den Kopf zu. Rosa fährt zusammen, schaut zu Boden und nickt nur mehr verzagt, weil sie schon weiß, was das wieder heißt.

Ich nehm dich trotzdem, Rosa. Besser, es kommt eins dazu als eins weg. Das Haus ist eh so leer, da schadet's nix, wenn was Junges nachkommt. Aber durchgehen lass ich dir nix deswegen.

Als sie ihr die Kammer zeigt, wo sie schlafen kann, laufen der Rosa die Tränen herunter vor Erleichterung.

Die Arbeit ist nicht schwer, weniger arg als daheim, und anpacken kann sie. Am Abend sitzen die beiden Frauen dann zusammen in der Stube, und die Kirmoserin ist so vernünftig, die Rosa anzuhalten, dass sie für ihr Kind etwas vorbereitet, als sie erfährt, dass diese noch gar nichts hergerichtet hat. Sie geht sogar so weit, eigene alte Sachen herauszukramen für das Kleine und der Rosa beim Nähen zu helfen.

Aber streng ist sie auch, sie verlangt saubere Arbeit, und in der Küche kann Rosa ihr in der ersten Zeit kaum etwas recht machen. Auch später, als der Rosa ihr Bauch immer mehr im Weg ist, gibt die Kirmoserin nicht nach. Sich Regen bringt Segen, sagt sie, und sie meint damit auch, dass Bewegung der Schwangeren guttut. Sie lässt sogar die alte Hebamme kommen und die Rosa mit ihrem Hörrohr untersuchen.

Dein Bauch ist schon gesunken, gibt die Seffa Auskunft, lang dauert's nicht mehr. Aber es schaut alles gut aus, auch beim Kind. Wenn's so weit ist, ruft's mich halt.

Im Nachhinein wird ihr klar, dass es schon in aller Früh angefangen hat. Es ging nicht anders, sie musste heraus, obwohl noch lang nicht Zeit zum Aufstehen war. Aber der Drang war so stark, dass sie sich auf den Abort schleichen musste, die Holzstiege hinunter im Dunkeln, auf den Söller hinaus, so schnell es eben ging. In ihrem Bauch rumorte es fürchterlich, dabei hatte sie nichts anderes gegessen als sonst auch am Abend vorher, plentenes Koch mit Hollersulze, das hatte sie immer vertragen. Es war noch fast ganz dunkel draußen, und ihr Bauch kam ihr riesengroß vor unter dem Nachthemd und schwer. Sie sehnte sich gleich zurück nach dem Bett, denn einmal aufgestanden, kannte die Kirmoserin kein Pardon. Die Arbeit ging ja nie aus. Am Morgen gleich der Stall, dann die Hennen, dann die Küche und das Haus, Betten lüften und machen, Böden kehren und spülen, mit der Wäsche zum Brunnen, einkaufen und kochen. Aber nichts im Vergleich zu dem, was sie daheim zu bewältigen hatte, wo sie schuften musste bis zum Umfallen. Für sie beide und die paar Tiere war bald alles getan. Wieder einmal fiel ihr ein, wie viel Glück sie doch hatte.

Danach wurde es ihr schwer, vom Abort aufzustehen und über die Holzstiege in ihre Kammer zurückzusteigen. Barfuß auf Socken machte sie keinen Lärm, aber sie musste vorsichtig gehen, weil sie über den Bauch hinunter gar nicht mehr auf ihre Füße sah. Oben auf ihrem Strohsack war von Schlafen aber doch nicht mehr die Rede, sie wälzte sich hin und her, konnte keine Stellung finden, und die Zeit verging, es wurde heller, also lohnte es sich nicht mehr.

Beim zweiten Aufstehen um halb sechs – die Schläge der Turmuhr waren nicht zu überhören – zog es im Unterbauch wieder ein bisschen, aber das war normal in den letzten Wochen, darauf konnte sie nicht achtgeben. Schnell gewaschen, die Zöpfe geflochten, hinein ins Gewand, das vorn offen blieb, aber die Kittelschürze deckte alles zu, und mit der Waschschüssel hinunter in den Hausgang, wo die Knospen für den Stall warteten. Dort versorgte Rosa zuerst die einzige Kuh mit gewohnten Griffen: Ausmisten, Melken, Füttern. Dann ging sie hinaus auf den Hof und ließ die Hennen aus, streute ihnen Körner vor, dann bekam das Schwein die Küchenabfälle vom Vortag in den Trog geschüttet. Im Hühnerstall sammelte sie die Eier ein.

Zurück in der Küche, feuerte Rosa den Herd an und stellte den Kaffee auf, dann ging sie Holz holen zum Nachlegen, und als sie sich bückte, zog es wieder, diesmal länger. Wie bei der Periode halt. Da tut es auch besser, wenn sie sich rührt, statt liegen zu bleiben.

In der Zwischenzeit ist die Kirmoserin schon aufgestanden. Rosa bringt ihr warmes Waschwasser in die Schlafkammer. Und als die Bäuerin fertig ist, kommt sie in die Küche herüber zum Kaffeetrinken. Rosa darf sich Milch nehmen, weil die Kirmoserin der Ansicht ist, dass ihr das guttut. Sonst gibt's für die Dienstboten nur Brennsuppe mit ein paar harten Brotstücken eingebrockt. Rosa hat es wirklich gut erwischt, sagt sie sich jeden Morgen.

Heut musst mir zum Kramer, sagt die Bäuerin. Es braucht Wäscheknöpfe, und der Faden geht auch aus. Schau nach, ob noch genug schwarze Schuhwichse da ist, sonst nimmst die auch mit. Und dann kannst du nachfragen, ob die Näherin bald kommt, es wäre allerhand zu richten.

Unvermittelt fragt sie: Spürst schon was? Sollen wir die Seffa holen?

Die Rosa erschrickt. Nur ein bissel, sagt sie. Auch nicht anders als sonst.

Gut dann, geh nur zu, wenn du fertig bist mit der Hausarbeit. Vielleicht sollt man im Garten auch nachschauen, jetzt geht's schnell, wenn es immer wärmer wird.

Der Weg bis zum Kramer kommt ihr lang vor, und die prüfenden Blicke der anderen Frauen sind nicht angenehm. Sie bemüht sich, energisch auszuschreiten und schnell zu machen, damit sie bald wieder zurück ist. Sie beißt die Zähne zusammen und tritt in den Laden. Die Türglocke bimmelt, die Kramerin schaut ihr vom Budel aus entgegen, und die zwei Weiber davor drehen sich zu ihr um und mustern sie.

Grüß Gott, sagt die Rosa. Was darf's denn heut sein?, fragt die Kramerin. Sie gibt ihren Bedarf an, und die Stille, in der die Kramerin alles herrichtet und über den Budel schiebt, ist sehr unangenehm. Die beiden Weiber werden gleich danach wieder über sie tuscheln, das weiß Rosa genau, sobald sie ihnen den Rücken kehrt. Aber eine ledige Magd in ihren Umständen darf nicht heikel sein. Die Kirmoserin hat sogar schon Besuch von der Pfarrerhäuserin gekriegt in der Sache. Danach hat sie aber nur verlauten lassen: Brauchst keine Angst zu haben, Rosa. Solang ich da in meinem Haus was zu schaffen hab, kannst bleiben. Bist ja sonst ein ordentliches Mensch, und das Kind kann auch nix dafür. Sie hätte es jedenfalls viel schlechter erwischen können.

Auf dem Weg zurück hat sie Kreuzschmerzen, es reißt sie immer wieder, und es zieht im Bauch. Aber im Haus gibt's gleich wieder Arbeit; die Bäuerin will ein paar Blusen ausgekocht haben, dann im Brunnen geschwenzt. Im Anger hinter dem Haus wird die kleine Wäscheleine aufgespannt, um das nasse Zeug aufzuhängen. Im Keller sind die Erdäpfel auszuklauben, die am schlimmsten keimen, und es zieht immer wieder im Unterleib, dass sie jetzt doch erschickt. Aber es vergeht wieder, und erst nach dem Essen, als sie aufsteht, um das Spülwasser zu schöpfen, zieht es plötzlich ganz stark, dass ihr der Atem stockt. Die Arbeit wird ihr dann doch recht hart, als der Nachbar mit dem Holz ankommt und sie den ganzen Nachmittag damit zubringt, die Scheite vom Wagen herunterzuholen und aufzuschichten. Die Kirmoserin will nie ohne Holz bleiben, lieber zu viel als zu wenig, sagt sie, und zum Kochen braucht's immer was, auch wenn's wärmer wird.

Als alles aufgeschichtet ist, wird's fast schon dunkel. Die Rosa wäscht sich die Hände am Brunnen und nimmt noch schnell die Wäsche ab, um sie ins Haus zu tragen. Und fast hätte sie den Korb fallen lassen, so fährt es ihr plötzlich in den Leib. Sie kann nur noch den Korb im Hausgang abstellen, da rinnt es ihr schon die Schenkel herunter. Jesus Maria, keucht sie, jetzt ist es so weit. Und auf einmal packt sie die Angst. Sie muss es der Bäuerin sagen. Sie schleppt sich bis zur Kammertür und öffnet sie, dabei krümmt sie sich schon vor Schmerzen. Der Kirmoserin genügt ein Blick um zu wissen, was es geschlagen hat.

Jetzt bleibst bei mir herinnen und bewegst dich, solang du kannst, dann geht's schneller. Ich richt dir das Bett her, und dann geh ich die Seffa holen.

Sie nimmt saubere Wäsche aus dem Kasten und breitet sie über das eine Bett. Dann verknotet sie zwei lange Handtücher miteinander und hängt sie über den Bettpfosten.

Dabei beruhigt sie die Rosa: Ich bin nicht lang aus, so lang dauert es bei dir bestimmt, bis ich wieder da bin. Ich helf dir schon, brauchst keine Angst zu haben. Und damit legt sie den Schal um und ist weg.

Die Rosa geht zwischen Stube und Kammer immer auf und ab, wie die Kirmoserin sie geheißen hat. Es ist schwer, immer wieder muss sie stehen bleiben, wenn sich alles zusammenkrampft. Dann lässt es wieder nach, und sie macht wieder ein paar Schritte. Aber es wird immer ärger. Wenn nur die Seffa rechtzeitig kommt. Vor Angst beginnt sie zu beten. Heilige Mutter Gottes, hilf! Allein sein ist schlimm mit den Schmerzen, und weil sie so gar nicht weiß, was tun. Wenn es nur schon vorbei wäre! Sie setzt sich kurz auf die Ofenbank, weil der Bauch gar so drückt, aber da leidet es sie auch nicht, sie muss wieder aufstehen und sich weiterschleppen. Der Schmerz kommt in Wellen, in immer kürzeren Abständen, und sie weiß sich nicht zu helfen, hält ihren Bauch und spürt, wie er sich im Krampf aufbäumt. Ob alle Frauen so leiden müssen? Oder ob nur sie ihre Sünden so abbüßen muss?

Endlich geht die Haustür wieder. Die Bäuerin ist zurück und schaut kurz herein. Die Seffa kommt bald nach, es dauert eh noch eine Weile, sagt sie. Ich setz inzwischen das Wasser auf, das brauchen wir. Sei bloß nicht so verzagt, das halten alle Weiber aus, weil sie müssen.

Als der Rosa die Knie zittern, dass sie fürchtet hinzufallen, setzt sie sich wieder auf die Ofenbank. Das Kleid hat sie schon ausgezogen, aber auch im Hemd schwitzt sie. Bloß nach jeder Wehe wird ihr wieder kalt. Die Kirmoserin bringt ihr ein Schultertuch und einen Kamillentee zur Beruhigung.

Ich lass dich bei mir, weil's mir mit dem ersten Kind auch so schlecht ergangen ist, erzählt sie. Das hab ich noch keinem erzählt, nur meinem Mann. Ich hab nämlich auch ein lediges Kind gehabt, vor langer Zeit, und das hab ich im Stall auf die Welt gebracht, weil mich die Bauersleut nicht bei sich haben wollten. Da, wo ich herkomm, sind die Bauern auch nicht besser als anderswo. Nur die Großdirn war bei mir und hat geschimpft, dass ich sie um das bisschen Schlaf bringe, das ihr zusteht, und ich soll mich beeilen, dass sie endlich ins Bett kommt. Die Bäuerin hat mir für das Kind einen alten Unterrock gegeben, und zum Unterlegen hab ich nur mein Hemd auf dem Strohsack gehabt. Das Kind war vom Bauern, vielleicht war sie deswegen so unleidig, obwohl keiner was gesagt hat. Mir war so schlecht, und das Kind war dann ganz blau und ist gleich darauf gestorben. Das hab ich nie mehr vergessen. Jede Frau braucht Hilfe, wenn sie ein Kind kriegt, das muss jeder einsehen, und warten muss man halt auch können.

Sie massiert der Rosa den Rücken, wenn sie sich wieder aufbäumt und auf die Lippen beißt. Sie fürchtet sich jetzt vor jeder Wehe und wartet dazwischen auf die nächste, wo es gleich wieder so furchtbar wehtut. Das ist es also, was die Frauen davon haben. Schmerzen, die nicht auszuhalten sind ...

Dass ich zu dir komm, tu ich nur der Bäuerin zulieb, dass du's nur weißt, herrscht sie die Seffa gleich an, sobald sie in der Tür steht. Keiner ledigen Mutter geht's so gut wie dir, dass sich deine Herrschaft so um dich kümmert. Deswegen stell dich nicht so an. Und nach einem Blick zu ihr und einem harten Griff auf den Bauch: Es wär gar nicht so eilig gewesen. Beim ersten Kind dauert's sowieso viel länger. Ja – den Spaß haben möchten alle gern, aber das Kinderkriegen ist dann halt kein Spaß mehr ...

Seit die Seffa gekommen ist, ist die Rosa zwar ein bisschen beruhigter, aber die macht es ihr nicht leicht. Die Untersuchung mit dem Hörrohr scheint zu ihrer Zufriedenheit zu verlaufen, sie brummelt nur: Ja ja, soso, es geht schon weiter, wir werden sehen ... Liegen kannst schon noch, meint sie, es tut besser, wenn du noch aufbleibst. Halt dich am Bett fest, aber bleib stehen, solang du kannst.

Die Kirmoserin bringt Tee und was zum Essen aus der Küche, und die beiden Frauen setzen sich zusammen und schauen hin und wieder der Rosa nach, wie sie sich hin und her schleppt. Als sie das Wimmern nicht mehr unterdrücken kann, befiehlt die Seffa: Jetzt leg dich hin.

Ächzend streckt sie sich auf dem Bett aus, und die Seffa fährt ihr mit der Hand zwischen die Schenkel. Sie hat einen Topf mit Öl mitgebracht und schmiert ihr damit den Schoß ein. Die Wehen kommen jetzt in kurzen Abständen, dann reißt es sie hoch, und die Rosa versucht, die Zähne zusammenzubeißen. Die Kirmoserin setzt sich zu ihr und stützt sie, zeigt ihr, wie sie die Schmerzen an den Handtüchern abarbeiten kann, die um das Bettgestell geschlungen sind. Wenn dir zum Schreien ist, dann schrei halt, sagt sie und wischt ihr den Schweiß ab.

Die Rosa kämpft und ist dankbar für jedes gute Wort. So arg hat sie es sich nicht vorgestellt, dass es so schrecklich wehtut und so lang dauert.

Die Seffa fährt zuerst mit der Hand, dann wieder mit dem Hörrohr auf ihrem Bauch herum, der sich immer wieder aufrichtet. Dem Kind geht's gut, sagt sie, aber jetzt wird's dann eng ... Wenn ich sag, du sollst pressen, dann drück nach unten, so fest du kannst, da braucht's die ganze Kraft. Bloß nicht nachlassen!

Der Rosa kommt es vor, als zerreißt es sie, sie kann nicht mehr. Es dauert schon so lang. Aber die Seffa kommandiert: Jetzt ganz tief einschnaufen – und nach unten pressen. Tu, was ich dir sag! Noch einmal, weiter so! Weiter! Nicht nachgeben! Nach unten drücken – noch fester!

Die Kirmoserin sitzt hinter ihr und hält Rosa unter den Armen. Rosa bohrt ihr den schweißnassen Kopf in die Schulter und reißt an den Tüchern, dass das ganze Bett kracht. Sie beißt kreischend die Zähne zusammen und presst nach unten ... wieder, und wieder ein Schrei ... Die Seffa holt die Schüssel mit heißem Wasser, wischt ihr das Blut ab, fährt mit der geölten Hand in den Schoß hinein und unterstützt die Dehnung, spürt, dass der Kopf bald durchtritt: Weiter, nicht nachgeben, gleich ist es so weit! Kirmoserin, drück von oben nach! Und die fasst unter den Armen durch und drückt ihr den Bauch nach unten, Rosa brüllt auf, jetzt zerreißt es sie wirklich, sie wird verbluten, wenn's bloß endlich vorbei wäre, endlich da wäre, egal was, Mutter hilf!

Jetzt komm, nicht nachlassen, weiter, wir haben's gleich! Die Seffa schaut sie streng an, aber für Rosa versinkt ihr Gesicht nur in einem blutigen Nebel, der Schweiß rinnt ihr in die Augen, sie schnappt nach Luft – hört das denn nie auf? Pressen, wie geht das denn, es reißt ihr den ganzen Leib auseinander, sie will nicht mehr, bitte hör auf ... Sie brüllt nur noch.

Nicht schreien, dann hast du zu wenig Kraft. Pressen! Tief einschnaufen! Nach unten drücken! Sooo! Und jetzt wieder! Jetzt sieht man schon die Haare! Noch einmal – fest – gut so – noch einmal, jetzt ist der Kopf da! Und weiter! Jetzt kommt der Rest nach! So ist's gut! Noch einmal!

Die Kirmoserin macht sich jetzt frei und lässt die Rosa zurücksinken. Die nimmt wie durch einen Schleier wahr, dass es vorbei ist und dass die beiden Frauen sich jetzt um das rote, zappelnde Wesen kümmern, das zwischen ihren Schenkeln auf dem Bett liegt. Jetzt wimmert es leise. Die Seffa hebt es hoch. Ein Mädele!, sagt die Kirmoserin.

Rosa kann noch gar nicht reagieren, ist nur froh, dass die Schmerzen vorbei sind. Die Seffa säubert das Kleine, jetzt wird es abgenabelt und gewaschen, dann eingewickelt, und jetzt legt sie es der Mutter auf die Brust. Da, sagt sie, schau's dir an und überleg dir, wie es heißen soll. Es schaut jedenfalls ganz gesund aus.

Rosa sieht in das kleine rote Gesicht und beginnt zu weinen vor Erleichterung. Und während die Seffa ihren Bauch bearbeitet, um die Nachgeburt zu lockern, flüstert sie der Kleinen zu, dass sie sie immer lieb haben wird, so wie den Hias, und die Tränen laufen ihr zu beiden Seiten ins Kissen.

Jetzt schlaf ein bissl, sagt die Kirmoserin und streicht ihr über das nasse Haar. Wir kümmern uns um das Kleine, das muss heut noch getauft werden. Wie soll's denn heißen?

Notburga, sagt die Rosa heiser, wie meine Großmutter.

Recht so, ein Burgele, das passt! Und der Vater, im Fall, dass der Pfarrer danach fragt?

Matthias Hauser, aber der lebt nimmer. Die Rosa flüstert nur, und die Tränen rinnen wieder.

Also kann man ihn auch nicht fragen. Dann wird nur dein Namen aufgeschrieben. Dein Burgele ist und bleibt also ein lediges Kind.

Der Pfarrer wird teufeln, meint die Seffa. Aber das Leben passt halt nicht immer zu dem, was der sich vorstellt. Jetzt schlaf und rast dich aus nach der Plackerei. Ich schau die nächsten Tage noch einmal herein.

Der Jungbauer muss sich bücken, die Stubentür ist ihm zu niedrig. Mit langen Schritten geht er zum Tisch und setzt sich ohne Umstände hin. Die Rosa hat ihn hereingelassen. Die Ähnlichkeit mit seiner Mutter fällt ihr sogleich auf.

Rosa fragt ihn, was sie ihm bringen soll.

Was zum Trinken, sagt er gleich. Aber was Durstiges.

Einen Hagebuttenwein oder einen Hollersaft, bietet die Rosa an.

Einen Holler. Und dann müssen wir reden.

Als die Rosa mit Krug und Glas aus der Küche kommt, will er, dass sie dableibt.

Die Mutter hat also der Schlag getroffen, sagt er und stellt das Glas wieder hin. Ich werd sie abholen und mitnehmen auf meinen Hof, ins Ausgeding. Sie hat mich ja deswegen rufen lassen.

Ich tät aber gut mit ihr zurechtkommen, wirft Rosa ein. Ich kann sie schon weiter pflegen. Es geht ja schon wieder ein bissl aufwärts mit ihr.

Das schaut mir aber gar nicht danach aus, sagt der Bauer. Und wir haben Platz genug. Und Leut genug, die sich um sie kümmern. Der Hof wird verpachtet – ist eh nur ein kleines Anwesen.

Rosa versteht sofort, wie das gemeint ist. Aber fragen muss sie ihn doch, es geht ja nicht nur um sie allein.

Das heißt, dass es mich auch nimmer braucht?

Der Bauer schaut sie zum ersten Mal richtig an. Ja, hast du gemeint, du kannst mitkommen und auch bei mir unterkriechen, du und dein Balg? Das schlag dir bloß gleich aus dem Kopf. Die Mutter war eh viel zu lang viel zu gut mit dir, du wirst schon was anderes finden. Er steht auf.

Ein kräftiges Mannsbild, genauso knochig wie seine Mutter, denkt die Rosa. Der kann anpacken. Aber aus hartem Holz ist er auch, wie ihr eigener Vater halt.

Jetzt geh ich zur Mutter. Ich geb dir Bescheid, wenn ich sie holen komm. Du kannst inzwischen das Haus herrichten, es soll alles sauber und ordentlich sein. Meine Frau kommt dann mit und schaut, was man brauchen kann. Vielleicht auch der neue Pächter. Kleinhäusler gibt's genug.

Und wenn deine Mutter nicht wegwill – ich mein ja nur, gibt die Rosa zu bedenken.

Das red ich jetzt grad mit ihr aus.

Der Jungbauer ist schon im Hausgang. Rosa geht ihm bis zur Kammer nach, aber er will mit seiner Mutter allein sein und macht ihr die Kammertür vor der Nase zu. Ihre Gegenwart ist nicht erwünscht.

Rosa verzieht sich in die Küche, um die Kraftbrühe für die Kranke aufzusetzen. Kurze Zeit danach hört sie die Haustür zuschlagen und sieht den Bauern vom Küchenfenster aus über den Hofplatz gehen. Zeit, nach der Kirmoserin zu schauen. Sie findet sie in Tränen aufgelöst in ihrem Bett. Rosa muss sich tief hinunterbeugen, um ihr Murmeln zu verstehen.

Ich mach's eh nicht mehr lang, sagt die Kranke. Das Atmen fällt ihr schwer, sie muss immer wieder warten, um neu anzusetzen, und die Wörter sind ganz verwaschen.

Bei der Schwiegertochter schon gar nicht. Mir tut's um dich leid, Rosa, und um dein Burgele. Ich glaub, du musst dir was Neues suchen. Ich werd dich auszahlen, und von meiner Wäsche kriegst du auch was mit. Alles wird die Vreni ja nicht brauchen, die hat selber genug.

Der Rosa ist ganz elend vor Sorge. Wieder ohne Unterschlupf. Ihr Burgele ist noch so klein. Die Kirmoserin war so gut zu ihr, und jetzt ist auf einmal alles wieder vorbei. Wie gewonnen, so zerronnen. Wieder sieht sie sich mit dem Koffer auf der Straße. Aber jetzt hat sie auch noch das Kind dazu. Wie soll das bloß gehen?

Verwandte hast keine? Wo du hingehen kannst?
Die junge Bäuerin ist mitgekommen wegen der Übersiedlung der kranken Schwiegermutter. So kann sie nicht nur die beiden Koffer, die die Rosa gepackt hat, kontrollieren, sondern auch die Kästen und Truhen im Haus, ob wohl nichts Wertvolles zurückbleibt. Oder ob die Rosa sich nicht etwas unter den Nagel reißt, was ihr nicht zusteht.

Das Sonntagsgewand? Und die Halstücher?
Alles im großen Koffer. Bis auf eines, das hat mir die Bäuerin geschenkt, und ein Kleid dazu mit langen Ärmeln.
Zeig her! Rosa muss es holen gehen, die Bäuerin reißt es ihr fast aus der Hand.
Das ist ein wollenes, das kannst du behalten. Abgerechnet habt's auch schon, oder?
Geschäftig geht die Bäuerin herum, lupft da eine Decke, dort ein Kissen, mustert alles und legt es wieder ab. Das packst du mir alles zusammen, und von den Möbeln ist eh nicht viel zu brauchen. Bevor die Pächter kommen, holen wir das noch ab. Und? Wo hast dein Kind?
Oben in meiner Kammer.
Was für das Kind brauchst, hat dir die Kirmoserin sicher schon gegeben, stimmt's? Die Rosa nickt. Dann kann's ja losgehen.
Gemeinsam laden sie die Matratze auf den Leiterwagen, dann tragen sie die Kranke heraus und betten sie drauf. Die Rosa deckt sie zu, schiebt die Leintücher und die Decke zurecht und küsst der alten Frau die Hand.
Vergelt's Gott für alles, Kirmoserin!
Gott g'segne es dir, Rosa. Pass auf dich auf und auf das Burgele.
Und die Kirmoserin dreht den Kopf zur Seite, weil ihr auch wieder die Tränen kommen, genau wie der Rosa.

Der Bauer und seine Frau sitzen schon am Bock und grüßen über die Schulter.

Rosa steht an der Haustür und schaut ihnen nach. Und jetzt?

Dass nie was Besseres nachkommt, ist eine alte Weisheit.

Es vergeht keine Woche, da taucht der Mesner als Vermittler mit dem neuen Pächter und seiner Frau zusammen auf.

Der Mann gefällt Rosa nicht. Er ist dürr und sieht abgearbeitet aus, hat schütteres Haar, graue Augen und gelbe Zähne. Kein Bauer, sondern nur ein Schuster, stellt er sich vor, aber auch sonst geschickt zu allen Arbeiten. Die Frau ist dicker, hat aber auch dünne Haare, eine spitze Nase und eine unangenehm hohe Stimme. Rosa muss ihnen sogleich alles zeigen, überall wollen sie ihre Nase hineinstecken, vom Dachboden bis zum Keller, in jeden Winkel und jedes Ofenloch. Die Frau begutachtet eingehend Küche und Speisekammer, dann will sie den Garten sehen und den Anger. Die Wäscheleine hängt natürlich voller Windeln; das bringt sie auf Rosas Kind. Sie selber hat ja keine, sagt sie, und Rosa vermutet gleich, dass ihr das Burgele kaum willkommen ist. Nach dem Stall und den Hennen will die Frau dann auch in die Kammer geführt werden, wo die Kleine in ihrer Kiste liegt. Sie zappelt und gluckst vergnügt, wie sie die Rosa zu Gesicht bekommt.

So klein ist es noch, staunt die Frau. Da musst du es ja dauernd wickeln und füttern. Da geht viel Zeit drauf. Das müssen wir uns noch überlegen. Und zu ihrem Mann sagt sie: Hoffentlich schreit es nicht in der Nacht, sonst hat man ja gar keine Ruhe.

Rosa wirft gleich ein: Es ist eigentlich recht brav.

Tja, wir werden ja sehen, meint die Frau, solang du es stillst, braucht's ja nicht viel.

Nachdem die Bauersleute die brauchbaren Möbel, Wäsche, Geschirr und Bettzeug abgeholt haben, ziehen die neuen Hausleute ein. Tagelang gibt es nur Durcheinander, dann lichtet es sich langsam, und als alles verräumt und wieder neu geputzt ist, wobei die Hausfrau der Rosa dauernd hinterdrein bleibt und auf die Finger schaut, wird verhandelt.

Viel kann ich dir nicht geben, du kannst ja auch nicht die ganze Arbeit machen wegen deinem Kind, sagt der Schuster. Und die Frau wirft ein: Es geht nicht nur um die Zeit, fürs Windelwaschen und Versorgen geht sonst auch noch was drauf.

Also sechzehn Gulden, mehr nicht. Und ein Paar Schuhe mach ich dir.

Aber ein Kittel und ein paar Hemden und ein Fürtuch einmal im Jahr müsst eigentlich auch sein, versucht die Rosa zu verhandeln. Die Schusterin schaut zu ihrem Mann: Ja, wenn's das braucht – aber das sehen wir dann schon.

Rosa wird herumgescheucht. Die neue Hausfrau gibt ihr ständig neue Aufgaben, dass sie sich kaum einmal in die Kammer schleichen kann, um nach dem Burgele zu sehen. Wenn sie es stillen muss, lässt sie ihr immer nur wenig Zeit, und oft kommt Rosa zu spät, dass die Milch ihr schon durch das Hemd nässt und die Kleine vor Hunger weint. Und wenn sie danach nicht gleich wieder zur Stelle ist, ruft die Schusterin schon nach ihr mit ihrer hohen Stimme, dass es durch den Hausgang schrillt.

Auch hat sie ständig etwas auszusetzen, weder in der Küche noch im Stall oder im Garten macht es ihr Rosa recht. Als ob sie weiß Gott was Besseres gewöhnt wären. Das Regiment, das sie in der Küche führt, wirkt sich auch bald auf den Speiseplan aus. Sparsam geht es zu, fast notig, um alles muss die Rosa fragen, ob sie Grünzeug holen darf oder Zwiebeln oder gelbe Rüben, alles ist abgezählt, die Portionen klein und jede Mahlzeit so schnell vorbei, dass sie wieder abtragen muss, noch bevor sie sich satt gegessen hat. Die Kirmoserin hat auf nahrhafte Kost gesetzt, jetzt wird jeder Schmarrn gestreckt. Auch dass Rosa zusätzlich Milch benötigt, gefällt der Hausfrau nicht besonders, die behält sie lieber in der Speisekammer und schöpft den Rahm ab, um Butter zu machen. Kurzum, zum Arbeiten wird Rosa gebraucht, beim Essen ist sie zu viel. Und als sie um etwas zum Zufüttern für ihr Kind bittet, erklärt der Schuster: Das geht jetzt aber vom Lohn ab. Eine Magd mit einem Kind, das immer mehr braucht, das haben wir nicht ausgemacht.

Am letzten Abend des Jahres, beim Übergang ins neue Jahrhundert, fasst sie zum ersten Mal den Entschluss, sich um eine neue Arbeit umzusehen. Im Winter werden Dienstboten nirgends gern durchgefüttert, aber bei den Schustersleuten muss sie um alles bitten und fast schon streiten. Das Burgele ständig in der Kammer zu behalten geht nicht mehr; Rosa hat Angst vor der steilen Holzstiege, deshalb nimmt sie die Kleine jetzt am Morgen mit hinunter in die Küche. Da ist sie überall im Weg, und von der Hausfrau gibt es nur spitze Bemerkungen.

Aber sich zusammen mit dem Kind zu verdingen, das schreckt sie. Stattdessen will Rosa zuerst eine Unterkunft für das Burgele suchen, bei anderen Müttern. Doch jetzt zeigt sich, dass sie die Dorfleute kaum kennt. Es ist schwer, Zugang zu anderen zu finden; ihr kommt vor, dass man ihr ausstellt. Bei der Kramerin nachzufragen bringt auch nichts. Sie weiß nichts, sagt sie, da sei schwer raten. Die Nachbarinnen haben lauter große Kinder, außerdem wäre es Rosa lieber, dass das Kind nicht in der Nähe der Schusterin bleibt. So eine wie die Kirmoserin ist kein zweites Mal zu finden.

Nach dem Kirchgang wartet sie auf die Seffa und erzählt ihr, wie es ihr geht und was sie vorhat. Die mault zuerst, versteht aber, was gemeint ist; sie verspricht zwar nichts, aber sie will sich umschauen. Sie kennt ja alle Häuser und die Frauen darin. Die Rosa bittet, sie soll ihr eine raten, die was für Kinder übrig hat und der sie vertrauen kann. Sie muss es auch nicht umsonst tun.

Ostern rückt näher, aber die Seffa hat ihr noch immer nicht Bescheid gesagt. Rosa wird unruhig, die Hausfrau immer unleidiger. Fast jeden Tag gibt es Reibereien.

Da endlich, am Palmsonntag ergibt sich die Gelegenheit. Die Seffa winkt sie nach der Messe zur Seite. Zusammen gehen sie auf den Friedhof.

Ich hab was für dich, sagt die Seffa unvermittelt. Die Bacherin am Dorfrand, dort, wo's nach Moos hinausgeht. Die hat selber drei Kinder, ist aber eine saubere Frau und eine ordentliche Mutter. Ich hab ihr bei allen geholfen, die lässt sich nicht unterkriegen. Und auch der Bacherbauer ist kein unguter Mensch. Da hätt's dein Burgele nicht schlecht.

Die Rosa ist ganz erleichtert. Gleich am Nachmittag macht sie sich nach dem Essen und der Hausarbeit mit dem Kind auf dem Arm auf den Weg zur Bacherin. Überall fängt es an zu blühen, es ist schon recht warm. Ein großer Hund bellt sie von weitem mit tiefer Stimme an, kommt dann an langer Kette bis zu ihr her getrottet, beruhigt sich aber gleich und schnüffelt nur bis zum Kind auf ihrem Arm hinauf. Vor dem Haus spielen drei kleine Buben versunken im Gras, heben nur kurz die weizenblonden Köpfe. Das Haus ist nicht groß, schaut aber sauber aus. Rosa klopft an der Haustür, da kommt ihr schon die Bäuerin mit dem Strickzeug in der Hand entgegen. Auch sie ist blond, groß und fest, hellhäutig und helläugig.

Du bist sicher die Rosa, sagt sie gleich, komm herein in die Küche. Und das ist dein Kind?

Die Frauen setzen sich auf die Bank, Rosa lässt das Burgele auf den Boden gleiten. Es kann jetzt gut aufrecht sitzen, wackelt ein bisschen auf dem Hintern und beginnt dann, den Raum krabbelnd zu erkunden.

Warum willst du denn weg?, fragt die Bacherin als Erstes. Rosa erzählt vorsichtig; sie will nicht bei Fremden über ihre Hausleute schlecht reden, aber die Bacherin versteht schon, wie sie es meint.

Und wo willst jetzt hin? Hast vielleicht schon eine neue Stelle in Aussicht?

Rosa verneint. Aber sie will weiter weg. Im Umkreis hat sie schon genug Rückschläge einstecken müssen. Vielleicht nach Südtirol hinein, da ist das Wetter besser und die Leute sind freundlich, hat sie gehört. Ohne Kind findet sie sicher leichter etwas. Und wenn sie einen guten Platz gefunden und sich eingewöhnt hat, will sie ihr Kleines nachholen.

Vielleicht findest ja sogar was zum Heiraten, meint die Bacherin und schaut sie von der Seite an. Tätst keine schlechte Bäuerin abgeben, wer weiß?

Die Rosa wird rot. Es freut sie, auch wenn sie sich verbietet, an so etwas zu denken. Nun setzt sie der anderen ihren Entschluss auseinander: Zu Georgi wird sie mit ihren Hausleuten abrechnen. Dann wird sie das Burgele herbringen mit seiner Kiste und der Wäsche, die ihr die Kirmoserin überlassen hat. Und gleich für die erste Zeit zahlen. Dann wird sie ihren alten Koffer packen und zum Bahnhof gehen.

Im Süden, heißt es, ist das Leben leichter. Auch weil sie dort kein Mensch kennt.

# Burgi

Am Anfang steht eine Erinnerung, durch häufiges Erzählen vielleicht mehr als durch das tatsächliche Geschehen ins Gedächtnis geprägt.

Sie ist nicht ganz zwei Jahre alt, ein quirliges Menschlein, das die Bacherin überallhin mitnehmen muss, damit sie es im Auge behalten kann. Doch bleibt bei der Heuarbeit nicht viel Zeit zum Nachschauen, alle sind hinter dem mähenden Bauern mit Verteilen und Wenden beschäftigt, die Buben laufen hinterdrein, der Veit muss schon Wasser tragen, und der Lenz hilft ihm, auf die Kleine achtet gerade niemand. Nur der Hund, der einmal frei laufen darf, stöbert im Gras in der Nähe.

Burgi schläft zuerst ruhig unter dem Haselstrauch, doch einmal aufgewacht, richtet sie sich auf und wackelt auf ihren Beinchen durch die Wiese, schief den Rain hinunter, dann stolpert sie und rutscht, kann sich nirgends festhalten, rollt weiter bis hinunter zum Bach und plumpst hinein. Von den Bauersleuten hört niemand etwas, auch nicht ihr Schreien nach dem ersten Untertauchen und dem Schreck; sie versucht, sich am Ufer festzuhalten, treibt aber schon ab, das Wasser zieht an ihr und verschluckt sie, sie kann sich nicht mehr halten ... Da plötzlich springt der Hund heran und bellt aufgeregt, rennt den Bach entlang hin und her und beißt schließlich zu – gerade rechtzeitig erwischt er sie am Kittelchen, hält sie fest, zieht sie heraus ans Ufer und legt sie im Gras ab. Jetzt sind endlich auch die Menschen aufmerksam, die Bäuerin und die Buben kommen heruntergelaufen und begreifen, was geschehen ist, welcher Gefahr die Kleine gerade entgangen ist und dass der Hund – braver Hund! – sie aus dem Wasser gezogen und gerettet hat.

So beginnt Burgis Erinnerung mit einem ersten Wunder. Ihr Leben lang hat sie deshalb zu Tieren ein besonderes Verhältnis. Hunde und Katzen, aber auch Schafe, Ziegen, Pferde und Kühe laufen ihr zu, lassen sich streicheln und kraulen und gut zureden, als ob sie sie immer schon gekannt hätten.

Die zweite, nun schon bewusste Erinnerung: ihre Puppe. Ein helles Holzscheit, auf das die Bacherin ein Gesicht gemalt hat – Augen, Nase, Mund. Mit einem Stück bunten Stoff um den Körper gewickelt, einem kleineren für den Kopf, ist die Puppe fertig. Burgi schleppt sie überall mit, verteidigt sie gegen die Buben, die sie ihr aus dem Arm reißen wollen, bettet sie ins Gras neben sich und deckt sie mit einem alten Polster zu.

Als ihre Mutter sie holen kommt, ist ihre Puppe das Erste, das die Kleine an sich nimmt und ganz fest hält. Sie will nicht mit, sträubt sich mit aller Kraft gegen die fremde Frau, die ihre Mutter sein will. Ihre Mutter ist die Bacherbäuerin, von der sie sich jetzt verabschieden soll. Die Buben sind ihre Brüder, nicht immer angenehme zwar, aber sie ist an sie gewöhnt. Und der kleine Georg hilft ihr oft gegen die größeren. Sie versteckt sich hinter der Bacherin, hält sich an ihr fest, umklammert ihre Knie, atmet ihren Geruch ein und will der Fremden nicht folgen, die zur Eile antreibt, damit sie den Zug noch erwischen.

Enttäuschung auf beiden Seiten. Rosa hat sich gefreut, dass ihr frisch angetrauter Ehemann ihr erlaubt hat, ihr lediges Kind endlich zu sich zu holen. Die kleine Burgi, inzwischen viereinhalb, fühlt sich von allen verstoßen, weint und schluchzt auf der ganzen Fahrt, die sie mit der Fremden zurücklegen muss. Die zieht sie erst ungeduldig, dann ärgerlich hinter sich her. Undankbarer Fratz!

Im neuen Heim heißt es vor allem brav sein. Das fällt dem lebhaften Kind nicht leicht. Die Mutter ist schnell gereizt und hat immer zu tun. Ihr Mann, der neue Vater, ist selten da, und wenn, dann sagt er nicht viel. Rosa räumt auf, putzt und wäscht und kocht, bürstet jeden Tag seine Uniform und poliert die Stiefel, bis sie glänzen, richtet ihm jeden Abend ein Fußbad und redet auch nicht viel.

Burgi sitzt mit ihrer Puppe im Arm auf der Schwelle, auf der Stiege vor oder im kleinen Hof hinter dem Haus, wo die Hennen rund um sie herum im Sand scharren und picken. Sie darf sich nicht schmutzig machen, denn sonst schimpft die Mutter. Sie darf nicht mit den Nachbarskindern spielen, denn die sind zu wild. Sie darf nicht zu viel fragen, denn dann wird die Mutter ungeduldig. Und wenn der Stiefvater abends heimkommt, will er seine Ruhe, keine lästigen Kinder. Er ist zwar einen Kopf kleiner als die Mutter, aber sein Kommando bestimmt in der Amtsstube genauso wie daheim. Für ihn kocht die Mutter immer extra; ein Mann braucht nämlich was zwischen die Zähne, nicht nur ein Mus am Abend. Und dazu wird die Burgi zum Wirt über die Straße geschickt, eine halbe Maß frisches Bier holen, sobald sie es tragen kann. Sie muss sich beeilen, damit der Schaum nicht ganz vergeht, und wenn sie was verschüttet, dann setzt es was.

Kinder können nicht früh genug lernen, was sie später brauchen, sagt der Stiefvater und tätschelt der Mutter den Arm. Ihr Bauch rundet sich schon, bald wird Burgi ein Geschwisterchen bekommen. Dann hat sie auch neue Aufgaben, dann wird ihr sicher nicht mehr langweilig sein. Und im Herbst beginnt eh die Schule. Die Klosterfrauen werden ihr schon beibringen, was sie lernen muss, und die Erziehung der Eltern unterstützen.

Schwester Mechthild zieht ein strenges Gesicht unter ihrer weit ausladenden, gestärkten Haube. Die Kleinen in den ersten Bänken müssen Schreibübungen machen:

n wie in „nun", Haarstrich – Schattenstrich, Haarstrich – Schattenstrich, i wie in „nie", Haarstrich – Schattenstrich. Aufpassen, dass kein Klecks auf das Papier kommt, die Feder vorsichtig eintauchen, gut am Tintenfass abstreifen, dann am Federwisch, bevor sie weiterschreiben. Haarstrich – Schattenstrich, zwei Zeilen, vier Zeilen, acht Zeilen voll.

Die größeren Kinder dürfen still eine Geschichte lesen, die sie dann nacherzählen sollen. Die noch älteren lernen ein Gedicht auswendig, und die ganz großen machen Rechenaufgaben. Schwester Mechthild duldet weder Störung noch Unaufmerksamkeit. Bei über sechzig Kindern in der Klasse muss Ruhe herrschen, sonst ist kein Unterricht denkbar. Die Schwester hält ein langes hölzernes Lineal in der Hand. Wer trödelt oder gar mit dem Banknachbarn schwätzt, kriegt eins auf die Finger. Die kleinen Mädchen sind am bravsten, aber auf die Buben muss sie achtgeben, die spielen, statt zu arbeiten, da muss man dreinfahren und durchgreifen, damit das nicht einreißt.

Den Tobias erwischt sie gerade, wie er mit dem Peter die Köpfe zusammensteckt. Sie zerquetschen die Läuse, die aus den Haaren der vor ihnen sitzenden Martha auf ihre Bank heruntergepurzelt sind. Die beiden unterhalten sich schon die ganze Zeit und merken nicht, dass die Schwester sie beobachtet. Die sind jetzt dran. Sie müssen heraus und sich neben dem Pult hinknien bis zum Ende der Stunde.

Es ist schon ein Kreuz mit den Bauernkindern. Kaum hat man ihnen etwas beigebracht, sind sie schon wieder weg, weil sie daheim auf dem Feld helfen müssen, dann hüten und dann klauben, und bis sie im Spätherbst wiederkommen, haben sie alles wieder vergessen. Umso strenger muss man sie halten, damit sie in der kurzen Zeit überhaupt etwas lernen.

Der Katechismus ist der Burgi ihr liebstes Buch, weil so schöne Bilder drin sind. Das kleine Jesuskind hat es ihr angetan, da kann sie sich nicht sattsehen. Ganz hell ist es und zart und klein, wie es auf dem Schoß der Muttergottes sitzt, lächelt und die Heiligen Drei Könige segnet, die vor ihm knien. Gerade noch hat es in der Krippe gelegen und selig geschlafen wie der kleine Bruder, wenn er einmal Ruhe gibt. Und oben über dem Dach des Stalles schweben die Engel, das sind auch lauter liebe kleine Kinder, alle sauber und mit gefalteten Händen.

*Maria mit dem Kinde lieb,*
*uns allen deinen Segen gib.*

Und wie das Jesuskind dann größer wird, hilft es daheim brav mit. Der heilige Josef ist ja Zimmermann, da muss es ihm zur Hand gehen und auch Holz holen für die Mutter Maria, die daheim kocht. Ganz wie alle Kinder ihren Eltern helfen und folgen sollen.

*Wie Jesus zu Hause lieb und fein,*
*will auch ich immer fromm und fleißig sein.*

Auch bei den Engeln gibt es kleinere und größere. Wenn die kleinen wachsen, werden sie Schutzengel. Bei den Kindern sollen auch die größeren immer auf die kleineren aufpassen. Jedes Kind hat einen eigenen Schutzengel, die Erwachsenen auch. Die Schutzengel begleiten uns immer, passen auf uns auf und führen uns zum lieben Gott im Himmel. Den Schutzengel stellt sich Burgi groß und schön vor, so wie er im Katechismus abgebildet ist. Da führt er zwei Kinder über einen Steg, der kein Geländer hat. Der Engel hat lange Haare, ein langes Gewand und große, ausgebreitete Flügel. Jeden Abend macht Burgi in ihrem Bett neben dem Kissen einen Platz für ihren Schutzengel zurecht. Der sitzt nämlich die ganze Nacht wach bei ihr und passt auf sie auf. Sie kann ihn sogar sehen, denn wenn das Mondlicht ins Zimmer scheint, da bleibt neben ihrem Kissen immer ein ganz heller Fleck.

*Heiliger Schutzengel mein,*
*lass mich dir empfohlen sein.*
*Dass mein Herz von Sünden frei,*
*allzeit Gott gefällig sei.*

Besonders gefallen der Burgi auch die Bilder zu den Geschichten aus der Bibel. Wie die schön gekleidete und geschmückte Prinzessin den kleinen Moses in seinem Körbchen im Schilf entdeckt und aufnimmt, so wäre Burgi auch gern gefunden worden von einer Königstochter und in einem Palast aufgewachsen. Und erst die Geschichte vom Joseph, den seine Brüder nicht mögen, weil der Vater ihn besonders lieb hat. Zuerst werfen sie ihn in einen Brunnen, dann verkaufen sie ihn an einen fremden Herrn. Dieser Herr hat eine böse Frau, die den Joseph zur Sünde verführen will – welche Sünde das ist, hat die Schwester nicht gesagt –, er lässt sich aber nicht verführen, und weil sie böse ist, erzählt sie ihrem Mann, dass er sie zur Sünde verführen wollte. Er glaubt ihr und lässt den Joseph einsperren. Aber Joseph kann Träume erklären und in die Zukunft schauen. Das erfährt der König, der den Joseph bald zu seinem Ratgeber macht. Und alle Träume des Königs werden wahr, und alle Leute kommen zu Joseph und bitten um etwas zu essen, weil er rechtzeitig Korn gesammelt hat, um Mehl daraus zu machen. Auch Josephs Brüder kommen betteln und erkennen ihn nicht; erst als er sich zu erkennen gibt, müssen sie einsehen, wie schlecht sie ihn behandelt haben und wie weit es ihr Bruder Joseph gebracht hat.

*Einen goldnen Spruch will ich dir sagen nun:*
*Lieber Unrecht leiden, als Unrecht tun!*

Mit dem kleinen Bruder hat die Mutter viel Arbeit, und Burgi darf ihr helfen. Sie graust sich zwar schon, wenn sie die vielen nassen und dreckigen Windeln sieht und riecht, die jeden Tag anfallen, aber das geht bald vorbei, sagt die Mutter. Wenn er erst sitzen kann, kommt er auf den Topf, dann kriegen wir ihn schon sauber. Burgi hilft die Windeln ausschwenken und aufhängen; ganz sauber schauen sie nie aus, aber es geht nicht anders, sagt die Mutter. Die Puppensachen sind viel seltener zu waschen, das macht die Burgi schon selber.

Wenn schönes Wetter ist, darf Burgi im Hof auf den kleinen Bruder aufpassen. Da liegt er in seinem Wagen unter dem Apfelbaum und spielt mit seinen Händchen, das schaut ganz drollig aus. Er lacht, wenn er sie sieht und sie mit ihm redet. Schlimm ist es erst, wenn er schreit. Burgi versucht, ihm den Stoffschnuller zu geben, wie die Mutter es ihr gezeigt hat, oder den Wagen ein bisschen zu schaukeln, aber herausnehmen darf sie ihn nicht, weil er zu schwer für sie ist. Das Schreien ist kaum auszuhalten. Erst wenn gar nichts mehr nützt, läuft Burgi die Mutter holen. Die seufzt zwar immer – schon wieder! –, aber dann nimmt sie den Kleinen heraus und trägt ihn ins Haus, und Burgi hat wieder ein bisschen Ruhe.

Doch sie muss auch im Haus mithelfen, alles lernen, was sie später können muss: aufräumen, kehren, wischen, Betten machen, Holz tragen und Wasser holen, Geschirr trocknen, Hennen füttern, Unkraut jäten. So ein Nachmittag ist schnell um, und Hausaufgaben gibt es auch. Burgi ist sehr genau damit und bekommt manchmal sogar Fleißbildchen von Schwester Mechthild dafür.

Der kleine Bruder hat vielleicht noch keinen richtigen, großen Schutzengel gehabt, oder der seine hat es zu eilig gehabt und ihn deswegen so bald wieder in den Himmel mitgenommen. Auch, dass alle für ihn gebetet haben, hat nichts genützt. Und vielen anderen Kindern im Dorf ist es auch so ergangen.

Der kleine Urban lag mit rotem Kopf in seinem Bettchen, zappelte unruhig hin und her und jammerte vor sich hin. Die Mutter versuchte, das Fieber mit kalten Wickeln zu bekämpfen, aber es war nicht aufzuhalten, es stieg immer höher. Das Kind erbrach sich und hatte zugleich Durchfall, und sein Atem klang, als ob eine Säge ginge. Die Mutter wusste sich nicht zu helfen; der Doktor musste geholt werden, aber es dauerte lange, bis er kam. Der Doktor hielt dem Kleinen die Nase zu, damit er den Mund aufmachte, und als er in den Hals geschaut hatte, sagte er zu der verzagten Frau: Schlimm. Man kann nicht viel tun. Lassen Sie niemand ins Zimmer. Spülungen mit Zitronenwasser. Einläufe und Packungen. Es ist ansteckend. Und gefährlich. Sie müssen sich selber schützen. Hände gut waschen.

Und zum Vater sagte er, als er mit seiner Tasche wieder aus dem Zimmer trat: Diphtheritis. Ihre Frau weiß schon Bescheid. Vielleicht können wir den Kleinen retten. Beten Sie. Beten Sie!

Burgi kam zur Nachbarin. Die Frau Midi war nett zu ihr und versorgte sie, so gut sie konnte. Sie streichelte ihr sogar öfter über den Kopf, das war Burgi gar nicht gewöhnt. Die Eltern sah sie eine Weile überhaupt nicht mehr. Frau Midi brachte immer wieder Nachricht von der Mutter und dem kleinen Bruder, dem es immer noch schlecht ging. Und sie erinnerte Burgi mehrmals am Tag daran, für den kleinen Urban zu beten.

Erst nach einigen Tagen kam die Mutter wieder und holte Burgi heim. Sie führte sie ins Zimmer, wo der kleine Bruder auf seinem Bett lag, ganz weiß, ohne sich zu rühren, als wenn er tief schlafen würde. Kerzen brannten im abgedunkelten Raum, es war so still wie sonst nie. Die Mutter schob Burgi vor sich her und sagte, sie solle für den kleinen Bruder beten, der sei jetzt beim lieben Gott im Himmel.

Burgi war überrascht und konnte das gar nicht verstehen. Aber die Mutter weinte nun, und auch der Stiefvater weinte, als er dazukam. Sie kniete sich hin und betete zum Jesuskind und zur Muttergottes, dass der kleine Bruder nicht mehr leiden musste so wie in den letzten Tagen. Sie betete mit Inbrunst, weil ihr der kleine Bruder so leidtat.

Da hörte sie, wie der Stiefvater auf einmal hinter ihr sagte: Könnt nicht die dort liegen statt unserm Kind?

Und die Mutter gab leise zur Antwort: Ich hab mir das auch grad gedacht, aber ich hab's nicht sagen wollen.

Burgi überlegte, was das heißen sollte; sie verstand nicht immer, was die Erwachsenen sagten. Erst als bei der Beerdigung der kleine weiße Sarg in die Erde gesenkt wurde und die Eltern laut weinten, begriff sie, was sie gemeint hatten.

Rasch hintereinander kommen die nächsten zwei Geschwisterchen an. Zuerst Klara, ein ruhiges, zartes Kind, ein Jahr später schon Gottfried – endlich wieder ein Bub, sagt der Stiefvater, das wurde auch höchste Zeit. Gottfried ist von Anfang an ein schlimmer Schreihals. Burgi, die schon beim kleinen Urban der Mutter zur Hand gegangen ist, wird eine gute Kindsdirn. Sobald sie aus der Schule kommt, heißt es anpacken, der Mutter helfen, dass kaum Zeit bleibt für die Hausaufgaben. Sie setzt ihren Ehrgeiz darein, alles richtig zu machen, die Eltern sollen sehen, was für ein braves Kind sie haben und dass sie keine Schwierigkeiten macht.

*Dem Kind, das seine Eltern ehrt,*
*wird Heil und Glück von Gott beschert.*

Gelobt wird sie nur selten, eher in der Schule als daheim. Besonders von Schwester Laura, der Handarbeitslehrerin. Die hat herausgefunden, dass Burgi schnell jede neue Technik begreift und sauber, geduldig und ausdauernd zu Werke geht, sodass sie sie oft als Beispiel für die anderen Mädchen hinstellt. Das ist der Burgi einerseits recht, weil sie sich über das Lob richtig freuen kann, andererseits wäre sie gern genauso wie alle anderen Kinder, die aus ordentlichen Verhältnissen stammen.

Von den Kindern in der Klasse versteht sie sich nur mit Maria gut. Die ist etwas größer, hat dunkelbraune Zöpfe, lustige braune Augen, eine Stupsnase und rote Wangen und lacht viel. Sie ist das dritte Kind beim Kohlerbauern, deswegen muss sie daheim nicht so viel helfen wie ihre älteren Schwestern, und sie begleitet Burgi nach der Schule oft ein Stück heim, obwohl sie nicht sehr nahe wohnt. Maria ist manchmal ziemlich schusselig, vergisst etwas zu Hause und lässt sich gern von Burgi helfen, vor allem bei den Handarbeiten. Dafür umarmt sie ihre Freundin oft und gibt ihr sogar einen Kuss auf die Wange. Auch ist Marias Schrift recht wackelig, wofür sie von Schwester Mechthild gescholten wird, aber das nimmt sie viel weniger ernst, als es Burgi getan hätte, wäre sie an ihrer Stelle. Maria ist eine rechte Plaudertasche, und deswegen erzählt sie Burgi, was die anderen Kinder über sie reden, nicht ohne ihr zu sagen, das sei ihr, Maria, ganz egal, sie sei ihre beste Freundin und das werde sie auch bleiben. Alle wissen, dass sie nur ein lediges Kind ist, weil sie nicht so heißt wie ihr Vater, sondern so wie ihre Mutter, und weil sich die anderen Mütter gut daran erinnern, wie schnell die Rosa schon ein großes Kind hatte, kaum, dass sie verheiratet war. Auch, dass Burgi daheim knapp gehalten wird, ist bekannt. Aber Maria sagt: Mach dir nichts draus, meine Eltern sind auch streng. Schimpfen tut nicht weh, und Hauen dauert nicht lang.

Die Geschichten des Evangeliums und die Wunder, die der liebe Jesus auf seiner Wanderschaft durch das Heilige Land wirkte – die Erweckung des Lazarus und der Tochter des Jairus und die Heilung des Gelähmten, der sein Bett nahm und davonging, als wäre er nie krank ge-

wesen, überhaupt der ganze Leidensweg der Heilsgeschichte –, können sie zu Tränen rühren. Auch, weil die Schwester Philomena ihre Erzählungen so dramatisch ausmalt, fallen sie auf fruchtbaren Boden. Der liebe Jesus gefällt Burgi ganz besonders, wenn er die Kinder segnet, da gibt es ein wunderschönes Bild im Katechismus. Er ist groß und blond, hat lange Haare, blaue Augen und einen kurzen Bart, trägt ein langes Gewand und einen weiten Mantel um die Schultern und geht meistens barfuß, manchmal auch in Sandalen, weil es im Heiligen Land immer warm ist. Er ist stets freundlich und liebevoll, wie der gute Hirte zu seinen Tieren.
*O guter Hirt, o Jesu mein,*
*lass immer mich dein Schäflein sein.*
Und wenn Burgi mit den anderen in der Kirche die schönen Lieder singen darf, fühlt sie sich froh und geborgen. *Singt heilig, heilig, heilig* oder *Meerstern, ich dich grüße*, oder *Beim letzten Abendmahle* ... Und das prachtvolle *Großer Gott, wir loben dich* jagt ihr Schauer über den Rücken und die Arme hinunter.

Manchmal passiert es aber auch, dass sie in der Kirchenbank einfach umfällt. Auf einmal bleibt ihr die Luft weg, es wird ihr schwarz vor den Augen, und wenn sie dann wieder aufwacht, sind alle Frauen über sie gebeugt und fächeln ihr Luft zu. Das kommt vom Wachsen, bescheidet die Winklerbäuerin, und die anderen Frauen bestätigen das nickend. Burgi ist ja auch in kurzer Zeit aufgeschossen, mager und blass, da können solche Aussetzer schon vorkommen.

Obwohl Burgi daheim mithilft, bescheidet der Stiefvater, sie solle im Sommer gleich nach der Schule auch außer Haus etwas lernen. Die Mutter bringt sie zum Postwirt, wo die Frau in der Küche jede Hilfe gebrauchen kann, die etwas taugt. Schlafen kann Burgi daheim, aber zu essen bekommt sie im Gasthaus, was jedenfalls eine Ersparnis bedeutet.

Die Postwirtin ist eine energische Frau, die ihre Küche fest im Griff hat. Alles an ihr ist rund, auch der Kopf, die dunklen Augen und der straffe braune Haarknoten. Um den Hals hat sie ein Handtuch hängen, mit dem sie sich den Schweiß abwischt und die Hände trocknet; manchmal dient es auch dazu, einem Kommando Nachdruck zu verleihen. Mit festen Armen fuchtelt sie über ihren dampfenden Töpfen, dreht mit Schwung die Knödel in den Händen und lupft die schweren Pfannen mit dem Gröstl, das je nach Fleischsorte als Herren- oder Bauernkost durchgeht.

Burgi ist das jüngste Küchenmädchen und muss natürlich ganz unten anfangen. Kehren und wischen, Wasser schöpfen, Holz tragen, Kartoffeln und Zwiebeln schälen, Teig rühren, Geschirr trocknen. Und ständig zwischen Speisekammer, Keller und Küche hin und her laufen, weil die Wirtin – schnell, schnell! – etwas braucht. Im Keller, wo die großen Eisblöcke liegen, um die Vorräte frisch zu halten, ist es gleich so kalt, dass es einem die Gänsrupfen aufzieht, heroben im Küchendampf schwitzen alle und schnappen nach Luft. Die Eisblöcke werden jeden dritten Tag geliefert, dann heißt es schnell machen, in den Keller damit; schwer sind sie, und fast frieren einem dabei die Hände ab. Kein Wunder, dass Burgi bald einmal hustet und den ganzen Sommer über den Husten nicht mehr loswird. Daheim muss sie ja auch mithelfen, da ist sie die Große, der man schon zutrauen kann, dass sie still ihre Arbeit tut. Zeit zum Reden bleibt dabei kaum, aber es gibt auch nichts, was zu bereden wäre.

Immer, wenn sie sich vor etwas fürchtet, beginnt Burgi zu beten. Sie weiß viele Gebete auswendig, und andere stehen in dem kleinen Missale, das sie zur Erstkommunion bekommen hat. Das Beten ist auch sehr nötig, als sie einmal plötzlich zu bluten anfängt und glaubt, sie hätte jetzt eine schwere Krankheit. Sie wäscht heimlich ihre Wäsche aus und quält sich tagelang, weil sie den Eltern ja keine Schwierigkeiten machen will. Dann geht es auch vorbei, und sie atmet auf und betet voll Dankbarkeit zur Muttergottes, doch nach einigen Wochen beginnt alles wieder von vorn, und nun muss sie es wohl der Mutter beichten, obwohl sie sich schämt. Die aber sagt nur: Jetzt ist es bei dir auch so weit. Von jetzt an kriegst du das jeden Monat. Das haben alle Frauen, Gott sei's geklagt.

Sie gibt ihr einen Leibgürtel und alte, zu Streifen zusammengelegte und -genähte Wäschestücke und zeigt ihr, wie sie diese daran befestigen soll; auch schärft sie ihr ein, alles wieder sauber – mit kaltem Wasser! – auszuspülen. Und nicht mit der anderen Wäsche zusammen. Der selbst genähte Leibgürtel ist zusätzlich zum Strumpfgürtel zu tragen, und wenn schon der mit den fürchterlich „beißigen" Wollstrümpfen eine rechte Plage war, kommt jetzt noch mehr lästiger Unterbau dazu.

Zum Beten nimmt Burgi auch Zuflucht, als die nächtliche Heimsuchung beginnt.

Immer wieder, nicht jede Nacht, aber mit einer gewissen Regelmäßigkeit, wacht sie mitten in der Nacht von einem Geräusch auf, das von Bewegungen in ihrer Kammer herrührt. Das Schwesterchen schläft ruhig und tief, die Geräusche kommen also nicht von dieser Seite. Schritte von der Tür her, dann ein Rucken an ihrem Bettpfosten, unsichtbare Bewegungen und Atmen wie von einer Person, die durch die Kammer geht. Diese geht zuerst hin und her, rüttelt an ihrem Bett und streicht über die Decke. Burgi ist da meistens schon ganz wach und zittert vor Angst. Sie vermutet einen Geist und versucht, ihn anzusprechen, weil man Geister in den Geschichten so vertreiben kann, aber ihre Stimme versagt den Dienst, sie bringt nur ein leises Flüstern zustande, das sie selber kaum hört. Das Wesen antwortet auch nicht, bewegt sich nur stumm an ihrem Bett, atmet hörbar, dann wieder nicht mehr, und Burgi traut sich nicht, sich zu rühren, sie ist völlig erstarrt, nur ihr Herz klopft ganz laut und schnell. Dann kommt die Bewegung näher, eine Hand fährt unter die Decke, findet ihren Körper und zieht das Nachthemd zur Brust herauf, dann streicht die Hand über ihre Brust und den Bauch und berührt sie sogar weiter unten, wo man nicht hingreifen darf. Burgi liegt starr vor Schreck und Scham, die Hand fährt auf und ab, das Schnaufen wird stärker und lauter, es dauert eine Ewigkeit, Burgi fürchtet, das Herz würde ihr stillstehen, dann ist es plötzlich zu Ende, die Hand zieht sich zurück, streicht wieder über die Decke, dann rüttelt das Bett, das Wesen bewegt sich auf die Tür zu, verlässt schließlich die Kammer, und alles ist wieder ruhig.

Nur Burgi bleibt aufgewühlt und schlotternd zurück, und in ihrer Angst beginnt sie zu beten. Sie ruft den Beistand des Schutzengels und der Muttergottes an, und endlich beruhigt sie sich langsam und kann wieder einschlafen. Eine Weile geht es gut, sie verlängert auch ihr Nachtgebet und fühlt sich schon sicher. Und dann beginnt alles wieder von Neuem, und der Schrecken und die Angst werden noch größer als beim ersten Mal. Burgi traut sich nicht mehr ins Bett, schläft am Bettrand kniend ein, und dann passiert auch nichts. Aber immer dann, wenn sie glaubt oder hofft, der Spuk habe aufgehört, kommt das Wesen wieder. Es muss ein böser Geist sein, der sie heimsucht, ein Teufel vielleicht, der den Mädchen nachstellt. Als sie der Mutter erzählt, sie glaube, dass ein Geist in ihrer Kammer umgehe, meint diese barsch, das bilde sich Burgi nur ein. Danach traut sie sich nichts mehr zu sagen. In der Beichte versucht sie, dem Pater ihre Erlebnisse mitzuteilen, und bekommt den Rat, fest zu beten, damit die bösen Träume aufhören. Aber Burgi glaubt nicht, dass sie träumt, im Gegenteil, sie ist ja immer gleich ganz wach, kann sich nur nicht rühren vor Angst. Schließlich, nachdem sie sich viele Monate lang damit gequält hat, verfällt sie auf eine Idee: Sie wird ein Gelübde ablegen, feierlich versprechen, dass sie von diesem Moment an jeden Abend einen ganzen Rosenkranz beten wird. Das Versprechen löst sie sogleich ein, obwohl ihr oft vor Müdigkeit die Augen zufallen. Und die Heimsuchungen hören tatsächlich auf.

*Wenn die Not am größten,*
*Ist Gottes Hilfe am nächsten.*

Der Stiefvater bringt die Nachricht aus der Amtsstube mit, auf der Straße stehen die Leute mit ernsten Gesichtern in Gruppen zusammen und schütteln die Köpfe. Etwas Schreckliches ist passiert, und welche Folgen das haben wird, ist noch nicht abzusehen. Die Männer diskutieren bis spät in die Nacht im Gasthaus, der Wachtmeister hat Mühe, die Sperrstunde einhalten zu lassen, und die schlimmsten Unker wissen bereits, diesmal wird der Kaiser sich nichts mehr gefallen lassen, diesmal ist seine Geduld wohl am Ende. Jetzt geht's rund, heißt es, und Serbien muss sterbien, wir werden es ihnen schon eintränken, alles was recht ist, das wäre ja noch schöner.

Die Frauen jammern über das furchtbare Verbrechen und sind voll Mitgefühl mit dem armen alten Kaiser, dem wirklich nichts erspart bleibt in seinem Leben, aber die Mutter beißt nur die Zähne zusammen und seufzt ein ums andere Mal: Wenn das nur gut ausgeht ... Und die Postwirtin rumort unwirsch in ihrer Küche herum und meint, es kämen auf alle Fälle schlechtere Zeiten, so oder so, und wenn die Großen sich den Schädel einschlagen, zahlen immer die Kleinen drauf. Zum Schluss geht keiner mehr ins Gasthaus, die Fremden bleiben auch alle weg, die Vorräte werden knapp und die Lebensmittel immer teurer, weil alle noch hamstern wollen, so kurz vor der Ernte.

Die Zeitungen sind voll von Bildern des ermordeten Thronfolgerpaares mit den drei Kindern, man sieht den Erzherzog zu Pferde bei der Parade in Wien und die Erzherzogin in ihrer Kutsche, und dann tauchen die Bilder der beiden kaiserlichen Bundesgenossen nebeneinander auf: links der glatzköpfige Alte mit den traurigen Augen, dem bauschigen weißen Backenbart und dem Hängeschnauzer, rechts der Jüngere mit dem schneidig-scharfen Blick und Scheitel und steif aufgezwirbeltem Schnurrbart.

Die Postwirtin sollte recht behalten. Der Heumonat ist noch nicht um, da wird der Krieg erklärt, und die Männer müssen einrücken, gerade während der Ernte. Das trifft die Frauen hart, da können sie die Begeisterung der Männer nicht mehr recht teilen. Alles wird aufgeboten, Frauen und Kinder müssen auf den Feldern schuften, die Bäuerinnen tun sich schwer beim ungewohnten Mähen, und so geht alles viel langsamer und mühsamer als sonst vor sich. Auch Burgi und ihre Mutter gehen ins Heu, wie alle zusammenstehen müssen in dieser schweren Zeit. Und der Stiefvater kann als k. k. Wachtmeister gar nicht anders, er zeichnet als einer der Ersten die Kriegsanleihe, und dann ist bald kein Geld mehr übrig, und die Mutter muss froh sein, wenn sie Mehl und Milch von der Bäuerin bekommt und Hennenfutter, damit sie wenigstens Eier haben. Immer wieder gibt es Streitereien daheim, die Mutter ist nicht mehr still, sondern mault zurück, wenn der Stiefvater sich darüber beschwert, dass sie wieder nichts Gescheites auf den Tisch gebracht hat. Und mitten hinein in die ersten Nachrichten vom Heldentod der Männer, die in Galizien gefallen sind, kommt ein Brief von Luise, der Schwester der Mutter, an, in dem sie schreibt, dass ihr Vater schwer krank sei und nach der Rosa verlange.

Burgi ist dabei, als die Mutter dem Stiefvater das Blatt hinwift: Da, lies! Der kann lang warten! Ich hab's geschworen, dass ich nie mehr heimkomm, und das halt ich! Soll er schauen, wo er bleibt!

Im Jahr darauf fällt auch noch der verräterische Erbfeind der Donaumonarchie in den Rücken. Die Landstürmer strömen zurück und müssen verköstigt werden, und nach den Requirierungen für das Militär bei den Bäuerinnen, die man nur noch verzweifelt jammern hört, gibt es nichts mehr zu kaufen und bald auch nichts mehr zu essen, keine Milch und schon gar kein Fleisch, keine Eier, kein Gemüse. Die letzten Hennen, die die Mutter gehütet hat wie ihren Augapfel, werden trotzdem gestohlen; der Hausgarten ist bald leer geräumt und gibt nichts mehr her, auch auf den Feldern kommt über Nacht alles weg. Die Rationierungen fallen zu knapp aus für eine Familie mit kleinen Kindern, beim Kramer werden die leeren Regale nicht mehr nachgefüllt, und auch das Anstehen vor dem Geschäft ist meistens vergeblich. Die Mutter muss bei den Bauern betteln, und viel mehr als Brennsuppe, und die fast ohne Fett, wenn's hoch kommt, noch mit dünnen Kraut- oder Rübenstücken drin, bringt sie nicht mehr zustande. Da beschließen die Eltern, Burgi wieder über den Brenner zu schicken, das nördliche Tirol ist weniger nahe an der Front, und wer sich bei den Bauern verdingt, wird dort mit versorgt. Ein Esser weniger in der Familie ist auf jeden Fall von Vorteil. Und Burgi ist jetzt alt genug, um für sich selbst zu sorgen.

So kommt sie wieder in die alte Heimat zurück. Nicht dorthin, wo sie geboren ist, sondern in ein Dorf, in dem der Stiefvater Verwandte hat, Leute, die einen großen Hof bestellen müssen und daher jede Hand gebrauchen können.

Burgi wird zum ersten Mal in ihrem Leben allein auf die Reise geschickt. Die Mutter begleitet sie zur Bahn und verabschiedet sich schnell; außer dem alten geflochtenen Koffer mit dem Werktagsgewand, der Unterwäsche und einem zweiten Paar Schuhe hat Burgi noch einen Brief des Stiefvaters mit, den sie der Gruberbäuerin übergeben soll.

Am Zielbahnhof erkundigt sie sich beim Vorsteher nach dem Weg. Es ist weit bis zum Hof am Waldrand. Der Koffer ist schwer, das Herz genauso. Denn auch wenn die Eltern ihr nie das Gefühl gegeben haben, dass ihnen besonders viel an ihr liegt, ist es doch ihr Zuhause, das sie nun verlassen hat, und die Geschwisterchen, an denen sie hängt. Sie haben ihr zwar gesagt, wenn der Krieg vorbei wäre, könne sie ja vielleicht zurückkommen, aber gerade dieses „Vielleicht" hat sie aufhorchen lassen und sich schwer auf ihre Seele gelegt.

Endlich kommt sie am Gruberhof an. Ein stattlicher Hof, ein großes Gebäude, wie überall im Unterinntal alles unter einem Dach. Ein gelber Hund kommt an langer Kette bis zu ihr hin und wedelt freundlich. Burgi klopft an der Haustür, und als niemand öffnet, stellt sie den Koffer ab und geht um das Haus herum. Sie trifft die Bäuerin im Anger beim Wäscheabnehmen: eine dürre, blasse Frau mit einem zur Gretlfrisur aufgesteckten Zopf und einem knochigen Gesicht mit hellen Augen.

So so, du bist also die Burgi, das Stiefkind vom Josef, sagt sie mit einer auffällig rauen Stimme und lächelt so flüchtig, dass es nur wie ein Nervenzucken über ihr Gesicht läuft und Burgi sich gleich fragt, ob sie es wirklich gesehen oder sich nur getäuscht hat. Recht kräftig schaust mir grad nicht aus, habt's wohl zu wenig zum Essen gekriegt? Kannst gleich mit anpacken, und danach zeig ich dir die Küche und die Kammer, wo du schlafen kannst.

Sie lässt Burgi den vollen Wäschekorb aufheben und hinter ihr hertragen, als sie mit schnellen Schritten zur

Haustür strebt. Das wundert mich, sagt sie noch, dass der Flock gar nicht gebellt hat, sonst hätt ich gemerkt, dass einer kommt. So, der Korb bleibt einmal da im Hausgang. Die Leute sind alle draußen beim Kornschneiden. Es ist eh Zeit zum Kochen, aber zuerst gehen wir noch hinauf.

Und schon steigt sie die Holztreppe hinauf, während Burgi ihren Koffer holt und damit hinter ihr dreinkommt. Die Kammer ist die letzte im Gang, dahinter muss schon der Stadel sein. Zwei schmale Betten mit Strohsäcken stehen darin, ein Kasten, ein Stuhl und der Waschtisch. Der Raum ist dunkel, das Fenster ganz klein und durch das vorspringende Hausdach verdeckt, dass man sich auf die Zehenspitzen stellen muss, um hinauszusehen.

Zieh dich um und dann komm mir helfen. Damit schließt die Bäuerin die Tür. Als Burgi in die Küche kommt, steht sie schon am Herd. Heut gibt's Gerstsuppe voraus, danach einen schwarzplentenen Sterz, sagt sie. Kochen wirst wohl schon können, warst ja bei der Postwirtin in der Küche, hat der Josef geschrieben.

Schon, aber recht viel gelernt hab ich da nicht, muss Burgi zugeben.

Zugeschaut wirst wohl haben. Dann sag einmal, wie man die Gerst kocht.

Burgi zählt auf: Zwiebel fein hacken, im Fett anrösten, die Gerste dazu, mit Fleischsuppe aufgießen und weich kochen.

Ja, wenn man Fleischsuppe hätt', wirft die Bäuerin ein. Wasser tut's auch. Und hast nicht was vergessen? Und wie lang kocht's dann?

Ja, Salz natürlich, und Lorbeer und Majoran und Knoblauch und ein Stück Schwarte, erinnert sich Burgi. Und kochen muss es eine gute Stund.

Wenn nicht länger, sagt die Gruberin.

Und die Postwirtin hat noch gelbe Rüben hineingetan und Grünzeug und zum Schluss gekochte Keschtn.

Die in Südtirol geben's wohl recht groß, meint die Bäuerin. Das haben wir alles nicht. Und der Sterz?

Ich kenn bloß den Riebler, sagt Burgi.

Ja, dann musst noch was dazulernen. Jetzt schür einmal an und richt die Zwiebel. Das Fett hol ich dir gleich. Und sie zieht einen Schlüssel aus dem Kittelsack und sperrt die Tür zur Speisekammer auf. Dann kommt sie mit einem Hafen mit zerlassenem Fett heraus und sperrt gleich wieder zu. Aus dem Rohr holt sie einen Topf und stellt ihn auf den Herd.

Mehr als einen Löffel Fett braucht's nicht. Ich geh inzwischen die Hennen einsperren, es schaut nach Gewitter aus. Es wetterleuchtet schon.

Burgi hat gar nichts davon gemerkt. Sie tritt zum Fenster, und tatsächlich sieht sie Funken über dem Tal am Himmel aufblinken. Das ist noch weit weg, meint sie zur Bäuerin, doch die gibt zur Antwort: Das schaut nur so aus, die Wetter sind bei uns schnell da und schlimm. Beim Kornschneiden täten wir's nicht brauchen. Sie müssen sich schleunen, dass sie fertig werden, bevor's losbricht. Bin gleich wieder da.

Burgi tut, was die Gruberin sie geheißen hat. Durch das Küchenfenster sieht sie, wie der Wetterwind die Zweige der Bäume herumwirft.

Besser, wir machen überall die Läden zu, ruft die Bäuerin und rennt gleich in die Stube. Burgi röstet inzwischen schon die Gerste ab, dann gießt sie Wasser zu und rennt ebenfalls los, nach oben, um sich die Kammern vorzunehmen. Jedes Mal, wenn sie ein Fenster aufmacht, heult der Wind, dass ihr ganz anders wird. Als unten die Haustür aufspringt, zieht es gewaltig durch den Flur, dass sie ihre ganze Kraft braucht, um die Fensterläden zu befestigen. Beim Rückweg muss sie nach dem Stiegengeländer tasten, so dunkel ist es geworden.

Die Hausfrau kommt unten mit einem Kerzenleuchter aus der Stube. Wir müssen was Geweihtes verbrennen, damit's keinen Wetterschaden gibt, sagt sie. In der Küche pflückt sie ein paar Blätter vom Palmbuschen auf der Kredenz und hält sie in die Flamme. Gleich beginnt sie zu beten: Herr, verschone dieses Haus und alle, die gehen ein und aus. Und dann den „Engel des Herrn".

Inzwischen kocht die Gerste über, es zischt, die Burgi springt hin und reißt den Deckel weg, zieht den Topf zur Seite und rührt gleich um, damit der Schaum zurückgeht. Was soll ich für den Sterz aufsetzen?, fragt sie, nachdem die Bäuerin sich bekreuzigt hat. Einen Topf mit Wasser, sagt die.

Sobald es aufkocht, schüttet sie das ganze abgemessene Heidenmehl auf einmal hinein und deckt zu. Da erhellt der erste Blitz die Küche mit bläulichem Licht, dass die beiden zusammenzucken. Und nicht lang mehr, dann kracht auch der Donner, dass das Fenster im Rahmen zittert.

Endlich rührt sich was im Hausgang, und ein Kopf erscheint in der Tür: Wir haben's grad noch geschafft, die Schober aufzustellen. Jetzt kommen dann alle nach.

Der nächste Donner kracht fürchterlich, blaue Lichter zucken hinter den Fensterläden, und jetzt rauscht auch schon der Regen herunter, ganz plötzlich, als ob ein Damm gebrochen wäre.

Zum Essen in der Stube rücken alle zusammen um den Tisch. Die Bäuerin hat die Petroleumlampen angezündet, aber recht viel machen die auch nicht aus.

Die einzigen Mannsbilder sind der Fütterer und der Stallbub. Franz, den sie vielleicht deswegen nicht eingezogen haben, weil er einen Klumpfuß hat und hinkt, ist nicht mehr der Jüngste. Sein grauer Schopf geht seitwärts in den grauen Ratzen über, der ihm unter der Nase hängt. Er hat lange senkrechte Furchen im Gesicht, buschige Augenbrauen und kleine Augen; außerdem schielt er, dass Burgi nicht recht weiß, in welches Auge sie schauen soll, wenn er sie anspricht. Neben ihm der Loisl, der Stallbub, der ist wieder zu jung für den Kriegsdienst, ein halbes Kind noch, weiß und rot im Gesicht, mit einer Stimme, die dauernd kippt. Gegenüber sitzt die Großdirn Hanna, ein starkes, vierschrötiges Weib mit breiten Schultern und abgearbeiteten Händen; auch sie hat Runzeln auf der Stirn und um die Augen, aber das kommt wahrscheinlich daher, dass sie sie ständig zusammenkneift. Die zweite Dirn ist jünger, aber auch eher klobig gebaut; sie heißt Trude, hat ein breites Gesicht mit weit auseinanderstehenden Augen unter ihren braunen Haaren, und sie wäre gar nicht übel, solange sie den Mund nicht aufmacht, denn ihr fehlen vorn zwei Zähne, und das kann man gar nicht übersehen. Mit dieser Trude wird Burgi die Kammer teilen, während die Großdirn jetzt eine Kammer für sich hat, weil die Knechte weg sind und die Burgi dazugekommen ist. Der Krieg hat die Aufgaben eben alle verschoben. Der Franz muss wohl oder übel auch aufs Feld, der Stallbub genauso. Und die Burgi wird ebenfalls anpacken müssen, weil die Männer fehlen und die Arbeit nicht wartet, bis sie wieder da sind.

Neben der Bäuerin sitzt die Kathrin, ihr jüngstes Kind. Sie gleicht ihrer Mutter, sieht aber frischer aus. Sie ist müde von der Arbeit, schaut aber immer wieder vorsichtig über den Tisch zur Burgi herüber mit ihren hellblauen Augen. Sie muss ungefähr gleich alt sein; ein langer blonder Zopf hängt ihr über den Rücken.

Nach der Suppe, die schnell ausgelöffelt ist, wird der Sterz aufgetragen. Die Gruberin hat zwar das Kochwasser und auch etwas Fett darübergegossen und den Knödel gelockert, aber trotzdem ist der Brei recht trocken.

Da müssen wir wieder einmal den Herrgott zudecken, brummelt der Franz in seinen Löffel.

Wieso?, traut sich die Burgi zu fragen, der der Sinn nicht aufgeht.

Ja, weil er sonst staubig wird, erklärt die Hanna und lacht laut und dreckig und schießt einen bösen Blick zur Bäuerin hinüber, die so tut, als wenn sie nichts hört.

Wenigstens eine Milch dazu tät beim Schlucken helfen, meint der Franz. Die Bäuerin schickt die Trude den Milchhafen holen und die Haferln dazu.

Mehr als eine Magermilch leidet's wohl nie, kommentiert der Franz nach dem ersten Schluck.

Ein Wasser gibt's immer noch, zischt die Bäuerin diesmal zurück.

Der Regen ist hörbar weniger geworden. Nach dem Abtragen und Geschirrwaschen, das sie der Burgi und der Trude überlässt, erscheint die Bäuerin mit dem Rosenkranz in der Stube und fordert alle auf, mit ihr für die Männer im Feld zu beten. Nur der Franz verlässt den Raum, um noch im Stall nachzuschauen.

Danach verziehen sich alle in ihre Kammern. Kennst dich jetzt aus?, fragt die Trude, als sie sich im Dunkeln ausziehen. Die Bäuerin ist ein Geizkragen. Es wär' genug da, aber sie gibt nie genug her. Dass sie die Speisekammer zusperrt, damit ihr keiner was nimmt, hast sicher schon gemerkt. Sie redet sich immer auf die Kriegszeiten heraus. Dabei will sie nicht mehr herausrücken, nicht einmal bei der Ernte, wo sich sonst keiner lumpen lässt. Bloß der Kathrin steckt sie's zu, wenn's keiner sieht. Sobald der Krieg vorbei ist, bin ich weg.

Ist die Kathrin das einzige Kind?, fragt die Burgi. Das gleicht ihr wieder, meint die Trude im Dunkeln aus ihrem Bett, dass die Bäuerin von selber nix sagt. Der Jakob, der Älteste, ist gleich am Anfang gefallen, und der Zweite, der Andreas, hat sich zu den Standschützen gemeldet, obwohl die Mutter ganz dagegen war; der steht an der Südfront. Der Bauer ist auch irgendwo im Osten. Das sind schon harte Zeiten, das kannst mir glauben. Aber nicht nur an der Front. Und es dauert schon viel länger, als die am Anfang geglaubt haben. Und jetzt gib Ruh, morgen ist wieder ein Tag.

Sie gähnt laut und dreht sich um, dass die Bettstatt ächzt.

Und es dauert und dauert. Die Arbeit geht nie aus. Dass mir nichts, dir nichts die Sommerzeit eingeführt wird, an die sich alle auf Kommando gewöhnen sollen, macht die Arbeitstage noch länger. Das haben wir grad noch gebraucht, brummt der Franz, das passt zu den wirren Zeiten.

Der Sommer ist viel schneller um als daheim, weil es viel mehr regnet und die Pflanzen nur so aus dem Boden schießen, das Unkraut mit. An den schönen Tagen müssen sich alle beeilen, dass sie die Arbeit trotzdem schaffen, und weil sie viel zu wenige sind, dauert alles viel zu lang. Immer wieder kommen Kontrollen, Militär und Gendarmerie, und die Gruberin muss die Zähne zusammenbeißen, wenn sie wieder dazu verurteilt wird, etwas abzuliefern, Futter für die Pferde, Schlachtvieh für die Mannschaften. Noch kaufen sie und zahlen nicht schlecht, aber sie kommen viel zu oft. Und es wird immer ärger, sobald das Heu eingebracht ist, wird das auch schon wieder requiriert, dann ist der Türken dran, das Kraut und die Rüben; ab Martini wird gedroschen, dann muss das Korn abgeliefert werden, und dann heißt es bei der Mühle anstehen um die paar Sack Mehl, die ihnen zustehen. Auch sonst wird alles gesammelt, Leder und Metall besonders, bald wird nichts mehr übrig bleiben, was noch irgendeinen Wert hat.

Burgi wird überall gebraucht, sie lernt melken und buttern, versorgt die Hennen, die immer weniger werden, und jätet im Garten. Beim Wäschewaschen verbrennt ihr die Aschenlauge die Hände und die Unterarme bis zum Ellbogen, beim Bügeln schafft sie es kaum, das schwere Eisen mit den kostbaren Kohlestücken darin aufzuheben. Die Gruberin überträgt ihr auch das Flicken, als sie merkt, dass sie geschickt mit Nadel und Faden umgeht und der Kathrin was zeigen kann. Denn die Bäuerin hustet oft zum Gotterbarmen und fühlt sich zu schwach, bei der schweren Arbeit mit anzupacken. Und wenn's ihr wieder besser geht, will sie gleich alles zerreißen, maulen die Dienstboten. Dafür kocht sie dann, und ihre Kost wäre ja nicht einmal schlecht, aber immer viel zu knapp bemessen.

Am Dorfleben haben die Dienstboten wenig Anteil. Am Sonntag reicht es gerade für den Kirchgang. Danach tauscht man die neuesten Nachrichten vom Kriegsgeschehen aus. Nur wenige Männer kommen zurück, viele fallen auf dem Feld der Ehre. Und die, die zurückkommen, kommen als Krüppel heim oder sind noch so krank, dass sie erst zu Hause weiter gepflegt werden müssen. Der Gruberbauer bleibt überhaupt lang weg; seine Frau bekommt nur selten Nachricht, und die ist meistens mehrere Wochen alt, sodass es gar nicht sicher ist, ob es noch stimmt, dass es ihm gut geht. Jeden Abend wird der Rosenkranz gebetet, darauf besteht die Bäuerin. Nur der Franz hat immer im Stall zu tun.

Burgi betet zusätzlich ihren eigenen Rosenkranz im Bett für sich allein. Dann steigt das Heimweh oft bis in die Augen herauf. Aber häufig fallen ihr die Augen auch einfach zu vor lauter Müdigkeit.

Nicht nur das Essen wird knapp und immer knapper. Zuerst gibt's kein Petroleum mehr, dann fehlt der Zucker, dann die Seife. Kerzen werden rar, nicht einmal für die Kirche gibt's Nachschub. Schuhleder ist ganz unmöglich zu kriegen; im Sommer gehen alle barfuß, das ist ja gesund, aber im Herbst wird's kalt, und auf einmal müssen sich alle an Holzschuhe gewöhnen, dass es in der Kirche klappert wie am Karfreitag.

Dann tauchen Gemeindebeamte und Gendarmen mit großen Verzeichnissen auf dem Hof auf, zur Hausdurchsuchung. Die Gruberin muss alles offenlegen, sogar ihre Speisekammer aufsperren, auch wenn sie sich noch so sträubt, es nützt ihr nichts. Da werden die Hennen gezählt, und die Eierproduktion wird abgeschätzt, die Milchkühe und die Schweine, Korn und Erdäpfel, sogar Heu und Stroh werden kontrolliert und aufgeschrieben und am nächsten Tag abgeholt. Die Bäuerin jammert und ringt die Hände, sie hat Leute zu versorgen, wie das denn gehen soll. Aber alle müssen sich einschränken in diesen schweren Zeiten, heißt es, ob sie denn als Einzige sich traut, nicht für das Vaterland einzustehen? Dafür bekommt sie ja Mahlscheine, die sie beim Müller einlösen kann. Milch und Butter, die die zwei letzten Kühe hergeben, sind ebenfalls abzuliefern, dafür gibt's dann Butter- und Brotkarten. Und in Abständen wird selbstverständlich auch für die Requirierungen bezahlt.

Das Abzweigen wird der Gruberin sauer; aus der Stadt kommen Hamsterer, denen sie unter der Hand Milch und Butter verkaufen könnte. Häufige Kontrollen machen ihr aber Angst; es gibt harte Strafen für Hortung von Lebensmitteln, unbefugte Getreidevermahlung oder Nichtablieferung, das gilt jetzt alles gleich als Wirtschaftsverbrechen.

Die Dienstboten ärgern sich, dass sie so kurz gehalten worden sind, solang es noch genug zu essen gegeben hat. Jeden Tag fallen böse Worte, und die Bäuerin beißt zurück. Die Zuteilungen sind viel zu knapp für die schwere Arbeit, und die Leute verspüren keine Lust, für andere zu schuften und nichts dafür zu bekommen. Wenigstens der Lohn wird ausbezahlt, und der bleibt ihnen, weil es eh fast nichts mehr zu kaufen gibt.

Dann wird auch noch die nächste patriotische Kriegsmetallsammlung ausgerufen und jeder Kupferkessel, jedes Grandl, sogar die Waschkessel eingefordert. Die Glocken von den Kirchtürmen und die Weihwasserkrügeln auf dem Friedhof verschwinden, was die Leute ganz rebellisch macht. Aber die Not bringt es mit sich, dass nicht einmal die Wäsche auf den Leinen mehr sicher ist. Wohl oder übel muss die Gruberin, die so am Zeug hängt, ständig wieder auf etwas verzichten, obwohl es ihr noch schwerer fällt als anderen. Dabei wird sie immer kränker und hustet, dass es ganz unheimlich klingt.

Im November stirbt der alte Kaiser. Die Stimmung sinkt auf den Nullpunkt. Sogar das Jammern vergeht den Leuten, weil es allen gleich schlecht geht. Den Bauern immerhin noch besser als denen, die sich nicht von Grund und Boden ernähren. Aber dass man vom Geld auch nicht mehr satt wird, ist eine einschneidende Erfahrung.

Der Familien-Kalender, in dem Burgi meistens am Sonntag liest, ist jetzt voller Geschichten, in denen Gottes Wille beschworen wird. Alte Mütterchen, die ihren einzigen Enkel auf dem Feld der Ehre verlieren, ergeben die Hände falten und unter Tränen lächeln. Junge Gebirgsjäger, die ihre schwere Verwundung tapfer und mit Gottvertrauen hinnehmen. Kriegerwitwen, die nicht wissen, wie sie ihre Kinderschar durchbringen sollen, aber sich in ihr Los schicken: *Was Gott tut, das ist wohlgetan.*

Bloß ein kleines bisschen Zweifel kann da schon aufkommen, ob es wirklich der liebe Gott selbst ist, der sich da persönlich einmischt. Burgi ist sich manchmal nicht ganz sicher, aber tapferer Arbeitsmut und freudiges Gottvertrauen, sagt der Kalendermann, helfen allemal mehr als Sinnieren und Jammern.

In diese Notzeit fällt Burgis zweites Wunder: Wieder geht es um Leben und Tod, und diesmal ist es vielleicht noch knapper.

Sie hat lang schon unter Bauchschmerzen zu leiden gehabt, aber da in diesen Zeiten keiner wehleidig sein darf, nie etwas gesagt. Doch die Schmerzen werden schlimmer, und dann kommt Fieber dazu. Eines Morgens ist sie nicht mehr fähig aufzustehen. Die Bäuerin bringt ihr Kamillentee, aber den erbricht Burgi sofort wieder. Sie krümmt sich nur auf ihrem Strohsack zusammen und jammert vor Schmerzen. Der Loisl wird schließlich geschickt, den Doktor zu holen, aber es ist weit bis zum nächsten Ort, und Burgi glaubt, ihr letztes Stündlein habe geschlagen.

Endlich trifft der Doktor mit dem Wagen ein – er hat wenigstens noch ein Pferd – und bringt den Loisl mit. Seine Untersuchung ist äußerst schmerzhaft, und der Arzt tut das einzig Richtige: Er setzt das Mädchen in den Wagen und bringt es ins Militärspital, obwohl Burgi schon gar nichts mehr spürt. Kaum ist sie dort angekommen, wird der Schmerz wieder so heftig, dass sie nur noch winselt und alles um sie her nur von Ferne wahrnimmt: dass sie auf einen Tisch gelegt und festgeschnallt wird, dass sich Leute über sie beugen, dass man ihr eine Kappe über das Gesicht stülpt und dass sie Klopfzeichen hört und verschwommene Bilder sieht ... Bis sie dann wieder aufwacht ohne die grässlichen Schmerzen und eine Schwester sie anlächelt und ihr sagt, sie habe ganz großes Glück gehabt.

Dann kommt der Arzt, ein fescher Herr in Uniform unter dem weißen offenen Mantel, und gratuliert ebenfalls: Liebes Fräulein, Sie hätten nicht viel später kommen dürfen. Sie hatten schon einen Durchbruch, ihr Blinddarm war perforiert und hat den ganzen Bauchraum mit Eiter überschwemmt. Wir müssen Sie noch drainieren, daher dürfen Sie sich nicht bewegen. Nützen Sie die Zeit, sich auszurasten, denn besonders kräftig schauen Sie ohnehin nicht aus.

Burgi geniert sich, aber sie fühlt sich zum ersten Mal in ihrem Leben verwöhnt. Die Wundschmerzen sind auszuhalten. Sie kann schlafen und darf liegen bleiben, braucht sich um nichts zu kümmern, bekommt Suppe serviert und spürt, wie ihre Lebensgeister zurückkehren. Natürlich ist das für sie nicht einfach Glück gewesen. Sondern deutliche, unbestreitbare, unzweifelhafte Hilfe von oben. Und ihre Dankbarkeit tut ein Übriges, dass die Heilung gut vorangeht. Nach ein paar Tagen Bettruhe können die Schläuche entfernt und die Naht verschlossen werden. Der Arzt will sie noch genau untersuchen, bevor er sie entlässt, und Burgi schämt sich schrecklich, dass ein Mann an ihrem Körper herumdrückt und sie überall betastet. Er klopft und hört sie ab, auf der Brust und am Rücken, untersucht die Wunde, schaut ihr in den Hals und in die Ohren und macht ein ernstes Gesicht. Es klingt nicht ganz sauber, ich tippe auf Lungenspitzenkatarrh. Sie sollten lieber aufpassen, sich nicht erkälten und keine schwere Arbeit tun. Ich weiß, das ist jetzt leichter gesagt als getan, aber wenn Sie sich nicht schonen, entwickelt sich die Krankheit weiter, und wer weiß, was dann noch auf Sie zukommt.

Da ist guter Rat teuer. Burgi muss jedenfalls auf den Gruberhof zurück. Wie soll sie wohl der Bäuerin sagen, sie müsse sich schonen, wenn die selber krank ist?

War das dritte Kriegsjahr schon hart, so wird das folgende unerträglich. Das Saatgut ist nur ganz spärlich zugeteilt worden, ebenso die Erdäpfel, von denen sind die meisten schon verfault, und von nichts kommt eben nichts. Es wächst zu wenig, das wenige ist abzuliefern, deswegen gibt es auch kein Futter mehr für die Tiere und für die Menschen weder Milch noch sonst was. Und unsinnige Vorschriften bewirken, dass es noch schlechter geht: Auf einmal sollen Zuckerrüben angebaut werden, obwohl der Boden dafür nicht taugt und die Leute nicht wissen, wie umgehen damit.

Dann wird der Loisl eingezogen, der ist jetzt mit fünfzehn schon alt genug. Dafür kommt der Gruberbauer zurück, ein finsterer, aufbrauserischer Mann, dem noch immer ein paar Granatsplitter im Rücken sitzen und der deswegen nicht richtig mitarbeiten kann, weil ihm gleich die Luft ausgeht.

Vom Ende des Krieges ist dann am Gruberhof kaum etwas zu spüren. Der Hunger wird nicht weniger, die Arbeit bleibt liegen, weil die Leute entkräftet sind, die Bäuerin liegt im Bett und hustet Blut, der Bauer sitzt stumm in der Stube und starrt nur vor sich hin. Die spärlichen Nachrichten sind schrecklich genug: Kaiser Karl lässt es allen Völkern der Donaumonarchie frei, eigene Regierungen zu bilden. Nach Allerheiligen kommt es zu Truppenaufmärschen, die von der Südfront nach Norden ziehen, zuerst Tschechen und Ungarn, die verzweifelt nach Essbarem suchen, alle Höfe durchstöbern und das Letzte mitnehmen, was noch da ist. Der Andreas kommt auch zurück, verhungert, verlaust und verdrossen. Und der Bauer beschließt, seine Dienstboten nicht mehr auch den nächsten Winter noch durchzufüttern – Wer redet da vom Füttern?, fragt der Franz in bitterem Spott –, und auf Martini werden Trude und Burgi gekündigt.

Es wird abgerechnet. Der Lohn, der nach recht viel aussieht, entpuppt sich beim Versuch, etwas einzukaufen, als fast wertlos. Trude und Burgi wandern zu Fuß in ihren Holzschuhen bis in den nächsten Marktflecken. Viel zu schleppen haben sie nicht, Trude nur einen Rucksack, Burgi den alten geflochtenen Koffer mit ihren paar fadenscheinigen Habseligkeiten. Da ihr Geld nicht reicht, bleibt ihnen nichts anderes übrig, als sich an der Klosterpforte anzustellen und um Suppe zu betteln wie viele andere arme Leute auch.

*Wenn die Not am größten,*
*ist Gottes Hilfe am nächsten.*

Gottes Hilfe heißt Schwester Maria Immaculata. Die sieht die beiden jungen Frauen und fragt nach ihren Zeugnissen. Die haben sie dabei, und sie sind ordentlich.

Die Schwester will nichts versprechen, aber sie sollen am Nachmittag wiederkommen. Tatsächlich öffnet sich dann die Klosterpforte, und Schwester Immaculata führt Trude und Burgi durch einen langen, kalten Gang ins Zimmer der Mutter Oberin. Die sieht blass und streng aus unter ihrer schwarzweißen Haube. Sie hat ihre Zeugnisse auf dem Tisch liegen und will wissen, was sie können. Schließlich betont sie, für ein paar Tage könnten sie hier zur Probe – sie sage ausdrücklich: zur Probe – bleiben, weil man im Kloster gerade Hilfe brauche. Da würde sich schon herausstellen, ob sie dieser Hilfe in der Not würdig seien oder nicht.

Schwester Immaculata führt Trude und Burgi wieder auf den Gang, diesmal in die andere Richtung. Sie bekommen eine Zelle, die nicht viel anders eingerichtet ist als ihre Kammer am Gruberhof. Burgi darf in der Küche helfen, wo es wenigstens Suppe gibt; auch sonst ist überall anzupacken. Trude wird im Garten gebraucht, der winterfest gemacht werden soll, außerdem gibt es genügend Putzarbeiten im großen Haus. Sie haben einen kargen Unterschlupf gefunden, aber immerhin ein Dach überm Kopf, mehr als zu hoffen gewesen war. Die Schwestern sind zum großen Teil alt, die jüngeren hat man längst ins Mutterhaus übersiedelt; manche müssen gepflegt werden, da kommt die Hilfe der jungen Dienstboten gerade recht.

Burgi fühlt sich wohl im Kloster. Und als Schwester Immaculata ihr nahelegt, sie könne es sich überlegen, auf Dauer hier zu bleiben – in den unteren Rängen allerdings, da sie ja nichts mitbringe als ihre Arbeitskraft –, ist sie nicht abgeneigt, das Angebot anzunehmen.

Doch es kommt anders.

Der Gottesdienst in der Klosterkirche wird immer sehr feierlich begangen, und da Burgi eine gute Singstimme hat und ohnehin gern und fleißig die Messe besucht, fehlt sie nie. Nun ist aber Schwester Irmengard, die bisher die Orgel gespielt hat, krank geworden. Nach längerem Zuwarten und unveränderter Sachlage wird schließlich doch ein Ersatz gesucht. Das Leben soll ja weitergehen, möglichst wie vor dem Krieg, und Gottes Lob zu singen darf man nie müde werden, gerade in diesen schweren Zeiten nicht.

Ein junger Lehrer, der mit großem Glück nicht allzu schwer verwundet vom Kaiserjäger-Einsatz am Pasubio heimgekehrt war, bevor die Schneestürme und Lawinen die Regimenter dezimierten, springt für die kranke Schwester ein und übernimmt die Orgel und den Chor, dem auch zwei seiner Kolleginnen beitreten. Die haben es offensichtlich auf den Herrn Martin abgesehen. Sie umschwirren ihn aufgeregt, bitten ihn um Rat, er solle ihnen etwas genauer erklären, zupfen sogar an ihm herum und entschuldigen sich dann übertrieben unterwürfig dafür – kurz, sie himmeln ihn an, dass es Burgi richtig zuwider ist.

Denn er gefällt ihr auch, aber sie ist viel zu schüchtern, ihn anzusprechen. Bis auf den Pfarrer und den Arzt im Militärspital hat sie bisher nur grobschlächtige Mannsbilder kennengelernt. Der hier ist ein höflicher, sichtlich gebildeter Mensch, auffallend ernst und pflichtbewusst, immer gut vorbereitet und zuverlässig. Und ein fescher Mann, flüstern sich die Lehrerinnen außer Hörweite der Schwestern zu. Aber auch die sind sichtlich von ihm angetan, loben sein schönes Orgelspiel und die geschickte Art, wie er den Chor führt.

Burgi hält sich im Hintergrund. Sie hat eine Altstimme, und ihr kommt es so vor, als wenn die Soprane schöner klängen und wichtiger wären in einem Chor. Außerdem haben die Lehrerinnen einen anständigen Beruf und sind viel hübscher gekleidet, nicht so ärmlich und schäbig wie eine Bauernmagd, die nur schwere Arbeit gewohnt ist.

Der junge Lehrer kommt jeden Samstag und übt mit dem Chor für die Sonntagsmesse. Er bleibt stets gleichmäßig freundlich, aber er sieht auch immer ernst, sogar ein bisschen traurig aus. Er ist groß und schlank, hat kurzes, dichtes braunes Haar, einen Zwicker vor den graublauen Augen, einen gepflegten Schnurrbart und ein Grübchen im Kinn. Er hält sich sehr gerade und trägt immer einen gestärkten Schillerkragen, der seinen langen Hals betont, über seiner Tweedjacke.

Schließlich spricht er sie an, als Burgi das nicht erwartet und daher sofort rot anläuft.

Ob ihr denn die Schubert-Messe nicht gefalle, die sie gerade probten, fragt er.

Warum?, fragt sie zurück und hätte gern eine treffende Antwort gewusst. Doch, im Gegenteil, die Messe sei sehr schön.

Sie singen so leise, dass ich Sie kaum höre, erklärt er. Dabei haben Sie eine so schöne Stimme.

Burgis Farbe vertieft sich, und er sieht das genau, was ihr wiederum so peinlich ist, dass sie am liebsten im Boden versunken wäre.

Sie dürfen ruhig lauter singen. Das tut den anderen Altstimmen auch ganz gut, die sind nämlich weniger sicher als Sie.

Von nun an macht er ihr Zeichen beim Dirigieren, und sie fühlt sich gestärkt, singt lauter und hält ihren Part, auch wenn alle anderen falsch liegen und er abklopfen muss.

Und dann ergibt es sich ganz von allein. Er ist einmal früher zur Stelle und trifft im Korridor auf Burgi, die gerade mit den Blumen aus dem Glashaus in die Kirche geht, um den Muttergottesaltar zu schmücken. Da beginnt er zu fragen, wie es ihr im Kloster gehe, ob sie hier eintreten wolle, woher sie komme und was sie bisher gemacht habe. Burgi beginnt zu erzählen, zuerst stockend und reserviert, dann erfreut über sein Interesse. Die Chorstunden vergehen wie im Flug, sie verabreden sich für den Sonntag, um sich weiter zu unterhalten, und auf einmal kommt es Burgi ganz leicht und natürlich vor, mit diesem Mann zu plaudern und ihn ihrerseits auszufragen. Da erfährt sie, dass auch er Halbwaise ist, weil er früh seine Mutter verloren hat, und dass er mit der Stiefmutter nicht zurechtkommt. Er hat zwei richtige Brüder, einen Halbbruder und eine verwöhnte Halbschwester. Auch sein Vater ist Lehrer, und auch er hat, wie alle braven Beamten, sein ganzes Erspartes noch im letzten Kriegsjahr in die Anleihen gesteckt, die nun zurückgezahlt würden, jetzt, wo das Geld nichts mehr wert sei.

Die beiden jungen Leute entdecken immer mehr Gemeinsamkeiten. Und bald stellen auch die anderen Fräuleins mit Bedauern und Neid fest, dass der fesche Herr Martin sich ausgerechnet mit diesem dahergelaufenen Ding unterhält, und zwar immer regelmäßiger. Schließlich kommt es den Schwestern zu Ohren, dass die Anwärterin Burgi für den netten Chorleiter und Organisten Neigungen entwickelt, die sich mit dem zukünftigen Klosterleben nicht vertragen. Es wird ihr nahegelegt, sie solle sich das gut überlegen und notfalls ihre Sachen packen.

Schwester Immaculata ist sehr traurig, dass sie ihr erst noch ins Gewissen reden muss. Aber eine solche Beziehung sei hier gänzlich unpassend. Burgi versucht, der Schwester begreiflich zu machen, dass sie den Herrn Martin sehr nett finde, aber zwischen ihnen nur Freundschaft bestehe. Die guten Schwestern wissen es besser und stellen sie vor die Wahl.

Als sie das dem Herrn Martin bei der nächsten Gelegenheit erzählt, wie sie ihm jetzt so manches anvertraut, wird er noch ernster als sonst. Er habe sie ohnehin fragen wollen, ob sie seine Frau werden wolle. Das sei jetzt eine gute Gelegenheit. Wenn sie heiraten würden, bekäme er sogar eine Dienstwohnung in seiner neuen Schule, und dann hätten sie beide zwar kein Geld, aber wenigstens einmal eine Bleibe.

Burgi antwortet, sie werde sich das überlegen, und fragt, ob er sich seiner Sache schon sicher sei. Da nimmt er sie zum ersten Mal richtig in die Arme und drückt sie an sich. Ich bin mir absolut sicher, dass du die Richtige bist, da brauche ich gar nichts mehr zu überlegen. Und Burgi sagt endlich ja.

Trude ist die Erste, die ihr gratuliert. Schwester Immaculata äußert Bedauern, aber dennoch beste Wünsche. Und die Mutter Oberin befindet, sie dürfe bis zur Hochzeit bleiben, da sich die Situation ja nun verändert habe.

Jetzt heißt es Vorbereitungen treffen. Während der Bräutigam Papiere besorgt, sich um die Dienstwohnung umtut und seine Eltern verständigt, steckt Burgi ihre letzten Ersparnisse in einen weißen Baumwollstoff, aus dem sie sich ihr Hochzeitskleid näht, immer abends, nach der Arbeit, bis spät in die Nacht. Der Pfarrer empfängt die Brautleute zum Brautgespräch und gibt ihnen weniger Empfehlungen für das gemeinsame Leben als Warnungen vor unangemessener Ehepraxis mit auf den Weg. Es geht dabei vor allem um den zu erwartenden Kindersegen, der sich für Martin noch nicht so bald einstellen soll, für Burgi aber schon: Sie wünscht sich eine Familie, eine eigene, richtige, möglichst bald, während er lieber noch zuwarten will, bis sich ihre Finanzen wenigstens etwas stabilisiert haben. Der Pfarrer schärft ihnen allerdings ein, keine gottgewollte Empfängnis abzuwehren, wie auch immer, und sieht dabei dem Bräutigam streng in die Augen: Wir verstehen uns.

Danach kommt es zur ersten Auseinandersetzung zwischen den Brautleuten, weil Martin sich erlaubt, das Gehörte anzuzweifeln, Burgi aber alles als selbstverständlich hinnimmt und ihre Absicht kundtut, sich nach bestem Wissen und Gewissen daran zu halten.

Die Hochzeit findet dann Ende Juni in einer beliebten Wallfahrtskirche statt. Die Braut ist gerade einundzwanzig Jahre alt geworden. Trauzeugen sind Martins Brüder, Ludwig und Otto. Das Hochzeitsfoto zeigt einen ernst-stolzen Bräutigam neben einer Braut, die nun doch etwas verzagt dreinschaut, als ob sie im letzten Moment mehr Sorge als Freude empfunden hätte.

Das gemeinsame Leben beginnt entsprechend bescheiden. Was Martin an eigenem Mobiliar beisteuert, ist der Wohnlichkeit nicht unbedingt förderlich: ein Pianino, das er sich im ersten Arbeitsjahr von seinem Gehalt abgespart hat, als er noch in seinem Elternhaus wohnte. Ein dekoratives Stück in Eiche mit zwei schwenkbaren Kerzenleuchtern aus Messing an den Seiten, die immer wieder auf Hochglanz poliert werden müssen, um nicht schäbig auszusehen. Es wird zusammen mit den von Martins Eltern vorerst geliehenen Möbeln – zwei Betten, die in der Höhe nicht zusammenpassen, ein alter Tisch mit Stühlen und eine ausrangierte Anrichte für die Küche – in die neue Dienstwohnung gebracht, in der nicht mehr als ein Holzherd steht. Auch an große Hochzeitsgeschenke ist nicht zu denken: etwas Bettwäsche und Geschirr von der Stiefschwiegermutter, eine gebrauchte Pfanne von Trude, ein Milchhafen und Handtücher vom Kloster, ein Glaskrug mit vier Gläsern von den Lehrerkollegen. Glückwünsche kommen mit einiger Verspätung vom Gruberhof und von Burgis Mutter. Da das südliche Tirol inzwischen politisch abgetrennt worden ist, schickt sie immerhin eine Karte, auf der zwei Männer in Tracht als Vertreter der beiden Landesteile einander die Hand reichen, mit der Aufschrift „Auf Wiedersehen!". Burgi hat sie von ihrer Absicht unterrichtet, sogar ein Foto von ihrem Bräutigam beigelegt. Von daheim kommt nur die Nachricht, sie sei ja volljährig und die Entscheidung wohl richtig, sie wisse selber am besten, was sie tue. Außerdem liegt im Umschlag zu

Burgis Überraschung ein Sterbebild, das zum Gebete für die Seele des k. k. Gendarmerie-Wachtmeisters auffordert: Der Stiefvater ist zu Kriegsende, noch im November, „nach langem, geduldig ertragenem Leiden, versehen mit den heiligen Sterbsakramenten, ergeben in Gottes heiligen Willen, entschlafen". Die Mutter spricht die Hoffnung aus, Burgi werde einmal zu Besuch kommen. Sie und die Geschwister wünschten ihnen alles Gute für die gemeinsame Zukunft.

Von Anfang an geht es in der jungen Ehe um die Frage, was der gemeinsame Haushalt kosten darf. Martins Gehalt ist zwar sicher, aber keineswegs üppig, und er hat keine Ahnung davon, wofür Burgi wie viel Geld ausgeben muss. Als die karge Versorgung mit den Lebensmittelkarten endlich aufhört, läuft sie das ganze Dorf ab, kauft die Milch da, die Eier dort, die Butter bei einer dritten Bäuerin, und wenn sie beim Kramer anschreiben lassen muss, weil das Haushaltsgeld nicht reicht, geniert sie sich schrecklich, denn Schulden sind ihr ein Gräuel. Wenn die zugeteilte Summe schon nach drei Wochen verbraucht ist, muss sie sich rechtfertigen. Martin hat wenig Talent, das Leben leicht zu nehmen; nicht nur im Beruf, auch privat ist er vor allem ernst und streng. Jede noch so kleine Ausgabe will er verzeichnet wissen. Oft sitzen die beiden bis in die Nacht über den Abrechnungen und versuchen, da und dort noch ein paar Heller mehr einzusparen.

Es dauert einige Monate, bis der übergenaue Lehrer einsieht, dass seine junge Frau wirklich nicht mehr ausgibt als unbedingt nötig, und etwas mehr locker macht. Sie legt ihren Ehrgeiz darein, ihm zu beweisen, was für eine geschickte Wirtschafterin sie ist. Und als sie es schließlich so weit bringt, ihm mit einigem Stolz belegen zu können, dass am Monatsende sogar noch etwas übrig bleibt, beschließt er befriedigt, ihr für den folgenden Monat nur mehr die Differenz auszuhändigen. Dass er eher zu pedantisch und manchmal ein rechter Langweiler sein kann, hat Burgi längst gemerkt, das nimmt sie ihm nicht übel; dass er aber auch ihr gegenüber so knickerig ist, ärgert sie. Sie lässt sich zwar nichts anmerken, stellt es jedoch daraufhin etwas schlauer an und rechnet fortan immer so ab, dass es gerade noch reicht. Er durchschaut ihre Strategie nicht, weil er ihr inzwischen blind vertraut. Sie jedoch zweigt jeweils ein paar Kronen ab, um sich endlich eine Aussteuer anzuschaffen, sobald es wieder etwas zu kaufen gibt. Zuerst einen Ballen ungebleichtes Tuch, aus dem sie Leintücher, Tischdecken und Kissenbezüge näht (so sparsam, dass ihre Bettwäsche immer etwas zu kurz gerät). Nach der ersten großen Wäsche verschwindet aber manches davon über Nacht von der Wäscheleine. Daher stickt sie anschließend mit rotem Garn übergroße Monogramme mit den Anfangsbuchstaben ihres neuen Namens hinein. Danach ersteht sie Wolle für Jacken und Socken, und schließlich bringt sie ihren Mann so weit, dass er verspricht, ihr möglichst bald eine Nähmaschine zu kaufen, weil er sich davon überzeugt hat, wie viel seine brave Ehehälfte selbst herzustellen imstande ist.

Schon in dieser Zeit entwickelt sich eine ihrer charakteristischsten Verhaltensweisen: Burgi wirft nie, niemals etwas weg, kein Blatt Papier, kein Stück Spagat oder Seife oder Stoff oder Garn. Alles wird sauber sortiert und aufbewahrt: Man weiß nie, wie man's einmal brauchen kann. Dadurch sammelt sich im Lauf der Jahre eine Unmenge an Dingen an, die andere wohl nur als Gerümpel bezeichnet hätten. Martin selbst ist sicher auch keiner, der etwas wegwirft, was noch zu gebrauchen wäre, aber Burgis Sammeltrieb ist sogar ihm manchmal zu viel. Dennoch kann sie ihn bei vielen Gelegenheiten davon überzeugen, dass sie für alle kleinen Reparaturen, die im Haus anfallen, eine Lösung weiß und schnell praktischen Ersatz findet, wenn einmal etwas fehlt. Not macht erfinderisch, ist einer ihrer Lieblingssprüche.

Ans Sparen gewöhnt, verwendet sie eben das, was ihr zur Verfügung steht. Entsprechend sorgsam geht sie von Anfang an mit Lebensmitteln um, ist imstande, aus dem letzten Restchen Knochen und Flachsen eine Suppe zu kochen und die angesessene Polenta durch Aufdämpfen vom Topf zu lösen und weiter zu verwenden. Besonders das Brot ist ihr heilig. Solange es genügend Feuerholz gibt, backt sie es selber und kauft nur selten beim Bäcker etwas dazu. Das altbackene wird noch zu Pofesen, Knödeln, Brotschmarren oder Scheiterhaufen verarbeitet, aus dem harten werden Bröseln gerieben, und wenn doch einmal ein Stück schimmlig wird, trennt sie nur das Nötigste ab und trägt es mit allen anderen Küchenabfällen zum Bauern, wo es im Schweinefutter landet. Um Holz zu sparen, baut Burgi sogar eine Kochkiste, eine Erfindung, die sie noch aus dem Krieg kennt. Damit haben die Bäuerinnen Brennstoff und Zeit gespart, weil sie nach rascher Vorbereitungsarbeit am Morgen gleich aufs Feld gehen konnten und zu Mittag einen fertig gekochten Eintopf vorfanden. Jedenfalls, solange es noch etwas Essbares gab. Burgi verwendet dazu eine von Martins alten Bücherkisten aus Holz, in die sie zuerst eine dicke Lage Zeitungspapier legt. Darauf wird der Topf mit den angekochten Speisen gestellt, aus dem der Dampf nicht entweichen darf. Die Seiten zwischen Topf und Kiste füllt sie mit Holzwolle, die sie in der großen Lade unter dem Herd aufbewahrt. Obendrauf kommt noch ein fest mit Heu gestopfter rupfener Polster, der ein Stück über den Topfrand reichen muss. Dann wird der Kistendeckel geschlossen und erst zu Mittag wieder geöffnet. Die gewonnene Zeit steht für Hausarbeiten, zum Putzen oder Nähen und für den Garten zur Verfügung, und vor allem an Waschtagen kommt die Kochkiste regelmäßig zum Einsatz.

Überhaupt sind Kochrezepte Burgis bevorzugte Lektüre, die sammelt sie, aber nur solche, die unter „Man nehme" ein bis zwei Eier vorsehen, alle anderen definiert sie von vornherein als „Häuserinnen-Rezepte", die für sie nicht in Frage kommen. Den Pfarrerköchinnen stehen nämlich immer genügend Naturalien zur Verfügung, da die Bäuerinnen nie mit leeren Händen ins Widum gehen und vor allem zu Festtagen daran denken, dass der Herr Pfarrer gut versorgt wird. Andere, die nicht über eine eigene Bauerschaft verfügen, müssen sich also zu helfen wissen, die Eier einkalken, wenn die Hennen mehr legen und sie daher billiger zu erstehen sind, und jedes Ernteangebot schleunigst nutzen, um möglichst viel Haltbares in Speisekammer und Keller zu bringen.

Mit Feuereifer stürzt sich Burgi denn auch auf die ihr zustehenden Gartenbeete hinter dem Schulhaus, die sie sich mit den anderen Lehrerfrauen teilen muss, sät und gräbt ein, was sie darin nur unterbringen kann, und wacht eifersüchtig über ihre Pflänzchen, bis sie ihr endlich groß genug vorkommen und fast schon etwas holzig sind: gelbe Rüben und Kohlrabi, Rettich und Rhabarber, etwas Kopfsalat, Zwiebeln und Knoblauch – und natürlich Kamillen, auf die sie schwört. Es dauert nicht lang, bis sie alles im Griff hat, und das heißt bei ihr so viel Ertrag wie nur möglich bei so wenig Abfall wie absolut unvermeidlich.

Burgis praktische Ader wird durch ein sonniges Gemüt ergänzt, das ihr bei auftretenden Schwierigkeiten zu Hilfe kommt. Sie ist zufrieden, ja zuweilen glücklich in ihrem neuen Hausstand und bemüht sich nach Kräften, alles richtig zu machen, doch tritt der Unterschied zwischen ihr und Martin bald deutlich zutage. Sie versucht ihn aufzuheitern, da ihr seine strenge, verschlossene Art oft Unbehagen bereitet; schließlich fasst sie sich ein Herz und getraut sich endlich, ihm zu erklären, dass sie sich oft unwohl, ja schuldig fühle neben ihm, wenn sie fröhlich sei und er ernst. Er versichert ihr, das habe mit ihr nichts zu tun, das sei einfach sein Naturell. Oder die Enttäuschungen der Kindheit wirkten sich halt jetzt noch aus, meint er entschuldigend. Burgi spürt sofort, dass er dabei an seine Mutter denkt, und hätte ihre Vorhaltungen am liebsten wieder zurückgenommen.

Sie kennt die Geschichte, sie scheint ihr schlimmer als ihre eigene, und er tut ihr deshalb schrecklich leid. Martins Mutter war nach einem Begräbnis in ihrem Heimatdorf in einem plötzlich aufkommenden Gewitter in der offenen Kutsche heimgefahren, völlig durchnässt und durchfroren angekommen, hatte sich dabei erkältet und noch fiebrig herumgeschleppt und war dann innerhalb weniger Tage an Lungenentzündung verstorben. Martin war acht Jahre alt, Otto sechs, Ludwig gerade erst vier. Sein Vater war verzweifelt und zog sich in seinen Schmerz zurück; schließlich hatte er aber eine Wirtschafterin nach der anderen einstellen müssen, die grob und gemein mit den Buben umgingen und den Vater hinten und vorn bestahlen, bis von der Aussteuer der Mutter, die schließlich eine Wirtstochter gewesen war, nichts mehr übrig blieb. Erst dann hatte der Vater schweren Herzens die nächste geheiratet, die sich anbot und die ihm und den Buben schöngetan hatte, bis sie unter der Haube war. Dann drehte der Wind, und sobald sie eigene Kinder bekam, wurden die ersten „ausgegrausigt" – er und Otto ins Gymnasium, Ludwig in die Lehre.

Für mich schaut die Welt seit damals eben nicht mehr rosig aus, sinniert Martin.

Rosig ist's sowieso nie, das kann man nicht verlangen, fasst Burgi zusammen, aber wenn du's nur grau in grau anschaust, wird's dir auch nicht leichter. Ich denk mir, solang ich da bin und halbwegs gesund, kann ich was draus machen, und zusammen packen wir's bestimmt.

Sollst recht haben, Burgi – ich bin ja so froh, dass ich dich hab!

Und wirklich: Wenn er sie beim Kochen singen hört und beim Handarbeiten abends zufrieden in sich ruhen sieht, sagt er sich, dass er es hätte schlechter treffen können.

Die Diskussionen um das Haushaltsgeld sind aber nicht die einzigen. Schlimmer und schwieriger sind die im Schlafzimmer. Da wäre er derjenige, der die Sache lockerer, seiner Meinung nach nur vernünftiger, angehen würde. Sie dagegen will davon nichts wissen.

Er hat von Anfang an versucht aufzupassen, doch sie merkt bald seine Absicht und hält ihn fest, wenn er sich zurückziehen will. Jede Verhütung ist in ihren Augen eine Sünde, daher kommen auch andere Hilfsmittel nicht in Frage. Die sind ohnehin schwer zu besorgen, und vermutlich hätte es sich schnell herumgesprochen, wenn der Herr Lehrer – ausgerechnet diese Vorbilds- und Respektsperson! – in der Apotheke der nächstgelegenen Kleinstadt Präservative gekauft hätte.

Er redet ihr ernst ins Gewissen, aber gerade dieses kann er keineswegs richtig einschätzen. Dann besorgt er sich medizinische Schützenhilfe, versucht, ihr sein Anliegen durch einschlägige Lektüre näherzubringen; die Meinung medizinischer Autoritäten wird sie vielleicht doch akzeptieren. Platens *Neue Heilmethode*, die er von seinem Vater bekommen hat und sehr schätzt, enthält im Supplement-Band ein langes, modern-vernünftiges, mit vielen Beispielen gespicktes Kapitel „Empfängnis. Verhütung derselben. Fakultative Sterilität" ganz nach seinem Geschmack, das er ihr ans Herz legt. Ohne Erfolg. Denn seine junge Frau entwickelt eine Hartnäckigkeit auf diesem Gebiet, die ihn erschreckt, ja verstört.

Sie wolle schließlich jeden Sonntag zur Kommunion gehen, erklärt sie, und da müsste sie ja jedes Mal davor zur Beichte. Womöglich bekäme sie dafür gar keine Absolution. Wer nicht zur Kommunion geht, hat sowieso etwas zu verbergen. Nach Mitternacht noch etwas gegessen oder bei der ehelichen Pflichterfüllung verbotene Gefühle gehabt oder eben eine Empfängnis verhüten wollen. Jedenfalls wäre ein solches Verhalten Sünde. Der Pfarrer habe ohnehin schon nachgefragt, ob der Kindersegen sich nicht bald einstelle. Und dabei blute sie immer noch jeden Monat, und sie könne es mit ihrem Gewissen nicht vereinbaren, dass er sündigte, denn dann sei sie mit schuldig.

Es nützt nichts, dass er ihr von natürlichem Empfinden spricht, dass Gefühle dabei unvermeidlich seien – das sage auch der Platen – und dass er nichts gegen Kinder habe, im Gegenteil, er liebe Kinder ja auch und wolle sicher nicht auf alle Zeiten auf Kinder verzichten, sie nur so lange hinausschieben, bis sich ihre Situation verbessert habe. Es ist nichts zu machen, sie bleibt stur.

Fehlt grad noch, dass du zu beten anfängst, wenn ich mich dir nähern will, schimpft er einmal in heftigstem Zorn. Das beschäftigt sie nun doch; sie schwankt zwischen Pflichterfüllung und gänzlicher Enthaltsamkeit, und daher berichtet sie ihrem Beichtvater davon. Der bestärkt sie und meint, wenn ihr dabei nach Beten zumute sei, könne das sicher nicht schaden. Sie solle eben für den Kindersegen beten.

So wird die eheliche Gemeinschaft für beide zur Qual. Schließlich setzt die erste Schwangerschaft diesen unfruchtbaren Diskussionen ein vorläufiges Ende.

Nur vorläufig. Denn die Situation verschlimmert sich noch.

Martin schickt sich darein, weil seine Frau nun endlich erreicht hat, was sie sich wünscht. Aber die Freude über die in Gang gekommene Schwangerschaft hält nicht lange vor.

Sobald Burgis Körper sich auf die veränderten Umstände einzustellen beginnt, rebelliert er. Sie bekommt Herzrasen und Atemnot, ihr Magen wird überempfindlich, und das Erbrechen, das vielen Schwangeren in den ersten Monaten zu schaffen macht, plagt sie andauernd, den ganzen Tag über, und will nicht vergehen. Sobald sie etwas zu sich genommen hat, würgt sie schon, und sie muss den Abtritt aufsuchen, der natürlich nicht in der Wohnung, sondern im Stiegenhaus und allgemein zugänglich ist. So bekommen auch die Nachbarn ihre Probleme mit, und die Frau des zweiten Lehrers, die sanfte Hedwig, bietet ihre Hilfe an und berät Burgi in ihrer Not, da sie selbst schon Kinder hat und daher Bescheid weiß. Sie beruhigt auch den jungen Ehemann, hilft mit Kochen aus und kümmert sich um die beiden, so gut sie kann.

Als Burgi aber an Gewicht verliert, blass und schwach wird und immer weiter erbricht, obwohl die kritische Zeit schon vorüber ist und ihr Bauch sich bereits wölbt, wird Martin doch ängstlich und besteht darauf, einen Arzt aufzusuchen. Sie fahren gemeinsam in die Kleinstadt zum selben bewährten Doktor, der Burgi vor Jahren selbst ins Spital gebracht und ihr das Leben gerettet hat. Der scheint über ihren Zustand besorgt, untersucht sie und empfiehlt dann Bettruhe, Rumpfbäder, Leibumschläge und schwarzen Tee. Sollten die Anfälle dann noch immer nicht aufhören, seien weitere Untersuchungen, dann wohl besser beim Spezialisten, fällig.

Die Anfälle hören nicht auf. Nach einer Woche sind die beiden wieder beim Arzt, Burgi schon sehr mitgenommen, Martin besorgt und nervös. Das sind jedenfalls keine gewöhnlichen Schwangerschaftsbeschwerden, so viel ist ihnen jetzt klar. Der Hausarzt schickt sie zum Frauenarzt, der die junge Mutter untersucht, aber nur feststellt, dass die Leibesfrucht sich eigentlich nicht abnormal entwickelt. Er empfiehlt Bettruhe, Einläufe und schwarzen Kaffee mit Zitronensaft gegen den Brechreiz. Es hilft alles nichts. Martin entschließt sich, Burgi in die Klinik zu bringen, gegen ihren Widerstand. Dort wird sie wieder untersucht. Es heißt, sie habe einen überempfindlichen Magen und sei sehr geschwächt, deshalb sei eine schwierige Geburt zu erwarten. Doch wird ein Professor hinzugezogen, der auf die Idee kommt, sie abzuhören und zu durchleuchten. Dabei erhärtet sich sein Verdacht: Die junge Frau hat Tuberkulose, die die Gesundheit von Mutter und Kind beeinträchtigt. Burgi solle so schnell wie möglich von ihrer Leibesfrucht befreit werden, sonst werde sie an Auszehrung zugrunde gehen. Das Kind sei wahrscheinlich ohnehin zum Tode verurteilt; im besten Fall werde nur eines von ihnen beiden überleben, aber niemand könne sagen, wer. Die niederschmetternde Diagnose wird auch von einem Kollegen des Professors bestätigt, zu dem Martin seine entsetzte Frau schleppt. Für ihn steht der Entschluss sofort fest, umso mehr, als Eile geboten ist: Abtreibung, dann ein Kuraufenthalt.

Doch er hat nicht mit dem Eigensinn seiner Frau gerechnet. Abtreibung ist Mord, antwortet sie. Das kommt nicht in Frage.

Martin redet ihr ins Gewissen, verlegt sich aufs Betteln, versucht tagelang in immer neuen Anläufen, sie zur Vernunft zu bringen. Burgi bleibt bei ihrem kategorischen Nein. Wenn sie denn sterben müsse, dann sei das Gottes Wille. Sie werde sich ihr Kind nicht nehmen lassen, egal, was auf sie zukomme.

Am Abend, als sie bereits abgetragen hat und ihr Strickzeug auskramt, nimmt er wieder zum Platen Zuflucht. Ich hab dich gebeten, dir den Abschnitt nochmals genau durchzulesen und dir die Sache zu überlegen.

Ich bin noch nicht dazu gekommen, antwortet sie. Die Hausarbeit muss ja auch sein, und mir ist oft nicht gut genug zum Lesen. Es sind ja immerhin fast sechzig Seiten ...

Sechzig Seiten Argumente, das ist dir wohl zu viel, kommentiert er spitz. Du kannst das nicht dauernd vor dir herschieben, so viel Zeit bleibt dir nicht, deine – unsere – Situation zu bedenken.

Für mich gibt's da eh nichts mehr zu bedenken, gibt sie seelenruhig zurück und lässt ihr Nadelspiel klingeln.

Jetzt hör einmal zu, du sture Person, braust er auf. Denk dran, was die beiden Kapazitäten gesagt haben: Das Kind überlebt sowieso nicht, und du gehst auch dabei drauf! Ich will dich doch nicht verlieren, Himmel noch mal! Geht das nicht in deinen Kopf, dass das kein Mensch verlangen kann, dass eine junge Frau wie du an ihrer ersten Schwangerschaft zugrunde gehen soll? Später, wenn du wieder gesund bist, können wir immer noch Kinder haben, wir sind jung, und die Tuberkulose lässt sich ausheilen.

Und empört steht er auf, holt das Buch und schlägt die Seiten auf, zwischen die er ein Lesezeichen gesteckt hat, damit sie sich den Abschnitt endlich vornimmt. Da, da hast du's, bitte, er nennt sogar genau deinen Fall – da steht's: „Beobachtet man im Verlaufe dieser Schwangerschaft hochgradige Beschwerden oder sogar lebensbedrohliche Zustände, wie unstillbares Erbrechen ..." Und da, weiter unten, spricht er ausdrücklich von Lungentuberkulose ... Schau dich an, wie du aussiehst, du hängst ja bald nicht mehr zusammen! Dein Körper rebelliert ganz zu Recht. Das ist für mich ein klares Zeichen, dass die Belastung zu groß ist. Dein Körper macht dich selber auf die Gefahr aufmerksam. Sei gescheit und tu endlich, was die Ärzte sagen!

In seiner Verzweiflung hält er ihr das Buch hin und zwingt sie, von ihrer Arbeit aufzusehen.

Ja, aber wir haben ja noch keine Kinder. Der Platen redet von Leuten, die schon welche haben und keine weiteren in die Welt setzen wollen – oder können. Bei uns geht's um Abtreibung, das ist noch ganz was anderes. Das Wort will ich überhaupt nicht mehr hören. Wenn wir schon Kinder hätten ..., aber wir haben ja noch gar keine, gibt sie seufzend zur Antwort, als ob sie ihrerseits zu einem unverständigen Gegenüber sprechen würde.

Und wenn du so stur bleibst, werden wir sowieso nie welche haben, schreit er sie an. Und dann bist du selber schuld, du stürzt uns alle mit deiner verdammten Bigotterie ins Unglück! Er wirft das Buch auf den Tisch, springt auf und verlässt die Küche.

Burgi reagiert beleidigt und holt sich am nächsten Morgen Rat bei ihrem Beichtvater. Der unterstützt sie erwartungsgemäß in ihrer Entscheidung und lobt sie für ihre Ergebenheit und Demut. Martin tobt, greift selber ein, treibt einen anderen Geistlichen auf, der ihr auseinandersetzt, dass in einem solchen Fall auch das Leben der Mutter geschützt werden solle. Burgi glaubt ihm kein Wort. Sie weiß es besser. Sie weiß: Wenn es Gottes Wille ist, beide, Mutter und Kind, zu sich zu holen, dann darf der Mensch kein Mittel dagegen setzen. Punktum.

Dennoch bekommt sie es mit der Angst zu tun, ihre Standfestigkeit wird auf eine harte Probe gestellt. Sie verlegt sich aufs Beten wie immer, wenn sie nicht mehr weiterweiß. Und in ihrer Not verspricht sie feierlich, ihr ganzes Leben lang täglich zur Messe zu gehen.

Ihr schlechter Zustand hält an, oft erbricht sie nur noch Schleim und Galle. Aber ihr Bauch wächst, das Kind strampelt in ihrem Leib, und sie gibt sich der Illusion hin, es werde schon alles gut gehen. Anfälle von Panik vertreibt sie mit dem Rosenkranz.

Martin weiß sich nicht mehr zu helfen und resigniert. Mit einem solchen Starrsinn hat er nicht gerechnet. Es kränkt ihn, dass ihr ihr Leben so völlig gleichgültig ist, dass es ihr anscheinend nichts ausmacht, ihn im Stich zu lassen, und er beginnt ihr aus dem Weg zu gehen und stürzt sich in die Arbeit.

Auch seine Brüder versuchen ihr Glück, sogar sein Vater taucht auf, um der unbelehrbaren Schwiegertochter mit Vernunftgründen den Kopf zurechtzusetzen. Nichts hilft. Und der Geburtstermin rückt näher.

Martin bespricht sich heimlich mit dem Arzt, bittet ihn inständig, auf jeden Fall das Leben seiner Frau zu retten. Entkräftet, wie sie ist, soll sie sich möglichst wenig anstrengen; vielleicht sind schon die Strapazen der Geburt für sie zu riskant. Der Arzt verspricht, sein Möglichstes zu tun und sogleich zur Stelle zu sein, wenn er gerufen werde.

Doch es kommt alles anders als geplant. Burgi hält den Wehen tapfer stand, ohne etwas verlauten zu lassen, während Martin beim Unterricht ist und keine Ahnung hat, was sich im zweiten Stock über ihm inzwischen abspielt. Sie geht im Schlafzimmer auf und ab, bis sie es nicht mehr aushält und Hedwig um Hilfe bittet; die holt die Hebamme, und diese verständigt den Arzt. Die Hebamme kommt gerade zurecht, um dem Kind auf die Welt zu helfen, und als Martin nach Hause zurückkehrt, trifft er zugleich mit dem Doktor ein, der sich gar nicht genug wundern kann, dass die kranke Frau ein gesundes Kind geboren hat.

Das Kind ist ein Mädchen, offenbar völlig gesund. Die Hebamme wäscht die Mutter und versorgt sie. Dabei bittet sie insgeheim, dem Arzt nichts davon zu sagen, dass sie einen Dammriss davongetragen habe. Sie werde ihr die Beine fest zusammenbinden, dann werde alles schön verheilen. Burgi ist in diesem Moment alles egal. Die Geburt ist überstanden, sie hat es geschafft. Das dritte Wunder in ihrem Leben hat ihr Kind gerettet und sie selbst dazu. Ihre Sturheit – nein, ihr unerschütterlicher Glaube! – hat sich durchgesetzt. Und Martin muss akzeptieren, dass seine Frau bei aller vermeintlichen Unvernunft und Bigotterie recht behalten hat.

Allerdings bricht dann die Tuberkulose mit verstärkter Virulenz hervor. Burgi darf ihr Kind nicht stillen. Diesmal gibt Martin mit Hilfe des Arztes nicht nach. Sie wird gleich nach dem Wochenbett in die Lungenheilanstalt eingewiesen. Die kleine Hildegard kommt zuerst zu einer Amme, und dann übernimmt sie die Nachbarin, um dem jungen Paar weiterhin hilfreich zur Seite zu stehen. So geht ein halbes Jahr vorbei, ohne dass Burgi ihre Tochter zu Gesicht bekommt.

Die Liegekur an der frischen Bergluft tut ihr gut, sie nimmt an Gewicht zu. Wieder erlebt Burgi eine Zeit der erzwungenen Rücksichtnahme auf sich selbst. Und obwohl sie brennendes Heimweh nach ihrem Kind hat, vergeht die Zeit doch in angenehmer Gesellschaft schneller als gedacht. Denn sie kommt in eine Gruppe von Leidensgenossinnen, die sich gegenseitig mit beachtlichem Galgenhumor Mut zu machen versuchen. Auf der Rückseite eines Gruppenfotos, das die jungen Frauen zu siebt vor einem Zaun aufgereiht zeigt, steht mit Bleistift in deutscher Schrift zu lesen:

*Lustig gelebt und lustig gestorben,*
*Heißt wohl dem Teufel sein Spiel verdorben.*

Selma, die Autorin dieses abgründigen Verses, bezeichnet Burgi als ihr „liebes Hexerl", das sie sicher einmal unverhofft aufsuchen werde. Es kommt nie dazu, denn Selma hat weniger Glück. Vermutlich ist es ihre eigene Geschichte voller Wunder, die Burgi diesen Spitznamen einträgt. Sie allerdings bleibt felsenfest bei ihrer Überzeugung und hält auch am neuen Gelübde fest – ein ganzes Leben lang.

Die schwierige Wirtschaftslage reicht weit in die Zwanzigerjahre hinein und trifft die kleine Familie unverändert hart. Wie das aller Angestellten hinkt auch Martins Gehalt hinter der Entwertung der Krone her. Die Lebensmittel bleiben teuer und werden sogar noch teurer, und alle Bemühungen, sich doch noch etwas für Notzeiten beiseitezulegen, scheitern kläglich. Erst als der Schilling eingeführt wird, beruhigt sich die Lage langsam wieder. Doch die Unsicherheit bleibt. Und die politische Situation trägt auch dazu bei. Burgi gewöhnt sich an, auf Vorrat einzukaufen, was sie kriegen kann – ein Verhalten, das ihr in Fleisch und Blut übergeht.

Neben seinen vielen Verpflichtungen, die er als Lehrer selbstverständlich auf sich nimmt, wie er es schon von seinem Vater gewohnt war – dem Pfarrer steht er als Organist und Chorleiter zur Verfügung, dazu versucht er, im Dorf ein kleines Orchester auf die Beine zu stellen –, trifft sich Martin mit seinen Kollegen regelmäßig zum Stammtisch. Gewöhnlich abwechselnd bei Paul Steiner im ersten Stock, mit dem er sich ebenso wie Burgi mit Hedwig, seiner Frau, angefreundet hat, und in ihrer eigenen Wohnung. Dabei wird ausgiebig politisiert und manches Streitgespräch geführt. Die beiden Frauen sorgen anfangs nur für Bier und Brezen und ziehen sich dann mit ihren Handarbeiten zurück. Mit der Zeit finden aber auch sie Gefallen daran und trauen sich mitzureden.

Als sie viele Jahre später einmal gefragt wurde, wie sie die Beziehungen in einer Ehe einschätze, erklärte Burgi verschmitzt: Der Mann ist natürlich der Kopf – aber die Frau ist der Hals, der den Kopf dreht. Und dann erzählte sie die Geschichte, wie sie ihren Mann im ersten Ehejahr dazu gebracht hatte, auf seinen gewachsten Schnauzbart zu verzichten. Dieser stand ihm zwar gut und machte Eindruck, verkratzte ihr aber jedes Mal Wangen und Lippen, wenn Martin ihr einen Kuss gab. Außerdem musste sie sich immer zusammennehmen, um nicht laut herauszulachen, wenn er nachts mit Bartbinde das Bett bestieg. Schließlich griff sie zu einer List, die zwar einen Ehekrach heraufbeschwor, aber funktionierte. Als sie Martin einmal beim Rasieren helfen musste, weil er sich die rechte Hand verletzt hatte, rutschte ihr das Schermesser aus und schnitt zu ihrem größten Bedauern eine Spitze ab, sodass auch die zweite folgen musste, um die Symmetrie zu wahren. Damit blieb ihr die Bartbinde erst einmal erspart, was Martin bald selbst bequemer fand. Und als dann später der amputierte Schnauzer in Mode kam, rasierte er sich eigenhändig den Rest ganz ab.

# Hildegard

Als ihr kleiner Bruder geboren wurde, war Hildegard bei der Nachbarin untergebracht. Dort konnte sie mit den Kindern spielen, und die Hauskatze hatte auch gerade Junge. Dann holte der Vater sie ab und führte sie ins Schlafzimmer zur Mutter, um ihr den kleinen Bruder zu zeigen. Der schlief in seinem Bettchen. Aber natürlich durfte sie ihn nicht angreifen, nur von ferne bewundern.

Am nächsten Tag legte ihr die Nachbarin zwei Kätzchen in die Schürze, die sollte sie gegen das neue Brüderchen eintauschen. Hildegard stapfte entschieden los, denn der Handel erschien ihr ganz einsichtig, und sie verstand nicht, warum die Eltern etwas dagegen hatten und sich darüber aufregten. In ihren Augen waren die Kätzchen viel hübscher und vor allem unkomplizierter im Umgang als das empfindliche Brüderchen, das sie nicht einmal anrühren durfte.

Da ihm später diese Geschichte hinterbracht wurde, bildete sie bei den Auseinandersetzungen zwischen den Geschwistern immer das abschließende Argument: Du hast überhaupt nichts zu sagen, du hättest mich ja sogar gegen zwei Katzen eingetauscht!

Bei Burgis zweiter Schwangerschaft hatte sich Martin gar nicht mehr einzugreifen getraut. Es ging ihr auch tatsächlich etwas besser als zuvor, aber dennoch musste sie anschließend wieder zur Kur, und Martin stellte gezwungenermaßen eine Haushaltshilfe ein, damit die beiden Kinder versorgt waren. Es war spät im Jahr; der kleine Otto wurde mit Herbstmilch ernährt, daher blieb er schwach und anfällig für Krankheiten.

Im Schulhaus konnte sich nämlich niemand gegen Erreger abschirmen. Die Bauernkinder wurden oft noch lange in die Schule geschickt, auch wenn sie schon „etwas ausbrüteten"; krank zu sein galt überhaupt als Schande, daher breiteten sich nicht nur die üblichen Kinderkrankheiten, sondern sämtliche Infektionen ungehindert aus. Die Lehrerkinder im ersten Stock steckten sich meist sofort an, und kurz darauf erwischte es die im zweiten, Hildegard normalerweise weniger stark, Otto dafür umso schlimmer. Bauchkrämpfe und Durchfall, Grippe und Halsentzündung, Keuchhusten, Masern, Mumps, Röteln und Blattern befielen beide Kinder der Reihe nach, sodass Burgi sich weniger um den Haushalt als um ihren kranken Nachwuchs kümmern und sorgen musste. Sie war ständig mit kalten Wickeln und warmen Umschlägen unterwegs, braute Kamillentee in Mengen, wärmte Kernsäckchen im Herd und kochte Tücher aus. Die Haushaltshilfe, die zuerst nur als Notbehelf eingesprungen war, wurde daher für Jahre zum Familienmitglied, bis sie selbst heiratete. Sie hieß Fanny und war eine weichende Bauerntochter von der anderen Talseite, keineswegs verwöhnt, groß und hager, mit dunklen Haaren, die sie zur Gretlfrisur hochsteckte. Fanny war oft strenger als Burgi selbst, die sie manchmal an die Kandare nehmen musste, wenn sie den Kindern Schläge androhte wegen jeder Kleinigkeit. Sie lernte erst mit der Zeit richtig kochen, schlief auch in der großen Küche auf einem Diwan und war im Grunde anstellig, aber ein bisschen launisch. Und wenn sie mit dem linken Fuß aufgestanden war, ging man ihr lieber aus dem Weg – was die Kinder schnell heraus hatten.

Wenn es darum ging, ihren Kleinen die grauslichsten Mittel einzuflößen, erfand Burgi Geschichten, um sie etwas schmackhafter zu machen. So warteten auf den abscheulichen Lebertran lauter winzige Männchen im Bauch, die so klein waren, dass niemand sie sehen konnte. Denen schmeckte der Lebertran, weil sie dadurch Kraft bekamen, den Speisebrei weiterzuschaufeln, damit er gut verdaut werden konnte. Und die fürchterliche Knoblauchmilch gegen Wurmbefall, der hin und wieder vorkam, verband sie ebenfalls mit einer anschaulichen Vorstellung: Im Bauch sitzen die vielen weißen, gefräßigen Würmer, strecken sich nach oben, heben die Köpfe und sperren alle die Mäuler weit auf, weil sie glauben, jetzt bekommen sie wieder etwas Gutes zum Fressen. Stattdessen kommt das widerliche Zeug herunter, dass es sie schüttelt vor Grausen, und vor lauter Schütteln können sie sich nicht mehr halten, purzeln durch den ganzen Bauch hinunter und in den Nachttopf hinein.

Schließlich musste Hildegard mit Scharlach in die Klinik eingeliefert werden und verbrachte dort sechs Wochen in traumatischer Isolation, um den kleinen Bruder nicht anzustecken. Die Eltern durften ihr nur durch das Türfenster zuwinken, und das kam nicht oft vor, da doch eine längere Zugfahrt dazwischenlag. Sie hatte arges Heimweh und weinte tagelang; die Zeit wollte einfach nicht vergehen, und die Schwestern konnten sie nur selten aufheitern. Kaum war sie wieder zurück, traf die kleine Familie der nächste Schlag: Gehirnhautentzündung, die als Epidemie in der ganzen Gegend grassierte und viele Kinder das Leben kostete, da es kaum Mittel dagegen gab. Es erwischte den kleinen Buben, und Hildegard wurde zu den Vatereltern gebracht, die sich notgedrungen bereit erklärten, mitzuhelfen. Wieder weg von daheim, wieder bei fast fremden Leuten, wo sie brav sein und möglichst wenig stören sollte. Der Großvater nahm sie zwar zusammen mit seinem eigenen Nachwuchs der zweiten Garnitur auf Spaziergänge in den Wald mit, zeigte ihr Blumen und Bäume und legte ihr die ersten Schulbücher vor; die Stiefgroßmutter dagegen blieb distanziert und beschränkte sich auf das Füttern und Versorgen, zu mehr fühlte sie sich nicht verpflichtet.

Burgi wich inzwischen nicht mehr vom Krankenbett, behalf sich in ihrer Verzweiflung mit Essigumschlägen, Wechselbädern und Wickeln. Und wieder war es nur ihrer Hartnäckigkeit und Ausdauer zu verdanken, dass sie ihren kleinen Sohn durchbrachte. Er erholte sich langsam und trug keine ernsteren Schäden davon. Doch hatte er auch später oft unter Kopfschmerzen zu leiden, besonders, wenn er länger lesen oder sich auf etwas konzentrieren musste. Das fiel aber so gut wie gar nicht ins Gewicht im Vergleich zu den anderen Fällen, die, wenn überhaupt, nur schwer behindert überlebten.

Hätte Hildegard nicht die Nachbarskinder gehabt, wäre sie in diesen Jahren fast als Einzelkind aufgewachsen. Anni, Klaus und Gerda wurden ihre liebsten Spielkameraden. Zusammen heckten sie Streiche aus, bei denen oft die Katze die Hauptrolle spielen musste. Sie banden ihr eine Schelle um oder eine Blechbüchse an den Schwanz, dass sie entsetzt vor ihrem eigenen Lärm davonlief, oder sie steckten ihre Pfoten in Nussschalen und ergötzten sich daran, wie das arme Ding über die Fliesen schlitterte. Auch im Winter spielten sie im Schulhof, rodelten über jeden Hügel, und wenn den Mädchen der Rock hochrutschte dabei, gab es Ärger mit dem Pfarrer, der dem unzüchtigen Treiben ein polterndes Ende setzte. Im Sommer war es noch schlimmer, wenn die Kinder im Brunnen planschten und sich dazu die Kittelchen in die Unterhose steckten – was wieder Schimpfkanonaden hervorrief. Die Mütter, Hedwig ebenso wie Burgi, ergriffen zu Hause beschwichtigend Partei für ihre Brut, nach außen aber pfiffen sie sie zurück, damit der Friede im Dorf gewahrt blieb. Denn der Pfarrer entsprach schließlich nur seiner Rolle als Respektsperson, und Pfarrer und Lehrer sollten in seinen Augen zusammenhalten. Da durften die Lehrerkinder nicht unangenehm auffallen, im Gegenteil, sie hatten erbauliche Vorbilder für die anderen Dorfkinder abzugeben. Die Folge davon war, dass bei allen Spielen im Freien immer einer Schmiere stehen musste, denn das Schulhaus lag in nächster Nähe der Kirche, des Widums und des Friedhofs, und das bedeutete, dass der Pfarrer oder seine Häuserin, die sich als begabte Spionin erwies, immer wieder unvermutet auftauchen und das schönste Spiel verderben konnten.

Sonst waren die Erwachsenen nicht dauernd hinter den Kindern her, um nachzuschauen, was sie gerade machten. Wenn doch, dann ging es vor allem um das verpönte, verderbliche Doktorspielen, das sie ihnen so nachdrücklich verboten, dass die Kinder erst recht neugierig wurden und sich dazu ins Unterdach oder in den Holzschupfen verzogen. Nur der Keller war zu dunkel und unheimlich, da raschelte es und roch moderig, und die Dunkelheit machte den Kindern ohnehin zu schaffen. Burgi, die als Kleine oft genug zur Strafe ins Dunkle gesperrt worden war, vermied es bei ihren eigenen Kindern von vornherein, weil sie fand, so viel Angst sei nur schädlich. Aber wenn Strafe fällig war, gab es auf jeden Fall Schläge. Wer nicht hören will, muss fühlen, war ihre Devise, und die praktische Ausführung wurde dann Martin anvertraut, der sich am Abend die Kinder einzeln vornahm.

Eigene Tiere im Haus so wie Steiners Katze gab es nicht. Dafür Kaninchen im Hof, in Ställchen am Holzschupfen, wo das Dach vorsprang. Die Kinder hatten die Aufgabe, ihnen Gras zu bringen, Wegerichblätter oder Salat und gelbe Rüben, wenn Burgi etwas übrig hatte. Es war lustig, zuzuschauen und zu spüren, wie sie einem aus der Hand fraßen, ganz rasch verschwand so ein Blatt in ihren Mäulchen, und dann zogen sie so fest daran, dass man nachgeben und den Stiel loslassen musste. Ottos graumelierter Hase wurde Schupferkahl getauft, das Weibchen gehörte Hildegard, hieß Lilli und war weiß mit einem schwarzen Fleck, der vom rechten Auge bis über das Ohr hinaus reichte. Manchmal wurden die Hasen auch freigelassen und durften im vorderen Anger herumhoppeln, solang sie nicht bis in Burgis Garten vordrangen. Dann wurden sie in die Spiele einbezogen, waren die Kinder von Hildegard und Otto oder von Klaus und Anni, wie die Puppen, von denen jedes Mädchen eine hatte. Hildegard bekam ihr Lieschen vom Christkind. Es hatte einen schön bemalten Porzellankopf mit blauen Augen, der fest im Stoffkörper steckte, und trug ein gestricktes Kleidchen, blau mit weißen Tupfen, darunter eine kurze blaue Hose, ebenfalls gestrickt. Annis Puppe hieß Zilli, ihre angemalten Haare waren blond, und Gerdas Puppe Wilhelmine war kleiner und hatte braune Haare und Augen. Die Puppen wurden aus- und wieder angezogen, gefüttert mit Sandkuchen und Löwenzahn und schlafen gelegt in Schachteln mit Stoffresten als Decken und Polster. Später mussten sie auch in die Schule gehen und brav sitzen, ohne zu schwatzen, sonst bekamen sie mit dem Holzstock eins auf die Finger.

Und wieder gab's ein Donnerwetter, weil die Häuserin gesehen hatte, wie sie den Puppen die Unterhose auszogen und sie zum Pieseln auf das Puppengeschirr setzten. Das kam dann dem Pfarrer zu Ohren und wurde als Strafpredigt an die Mütter weitergegeben. Was die Kinder gar nicht ahnten. Aber Burgi nähte dem Lieschen kurzerhand die Unterhose an den Stoffleib, und weil sie schon dabei war, auch der Zilli und der Wilhelmine, dass sie nicht mehr ausgezogen werden konnten, sosehr sich die Puppenmütter auch abmühten.

Besonders schön war es, wenn sie sich mit alten Decken und Tüchern ein Zelt bauen durften, unter dem sie mit den Puppen saßen und wohnten. Die Hasenställe bildeten den Hintergrund und hielten die Decken; vorn wurden die Wäschestangen aus der Waschküche in den Boden gerammt und die Tücher darübergezogen. Eine ziemlich wackelige Angelegenheit, die nicht jedem Wind standhielt, aber darunter ließ es sich gemütlich sitzen und spielen. Wie die Zigeuner, sagte Burgi, die stellen auch den Wagen ab, klappen die Planen aus und lassen es sich gut gehen.

Den Buben war das bald zu fad, die rannten lieber den Hasen nach oder kletterten auf die Apfelbäume und machten sich wichtig damit. Sie holten sich Tannenzapfen aus dem Wald und bastelten Tiere daraus, bauten aus Holzscheiten, die sie aus dem Keller stibitzten, einen Bauernhof mit Stall und Stadel und ließen die Tiere davor auf der Weide grasen. Später trieben sie sich dann in den echten Ställen und auf den Tennen herum, bis die Bauern sie verjagten.

Was mit zwei Hasen begonnen hatte, wurden im Handumdrehen viele. Und so süß die kleinen, flauschigen Bällchen waren, sie wurden leider schnell groß. Plötzlich verschwanden sie dann wieder – verschenkt, sagte Burgi. In Wirklichkeit ließ sie sie schlachten und ihnen das Fell abziehen, und das Fleisch kam dann auf den Tisch, bis die Kinder herausfanden, was sie da essen sollten, und wilde Szenen folgten. Besonders Otto war berühmt dafür, alles besonders dramatisch zu nehmen. Er schlich tagelang bedrückt herum, überprüfte die Kaninchenställe jeden Morgen und jeden Abend und ließ sich hochheilig versprechen, dass sein Schupferkahl nie und nimmer im Kochtopf landen würde. Der starb dann auch wirklich an Altersschwäche.

Auch als Otto herausbekam, dass nicht das Christkind die Weihnachtsgeschenke brachte, sondern Burgi heimlich strickte und nähte, was auf den Gabentisch kam, tobte er und war außer sich über den Betrug, den die Eltern ihm angetan hatten. So sehr, dass es fast schon krankhaft war und sie bereits überlegten, ihn zum Arzt zu bringen. Dann hörte jedoch das Theater schlagartig auf. Auch Angstzustände hatte er, nach einem nächtlichen Brand in nächster Nähe, den die Kinder noch halb verschlafen vom Zimmerfenster aus miterlebt hatten – schreiende Menschenschatten, die vor den Flammen hin und her rannten, und das Krachen, als unter Funkenflug der Dachstuhl einstürzte. Am nächsten Tag standen alle vor dem Bauernhaus, das oben ganz verkohlt war und bei dem man durch die Fenster im ersten Stock bis in den Himmel schauen konnte. Nächtelang wachte Otto schreiend auf, und wenn Burgi im Nachthemd ins Kinderzimmer gerannt kam und ihn in die Arme schloss, schluchzte er, es brennt, es brennt, Mama, bei uns brennt's ... Hildegard tat er am Anfang leid, aber mit der Zeit fand sie ihn nur noch lästig und schimpfte ihn von ihrem Bett aus einen dummen Angsthasen.

Der Glaube an den Nikolaus hielt länger als der an das Christkind. Vor allem der Krampus hatte es ihnen angetan. Otto war vorher immer sehr tapfer und gab schrecklich an damit, wie er selbst dem Krampus Angst einjagen wollte. Er würde sich nicht verstecken und den Krampus an seiner Kette ziehen. Dann kam er mit einem dicken Strick an; damit wollte er den Krampus fesseln, bis er sich nicht mehr rühren konnte. Je länger das Warten aber dauerte, desto mehr begangene Ungezogenheiten fielen ihm ein und umso kleinlauter wurde er. Und wenn es dann so weit war, dass es am Abend plötzlich klopfte und eine Kette rasselte, die Eltern die Tür aufmachten und den Nikolaus einließen, hinter dem der Krampus die Treppe heraufschlich, da war es um seine Courage geschehen und er schon hinter Burgis Rock verschwunden. Während Hildegard tapfer dem Nikolaus standhielt, der aus seinem goldenen Buch die Namen der Kinder und ihre Vorzüge und Fehler vorlas, klammerte er sich zitternd an Burgi fest und konnte gar nicht mehr hinschauen vor Angst, wie der Krampus mit der Rute fuchtelte, mit der Kette rasselte und drohend ihre Namen schrie. Aber Hildegard war auch froh, wenn der Besuch ausgestanden war. Und als sie schließlich herausfanden, dass es in Wirklichkeit nur verkleidete Dorfleute waren, war der Spuk vorbei und es blieb nur noch so etwas wie verlegenes Bedauern übrig.

Wenn beide Kinder krank waren, saß Burgi stundenlang bei ihnen und beschäftigte sich mit Handarbeiten. Frauen sitzen ja nie einfach so da, die haben immer etwas zu tun. Burgis Spezialität war das Stricken. Sie strickte mit Hingabe, bewältigte auch schwierige Muster, fast ohne hinzuschauen, und nebenbei erzählte sie Geschichten, um ihren Kindern die Langeweile zu vertreiben. Besonders beliebt war „Der Schmied von Rumpelbach"; Hildegard und Otto bettelten immer wieder darum.

Zuerst beschrieb Burgi die rußige Werkstatt, in der das Feuer loderte, dann kam der Schmied dran, ein riesiger, wilder, schwarzer Geselle in einer Lederschürze, der in der Hitze der Esse mit einem mächtigen Hammer auf das glühende Eisen einschlug, dass die Funken nur so flogen. Und dieser Schmied bekam eines Tages Besuch von einem Jägersmann, der ihm eine Weile zuschaute. Dieser Jägersmann war der Teufel, der sich verkleidet hatte, aber doch für den schlauen Schmied leicht zu erkennen war an seinen spitzen Ohren, dem Hinkefuß und dem Schwefelgeruch, der ihn umgab. Der Teufel schaute nun dem Schmied eine Weile zu, während der Schmied ihm keine Beachtung schenkte. Da meinte der Teufel, so ein schweres, schmutziges Handwerk könntest du dir doch ersparen. Du brauchst bloß anzunehmen, was ich dir anbiete. Der Schmied gab aber keine Antwort, hämmerte nur drauflos, dass der Teufel immer wieder zusammenzuckte.

Hast du nicht gehört, fing der wieder an, wenn du tust, was ich dir sage, wirst du reich sein dein ganzes Leben lang.

Der Schmied hämmerte weiter. Er bearbeitete gerade ein Hufeisen für ein Pferd, da muss man dabeibleiben, solang das Eisen heiß ist. Schließlich war es so weit, der Schmied tauchte das rotglühende Hufeisen in den Wasserbottich, dass es zischte und der Dampf aufstieg, und dann fragte er: Also red, was hast du zu bieten?

Ich geb' dir einen Beutel mit Goldmünzen, der nie leer wird, so viel du auch herausnimmst; dafür brauchst du mir nur deine Seele zu versprechen.

Der Schmied dachte sich, das geht nicht mit rechten Dingen zu, und antwortete: Meine Seele kann ich dir erst geben, wenn ich sterbe, und das hab ich nicht vor. Noch leb ich, deswegen hau ab, das ist kein Handel.

Du sollst ja gar nicht sterben, schmeichelte der Teufel, dein Leben ist noch lang nicht zu Ende. Und bis dahin lebst du in Saus und Braus, bis ich dich holen komme.

Und wann wäre das?, fragte der Schmied.

Nach dreißig Jahren von heute an. Und damit zog der Teufel den Lederbeutel heraus, in dem die Goldmünzen nur so klimperten.

Gib her, sagte der Schmied, das soll mir recht sein. Und dachte bei sich: Dreißig Jahre sind eine lange Zeit, und wenn's so weit ist, wird mir schon was einfallen, wie ich's dem Teufel eintränken kann. Und wie er ihm die Hand drauf gab, war der Jäger auch schon verschwunden.

Tatsächlich ging dem Schmied von nun an alles gut aus, die Goldmünzen wurden nicht weniger, auch wenn er noch so viel davon verbrauchte. Jetzt baute sich der Schmied eine große neue Werkstatt und stellte viele Gesellen an, dann baute er sich ein Haus, das schönste und größte im ganzen Dorf, dann legte er sich dazu einen großen Garten an, kaufte sich eine Kutsche und ein Gespann, speiste im Gasthaus und genoss das Leben. Aber die Jahre gingen dahin, und auf einmal wurden die Goldmünzen immer weniger. Zum Zeichen, dass die Zeit langsam um war. Und wirklich erschien eines schönen Tages, als die letzte Goldmünze verbraucht war, um die Mittagszeit der Teufel wieder beim Schmied von Rumpelbach in der neuen großen Werkstatt und erinnerte ihn an sein Versprechen.

Gut, sagte der Schmied, versprochen ist versprochen. Aber ich glaub nicht, dass du der Teufel bist, denn wenn du der Teufel wärst, dann wär dir nichts unmöglich.

Fast nichts, korrigierte der Teufel. War dir der Beutel mit den Goldmünzen nicht Beweis genug? Dann sag, welchen Beweis du noch brauchst!

Ja, schau nur, sagte der Schmied, der Beutel ist jetzt leer. Ich glaub nicht, dass du imstand bist, dich so klein zu machen, dass du in dem Beutel Platz hast.

Wenn's weiter nichts ist, sagte der Teufel, verlang was Schwereres. Und wumm! sauste er in sich zusammen und war verschwunden.

Der Schmied wunderte sich, wo der Teufel geblieben war, da hörte er aus dem Lederbeutel ein dünnes Stimmchen: Da bin ich, schau nur her, also, was hab ich gesagt? Glaubst du mir jetzt?

Da packte der Schmied den Beutel mit seiner großen Faust, band ihn fest zu, schmiss ihn auf den Amboss, nahm den schweren Hammer und fing an, auf den Beutel und den Teufel drin einzuschlagen, dass es dröhnte. Und der Teufel heulte und schrie innen drin, und der Schmied haute weiter auf ihn drauf, dass ihm Hören und Sehen verging und er nur noch winselte, er solle ihn bitte, bitte freilassen, er wolle nur noch verschwinden, er werde ihm nichts mehr tun ... Noch ein paar saftige Schläge, dann musste der Teufel dem Schmied versprechen, dass er auf alle Zeiten Ruhe gäbe und sich nie wieder bei ihm blicken ließe.

Der Teufel versprach alles, und nach ein paar weiteren Schlägen machte der Schmied der Lederbeutel ein ganz wenig auf – und huiiii! sauste der Teufel heraus, zur Werkstatt hinaus wie der Blitz und ward nie mehr gesehen.

Huiii!, machten die Kinder und lachten, wie der Teufel davonsauste, ganz zerschlagen und kaputt.

Aber die Geschichte war noch nicht zu Ende. Und wie's so geht, wurde der Schmied von Rumpelbach doch einmal alt, und es kam zum Sterben. Da musste der Schmied seinen Ledersack mit dem Werkzeug schnüren und sich auf den Weg machen. Zuerst kam er zur Wegscheide, wo ein schöner, gut gepflasterter Weg eben abzweigte, der andere aber, der schmal und schotterig war, aufwärts führte. Der Schmied wusste, welchen Weg er nehmen musste, denn er wollte ja in den Himmel kommen. Er stieg also den schmalen Schotterweg hinauf und kam nach einer Weile wirklich an ein großes goldenes Tor, das Himmelstor. Weil er niemand sah, klopfte er an. Und da ging neben dem Tor ein kleines Fenster auf, da schaute der heilige Petrus heraus: Wer verlangt Einlass?, fragte er barsch.

Ich bin's, der Schmied von Rumpelbach.

Was, der Schmied von Rumpelbach? Du traust dich da her? Wo du mit dem Teufel paktiert hast?, rief der heilige Petrus ganz empört. Du hast bei uns nichts zu suchen, geh nur dort hin, wo du hingehörst, schnurstracks in die Hölle! Und rumms! haute er das Fenster zu.

Jetzt geht der Schmied von Rumpelbach in die Hölle, freuten sich die Kinder. Da wird's erst lustig!

Ja, wartet's nur ab, sagte Burgi, wie er's macht. Der Schmied stand also da und kratzte sich am Kopf. Schließlich nahm er seinen Sack und ging zurück bis zur Wegscheide. Diesmal nahm er den anderen, bequemen Weg, der ihn bis zu einem großen rußigen Holztor führte. Dort legte er seinen Sack nieder und klopfte an.

Wer da?, schrien die Teufel, die drinnen Wache standen. Denn das Höllentor ist genauso zu wie das Himmelstor, da kann nicht jeder einfach hineinspazieren.

Ich bin's, der Schmied von Rumpelbach, schrie der Schmied mit seiner tiefen Stimme.

Da war es zuerst still, dann plötzlich heulten und kreischten alle Teufel auf einmal durcheinander: Der Schmied von Rumpelbach! Der Schmied von Rumpelbach! Geh weg, verschwind, wir wollen dich da nicht haben!

Jetzt wurde der Schmied aber zornig, nahm den Hammer aus dem Sack und schlug damit gegen das Höllentor, dass es nur so krachte. Bei jedem Schlag schrien die Teufel auf, und es wurden immer mehr, weil sie das Tor zuhalten mussten, dass der Schmied es nicht einschlagen konnte. Und so fest hielten sie es zu, dass ihre langen Krallen nach außen durch das Holz durchstachen, dass das Tor ausschaute wie ein riesengroßer Igel. Wie der Schmied von Rumpelbach das sah, fing er an, mit ganzer Kraft auf die Teufelskrallen draufzuschlagen, dass sie sich umbogen und die Teufel am Tor hängen blieben und erst recht jammerten und wehklagten, weil sie nicht mehr weg konnten.

Die Kinder hüpften und klatschten vor Freude in ihren Bettchen, und Burgi musste sie erst wieder beruhigen und verlangen, dass sie sich hinlegten, sonst würde sie nicht mehr weitererzählen. Bitte, bitte, Mama, weiter! Was macht der Schmied jetzt?

Nachdem er die Teufelskrallen alle umgeschlagen hatte, nahm der Schmied von Rumpelbach seinen Hammer und den Sack und machte sich wieder auf den Weg zum Himmelstor, denn irgendwo musste er ja bleiben.

Dort klopfte er wieder an wie zuvor, und der heilige Petrus schaute zum Fenster heraus. Du schon wieder? Ich hab dir doch gesagt, du hast da nichts zu suchen! Wer mit dem Teufel paktiert, taugt nicht für den Himmel, also verschwind!

Da sagte der Schmied zum heiligen Petrus: Ich war grad unten vor der Hölle, aber unten wollen sie mich auch nicht. Tu mir bloß den Gefallen, lass mich nur einmal ein bissl in den Himmel hineinschauen, dann geh ich wieder.

Der heilige Petrus ist zwar streng, aber im Grund ein freundlicher Mann. Deswegen ließ er sich erweichen, sperrte das Tor auf und ging dann ein bisschen zur Seite, damit der Schmied ins Himmelslicht hineinschauen konnte und erst recht sah, was er verspielt hatte. Da packte der Schmied von Rumpelbach seinen dreckigen Ledersack, schmiss ihn ganz schnell hinter die Himmelstür, sprang nach und hockte sich drauf.

Der heilige Petrus war so erschrocken, dass er gar nicht dran dachte, die Himmelstür rechtzeitig zuzuschlagen. Und wer einmal drin ist im Himmel, der bleibt drin. Seitdem sitzt der Schmied von Rumpelbach gleich hinter der Himmelstür auf seinem Werkzeugsack und ist zufrieden, dass er seinen Platz gefunden hat.

Und was macht er da die ganze Zeit im Himmel?, fragten die Kinder.

Ja, das weiß ich jetzt auch nicht, antwortete die Mutter. Vielleicht gibt's manchmal etwas zu reparieren, dann kann der heilige Petrus den Schmied schon brauchen, das Werkzeug hat er ja mit. Und jetzt seid's zufrieden und schlaft's ein bissl.

Als Hildegard eingeschult wurde, bekam sie ihren Vater als Lehrer. Das war ebenso unvermeidlich wie unangenehm. Denn ein Mann, bei dem Pflichterfüllung und Korrektheit das Leben bestimmten, konnte gar nicht anders, als sein Kind besonders streng zu behandeln, damit ihm niemand Bevorzugung vorwarf. Das machte es für Hildegard nicht leicht. Sie hatte von Anfang an besser, schneller, pünktlicher, genauer, fleißiger, aufmerksamer, eben insgesamt leistungsfähiger zu sein als die anderen Kinder. Und auch zu Hause begann ihr Vater, ihre Arbeit zu überwachen, damit ja kein Schlendrian einreißen konnte.

Die Religionsstunden hielt der Pfarrer, der absolute Ruhe und Aufmerksamkeit in der Klasse verlangte. Außerdem hatten die Kinder von Anfang an zur Schulmesse zu kommen, und wehe, es fehlten welche; die mussten sich bei der nächsten Religionsstunde vor der ganzen Klasse rechtfertigen. Besonders bei der Vorbereitung auf die Erstkommunion wurde die Schraube noch einmal energisch angezogen, und wenn die Kinder sich vor Augen hielten, was alles Sünde war, wirkte die Aussicht auf das Fest eher abschreckend als einladend. Im Katechismus waren die Todsünden als dicke schwarze Flecken ins Herz eines Kindes eingezeichnet. Die lässlichen Sünden dagegen als kleinere schwarze Tupfen, aber der Pfarrer mahnte, dass auch die kleineren Sünden, wenn es immer mehr wurden, das ganze Herz ausfüllen konnten. Vor allem vor Unkeuschheit müssten sie sich hüten, das sei eine schlimme Sünde, die Neugier der Kinder werde ganz schrecklich bestraft, und wer andere oder sich selber unkeusch berühre, der könne blind werden oder verblöden.

Das Doktorspielen war er dennoch nicht abzuschaffen imstande, auch wenn den Kindern manchmal plötzlich mit Schaudern einfiel, was für Folgen ihnen der Pfarrer verheißen hatte. Dann beichteten sie, dass sie einander beim Pipimachen zugeschaut hatten und auch nachgeschaut, wo's herauskommt.

Bei den Mädchen oder bei den Buben?, fragte er dann streng.

Bei beiden, mussten sie kleinlaut gestehen und bekamen dafür drei Gsatzln vom Rosenkranz zur Buße auf. Und sie sollten aufpassen, dass so was ja nicht wieder vorkam!

Die verspielte Kleinkinderzeit lag schnell weit zurück. In den Folgejahren kam erschwerend hinzu, dass der kleine Otto, der einzige Sohn, wenig geistige Fähigkeiten und Interessen entwickelte, sodass sich Martins Bemühungen noch mehr auf seine Tochter konzentrierten. Sie sollte ersetzen, was der Sohn nicht leisten konnte – und wofür ihn Burgi, die seine schwere Krankheit viel intensiver miterlebt hatte als er, immer in Schutz nahm –, daher wurde Hildegard zusätzlich gedrillt. Das Klavier wurde zum festen Bestandteil ihres Tagesablaufs, dazu kamen später die Geige und die Gesangsausbildung. Martin hatte in seiner Tochter eine gelehrige Schülerin, in der er tausend Interessen zu wecken imstande war, über die Musik hinaus vor allem für seine eigenen Steckenpferde: Botanik, Fotografie und Geschichte. Dass er sie überforderte, kam ihm vielleicht manchmal in den Sinn, aber sie war eben seine Tochter, sein Fleisch und Blut, dem er den gleichen Einsatz zutraute und auch abverlangte wie sich selbst. Denn Arbeit war sein Lebensinhalt. Nicht nur, dass er gern, ja leidenschaftlich unterrichtete, er setzte auch seinen Ehrgeiz darein, selbst für das Unterrichtsmaterial zu sorgen. Er bastelte Anschauungsbögen mit ausgeschnittenen Bildreproduktionen, gestaltete Plakate, zeichnete Landkarten, sammelte Vogeleierschalen und Nester, Pflanzen, Blumen und Blätter, die er in ihre Bestandteile zerlegte und auf Papierunterlagen aufklebte. Daher die vielen Spaziergänge, von denen Vater und Tochter mit großer Ausbeute zurückkamen. Dann die gemeinsamen fotografischen Exkursionen, die Abende, die sie miteinander im Abstellraum verbrachten, den er zur Dunkelkammer umfunktioniert hatte, um die Fotoplatten zu belichten und zu entwickeln. Daher die gemeinsame Lektüre, die Hildegard dann zusammenfassen musste und durch die er sie an Genauigkeit und den Blick für das Wesentliche gewöhnen wollte.

Sie liebte und verehrte ihren Vater, wollte seinen Ansprüchen immer genügen, biss die Zähne zusammen und schluckte die Tränen hinunter, wenn ihr etwas besondere Mühe machte. Sie musste da durch, sie durfte ihn nicht enttäuschen. Denn wenn er sich abwandte, sich allein in sein Zimmer an den großen Schreibtisch zurückzog und unerreichbar wurde, litt sie die schlimmsten Qualen. Schlimmer, als wenn er missbilligend den Kopf schüttelte oder wirklich schimpfte. Burgi trat manchmal für ihre Große ein, wenn sie merkte, dass das Kind gar keine Freizeit mehr hatte: Sie ist schließlich ein Kind, verlang doch nicht so viel von ihr! Aber sie spürte auch, dass ihr Mann ihr aus dem Weg ging, sich nicht mehr einmischte in ihre eigene Lebens- und Arbeitsweise, einfach kommentarlos hinnahm, was sie für die Familie tat, wie sie die Kinder versorgte, kochte, nähte, putzte und wirtschaftete. Die Tatsache, dass sie jeden Morgen, wenn er frühstückte, bereits zur Frühmesse aus dem Haus lief – du weißt, warum! – und jeden Abend ihren Rosenkranz betete, zu dem sie ihn oft erfolglos aufforderte – das täte dir auch nicht schlecht! –, dass sie also für bestimmte Abschnitte des Tages ebenso unerreichbar blieb wie er für die Ansprüche der Familie, wurde stillschweigend akzeptiert, aber nie wirklich gebilligt.

So wie er mit seinen Kollegen baute auch sie ihren Bekanntenkreis auf. Dazu gehörte vor allem Hedwig, und auch Hertha, Guglbergers Ehehälfte, stieß dazu; die drei Frauen waren sich in vielen Dingen einig und halfen sich gegenseitig, was vom schnellen Ausleihen von Zwiebeln, Kaffee oder Zucker bis zum Kinderhüten und Austauschen von Handarbeitsvorlagen reichte. Zu ihrer Schwägerin Steffi, Ottos Frau, war die Beziehung weniger eng, auch weil sie nicht in der Nähe wohnten; die Frauen sahen sich nur in Abständen, und Burgi ging Steffis übertriebenes Modebewusstsein auf die Nerven. Ludwigs Frau Lisi war dafür eine Hoferbin, die über einige Dienstboten herrschte und das auch alle anderen deutlich spüren ließ. Sie konnte zuckersüß, aber auch recht spöttisch sein. Es heißt ja nicht umsonst: Die Schwägerinnenliebe hat der Herrgott nicht erfunden.

Zu den regelmäßigen Besuchern in Burgis Küche gehörten auch bald der Frühmesser Brenner für einen schnellen Kaffee, Pater Georg, der Kapuziner, zu dem sie eifrig beichten ging, und der Kooperator Prantacher, der den Pfarrer bei verschiedenen Funktionen unterstützte. Der Pfarrer selbst erschien höchst selten; wenn er etwas von Martin brauchte, bestellte er ihn zu sich ins Widum. Burgis Besucher kriegten auch einen Schnaps aufgeschenkt. Doch als sie merkte, dass die Gläser gar zu schnell geleert wurden, kaufte sie einen Satz hübscher, winziger Stängelgläschen, damit das weniger ins Gewicht fiel. Von diesen Besuchern ließ sich Burgi eher dreinreden als von ihrem Mann, weil diese ihre eigenen skrupulösen Auffassungen bestätigten. Martin ärgerte, dass die Geistlichen in die Lebensführung seiner Familie Einblick bekamen und diese sogar zu bestimmen suchten. Er warf ihnen antiquierte Anschauungen vor, und wenn es Auseinandersetzungen zwischen den Eheleuten gab, dann meistens aus diesem Grund.

Schaff mir endlich die aufdringlichen Kutten vom Hals, ich hab ja eh schon dauernd mit denen zu tun, fuhr er sie einmal unvermittelt an.

Du schon, du hast deine Kollegen und deine Bekannten, aber für interessantere Gespräche mit mir hast du überhaupt nie Zeit, hielt sie ihm vor. Und gegen geistlichen Beistand kannst du ja wirklich nix einzuwenden haben, sonst bist du ein schlechter Christ.

Ich bin dem Pfarrer so schon ständig zu Diensten, auf der Orgel und mit dem Chor, aber was darüber hinausgeht, ist keine Pflicht mehr, das verbitt ich mir. Jeden Tag zur Messe und zur Kommunion laufen, dein Rosenkranz und die Ablässe – du benimmst dich ja wie im Kloster! Das ist die reinste Übertreibung, fast schon Sucht, verschon wenigstens mich damit!

Und mein Versprechen? Glaubst du nicht, dass ich mich auch nicht leicht tu, so früh aus dem Bett zu kriechen und in die Kirche zu laufen, wenn's noch dunkel ist und kalt?

Aber ich hab's versprochen, und du weißt warum, und das wirst du doch nicht anzweifeln, dass ich das halten muss, maulte sie.

Schon, ja, dagegen hab ich ja nichts, aber mehr als das braucht es nicht! Deine Bigotterie hat Formen angenommen, die mir einfach zu weit gehen, damit bin ich nicht mehr einverstanden!

Da war es wieder, das beleidigende Wort. Sie blitzte ihn empört an, drehte sich um und verließ türschlagend den Raum.

Für Martin bestand kein Zweifel daran, dass seine begabte Tochter die Oberschule besuchen sollte. Burgi war eher der Ansicht, dass höhere Bildung Mädchen nicht unbedingt lebenstüchtig machte, aber natürlich wollte sie ihm nicht widersprechen. Als die beiden Hildegard eröffneten, dass sie sie in der Mädchenschule der Schwestern in der Landeshauptstadt angemeldet hatten, brachte diese vor Schreck keinen Ton heraus. Sobald sie konnte, versteckte sie sich schluchzend im Holzschupfen. Es schien ihr unmöglich, ihr Heim zu verlassen, die täglichen Frühstücksrituale mit ihrem Vater, die gemeinsamen Spiele mit ihrem Bruder und den Nachbarskindern, die Sonntage auf der Empore, an der Orgel, wo sie mit dem Blasebalg helfen und die Noten umblättern durfte, die Ausflüge mit dem Fahrrad, sogar die Reibereien mit ihrer Mutter, die ihr Haus- und Handarbeiten beibringen wollte, schienen ihr plötzlich unverzichtbar.

Otto, der ihren Zufluchtsort kannte, kam ihr nach und setzte sich neben sie.

Schicken sie dich weg?, fragte er. Hildegard nickte nur unter Tränen. Da legte er den Arm um sie und versuchte, sie zu trösten. Aber ganz weit weg ist das ja nicht, und Weihnachten kommst du wieder heim und Ostern auch, dann holen wir alles nach ... Und er streichelte vorsichtig und ein bisschen ungeschickt ihre zuckenden Schultern. So lästig er manchmal sein konnte, wenn es einem schlecht ging, war er immer mitleidig zur Stelle.

Die Eltern blieben unerbittlich. Jedes Mal, wenn sie versuchte, darüber zu sprechen, dass sie gar nicht in die Oberschule wollte, jedenfalls nicht in die Stadt zu den Schwestern, hieß es: Auch wenn du das jetzt noch nicht verstehst, du wirst uns noch dankbar sein! Und ihre Mutter ergänzte: Hätte ich das nur ein Mal erlebt – meine Eltern haben sich nie so um mich gekümmert, ich hab nichts lernen dürfen, immer nur schuften müssen!

Der Termin rückte näher. Burgi legte den Sommer lang die Wäsche zurecht, nähte Nummern in die Kleidungsstücke und beschwichtigte ihre Große immer wieder, wenn die jammerte, sie werde es vor lauter Heimweh nicht aushalten, niemals!

Der Abschied war denn auch schwierig. Wie alle Eltern begleiteten Martin und Burgi ihre Tochter mit der Bahn, dann zu Fuß mit Koffer und Tasche bis zum Institut und lieferten sie dort ab. Den anderen Mädchen ging es nicht anders, sodass in den ersten Tagen eher gedrückte Stimmung herrschte. Einige der Schwestern – sie wollten mit dem Titel „Matres" angesprochen werden – bemühten sich, nett zu sein und ihnen den Aufenthalt nicht gleich zu vermiesen, doch galt es, strenge Regeln einzuhalten, und auf persönliche Probleme konnte da keine Rücksicht genommen werden.

Von Anfang an wurde Gemeinschaftlichkeit gefördert. Im Schlafsaal standen dreißig schmale, weiß lackierte Betten in Reih und Glied nebeneinander, nur durch ebenso weiße Nachtkästchen und enge Durchlässe voneinander getrennt; für persönliche Kleidungsstücke wurde jeder ein schmaler Spind zugewiesen. Anfangs war auch das Essen nicht schlecht, und die Mädchen schrieben nach Hause, sie würden gut verpflegt. Doch nach den ersten Wochen änderte sich das, die Küche ließ an Qualität immer mehr nach, sodass manches auf den Tellern zurückblieb, was dann pünktlich bei der nächsten Mahlzeit wieder mit verarbeitet wurde. Gesüßte rosa Tomatensoße, wässrige Erdäpfel, zerkochtes Gemüse, pappiger Reis, trockener Riebler und steinharte Knödel, am Samstag die berüchtigte „Wochenschau", in der Polenta, Kartoffeln und Nudeln gemischt waren – dazu gab es Apfelmus. Dann schrieben die Mädchen nach Hause, das Essen lasse nun sehr zu wünschen übrig, doch die Eltern reagierten abwehrend: Schule und Heim kosteten sie nicht wenig, und die verwöhnten Dinger sollten sich gefälligst anpassen.

Der Tag war durch feste Zeiten geregelt: Aufstehen um halb sechs, kalt Waschen im Waschraum, sechs Uhr Messe in der Kapelle, dann Frühstück mit Brennsuppe, zu der es nur selten frisches Schwarzbrot gab. Anschließend Zähne putzen, aufräumen, Betten machen, kurze Sammlung und ab in die Klassen, Unterricht bis halb eins. Mittagessen, abservieren, kurzes Ausspannen im gepflasterten Hof, dann Studium, Hausaufgaben, Lektüre. Nach dem Abendessen Gemeinschaftsgebet in der Kapelle, Gruppenspiel oder Lektüre, halb zehn Silentium. Hildegard weinte sich oft in den Schlaf, verlor jeden Appetit und rebellierte insgeheim gegen die Heimordnung. Untertags verhielt sie sich ruhig, versuchte, so wenig wie möglich aufzufallen, um in Ruhe gelassen zu werden. Aber da es allen Mädchen so ging, fanden sie sich doch in Gruppen zusammen, die sich gegenseitig maulend und lästernd unterstützten und Front gegen die Schwestern machten. Allerdings blieb das eine Rebellion der Ohnmächtigen, denn am Regime änderte sich nichts.

Die Rädelsführerin der Gruppe hieß Lilo, ein mageres, vorlautes Ding mit Bubikopf, das die Eltern gerade aus dem Grund „ins Heim gesteckt" hatten, um ihre Ruhe zu haben. Aber die sollen sich getäuscht haben, fügte Lilo dann immer hinzu. Sie war diejenige, die die Konsistenz der Knödel auf die Probe stellte, wenn Mater Rosaria, die das Essen beaufsichtigte, einmal gerade nicht herschaute. Dann sauste Lilo zum Fenster und warf den Knödel mit voller Kraft auf das Hausdach gegenüber. Und siehe da: Er ging tatsächlich nicht kaputt, sondern rollte gemächlich über die Ziegel herunter und plumpste in die Dachrinne. Sie trauten sich kaum zu lachen, prusteten nur heimlich in ihre Teller, während Lilo triumphierend grinste und auf ihren Platz zurückkehrte. Ihr fiel immer wieder ein Streich ein, um die anderen zu unterhalten.

Einmal in der Woche durften die Mädchen einen Spaziergang machen. Bewahre, natürlich nicht allein, sondern in Begleitung zweier Matres, zwei und zwei aufgereiht, eine Parade, die ihnen von Anfang an zuwider war. Aber sich drücken funktionierte nicht; nur Lilo war manchmal imstande, Übelkeit vorzuschützen. Sie behauptete, sie habe die Periode und fürchterliche Schmerzen, und zuerst ließen die Matres ihr das durchgehen, obwohl sie sich darüber wunderten. Aber nach dem Elternsprechtag flog der Schwindel auf, und Lilo wurde zu drei Wochen Katzentisch verdonnert – was den anderen Mädchen mehr ausmachte als ihr selbst.

Die blonde Gunda, zu der sich Hildegard eher hingezogen fühlte, war still und litt ebenso wie sie unter Heimweh. Die beiden halfen sich gegenseitig beim Zöpfeflechten. Gunda hatte dichtes Haar, rosige Wangen und wasserblaue Augen und konnte ebenso gut zeichnen wie Hildegard. Sie bemalten oft Blätter mit Hasen, Blumen und Katzen, die sie anschließend austauschten, schrieben schöne Reime auf und liehen einander ihre Poesiealben, die dann die Runde durch die Klasse machten. Freundschaften unter den Mädchen sahen die Matres allerdings nicht besonders gern. Wenn sie zu eng wurden, griffen sie ein und setzten

Freundinnen eigens weit auseinander. Dafür hatte Mater Ambrosia zu sorgen. Diese war von ausgesprochen ruhiger Höflichkeit, erhob nie die Stimme, konnte aber sehr beleidigt dreinschauen, wenn ihr etwas nicht gefiel. Mater Ambrosia wachte über die Schlafsäle und schlief in der Zelle nebenan. Sie kontrollierte vor dem Schlafengehen, ob alle brav in ihren Betten lagen, die Decken bis unter die Achseln heraufgezogen, die Hände rigoros obenauf. Dann sprach sie noch ein Ave Maria, wünschte gute Nacht und löschte das Licht.

Auf Kommando schlafen war schwierig. Es wurde gleich wieder geflüstert zwischen den Betten, und es gab Bewegung: Weiße Gespenster im Nachthemd huschten herum, kicherten und zupften sich gegenseitig die Decken weg, und erst, wenn es gefährlich laut wurde und die Tür ging, huschten alle wieder zurück und lagen brav und stocksteif unter ihren Decken. Mater Ambrosia machte mitunter den Eindruck, als ob sie sich das Lachen kaum verbeißen könnte, wenn sie nochmals den Lichtschalter drehen und einen strengen Blick über den Schlafsaal gleiten lassen musste. Jetzt ist aber wirklich Schluss, sagte sie dann, sonst muss ich die Mutter Oberin holen.

Das wirkte. Vor der hatten alle Angst, auch die Schwestern. Sie war imstande, aufmüpfige Mädchen sogar während des Schuljahrs heimzuschicken, was bedeutete, dass das Jahr verloren war. Irgendwie gelang es Lilo, diese Strafe immer wieder gerade noch zu umgehen. Wie und warum, das fragten sich die anderen Mädchen oft.

Einen großen Vorteil hatte es, im Schulhaus zu wohnen. Denn da wurden wie im Widum und in der Kirche zuerst die Stromleitungen verlegt. Die gewundenen schwarzen Drähte lagen zwar obenauf, was hässlich aussah, aber nun konnte sich Martin eines der neuen Rundfunkgeräte anschaffen, noch bevor die schlimmsten Auswirkungen des neuerlichen Börsenkrachs spürbar wurden. Es hatte schon einen eingebauten Lautsprecher und kostete daher mehr als kurze Zeit später die preiswerten Volksempfänger. Dass sich das lohnte, sollte sich erst später herausstellen. Als Hildegard zu Weihnachten nach Hause durfte, bekam sie den neuen braunroten Kasten zu sehen, der in der Küche auf einer eigenen Konsole an der Wand angebracht war. Er hatte zwei Drehschalter und eine Sichtscheibe mit einem Zeiger; der Ton klang etwas quäkend, aber es gab täglich Nachrichten und Musik zu hören. Martin konnte sich schrecklich ärgern, wenn jemand dazwischenquatschte.

Die Nachrichten aus dem deutschen Nachbarland waren nämlich wenig beruhigend. Da war von Zunahme der Arbeitslosigkeit zu hören, von Regierungsumbildungen und Entlassungen der Kanzler, und immer öfter wurden die Reden des neuen Parteiführers übertragen, dass es nur so hallte.

Gleich darauf kam es zum unerhörten Wahlsieg der neuen Partei in Tirol. Dann wurde sie zwar wieder verboten, aber die Illegalen hatten schon überall Fuß gefasst. In Martins Kollegenrunde brodelte es. Mairhofer und Putz hatten schon offen das Parteiabzeichen getragen und ließen es nach dem Verbot einfach auf die Unterseite des Revers rutschen. Guglberger ärgerte sich über das Verbot der Sozialdemokraten. Das freie Politisieren war nicht mehr angebracht, es schien überhaupt mehr Vorsicht geboten, weil es schwieriger wurde einzuschätzen, wie die Gesprächspartner dachten. Dann wurde der hochverehrte Kanzler Dollfuß ermordet, der für die Selbständigkeit des Landes und die katholische Kirche eingetreten war. Der Putsch der Illegalen konnte gerade noch abgewehrt werden, und der Tiroler Schuschnigg trat die schwierige Nachfolge an. Martin und Burgi verstanden die Zeichen zu deuten: Von Frieden und Ruhe konnte wohl nicht mehr lange die Rede sein.

Burgi redete vor allem mit ihren geistlichen Besuchern, ohne ein Blatt vor den Mund zu nehmen. Die schätzten zwar die deutlichen Absagen gegen den gotteslästerlichen Kommunismus, teilten auch die Abneigung gegen das Judentum, das schließlich den Herrn Jesus nicht erkannt, verfolgt und gekreuzigt hatte, sahen im Ganzen aber doch unchristliche Kräfte am Werk, denen man lieber nicht folgen sollte. Juden gab es im Dorf ohnehin keine, Burgi kannte niemanden, der dazugehörte, und hatte daher gar keinen Grund, weiter darüber nachzudenken. Interessant war immerhin zu beobachten, wie auch die Frauen im Dorf bis hin zu den Lehrerinnen reagierten. Hatte vordem keine auf diesen Finsterling aus Braunau in Oberösterreich etwas gegeben, so änderte sich das, als er sich zum Führer aufgeschwungen hatte und sich immer mehr hervortat. Auf einmal fanden ihn alle attraktiv, schwärmten für ihn und ließen sich keine seiner vielen Reden entgehen.

Martins Bruder Otto brachte ihnen das Buch mit, das dann beide lasen. Es hatte die gleichen Maße wie die Volksbibel und sollte diese auch ersetzen, wenn es nach dem Willen des „Führers" ging. Martin las sehr aufmerksam, Burgi schmökerte nur, aber was sie lasen, gefiel ihnen nicht. Danach kam es zu einer folgenschweren Diskussion, die das Verhältnis der Brüder auf lange Zeit bestimmen sollte.

Und, bist du jetzt endlich überzeugt, fragte Otto seinen Bruder.

Ja und nein, antwortete Martin vorsichtig. Ich muss dir sagen, dass mir manches überhaupt nicht zusagt.

Aber du wirst mir doch zugeben, dass der Anschluss die einzige Chance für das armselige Rest-Österreich ist?

Ich kann's verstehen, dass dir das einleuchtet, gab Martin zurück, es glauben ja viele, dass das nur ein altes Unrecht wiedergutmachen würde. Aber ich für mein Teil bleib dabei, dass mir ein selbständiges Österreich doch lieber ist. Spätestens seit dem Kanzlermord. Ich bin ja nicht umsonst bei der Vaterländischen Front. Du als Beamter eigentlich auch, oder? Mich wundert eh, dass du nicht einsiehst, was das für Leute sind, die den Dollfuß elendig haben verbluten lassen.

Der aber auch ausgerechnet mit dem Duce paktieren wollte, warf Otto kritisch ein.

Bloß deswegen, damit Österreich nicht wirtschaftlich isoliert war, konterte Martin, darüber kann man streiten. Ich bin ja auch nicht mit der Südtirolpolitik einverstanden. Aber noch weniger Sympathie kann ich für die Verbrecher aufbringen, die ihn auf dem Gewissen haben.

Das ist gar nicht so sicher, dass das von Deutschen ausgegangen ist. Ich bin halt überzeugt, dass wir nur gemeinsam aus der Misere herauskommen.

Denk dran: Das haben wir schon einmal gehabt, und das ist uns schlecht bekommen.

Aber diesmal geht's doch um was ganz anderes!, ereiferte sich Otto. Da steckt Potential drin, schau, was in Deutschland schon alles angekurbelt worden ist.

Die Zeiten sind schwierig, gab Martin zu. Aber der Führer überzeugt mich nicht, jetzt noch weniger als vorher.

Und wieso? Was stört dich jetzt dran?, wollte Otto wissen.

Das kann ich dir sagen: Dass ausgerechnet dieser ungebildete Prolet, der es bei uns zu nichts gebracht hat, uns beibringen will, wie wir unsere Probleme zu lösen haben – und dass ihm die Deutschen auch noch nachlaufen!

Aber das ist ja das Neue daran, die Kraft von unten, die die Zukunft bestimmen wird! Das soll ja gerade das einfache Volk mobilisieren – die brauchen einen starken Mann, der aus dem Volk kommt, zu dem sie aufschauen können und der ihnen sagt, wo's langgeht!

Genau, und der sie geradewegs in den nächsten Krieg hineinführt! Sollte dir diese Ankündigung entgangen sein –

die Eroberungspläne, die Sache mit dem Lebensraum im Osten –, das klingt gefährlich!

Schau, das glaub ich noch lange nicht, erklärte Otto. Ich stelle mir vor, dass der Führer in erster Linie endlich alle Deutschen zusammenführen wird, wie gerade das Saarland, was ja nur historische Berechtigung hat ...

Bis auf die in Südtirol, die sind ihm nämlich ganz wurscht, warf Burgi ein. Vor lauter Verehrung für den Mussolini, seinen großartigen Freund, überlässt er die einfach ihrem Schicksal! Das kann dir doch auch nicht egal sein!

Na, na, so schlimm wird's schon nicht kommen, du wirst sehen, der Führer findet eine Lösung auch für deine lieben Landsleute.

Und was er über Erziehung schreibt, da stehn uns als Lehrern doch die Haare zu Berge! Um Wissensvermittlung, um Persönlichkeitsbildung geht es da überhaupt nicht mehr, nur noch um das „Heranzüchten kerngesunder Körper" – ich bitte dich! Und dass sie im Reich jetzt Bücher verbrennen, ein ärgeres Zeichen kann ich mir gar nicht vorstellen!

Ja, mein Lieber, der Führer hat halt selber schlechte Erfahrungen mit seinen Lehrern gemacht, und so was geht einem eben nach. Und wenn sie die ganze Schundliteratur verbrennen, ist es gar nicht schade drum. Endlich kommt einer, der aufräumt und Ernst macht damit.

Und der hetzerische Ton beunruhigt dich nicht?, wollte Martin wissen.

Ach, ein bisschen Demagogie braucht es doch, um die Leute zu ködern. Das muss man gar nicht so ernst nehmen. Der Duce schauspielert auch ganz gekonnt, aber er stellt was auf die Beine!

Also gibst du zu, dass alles bloß Theater ist, aber sonst nimmst du ihn ernst genug, und den italienischen Kaschperl gleich dazu, mischte sich Burgi wieder ein, das wundert mich schon, dass so einem gescheiten Mann wie dir solche Schwafeleien nicht zuwider sind.

Otto wurde ärgerlich: Und du, meine Liebe, bist einfach zu beschränkt, um zu erkennen, welcher großartigen Zukunft Deutschland entgegengeht und wie dumm es wäre, sich gerade jetzt als Österreicher dagegen zu spreizen!

Das hast du jetzt aber nett gesagt, gab Burgi beleidigt zurück.

Martin versuchte zu beschwichtigen, führte aber noch weitere Argumente ins Feld. Und der abgeschmackte Germanenfimmel? Mir kommt es einfach absurd vor, dass die Deutschen so was ernst nehmen. Nichts gegen Autorität, aber die Vorzeichen stimmen einfach nicht. Und dann das Märchen von der jüdischen Weltverschwörung, das ist doch nur lächerlich!

Du scheinst die Zusammenhänge einfach nicht sehen zu wollen, gab Otto gereizt zurück. Wer, meinst du, ist am amerikanischen Bankkrach schuld? Die Juden beherrschen doch die Börse und die ganzen Geldgeschäfte weltweit, dadurch haben sie uns alle in der Hand, gierig und rachsüchtig, wie sie sind!

Du glaubst also wirklich schon jeden Schmarrn, so unkritisch kenne ich dich eigentlich nicht, befand Martin.

Du wirst schon noch sehen, wer recht hat! Die Deutschen werden es der ganzen Welt zeigen, verlass dich drauf, dann geht es endlich wieder aufwärts, und Österreich wird diesen historischen Augenblick diesmal nicht verpassen!

Und brav wieder mit in den Krieg marschieren, ergänzte Burgi. Du wirst noch an mich denken, an deine beschränkte Schwägerin!

Da erhob sich Otto und klopfte heftig seine Pfeife aus: Ich seh schon, mit euch kann man nicht mehr diskutieren! Schade – die Zukunft wird euch eines Besseren belehren!

Ja, das werden wir wohl noch sehen. Martin stand ebenfalls auf. Jedenfalls – das Buch kannst du wieder mitnehmen. Damit hast du mir einen Gefallen getan, wenn auch nicht in deinem Sinn. Und er drückte seinem Bruder das Führer-Werk in die Hand, klopfte ihm auf den Rücken und begleitete ihn zur Tür. Es sollte auf lange Zeit der letzte Besuch gewesen sein.

Sobald die Kinder größer waren und die Mittel es erlaubten, ließen sich Burgi und Martin einen Reisepass ausstellen. Burgi wollte unbedingt im Sommer Mutter und Geschwister besuchen nach so langer Zeit. Rosa wohnte nun bei Klara, die in ein Dolomitental geheiratet hatte; Bruder Gottfried war im Heimatdorf geblieben und hatte sich einen Handwerksbetrieb aufgebaut.

Dem ersten Besuch ging ein langer Briefwechsel voraus. Da musste man jetzt „Alto Adige" schreiben, denn der Name Tirol war verboten. Auch brauchte es ein Visum, um nach Südtirol einzureisen. Burgi gab an, sie müsse zur Kur. Tatsächlich erwartete sie von der Sommerfrische in den Bergen, dass sie nicht nur den Kindern, sondern auch ihr selbst guttun würde. Martin fuhr nicht mit, brachte nur Frau und Kinder mit Sack und Pack zum Bahnhof.

Es war eine Tagesreise bis zum Ziel. An den Bahnhöfen entlang der Strecke war alles italienisch angeschrieben. Im Dorf stand „Municipio" auf dem Rathaus und auf dem Schulgebäude „Scuola elementare". Sogar der Brunnerhof, wo Klara mit ihrer Familie wohnte, trug die Aufschrift „Maso Fontana".

Ihre Mutter war alt geworden, gebückt und kleiner, als Burgi sie in Erinnerung hatte.

Als sie sich begegneten, brachen die Frauen in Tränen aus. So lang hatten sie sich nicht gesehen, so viel war zu erzählen. So fremd waren sie einander geworden, stellte sich heraus. Nach dem ersten Wortschwall gab es lange Pausen, mit vielen „Ach ja" und „So ist das Leben!".

Die Kinder versuchten, mit Klaras beiden Mädchen Kontakt aufzunehmen. Aber die waren noch zu klein, zwei geschäftige Püppchen mit dunklen Augen und Haaren. Erika hieß die ältere, Marianne die kleinere. Sie hatten jede eine Stoffpuppe mit Porzellankopf, die sie nicht herließen, nur herzeigten.

Hildegard erlebte die Großmutter als wortkarge, strenge Frau, die sich viel lieber mit ihrem kleinen Bruder abgab. Sie war es schon gewohnt, dass Otto mit seinen wuscheligen blonden Locken und dem lustigen, treuherzigen Wesen die Sympathien der Leute viel leichter gewann als sie. Da sie aber dennoch darunter litt, nahm Burgi sie zur Seite und erklärte ihrer vernünftigen Großen, dass Otto tatsächlich ihrem früh verstorbenen Brüderchen gleiche und dass die Großmutter sich wahrscheinlich deshalb so gern mit ihm beschäftige. Das verstand Hildegard zwar, aber weh tat es doch, dass auch diese Großmutter offenbar nicht viel mit ihr anzufangen wusste.

So war sie mehr mit ihrer Mutter unterwegs, die gern mit ihr in den Wald ging zum Beeren- und Pilzesuchen oder im Garten half beim Jäten und Kamillenklauben. Auch auf die Wiesen gingen sie mit zur Heuarbeit – wie früher, sagte Burgi und atmete die gute Bergluft ein, das vergisst man nie im Leben!

Klaras Mann, der Brunnerbauer, dessen Gesicht aussah wie gegerbtes braunes Leder, sprach nicht viel, mit den Kindern sowieso nicht. Aber bei der Schwägerin äußerte er sich recht verdrossen über die neue Situation. Wir sind von allen guten Geistern verlassen, verraten und verkauft, uns hilft keiner. Wer weiß, wie's weitergeht – gut schaut's einmal nicht aus.

Die Sommerfrische wiederholte sich, zwar nicht jedes Jahr, aber doch in Abständen. Anders als Otto, der sich schnell den Dorfbuben angeschlossen hatte, war Hildegard jedes Mal heilfroh, wenn sie nach den drei Wochen wieder nach Hause zurückkehren und ihrem Vater am Bahnhof entgegenlaufen konnte.

Im letzten Sommer wurde es besonders langweilig. Ihre Mutter saß fast ständig am Krankenbett der Großmutter. Hildegard und Otto gingen mit den Bauernkindern zum Hüten oder halfen beim Heuen, schnitten sich Haselstöcke, die sie dann verzierten, holten selber Beeren und Pilze, die die Tante verkochte, aber die Zeit wollte nicht vergehen. Beim Abschied schärfte ihnen Burgi ein, sie sollten besonders lieb sein mit der Großmutter. Sie waren nur froh, endlich aus dem Haus wegzukommen, in dem man darauf wartete, dass diese starb.

Burgi weinte auf der Rückfahrt und erzählte, dass ihre Mutter sie gebeten habe, ihr alles zu verzeihen, was sie ihr angetan hatte. Sie weiß, dass sie nicht mehr lang zu leben hat und dass wir uns wahrscheinlich erst im Himmel wiedersehen. Und sie schnäuzte laut in ihr Taschentuch.

Was meint denn die Großmutter damit, was du ihr alles verzeihen musst?, wollte Hildegard wissen.

Das werd ich dir schon einmal erzählen, wenn du größer bist, gab Burgi traurig zurück. Aber verzeihen muss man, das ist Christenpflicht. Sieben Mal siebzig Mal, steht in der Bibel, sollst du verzeihen. Verzeihen, auch wenn man's nicht vergessen kann ... Ich trag meiner armen Mutter nichts nach, sie hat es auch nicht leicht gehabt in ihrem Leben.

Martin und Burgi fuhren dann allein zum Begräbnis. Davon brachten sie auch für die Kinder je ein Sterbebild mit, das in das Gebetbuch einzulegen war, damit sie sich bei jedem Kirchgang an die Großmutter erinnerten und für sie beteten.

Von der Periode, dieser geheimnisvollen Sache, die alle brennend interessierte, war unter den Mädchen im Heim dauernd die Rede, obwohl es für die meisten noch zu früh war. Sie erzählten einander, was alles dazugehörte, dass es wehtat, weil man blutete, und dass man sich schonen musste in diesen Tagen, und spekulierten, bei welcher es schon bald so weit wäre. Für derartige Unpässlichkeiten war Mater Reginalda zuständig, die Herrscherin über den Krankentrakt. Die nahm die neue Kandidatin dann beiseite und erklärte, wie sie sich in diesen bewussten Tagen benehmen sollte, dass sich jede ihre eigene „Monatshose" mit gestrickten Einlagen zum Einknöpfen oder Festbinden von zu Hause mitzubringen hatte; diese Einlagen waren dann selbständig, möglichst diskret, auszuwaschen und zu trocknen. Sie selbst sollte sich allerdings erst ganz am Ende „untenherum" mit Seife waschen und überhaupt nicht viel mit Wasser patzeln in diesen Tagen. Vor allem schärfte sie ihr ein, dass sie sich jetzt besonders vor jedem männlichen Übergriff zu hüten habe – denn die Periode sei nun einmal die Voraussetzung dafür, dass ein Mädchen auch ein Kind bekommen könne.

Ein geheimnisumwittertes Kapitel war das jedenfalls. Manche hatten noch kleine Geschwister und erinnerten sich daran, wie ihre Mütter schwanger gewesen waren. Wie es aber zuging, dass die Frauen in diese Situation kamen, das war überhaupt nicht klar, darüber zirkulierten wilde Vermutungen.

Magda behauptete, schon das Küssen sei gefährlich, davon könne ein Mädchen bereits schwanger werden. Gunda glaubte eher, dass die Verliebtheit selber so eine Art Nährboden bildete, und dann konnte es jederzeit passieren, wenn man sich eben ganz fest umarmte: Ihre Mutter hatte ihr das so erklärt, daher sollte sich ein Mädchen am besten davor in Acht nehmen, sich zu verlieben. Mir passiert das eh nicht, meinte sie, weil ich ins Kloster geh. Mit Männern will ich sowieso nix zu tun haben.

Lilo wusste wie immer alles besser. Unsinn, fuhr sie dazwischen, um schwanger zu werden, braucht es schon mehr! Da, wo das Blut herauskommt, da muss der Mann erst sein Dings hineinschieben, dann wird die Frau befruchtet und bringt nach neun Monaten ein Kind zur Welt. Und glaubt ja nicht, dass das ein Honigschlecken ist, ergänzte sie. Manche sterben sogar dabei! Deswegen sollte jede zuerst heiraten und erst dann ans Kinderkriegen denken, wenn sie alt genug ist und einen Mann hat, der für sie sorgt. Das hat mein Papa erklärt, und der ist schließlich Arzt, also bitte!

Ja aber, gab Annemarie zu bedenken, ich hab geglaubt, dass man auf jeden Fall verheiratet sein muss, damit man Kinder kriegt.

Das ist so ein blödes Märchen, trumpfte Lilo auf, hast noch nie was von ledigen Kindern gehört? Das passiert einfach, wenn zwei miteinander schlafen, auch wenn sie nicht verheiratet sind – und das muss ja wirklich nicht sein!

Schon, wenn sie nur miteinander schlafen?, erkundigte sich Erna besorgt.

Ach was, man sagt halt so. Es ist jedenfalls, wie ich euch das erklärt hab mit dem Hineinschieben. Dann kommt der Samen heraus und befruchtet das Ei, das in der Frau drin ist. Ist ja ganz logisch, wie bei den Viechern halt, da geht es auch nicht anders zu. Tät ich ganz gern einmal zuschauen, aber die lassen einen ja nie.

Wie unappetitlich, fand Bernadette.

Deswegen sollen wir uns ja auch aufsparen bis zur Hochzeit, sonst sind wir für unseren Bräutigam gar nicht mehr interessant, hat meine große Schwester gesagt, ergänzte Annemarie. Sie hat zwar nicht genau erklärt warum, aber ich glaub's ihr schon, dass man das erst in der Ehe tun soll, wenn's schon sein muss ...

Sicher, weil dann bist du keine Jungfrau mehr, und so eine will kein Mann mehr heiraten, wusste Lilo. Beim ersten Mal Hineinschieben reißt nämlich eine Haut am Eingang, und dann ist es aus mit der Jungfrau!

Pfui, dann tut das ja weh, grauste sich Erna.

Wie die meisten Mädchen hörte auch Hildegard stumm zu. Das Frausein war also gar nicht so verlockend. Am besten, man hatte mit männlichen Wesen überhaupt nichts zu tun. Nicht umsonst mahnten also die Schwestern bei den Spaziergängen ihre schutzbefohlene Schar: Mädchen, schlagt die Augen nieder, die Studenten kommen.

Daher weckten die Studenten gerade besonderes Interesse, und die Mädchen machten die Augen immerhin weit genug auf, um die bedrohlichen Gestalten insgeheim näher zu betrachten. Manchmal waren welche zu sehen, die wie bunte Gockel in Stiefeln daherstolzierten, mit Samtjacken und Baretten, Handschuhen und sogar Degen an der Seite zu irgendwelchen Festen unterwegs waren. Lilo wusste, dass man am frühen Morgen auch Waffenbrüdern mit blutigen Verbänden begegnen konnte, die gerade vom Paukboden kamen und den Vertrauensarzt ihrer Verbindung aufsuchten, um sich zusammenflicken zu lassen. So früh waren die Klosterschülerinnen allerdings nie unterwegs. Schade eigentlich, denn das wär wirklich spannend, fand Bernadette. Auch wenn's im Grund blöd ist, sich blutig zu schlagen und keiner recht weiß, warum.

Die tragen dann ihre Narben wie Auszeichnungen, erklärte Lilo. Mein Papa war auch ein Burschenschafter, aber der hat nur einen kleinen Schnitt an der Lippe.

Anneliese fand die Couleurstudenten ganz fesch: Ist ja auch eine Uniform, halt eher antik. Aber schöner als die traurigen Farben, die die Männer sonst tragen. So ein bissl wie in der Ritterzeit, da waren die Männer auch in Samt und Seide ..., schwärmte sie.

Die strenge Gunda machte darauf aufmerksam, es gebe viel wichtigere Dinge als solche Maskeraden und dass die katholischen Studenten solchen Blödsinn nicht mitmachten. Weil Duelle sind sowieso schon lang verboten.

Männer, seufzte Erna und verdrehte die Augen. Aber es klang weniger kritisch als sehnsüchtig, zumindest ein bisschen.

Irgendwann in der Zukunft wird schon der Richtige kommen, meinte auch Burgi. Aber jetzt ist es noch viel zu früh.

Aber warum muss ich das dann jeden Monat aushalten, wenn's eh zu früh ist?, fragte Hildegard vorwurfsvoll. Sie litt von Anfang an unter argen Unterleibsschmerzen, ekelte sich vor ihrem Blut und war jedes Mal wieder empört darüber, wie ungerecht die Natur mit den Frauen umging.

Das hat der liebe Gott so eingerichtet, erklärte ihr Burgi. Dass man dabei leiden muss, gehört einfach dazu. Das ist die Erbsünde: „In Schmerzen sollst du gebären", heißt es. Damit ist nämlich auch das ganze Drumherum gemeint. Wenn du größer bist, wird's schon besser. Das ist eben so, sonst könnten die Frauen keine Kinder kriegen. Und das ist das Schönste im Leben einer Frau: Kinder in die Welt zu setzen, Leben zu schenken. Denk dran – das können die Männer nicht!

Hildegard haderte trotzdem mit ihrer Situation. Die Schmerzen waren oft so schlimm, dass sie in der Klasse kaum auf ihrem Stuhl sitzen konnte. Burgi hatte empfohlen, bei starken Krämpfen einen heißen Thermophor aufzulegen, was im Heim allerdings nur im Krankentrakt zu bewerkstelligen war. Und sie konnte schließlich nicht tagelang dort liegen. Mater Ambrosia, die Sensible, sah ihr oft an, wie es ihr ging, und bemitleidete sie: Armes Mädchen! Ja, wir Frauen sind wirklich nicht zu beneiden. Gott straft uns wegen der Sünde der Urmutter Eva, und seitdem leiden wir bis zu unserem Ende. Das Erwachsenwerden ist nicht angenehm, meine Liebe. Solang man ein Kind ist, möchte man so schnell wie möglich groß sein, ohne zu wissen, was das heißt. Und wenn's dann so weit ist, kann man nicht mehr zurück! Und sie streichelte Hildegard über den Scheitel und schlurfte kopfschüttelnd und seufzend davon.

In der Oberstufe dünnten die Matres als Lehrpersonal aus. Im Heim blieb alles unverändert, aber die Schule war praktisch ganz in weltlicher Hand, nur die Zusatzangebote wie Hauswirtschaftslehre und Handarbeiten bestritten noch die Schwestern. Der Turnunterricht – Leibesertüchtigung hieß das jetzt – war nicht mehr angenehm. Fräulein Rauch, eine blonde, drahtige Enddreißigerin, ständig braun gebrannt und mit Trillerpfeife bewehrt, ließ die Mädchen sich nicht nur in der Turnhalle, sondern auch im Hof warmlaufen, bis sie kaum mehr atmen konnten. Dann musste gesprungen werden, gehechtet und geklettert, es gab Ballübungen, die alle nach dem gleichen Rhythmus auszuführen hatten und bei denen die Rauch gleich spöttische Kommentare von sich gab, wenn eine ihren Ball verlor; dazu klatschte sie ständig in die Hände und ließ ihre Trillerpfeife schrillen, dass es ihnen durch Mark und Bein ging. Hopp-hopp-hopp, keine Müdigkeit vortäuschen, deutsche Mädel (sie sagte grundsätzlich „Mädel") schaffen das und anderes, klopfte die Rauch ihre Sprüche, mit denen sie sich bei den Schülerinnen zähneknirschende Antipathie zuzog. Nur wenn eine ihre Periode hatte, durfte sie sitzen bleiben, musste aber Übungen, Spielregeln oder Liedtexte abschreiben, die die Rauch dann mitnahm, aber nie zurückbrachte. Nicht ohne die abschätzige Bemerkung, solche Zimperlichkeiten unterstütze sie nicht gern, das werde nur noch in den Klosterschulen geduldet – und wohl nicht mehr lang.

Langsam, aber merklich setzte sich der neue Stil auch in den anderen Fächern durch. Die Ansprüche stiegen, der Ton wurde rauer und zackiger.

Sie saßen nach dem Abendessen beisammen. Er las. Sie strickte.

Was heißt „Prometheusgeist"?, fragte Burgi auf einmal. Sie sagte Pro-me-tóis-geischt.

Martin fragte zurück, wo sie das denn herhabe.

Gelesen halt. Das – ist nicht so wichtig. Ich kann's dir schon einmal zeigen.

Es heißt „Prométheus". Martin begann zu erklären, erzählte vom Titanensohn, der die Menschen liebte und für sie das Feuer vom Himmel stahl, wofür er dann verbannt und verurteilt wurde zu schrecklicher Strafe.

Aber das versteh ich nicht, was das Schlechtes gewesen sein soll und warum er dafür bestraft wurde, er hat den Menschen ja geholfen.

Das schon, aber er hat sich damit gegen die Götter aufgelehnt.

Ah so. Aber die Götter sind ja heidnisch.

Natürlich, die Geschichte geht auch weit in die griechische Sagenwelt zurück, die ist viel älter als das Christentum.

Na gut, dann können sie ja nix dafür, fand Burgi und zählte ihr Strickmuster ab.

Es war halt auch damals eine Sünde, sich gegen den Willen der Götter zu stellen, fuhr Martin fort. Also: Hochmut, Übermut – das ist ja zu keiner Zeit angebracht. Aber sag schon, woher hast du das Wort?

Sie schaute zum ersten Mal auf. Aus einem Hirtenbrief, den mir der Kooperator gegeben hat. Da schreibt der Papst selbst an die Deutschen und sorgt sich um ihr Seelenheil ...

Etwa die Enzyklika? Die hast du gelesen? Soviel ich weiß, wird die nur heimlich verteilt, davon hab ich gehört! Aber im Reich, nicht bei uns!

Ja, stell dir vor, der Prantacher hat den Brief aus München gekriegt, unter der Hand, und nicht einmal der Pfarrer darf etwas davon wissen, hat er gesagt, damit er nicht auffliegt. Weißt eh, wie der Pfarrer denkt, der ist ja schon bald kein Christ mehr vor lauter Begeisterung.

Burgi, gib her, das muss ich lesen!

Sie kramte in ihrer Nähkiste. Im untersten Fach, unter verschiedenen Schachteln, Knäueln, Stickrahmen, zog sie ein blaues Kuvert heraus. Drinnen waren viele eng bedruckte Seiten. Sie hielt sie ihm hin. Da steht alles drin, was ich mir auch die ganze Zeit schon denk, aber ich könnt's nicht so schön sagen.

Sie setzte sich zu ihm, halb auf die Armlehne des Sessels, und las mit. Schau, da steht's: „Viele verlassen den Weg der Wahrheit ..."

Er überflog den Text, wunderte sich immer noch. Sie machte ihn auf einzelne Stellen aufmerksam, und er erkannte, wie genau sie ihn studiert hatte. Ihr Finger fuhr über die Seiten: Schau, da steht, dass „ihr Glaube ... als echtes Gold erprobt wird", und da, aus dem Lukas-Evangelium, die Warnung vor dem Satan: „Ich habe für dich gebetet, dass dein Glaube nicht wanke, und du wiederum stärke deine Brüder." Und was heißt das wieder: „Wer in pan-the-i-sti-scher Verschwommenheit ... der gehört nicht zu den Gottgläubigen"?

Das bedeutet, dass man alles als göttlich ansieht, was uns umgibt, die Natur und das ganze Universum.

Aha, dann hab ich das eh schon richtig verstanden. Und da, schau, „altgermanisch-vorchristliche Vorstellung ... das Schicksal an Stelle des persönlichen Gottes": die reden ständig von der Vorsehung, schau her, da nennt er den „Götzenkult von Rasse, Volk und Staat"! Und da kommt's jetzt, da ist vom „trotzenden Pro-mé-theus-geist der Gottesverneiner, Gottesverächter und Gotteshasser" die Rede – was sag ich denn die ganze Zeit? Und da weiter unten, das „Neuheidentum", das stimmt wirklich, das ist ja heidnisch! Und schau, das geht jetzt direkt dich an: „Wer die Biblische Geschichte und die Lehrweisheit des Alten Bundes aus Kirche und Schule verbannt sehen will, lästert das Wort Gottes ... verneint den Glauben!" Nimm's dir zu Herzen – sag's den Kindern, bevor es zu spät ist, bevor sie alles ausrotten, was uns hoch und heilig ist!

Martin las still und ernst, fand alle Stellen, auf die sie ihn hinwies. Dass seine Frau mehr wusste als er von ihren geistlichen Besuchern, denen er immer aus dem Weg ging, und dass sie ihr diese geheime Botschaft anvertraut hatten, wurmte ihn doch ein bisschen. Aber im Grunde musste er ihr – und ihnen – recht geben.

Sie ließ nicht locker. Da steht, dass sie uns dazu bringen wollen, aus der Kirche auszutreten! Mich ganz sicher nicht, und dich auch nicht, oder? Versprich mir das! Die katholischen Beamten sind extra genannt, dass die unter Druck gesetzt werden! Der Papst weiß alles, und er will nicht mehr schweigen! Und unsere Kinder sollen sie auch nicht kriegen. Und da steht das von der Staatsjugend, damit meint er die Hitlerjugend, oder nicht?

Mhm. Martin blätterte gerade um. Sie schaute ihm über die Schulter, fuhr mit dem Finger die neue Seite entlang und klopfte auf die Stelle, die sie ihm zeigen wollte. Da: „Ein besonders inniger Gruß geht an die katholischen Eltern ..." Da ruft er uns auf, für unsere Rechte als Erzieher zu kämpfen!

Ja, meine Liebe, wie willst du das denn anfangen? Du wirst doch nicht hinausgehen ins Reich und missionieren?

Sie schaute ihn groß an, nahm die Ironie nicht wahr. Wehret den Anfängen, heißt es. Du wirst sehen, bald ist es bei uns auch so weit. Graust dich nicht auch, als Vater und Lehrer, wenn du dran denkst?

Du hast ja recht, ich wollt nicht spötteln. Aber ich bitt dich jetzt schon, dass das in der Familie bleibt! Kein Wort zu niemand – versprich mir das!

Aber der Papst ruft uns auf, unseren Glauben zu bekennen!, protestierte sie laut.

Beten, sagt der Papst. Beten, dass die gute Einsicht überwiegt. Beten, dass es uns nicht erwischt, dass es nicht so schlimm kommt. Vielleicht machen wir uns eh zu viele Sorgen. Hoffentlich, fuhr er, etwas kleinlaut, fort.

Sie stand auf, nahm ihren Platz wieder ein und das Strickzeug zur Hand. Das glaubst wohl selber nicht, antwortete sie leise.

Endlich Sommer, wieder ein Schuljahr vorbei. Und es wurden unterhaltsame Ferien. Hildegard lernte ihre Cousins kennen, die mit ihrer Familie nach vielen Jahren wieder in die Nähe gezogen waren. Martins Vetter Ignaz, der lange Zeit in einem Dorf in Vorarlberg Schulleiter gewesen war, trat eine neue Stelle an und lud die Verwandten eines Sonntags zu Besuch.

Die Zwillinge Peter und Paul waren schon an der Universität. Der eine studierte Pädagogik, der andere Jus. Beide zum Verwechseln ähnlich, machten sie sich einen Spaß daraus, Hildegard und ihren Bruder ständig an der Nase herumzuführen. Man wusste nie, mit wem man es gerade zu tun hatte. Sie waren groß und schlank, mit länglichem, kantigem Gesicht, der schmalen, etwas gebogenen Familiennase, graublauen Augen und starken, geraden Brauen darüber, einem schmalen, geraden Mund, einer Kerbe im Kinn und glatt zurückgekämmten, dunkelblonden Haaren.

Unser Model schlägt einfach überall durch, stellte Vetter Ignaz fest, als die Verwandten nebeneinander standen, die beiden schauen aus wie früher deine jüngeren Brüder, sagte er zu Martin.

Ihre Ähnlichkeit untereinander war den Zwillingen auch auf dem Gymnasium von Nutzen gewesen, da der eine bessere Aufsätze schrieb, der andere bessere Mathematikarbeiten. Die Profaxen ließen sich täuschen, erzählten sie, und die Zensuren hielten sich dadurch, sagen wir: auf beruhigendem Niveau. Und beide lachten ansteckend.

Während die jungen Leute gleich gemeinsame Erfahrungen austauschten, kamen die Erwachsenen am Gartentisch nach den Neuigkeiten aus der Verwandtschaft auf die Zeitläufe zu sprechen. Ignaz war von vorsichtig abwartender Natur, und seine Frau Jakobine, die ständig Kaffee und Likör nachschenkte und Aniskekse anbot, gab ihm in allem recht. Sie hofften nur, dass ihre Söhne ihr Studium unbehelligt und in Friedenszeiten beenden könnten.

Uns beide werden sie wohl in Ruhe lassen, wenn es noch einmal zum Krieg kommt, meinte Ignaz zu Martin, wir haben unseren Obolus schon geleistet.

Du erwartest also auch Krieg?, fragte Burgi.

Sicher, wenn aufgerüstet wird, dann nicht nur zum Spaß, dann werden die Waffen irgendwann auch gebraucht. Solang es noch weit weg ist, in Afrika oder so ...

Du meinst Abessinien, warf Martin ein. Das ist ja jetzt schon kassiert. Obwohl man zweifeln darf, dass Italien unbedingt den Lebensraum gebraucht hat.

Ja, und jetzt in Spanien, gegen die Republikaner, da helfen sie sogar zusammen. Hoffentlich geht's nicht einmal gegen uns.

Wenn die Mächtigen paktieren, zahlen wir allemal drauf – schau, was mit den Südtirolern passiert, um die schert sich keiner mehr, erklärte Burgi.

Wer weiß, wann wir dran sind, vielleicht schon bald, warf Martin ein. Zuerst die Saar, dann das Rheinland, und unsere Landsleute tun ja auch nichts anderes, als darauf hinarbeiten, „heim ins Reich" zu kommen.

Für uns Beamte heißt es jetzt besonders vorsichtig sein und unauffällig unsere Pflicht tun, damit uns keiner was am Zeug flicken kann, betonte Ignaz.

Martin gab ihm recht und erzählte mit Bedauern von seinem Bruder Otto. Dass die Verwandten sich politisch entzweiten, war eine traurige Tatsache.

Das passiert jetzt in vielen Familien, wusste Ignaz, meistens trennen sich allerdings die Generationen. Ich hoffe nur, dass meine Buben vernünftiger sind, aber manchmal hab ich meine Zweifel. Es ist einfach zu verlockend organisiert, die jungen Leute werden gerade in dem Alter, in dem sie am empfänglichsten sind, in die Gruppen eingegliedert und auf die Volksgemeinschaft eingeschworen. Damit sind sie ja fast schon Soldaten ... Wenn sich das bei uns auch durchsetzt, garantiere ich für nichts!

Vielleicht ist es besser, wenn man sich nicht isoliert, gab Martin zu bedenken. Mir gefallen die Tendenzen auch nicht, aber die Jungen müssen sich erst umschauen, und wenn sie wandern gehen und am Lagerfeuer singen, ist das an sich ja noch nichts Schlechtes. Das haben wir in dem Alter auch gern getan. Solang sie sich nicht total der Nazerei verschreiben.

Das befürchte ich eben, dass es keine Alternative mehr geben wird, dass jeder gezwungen wird mitzumachen, wenn er sich nicht seine Zukunft verbauen will, sinnierte Ignaz.

Hoffentlich werden wir nicht alle bald vor schwierige Entscheidungen gestellt, ergänzte Martin und schickte seiner Frau einen warnenden Blick, dass er das Thema beenden wollte. Sie fing ihn auf und fügte sich, aber so viel musste sie noch sagen: Ich werd mich jedenfalls wehren, solang ich kann!

Solang das noch möglich ist, meinst du, korrigierte Ignaz.

Jakobine begnügte sich damit, vielsagend zu seufzen.

Man verabschiedete sich besorgt, aber auch erfreut darüber, Gleichgesinnte gefunden zu haben. Was ohnehin immer seltener passierte.

Die Jugend hatte sich inzwischen bestens unterhalten. Die beiden flotten Cousins umschwirrten Hildegard und zogen sie auf, und sie machte sich über ihre Vorarlberger Sprechweise lustig. Man fand sich gegenseitig nett und versprach sich baldiges Wiedersehen – hier oder dort, vielleicht mit dem Rad zum See?

Es wurde wirklich ein vergnügter Sommer. Die Zwillinge nahmen lange Anfahrten in Kauf, um mit Hildegard, ihrem Bruder und oft auch Onkel Martin zum See zu fahren. Burgi versorgte sie mit belegten Broten und Thermoskannen voll Hagebuttentee oder Holundersaft. Nach dem schweißtreibenden Aufstieg – der führte durch einen lichten Wald mit hochstämmigen Bäumen, im dem es herrlich frisch duftete, da mussten alle die Räder schieben – suchten sie sich ein Plätzchen im Halbschatten, breiteten die Handtücher aus, fuhren aus den Kleidern und stürzten sich ins Wasser, spritzten, planschten und tunkten sich gegenseitig ein. Im See schwamm ein dicker Baumstamm, auf den sie sich setzten und versuchten, oben zu bleiben, wenn einer den Stamm plötzlich drehte, dass alle unter Prusten und Schreien ins Wasser klatschten.

Danach lag man gemütlich in der Sonne, spielte Karten oder plauderte, und die Brüder kümmerten sich zuvorkommend um Hildegard, rieben ihr abwechselnd den Rücken mit Sonnenöl ein, halfen ihr auf die Beine, wenn sie aufstehen wollte, schauten ihr interessiert zu, wenn sie ihre dicken Zöpfe aufmachte und die Haare ausbürstete, und machten sich beim Zusammenräumen vor der Heimfahrt nützlich. Sie ließ sich gern hofieren, dann wieder pflanzen, genoss die sorglosen Gespräche und Blödeleien, hörte gern zu, wenn sie interessante Themen anschnitten, von denen sie noch kaum etwas gehört hatte – die Evolution, Darwins Theorien, bei denen sogar Martin gern mitredete, auch wenn er sonst meistens las. Sie schwärmten von Reisen, die sie unternehmen wollten, von Büchern, die sie gelesen hatten, von Plänen, die weit in eine ferne, unbeschwerte Zukunft reichten. Für die fünfzehnjährige Hildegard waren die beiden wie die großen Brüder, die sie gern gehabt hätte. Denn mit Otto war nicht viel anzufangen, der war in letzter Zeit oft ausgesprochen lästig, versuchte, sie hereinzulegen, ihr dumme Streiche zu spielen und ihre Sachen zu verstecken, dass sie oft lange suchen musste, bis sie abfahrbereit war. Er belauerte das Trio, mischte sich überall ein und führte sich kindisch auf, spritzte Wasser, riss die Badetücher weg, wenn sie sich gerade draufsetzen wollten, oder schob seiner Schwester eine Handvoll Tannennadeln und Rindenstücke in den Rückenausschnitt des nassen Badeanzugs, dass Hildegard aufschrie und ihn laut verwünschte. Dann boten Peter und Paul eifrig an, ihr beim Herausklauben behilflich zu sein. Wie sie überhaupt immer wieder versuchten, ihr näherzukommen. Sie wehrte zwar ab, zugleich gefiel ihr aber ihre Aufmerksamkeit, und sie wusste eigentlich nicht, wer von den beiden ihr lieber wäre, einmal der eine, einmal der andere. Daher schwärmte sie geschmeichelt von schöner Freundschaft zu dritt und dachte sich nichts dabei. Auch wenn Martin manchmal prüfend zu seiner Tochter herüberschaute.

Sie winkten, schon auf dem Rad, sie stand mit dem ihren am Wegrand, schaute ihnen nach und winkte zurück, bis sie unter den Bäumen an der Biegung verschwanden. Die Sonne stand tief, die Schatten waren lang, und jeder Windstoß nahm schon ein paar Blätter mit. Dieses Bild bezeichnete das Ende des Sommers, sooft sie daran dachte. Mit Wehmut, denn auch wenn sie in derselben Stadt studierten, war ein Treffen praktisch unmöglich. Und mit etwas Herzklopfen, denn beide hatten sie beim Abschied in den Arm genommen und an sich gedrückt, mit Küsschen auf beide Wangen, und dann, überfallartig, gab es einen Kuss auf den Mund. Hildegard wurde rot, alle drei lachten etwas verlegen, aber jetzt forderte auch der andere Bruder seinen Kuss ein, und da sie schon der eine (vermutlich Paul) überrumpelt hatte, bestand kein Grund, es dem anderen (vermutlich Peter) zu verweigern. Obwohl ihr ganz schwindlig wurde vor Verlegenheit.

Im Heim brachten die Mädchen die ersten Tage im neuen Schuljahr mit vertraulichen Gesprächen zu. Vor dem Einschlafen und bei der Erholungsrunde im Hof wurden flüsternd Episoden ausgetauscht und um Verschwiegenheit gebeten. Einige hatten in den Ferien nämlich „Bekanntschaften" gemacht, die ihnen gefielen, und diese Gedanken trugen sie gern mit sich herum und hängten halb wissende Ahnungen, halb romantische Träume daran.

In Biologie wurden sie jedoch aus ihren Träumen gerissen. Auf einmal stand die Vererbungslehre auf dem Programm, und der Schmeil (so nannten sie den Professor nach seinem Lieblingsbuch) plagte die Klasse mit den Mendelschen Gesetzen. Zugleich holte er weit aus und erläuterte Grundlegendes zu den Rassen, nicht ohne zu betonen, dass die germanische, also die arische, zu den genetisch wertvollsten gehörte – ja man möchte sagen, die bedeutendste überhaupt sei. Dabei zeigte er sorgfältig ausgewählte Bilder, um seine Erklärungen zu illustrieren. Groß, athletisch gebaut, im Allgemeinen blond und blauäugig seien die Menschen, die zu dieser Rasse gehörten. Je nach der Gegend, aus der sie stammten, könne die Haar- und Augenfarbe natürlich auch variieren. Die anderen Rassen dagegen, die Neger, Asiaten, Semiten, sahen deutlich fremd aus, und die Illustrationen boten so abstoßend hässliche Visagen, dass die Mädchen sich angewidert abwandten.

Nun versteht man auch, warum alle darauf achten müssen, das eigene Blut rein zu halten, dozierte er mit sonorer Stimme. Gleich und gleich gesellt sich gern, heißt es nicht umsonst im alten Sprichwort, das hat die Natur so eingerichtet, unpassende Verbindungen erzeugen schlechtes Erbgut, bringen Krankheiten und Unglück über die Familien und dadurch auch in den Stamm. Denken Sie daran, wenn Sie einmal heiraten und eine Familie gründen wollen! Die Wissenschaft, von der ich Ihnen berichte, ist noch ziemlich jung, aber ihre Erkenntnisse sind sehr wichtig für die Volksgesundheit, daher darf ich sie Ihnen nicht vorenthalten.

Das war doch recht spannend. Dass sich Familienkrankheiten vererbten, genauso wie körperliche Merkmale, das hatte manche schon gehört, und dass auch ungesunde Anlagen, der Hang zum Alkohol zum Beispiel und Krankheiten wie Irrsinn und Behinderungen, im Grunde Erbleiden waren – also ver-meid-bar!, betonte der Schmeil –, war schon aufschlussreich.

In Deutsch begann das Jahr mit der großen Literatur, die die Deutschen der Welt „geschenkt" hatten. Abschnitte aus Luthers deftigen Sendbriefen, Lessings *Minna*, die Klassiker-Balladen, Goethes *Tasso* und Schillers historische Dramen, *Maria Stuart* und *Tell* und *Wallenstein* – es musste viel gelesen und zusammengefasst werden. Als Hildegard in den Weihnachtsferien daheim begeistert davon erzählte, wies ihr Vater sie darauf hin, dass Lessing auch den *Nathan* geschrieben hatte und Schiller mit den Tyrannen nicht nur die Fürsten meinte, sondern alle, die die Freiheit und die Menschenwürde einschränkten und Dinge verlangten, die man mit dem Gewissen nicht vereinbaren konnte.

Die Gedankenfreiheit des Marquis Posa, die nimm dir zu Herzen!, betonte er. Und gerade die großen Dichter waren nie so einseitig deutsch, glaub mir. Damit öffnete er ihr seinen Bücherschrank mit den vielen grün gebundenen Bänden, die die Kinder früher nie hatten anrühren dürfen, und ermunterte sie, sich zu bedienen: Nimm und lies und lass dir nicht vorschreiben, was du lesen darfst und was nicht!

Auch über die Neuigkeiten in Biologie fragte er sie aus und mischte sich ein. Eugenik ist eine interessante Wissenschaft, diese Erkenntnisse sind sicher wichtig. Aber merk dir: Das mit den Rassen ist Quatsch, jeder Mensch ist gleich viel wert wie jeder andere. Alles andere verstößt gegen jede wissenschaftliche Überzeugung und gegen die christliche Weltanschauung auch.

Burgi hatte ein anderes Anliegen. Sie legte ihren Kindern immer wieder ans Herz, den Glauben hochzuhalten und sich nicht davon abbringen zu lassen, zur Messe zu gehen und dafür zu beten, dass der Kelch – damit meinte sie die schlimmen Zeiten, die sie hereinbrechen sah – vorübergehen möge. Sie bestand darauf, dass alle mit ihr am Abend den Rosenkranz beteten, und vor jedem neuen Absatz fügte sie jetzt ein Stoßgebet ein: *Herr, schütze uns vor Krankheit, Krieg und Neuheidentum!*

Der Krieg, erklärte sie, sei das Schlimmste überhaupt, der ziehe alles Unglück nach sich, Leiden und Tod, Armut und Hunger – und wenn die Leut was gelernt hätten aus der Erfahrung, gäb's ganz sicher keinen mehr!

Aber wenn der Herrgott es gut meint mit den Menschen, dann kann er das doch nicht zulassen, wo der Krieg schon so ein Unglück ist, meinte Otto.

Ja, die Menschen haben eben einen eigenen Willen und bestimmen selber, was sie tun – auch wenn das nicht richtig ist. Es gibt halt Gut und Böse auf dieser Welt, und manchmal, möcht man meinen, ist das Böse stärker.

Und was ist mit dem Neuheidentum gemeint?, wollte Hildegard wissen.

Das sind die, die an nix mehr glauben, an keinen Gott und keine Religion. Und die wollen uns auch dazu bringen und uns nehmen, was uns lieb und teuer ist!

Dann ging alles auf einmal ganz schnell. Burgi und Martin erinnerten sich ihr Leben lang an den Abend, an dem sie im Radio hörten: „Der Herr Bundespräsident beauftragt mich, dem österreichischen Volke mitzuteilen, dass wir der Gewalt weichen", dann das bittere „Gott schütze Österreich", mit dem Kanzler Schuschnigg seine Abschiedsrede schloss. Burgi brach in Tränen aus und langte nach dem Rosenkranz, aber beten konnte an diesem Abend jeder nur für sich allein.

Am nächsten Tag waren die Deutschen schon in Wien, überall jubelten die bisherigen Illegalen, und kurz darauf verkündete der „Führer" unter Begeisterungsstürmen am Heldenplatz „den Eintritt meiner Heimat in das Deutsche Reich". Im Radio wurde das ein ums andere Mal wiederholt.

Danach vollzog sich eine wunderbare Verwandlung. Auf einmal schien die ganze Welt nur noch aus überzeugten Nazis zu bestehen. Nicht nur das Parteiabzeichen, sondern auch Armbinden und Fahnen und Wimpel tauchten überall auf, und auch Leute, die man gar nicht in Verdacht gehabt hatte, taten sich übereifrig hervor, reckten sich fast den Arm aus beim Deutschen Gruß und nahmen von jeder weniger begeisterten Antwort Notiz.

Und um das Maß voll zu machen, hat er auch noch seinem walschen Busenfreund versichert, dass die Grenze gegen Italien der Brenner ist und bleibt. Burgi brachte die Nachricht vom Einkaufen heim. Der Zeitungsaushang, der die neuen Reichsbürger pünktlich über alle wichtigen Ereignisse dieser Tage informierte, hatte die feierliche Erklärung des „Führers" bekannt gemacht.

Das gibt den Leuten jetzt doch zu denken, meinte Martin. Du wirst sehn, dass ihm das Sympathien kostet. Bei den Südtirolern jedenfalls schon, war Burgi überzeugt.

## Alles in deutscher Hand

Die Schülerinnen merkten den Unterschied rasch. Plötzlich traten die Lehrkräfte mit „Heil Hitler!" den Unterricht an. Die Matres huschten geduckt und unansprechbar durch die Korridore. Tagelang war die ganze Stadt beflaggt; Marschmusik klang von der Straße bis herauf in die Klassenräume, und vom Fenster aus sahen sie hellbraun uniformierte Trupps mit ausgestrecktem Arm paradieren. Die Rauch wusste sich fast nicht zu halten vor Enthusiasmus, und der Schmeil verkündete mit vor Rührung kippender Stimme: Wir leben in einer großen Zeit! Ich bin stolz darauf, ein Deutscher zu sein! Was bei seinem Führer-Schnauzer ohnehin niemand bezweifelt hatte.

Die Mädchen standen in Gruppen beisammen und überlegten, wie sie sich verhalten sollten. Aber da sofort verlangt wurde, sie hätten strammzustehen und richtig zu grüßen, fügten sie sich eben. Nur Lilo traute sich halblaut zu sagen: Dann machen wir den Zauber eben mit – kost' ja nix.

Auch als die Verfügung bekannt gegeben wurde, sie hätten ab sofort dem Bund Deutscher Mädel beizutreten, war Widerstand nicht vorgesehen. Nach dem Unterricht hatten sie sich am Sportplatz einzufinden, um eingewiesen zu werden. Dort warteten bereits überraschend viele uniformierte Mädel, die die Klosterschülerinnen mit spöttisch-mitleidigen Blicken empfingen. Keine wunderte sich mehr, dass die Rauch schon längst so etwas wie Scharführerin war. Nun musste schnell für die richtige Ausstattung gesorgt werden, was nicht ganz billig kam und daheim für erboste Kommentare sorgte, weil Burgi ganz und gar nicht einsah, dass jetzt auch noch eine Uniform verlangt wurde: dunkelblauer Rock, einfache, ärmellose weiße Bluse, hellbraune Jacke, schwarzes Halstuch mit

Lederknoten zum Verschieben, weiße Socken oder Stutzen und festes Schuhwerk. Denn ab sofort standen am Samstag gemeinsame Wanderungen an. Außerdem gab es Heimabende unter der Woche mit Weltanschaulicher Schulung und Gesundheitsdienst, Übungsnachmittage, Sportfeste – alles verpflichtend.

Die Feststimmung wurde zum Dauerzustand. Wenn die Mädchen ausgehen durften, staunten sie über die vielen Fahnen und den neuen kantigen Reichsadler, der dem vertrauten Tiroler Adler so gar nicht ähnlich sah. Riesige Spruchbänder verkündeten: „Ein Volk – Ein Reich – Ein Führer", und Plakate erklärten, wie man abzustimmen hatte: „Dein Ja für den Führer und Großdeutschland!"

Und dann kam er selbst in die festlich geschmückte Stadt, in der schon seit dem frühen Nachmittag Trachtengruppen, Uniformierte und bunt leuchtende Abordnungen von Burschenschaftern Spalier standen. Musikkapellen marschierten spielend durch die Straßen, dazwischen ertönten Kampflieder und Heilrufe. Die Mädchen hatten sich – einheitlich gekleidet! – unter der Leitung von Fräulein Rauch in die Stadt zu begeben, um entlang der Straße Aufstellung zu nehmen, die der hohe Besuch vom Bahnhof bis zum „Gauhaus" am Platz, der bereits nach ihm benannt war, zurücklegen würde. Sie mussten lange warten und sich in Geduld üben. Aber die fiebrige Spannung der Leute in Festtagskleidung teilte sich mit; noch nie waren so viele Menschen in der Stadt unterwegs gewesen.

Endlich war es so weit. Alle Kirchenglocken läuteten, unter Trommelwirbel stellten sich die Schützen hackenschlagend und federwippend in Positur, in Wellen fuhren die Arme in die Höhe, ein Schrei aus unzähligen Kehlen schallte dem Führer entgegen, der an der Spitze seines Trosses heranschritt und immer wieder stehen bleiben musste, um Begrüßungen von Ehrenformationen entgegenzunehmen. Die Leute drängelten, stellten sich auf die Zehen und reckten sich, um ihn möglichst früh und lange genug zu sehen, den neuen Herrn und Meister, der Österreich heim ins Reich geholt hatte. Er hielt sich sehr gerade. Die linke Hand am Koppel, die Rechte mitunter nachlässig erhoben, schritt er daher und war gleich wieder vorbei, verdeckt von anderen Uniformen, die hinter ihm paradierten.

Er ist kleiner, als ich ihn mir vorgestellt habe, raunte Lilo ihren Mitschülerinnen zu. Aber fesch, stellte Erna fest. Und man merkt genau, wer der Chef ist, schwärmte Bernadette, während die Rauch, der trotz Begeisterung nichts entging, streng herübersah und zischte.

Sobald es dunkel wurde, traten Fackelzüge auf und sangen Lieder, und dann übertrugen Lautsprecher die Rede des Führers, von der ihnen im Grunde nur der feierliche, bedeutende Ton in Erinnerung blieb, dem die Leute hingerissen lauschten. Der Triumphzug wiederholte sich am Abend, als er im Auto durch die Stadt fuhr und sich mit Heilrufen und Marschmusik feiern ließ. Und als es schon empfindlich kühl geworden war und die Mädchen endlich ins Heim zurückkehrten, zeigten sie einander die vielen Feuer und die kolossalen Hakenkreuze, die an den Berghängen loderten.

*Aus innerster Überzeugung und mit freiem Willen erklären wir unterzeichneten Bischöfe der österreichischen Kirchenprovinz anläßlich der großen geschichtlichen Geschehnisse in Deutsch-Österreich: Wir erkennen freudig an, daß die nationalsozialistische Bewegung auf dem Gebiet des völkischen und wirtschaftlichen Aufbaus sowie der Sozial-Politik für das Deutsche Reich und Volk und namentlich für die ärmsten Schichten des Volkes Hervorragendes geleistet hat und leistet. Wir sind auch der Überzeugung, daß durch das Wirken der nationalsozialistischen Bewegung die Gefahr des alles zerstörenden gottlosen Bolschewismus abgewehrt wurde. – [...] Am Tage der Volksabstimmung ist es für uns Bischöfe selbstverständlich nationale Pflicht, uns als Deutsche zum Deutschen Reich zu bekennen, und wir erwarten auch von allen gläubigen Christen, daß sie wissen, was sie ihrem Volke schuldig sind.*

Der Pfarrer verlas die Erklärung der sechs Oberhirten feierlich von der Kanzel und ließ sie an der Kirchentür anschlagen. Sie beseitigte zwar nicht alle Zweifel, aber sie gab einen guten Rat, den die Leute nun mit gutem Gewissen befolgen konnten.

Obwohl es zu Hause immer wieder Diskussionen gab, weil Burgi eher dafür war, die eigene Einstellung offen kundzutun, mahnte Martin, mit Rücksicht auf seinen Beruf und die Familie nicht unangenehm aufzufallen.

Wir stimmen eh über etwas ab, was nicht mehr zu ändern ist. Wieso sollten wir also noch etwas riskieren, was uns teuer zu stehen kommen kann?, rief er sie zur Vernunft. Er hatte ohnehin ständig das Gefühl, unter Beobachtung zu stehen, und traute weder Kollegen noch Nachbarn oder Dorfleuten über den Weg – dafür aber ungute Nachrede jederzeit zu.

Er bekam tatsächlich unangemeldet Besuch vom neuen Schulinspektor, den er von früher kannte und wie immer mit „Grüß Gott" empfing. Doch der distanzierte sich sofort von früheren Gepflogenheiten, überprüfte Martins Arbeit und Registerführung und fand es angebracht, die Schulkinder baldigst in die Grundbegriffe der Rassenkunde einzuführen. Dazu hinterlegte er die Empfehlungen des Führers über Wesen und Gebot der Blutreinheit: *Wir Menschen haben nicht darüber zu rechten, warum die Vorsehung die Rassen schuf, sondern nur zu erkennen, daß sie den bestraft, der ihre Schöpfung mißachtet.*

Bauernkinder bringen schließlich bereits einiges Vorwissen in Bezug auf die Viehzucht mit, also wäre das nur eine logische Fortsetzung, wenn man ihnen Auskunft gibt über Dinge, die auch für ihr späteres Leben von Bedeutung sind – so der Inspektor. Er konnte zwar wenig beanstanden, nur das Grüßen sollte besser geübt werden, und vor allem die schönen deutschen Lieder, was einem bekanntermaßen so tüchtigen Musiklehrer keine Schwierigkeiten bereiten dürfte. Auch empfahl er Martin einen Lehrgang zur politisch-weltanschaulichen Ausrichtung und Weiterbildung und warnte davor, sich der „nationalen Unzuverlässigkeit" schuldig zu machen, da gebe es einen Paragraphen im neuen Berufsbeamtengesetz, der bald auch hierzulande streng gehandhabt werden würde. Zudem gab er Martin den persönlichen, gut gemeinten Rat, baldigst den Ariernachweis zu erbringen, der nun auch für Beamte der Ostmark vorgeschrieben sei. Zweckdienlich dazu sei es, den Ahnenpass zu erstellen, und da das einige Mühe mache, solle man es nicht zu lange aufschieben.

So genau, wie er war, brachte Martin dann Wochen damit zu, alle Geburts- und Heiratsurkunden und andere Dokumente wie Zeugnisse, Bestätigungen und Sterbebilder zusammenzutragen, um seine Ahnenreihen möglichst lückenlos bis zu den Ururgroßeltern zurückzuverfolgen. Dazu waren Besuche bei seinem alten Vater, in den Gemeindeämtern und Pfarrhäusern rundum nötig, um auch die Eintragungen in die Taufregister zu erforschen. Diese Unterlagen mussten dann dem Landeskreisamt zur Beglaubigung vorgelegt werden. Und typisch für ihn: Was er zuerst als stupide Schikane empfand, überzeugte ihn schließlich, sodass ihm die Familienforschung als solche im Grunde sogar interessant vorkam.

Vom ersten Moment an langweilig waren die Heimabende für Hildegard und die meisten ihrer Mitschülerinnen. Ihre Führerin, die nur wenig älter war als sie, aber schon als Sekretärin arbeitete – Tippse, sagte Lilo verächtlich –, erklärte der Gruppe, welche Aufgaben auf die jungen Frauen im Reich zukommen würden. Dazu bemühte sie in erster Linie und immer wieder das Führerzitat, das ihnen nachgerade zum Hals heraushing, weil sie es sogar in ihre Hefte schreiben mussten:

*Wir sehen in der Frau die ewige Mutter unseres Volkes und die Lebens-, Arbeits- und Kampfgefährtin des Mannes!*

Und gleich wurde auf edle Frauengestalten der Geschichte verwiesen, und die Tippse erzählte ausgiebigst von der Kaiserin Maria Theresia, die eine tüchtige Frau und Mutter von sechzehn Kindern war und ein leuchtendes Vorbild für die künftigen „ewigen Mütter" des Reiches.

Um Gottes willen, murmelte Erna neben Hildegard, die Mädchen sahen sich an und verdrehten die Augen, und Lilo zischte, da kann einem ja nur schlecht werden. Danach handelte die Tippse getreu nach ihren Vorlagen der Reihe nach die Themen ab, die die Schülerinnen ohnehin kannten: Besinnung auf die Ahnen und Bedeutung der Sippschaft; Das Volk und sein Bluterbe; Die Gattenwahl im Hinblick auf die Erbgesundheitspflege; Gesunde Familie – gesundes Volk; Die Aufgaben der Frau im nationalsozialistischen Staat; Beruf und Mutterschaft.

Interessanter waren da schon die zusätzlichen Angebote wie der Erste-Hilfe-Kurs, für den sich die meisten Mädchen anmeldeten, auch um den öden Heimabenden zu entgehen. Eine Rotkreuzschwester und ein Arzt mit Hakenkreuzen am Ärmel ihres weißen Kittels gaben Auskunft und zeigten anhand von Schautafeln, auf was es ankam bei kleineren Unfällen, Brand- und Schnittwunden, Verstauchungen infolge von Stürzen und anderes mehr. Auch praktische Übungen kamen dazu. Hildegard war sehr erfreut, als sie für ihre exakte Bandage vom Arzt, der einen langen Schmiss an der linken Wange trug, gelobt wurde: Sie haben Talent dafür, junges Fräulein. Und er lud sie ein, im kommenden Herbst an seinem weiterführenden Kurs teilzunehmen, der ein Abschlusszeugnis als Schwesternhelferin vorsah – nach entsprechender Mitarbeit und Prüfung natürlich.

Auch die Musik wurde gepflegt. Neben den schönen deutschen Volksliedern die neuen Kampflieder, die bei Ausflügen und Sportveranstaltungen am Samstag auf Kommando „Ein Lied!" abgesungen werden mussten. *Und die Morgenfrühe, das ist unsere Zeit ...* und *Wildgänse rauschen durch die Nacht* und *Die grauen Nebel hat das Licht durchdrungen* (diese Lieder definierte Hildegard noch Jahrzehnte später als „Nazi-Gschnas"). Auch *Die Fahne hoch*, bei dem ihr sogleich der Kontrast zwischen Text und Melodie auffiel, was lächerlich wirkte – unfreiwillig natürlich, das war ihr inzwischen schon klar. Doch dass bei der neuen Schulung Ernst gemacht wurde, ein heiliger, unbezweifelbarer Ernst, der fast einem Gottesdienst gleichkam, erstaunte und verwunderte sie immer wieder. Bis sie einmal statt des Heimabends ins Kino durften, um den Film über die Olympiade in Berlin zu sehen – *Olympia – Fest der Völker* –, da gab sich Hildegard ebenso wie ihre Mitschülerinnen widerstandslos dem Wonneschauer hin, den das wundervolle Spektakel der Bilderfolgen zur Musik, der rhythmischen Bewegung, der schönen, kräftigen jungen Körper und der allumfassenden Gemeinschaft ihr über den Rücken jagte. Und da war auch der Führer wieder gegenwärtig, wie er die Medaillen überreichte und die Huldigung der Menschenmassen entgegennahm – nicht nur auf Zeitungsfotos oder als hallende, sich überschlagende Stimme im Radio.

Die verkündete inzwischen feierlich in Rom beim Staats- und Freundschaftsbesuch, man wolle „jene natürliche Grenze anerkennen, die die Vorsehung und die Geschichte unseren beiden Völkern ersichtlich gezogen hat ... Es ist mein unerschütterlicher Wille und mein Vermächtnis an das deutsche Volk, daß es deshalb die von der

Natur zwischen uns beiden aufgerichtete Alpengrenze für immer als eine unantastbare ansieht."

Die Vorsehung und die Geschichte, aha!, fuhr Burgi auf. Mit welchem Recht kann der das bestimmen, dass die Alpengrenze natürlich ist und für immer bleiben soll?

Als Führer und Reichskanzler und als Freund vom Duce natürlich, sagte Martin, und uns braucht er ja nicht zu fragen.

Aber alle anderen Volksdeutschen holt er heim, oder nicht? Das ist doch eine Frechheit! Dass die Südtiroler deutsch sind, kann doch keiner abstreiten!

Du weißt selber, meine Liebe, dass die Italiener inzwischen alles getan haben, damit sich das ändert. Und jetzt ist es bestätigt, das ist ein schönes Geschenk vom Führer, der Duce kann sich freuen.

Den Kerl müsst man abmurksen, murrte Burgi in sich hinein.

Halt um Gottes willen deine Zunge im Zaum, bat sie Martin. Du kannst nichts ändern, nur hoffen und beten, dass alles vorbeigeht ohne größeren Schaden. Und mach uns nicht unglücklich, weil du nicht imstand bist, den Mund zu halten!

Kurz vor Schulschluss kam die Mutter Oberin mit der überraschenden Nachricht in die Klasse: Die Klosterschule werde mit Ende dieses Schuljahres geschlossen. Für das neue Schuljahr sollten die Mädchen sich an die staatliche Schule wenden. Alles andere würden sie rechtzeitig aus der Zeitung erfahren. Dann schärfte sie ihren Zöglingen ein, sie sollten an ihrer Erziehung festhalten und ihre bisherige religiöse Ausrichtung nicht verleugnen. „Vergesst uns nicht" und „Beten wir füreinander" waren ihre Abschiedsworte.

Wieder standen die Mädchen in Gruppen zusammen und überlegten. Sie wurden also in die Ferien entlassen, ohne zu wissen, wie ihre Zukunft aussehen würde.

Dafür wurde ihnen beim Bund gesagt, was sie zu tun hätten. Im Sommer sollten sie sich beim Ernteeinsatz nützlich machen, um die Bäuerinnen im Haushalt oder beim Kinderhüten zu entlasten, was manche Mädchen zu Hause ohnehin tun mussten. In Hildegards Familie gab es allerdings keine Nachzügler zum Hüten und keine Feldarbeit wie bei den Bauern. Burgi schimpfte empört drauflos, als ihre Tochter, statt ihr bei der großen Wäsche oder beim Beerenklauben zu helfen, in der bäuerlichen Nachbarschaft beim Heuen einsprang und Gartenarbeit machte. Burgi ersparte ihr hinterher die Mithilfe daheim keineswegs, daher gab es ständig Reibereien, und gerade deshalb versuchte Hildegard immer wieder auszubüchsen – oft um bei anderen Leuten die gleichen Arbeiten zu verrichten wie daheim.

Der lustige Sommer vom letzten Jahr ließ sich nicht wiederholen. Von den beiden Vettern kam nur eine Ansichtskarte aus dem schönen Münsterland, wo sie ein Sommerlager des Studentenbundes besuchten.

Hildegards Bruder Otto half auch lieber bei den Bauern mit. Das Marschieren, die dauernden Appelle und Übungen bei der Hitlerjugend lagen ihm gar nicht, weil sie ihn überanstrengten. Dafür wurde er oft gehänselt, sodass er nur widerwillig zu den vorgeschriebenen Treffen ging. Aber bei den Bauernkindern und den Tieren fühlte er sich wohl; mit denen konnte er wieder sehr gut umgehen. Und wenn es irgendwo etwas zu basteln oder zu reparieren gab, war er zur Stelle und wusste gleich, was zu tun war. Das verschaffte ihm in dieser Gruppe den Respekt, den die andere ihm vorenthielt.

Gut, dass du dich für die Lehrerausbildung entschieden hast, die darf weiterlaufen. Heute steht in der Zeitung, dass die ganze Oberschule umgebaut wird, besonders für die Mädchen, sagte Martin eines Abends zu seiner Tochter.

Es war kurz vor Schulanfang im Herbst. Hildegard weigerte sich, ins staatliche Heim zu ziehen. Lieber nahm sie lange Fußwege in Kauf, um täglich zur Bahn in die Stadt und dort vom Bahnhof bis zur Schule zu laufen. Auf diese Weise würde sie nicht mehr an den Heimabenden teilnehmen müssen, und auch die Sportverpflichtungen am Samstag würde sie sich sparen, jedenfalls meistens.

Martin gab nach. Beide waren Frühaufsteher; er bereitete das Frühstück vor und leistete ihr Gesellschaft, sorgte auch dafür, dass sie sich früh genug auf den Weg machte. Was ihr doch nicht immer leichtfiel, besonders bei Regen.

Wenn sie dann am Morgen vom Bahnhof zur Schule ging, wachte die Stadt gerade auf, und diese Tageszeit war ihr am liebsten. Während die ersten Straßenbahnen vorbeiratterten, wurden Gehsteige und Straßen gesäubert, Geschäfte beliefert, Zeitungen ausgetragen und Auslagen neu beschickt.

Wie immer zu Fuß unterwegs, sah sie eines Donnerstagmorgens im November, dass die Gehsteige mit Scherben übersät waren, zerbrochene Möbel, Lampen und Geschirr sich auf den Straßen häuften, Fenster und Türen eingeschlagen und offenbar auch Geschäfte geplündert worden waren. Mit dicker weißer Farbe stand an mehreren Schaufenstern die Aufschrift „Jude!!" zu lesen. Die Straße entlang waren Leute mit Aufräumen oder Aussuchen beschäftigt, andere standen beobachtend zusammen, Uniformierte unbeteiligt daneben. Als sie sich zu fragen traute, was denn da vorgefallen sei, bekam sie zur Antwort, jetzt hätten die jüdischen Geschäftemacher endlich einmal auf den Deckel gekriegt. Und während sie weiterlief und ihr zum ersten Mal aufging, dass einige Läden, in denen sie selber einkaufte, offenbar jüdische Besitzer hatten, kam ihr ein Mann entgegen, den sie erst im letzten Moment als den Kunstgeschichtelehrer Rosen erkannte, da der nicht mehr an ihrer Schule unterrichtete. Er hatte ein blau unterlaufenes, verschwollenes Gesicht und trug einen Arm in der Schlinge.

Herr Professor, was ist denn passiert?, rief sie entsetzt.

Ach, Hildegard, das siehst du ja, jetzt schlagen sie uns schon den Schädel ein!

Aber warum denn nur, warum?

Rosen lächelte bitter, dabei fiel ihr auf, dass ihm auch ein Schneidezahn fehlte. Wir sind nicht mehr erwünscht, und jetzt haben sie uns auch gezeigt, dass wir an allem Unglück schuld sind, antwortete er. Wer's bis jetzt noch nicht kapiert hat, der ist eines Besseren belehrt worden.

Kann ich Ihnen helfen?, fragte Hildegard.

Lieber nicht, sonst bekommst du auch noch Schwierigkeiten. Aber danke immerhin für dein Angebot, sagte er, schob sie zur Seite, verabschiedete sich rasch und setzte seinen Weg fort.

Dieser ruhige, feine Mensch, stellt euch vor, so schlimm zugerichtet, erzählte Hildegard dann aufgeregt ihren Mitschülerinnen. Aus ihrer Klasse waren nur wenige zusammen geblieben und mit in die neue Schule übergesiedelt. Habt ihr gewusst, dass der ein Jud ist?

Die anderen verneinten, nur Lilo antwortete, ihr Vater habe einmal so was verlauten lassen: Aber ich hab nicht drauf geachtet.

Warum haben sie denn eigentlich was gegen die Juden?, fragte Hildegard. Die Antworten kamen zögernd, aber von mehreren Seiten. Weil sie das ganze Geld haben. Weil sie alle anderen hereinlegen wollen. Weil sie unsern Herrgott gekreuzigt haben und uns Christen nicht mögen. Weil sie Untermenschen sind. Also nicht arisch sind, so wie wir, korrigierte Lilo.

Aber deswegen braucht man sie doch nicht zusammenzuschlagen, empörte sich Hildegard. Ich versteh's nicht, mir hat jedenfalls keiner was getan. Und von den jüdischen Geschäften hab ich auch nix gewusst.

Schulterzucken und verlegenes Kopfschütteln. Aber da der Deutschprofessor (Spitzname Wotan) auftauchte und die Mädchen in die Bänke scheuchte, blieben die Fragen unbeantwortet.

Erst zu Hause, als Hildegard davon erzählte, gab es Antworten, und daraus entwickelte sich ein Streitgespräch zwischen den Eltern, wie sie es noch nie erlebt hatte.

Während Martin zwar nicht unbedingt Sympathie, aber Verständnis und sogar Bewunderung für die Tüchtigkeit und Intelligenz der Juden äußerte, kamen Burgis Argumente wie immer aus derselben Ecke: Fest steht, dass sie den Herrn Jesus ans Kreuz geschlagen haben, weil sie ihn nicht anerkannt haben als Messias.

Darf ich dich aufmerksam machen, meine Liebe, dass die Kreuzigung eine römische Todesstrafe war, ausgeführt von römischen Soldaten?, gab Martin zu bedenken.

Aber die Juden haben es verlangt, opponierte Burgi. Der Pilatus hat ja noch extra gefragt, ob er Jesus von Nazareth oder den Barabbas, den Räuber und Mörder, freilassen soll, und da haben alle geschrien: Den Barabbas! „Und was soll ich mit diesem da tun, der sich König der Juden nennet", zitierte sie weiter. „Kreuzige ihn, kreuzige ihn, schrie die Menge." Also – so war das halt, das ist nicht zu leugnen.

Abgesehen davon, dass das kein historischer Bericht ist, deine Bibelfestigkeit in Ehren, dozierte Martin, ist das auch eine ganze Weile her. Das würd ich ihnen wirklich nicht mehr zum Vorwurf machen, schließlich haben sie dafür schon genug gelitten – und zwar von christlicher Seite, wohlgemerkt.

„Sein Blut komme über uns und unsere Kinder", haben sie gerufen – steht im Matthäusevangelium. Dann braucht man sich nicht zu wundern! Und das hat ihnen unser Herr Jesus schon vorausgesagt, als er über Jerusalem geweint hat, dass kein Stein mehr auf dem andern bleiben wird und die Menschen in alle Winde zerstreut werden – und seitdem sind sie eben kein auserwähltes Volk mehr, sondern ein verdammtes, das nirgendwo daheim ist.

Ach, weißt du, die Geschichte vom ewigen Juden, der überall verjagt wird, weil ihn keiner leiden kann, ist nur ein Märchen aus dem Mittelalter. Das war der kirchlichen wie der weltlichen Obrigkeit bloß recht, dafür haben sie dann besondere Steuern und Kopfgeld kassiert. Und sich Geld geliehen und oft genug nicht zurückgezahlt.

Sie sind aber reich geworden, weil sie Geldwechsler und Wucherer waren und die Christen geschädigt haben, wo sie nur konnten, behauptete Burgi steif und fest.

Meine Güte, einfach deswegen, weil ihnen sonst nix erlaubt war: kein Grundbesitz, kein ehrbares Handwerk. Und wie jeder weiß, ist das Geldleihen nur einmal fein: wenn man's kriegt, nicht, wenn man's zurückgeben muss. Da braucht's keine Juden dazu! Deine geistlichen Freunde sollten ein bisschen mehr Geschichte studieren, bevor sie dir solche Weisheiten eintrichtern, ärgerte sich Martin jetzt und wurde lauter als sonst. Wir hätten allen Grund, Abbitte zu leisten, statt auf ihnen herumzutrampeln!

Ich hab gar nicht gewusst, dass es bei uns überhaupt Juden gibt, traute sich Hildegard einzuwerfen. Das ist mir erst aufgegangen, wie ich die kaputten Schaufenster und die Scherben auf der Straße gesehn hab und den Professor Rosen – wie der ausgesehn hat, der arme Mensch!

Die Zeitung ist voll davon, in der Stadt muss es schlimm hergegangen sein, ich hab von Toten und Verletzten gehört, und was alles kaputt geschlagen worden ist – das ist zum Schämen. Jetzt überleg einmal, Burgi, bat Martin nun eindringlich, findest du das richtig, dass diese Leute, von denen wir bisher gar nix gewusst haben, so drangsaliert werden – und das von den Nazis, die du eh nicht leiden kannst?

Burgi saß still da, starrte vor sich hin, seufzte dann und gab schließlich zu: Nein, da hast du wohl recht. So darf man mit niemand umgehn. Gewalt gegen wehrlose Menschen ist immer eine Sünde. Mein Gott, was für Zeiten sind das, wo führt das noch hin?

Die Art, wie jetzt durchgegriffen wurde, war ärgerlich. Auf einmal wurde man ständig auf den Einsatz für die Volksgemeinschaft hingewiesen. Die Frauenschaft lud Burgi nachdrücklich ein, sich am Winterhilfswerk zu beteiligen, Kinderkleidung für Not leidende Volksgenossen zur Verfügung zu stellen und mit ihnen zusammen Socken, Mützen und Fäustlinge zu stricken. Anfangs versuchte sie, den Aufrufen aus dem Weg zu gehen, aber das war nicht leicht. Schließlich ließ sie sich doch einspannen und traf sich mit Hedwig im Schlepptau mit den anderen Müttern an zwei Nachmittagen in der Woche im Hinterzimmer des Wirtshauses, das der Bürgermeister mit seiner Frau betrieb. Der hatte sich schnell arrangiert und in Windeseile die Fahnen umarbeiten lassen – den weißen Streifen herausgetrennt, die roten Teile zusammengesteppt und darauf den Spiegel mit dem Hakenkreuz aufgenäht. In dieser Gaststube konnte man auch das neue Tonfilmwunder bestaunen, seit der rote Filmwagen im Dorf aufgetaucht war. Das erste Mal verbreitete sich die Neuigkeit wie ein Lauffeuer, die Kinder schauten beim Ausladen der Apparate und Spulen zu, die Techniker bauten die Anlage in der Gaststube auf, und am Abend drängten die Leute hinein, um die Filme zu sehen, *Der Berg ruft* und *Schweigen im Walde,* und auch das Beiprogramm machte Eindruck, zeigte ein *Festliches Nürnberg* und erläuterte das Führerversprechen *Gebt mir vier Jahre Zeit.* Die Leute redeten tagelang von nichts anderem. Endlich kam die neue Zeit bis ins Dorf! Was einem schon durch den Rundfunk so eingängig zu Bewusstsein gebracht wurde, verstärkte der Film noch weit eindrucksvoller: das Gefühl, dabei zu sein, Teil einer großen, zukunftsgläubigen Gemeinschaft.

Dafür sollte jetzt jeder etwas übrig haben. Auch gesammelt wurde daher für die Volkswohlfahrt. Burgi ärgerte sich darüber, dass man ihr da praktisch vorschrieb, was sie zu spenden hatte. Sie legte lieber etwas in den Klingelbeutel, und sparsam, wie sie war, machte sie nur so viel locker wie unbedingt nötig. Die Bauersfrauen konkurrierten untereinander und kontrollierten sich gegenseitig; es entstand eine Art Wettstreit, wer mehr hergeben konnte.

Blöde Angeberei, schimpfte Burgi daheim, wo Martin ihr beipflichtete, der fand, sie dürfe sich zwar nicht entziehen, aber aufdrängen eben auch nicht.

In Gesellschaft der anderen Frauen hielt Burgi sich nun auch mit Reden zurück, wurde einsilbig, arbeitete still vor sich hin und gab nur Ratschläge, wenn sie darum gebeten wurde, obwohl es sie dauernd reizte, dreinzufahren und den Lobgesängen auf den Führer und die neue Ordnung den Wind aus den Segeln zu nehmen. Erst wenn sie dann wieder zu Hause war und die Tür fest geschlossen hatte, machte sie ihrem Ärger Luft: Wenn die Dummheit Milch gäb, wären wir alle längst ersoffen!

Auch den Lehrern wurde immer mehr abverlangt. Die Schulkinder waren überraschend schnell ins Jungvolk eingegliedert, und die jungen, forschen Zugführer mischten sich zunehmend in den Schulalltag ein und beanspruchten sie für ganze Nachmittage, dass für die Hausaufgaben kaum mehr Zeit blieb. Diese neuen Autoritäten erwarteten nicht nur, dass die Lehrer Verständnis zeigten, sondern sich möglichst auch selbst beteiligten. Der Bürgermeister lud Martin ins Rathaus vor und trug ihm weitere Verpflichtungen auf, denen er sich nur schwer entziehen konnte. Vorträge für die Gemeinschaft, Chor- und Orchesterproben für entsprechende Aufführungen,

Aufsicht bei Sportfesten und Aufmärschen, neben seinem regelmäßigen Orgeldienst in der Kirche. Vor den vielen neuen Pflichten hatte der Ortsvorsteher selbst im Orchester mitgespielt und wusste seine Buben bei Martin in guter Obhut, daher ließ er durchblicken, dass er ihn schätze und auf seine Mithilfe nicht verzichten könne – aber auch die Partei nicht, fügte er hinzu. Jetzt muss jeder mit aller Kraft und Leidenschaft die Ärmel hochkrempeln und sich zum Wohle der Volksgemeinschaft nützlich machen. Überlegen's Ihnen das nicht mehr zu lang, Herr Oberlehrer! Heil Hitler!

Die Volksschule sollte sich zügig an die neue Zeit anpassen, und dafür hatte Martin auch zu sorgen. Es ging um den Morgenappell mit Gruß an den Führer, den er so kurz und schmerzlos halten wollte wie nur möglich. Paul Steiner war ganz seiner Meinung, aber die beiden Lehrerinnen mussten auch mitziehen. Fräulein Sieglinde Horvath, die Werken und Handarbeiten unterrichtete, war zwar eine „Märzgefallene", aber nicht übertrieben. Anders die an Guglbergers Stelle gerückte Adelheid Gruber, der schon von weitem anzusehen war, wie stramm sie dachte.

Ich glaube, es ist im Sinne der Wissensvermittlung, also des Auftrags, den wir hier zu erfüllen haben, dass wir uns nicht zu lange mit der Grußbotschaft aufhalten. Ein guter Gedanke zur Sammlung am Morgen schadet sicher nicht, meinetwegen auch ein Lied, und dann gehen wir zur Arbeit in die Klassen, erläuterte Martin.

Einverstanden, nickten Paul und die Horvath, doch die Kollegin Gruber fand, der Moment des Morgengrußes müsse auf jeden Fall feierlich vonstattengehen. Ich werde den Herrn Pfarrer dazubitten, dann können wir mit einem Gebet den Tag fruchtbar beginnen.

Das tat sie dann auch, und sie musste sehr überzeugend gewirkt haben, denn der Pfarrer, der sich seine wichtige

Katechetenrolle nicht nehmen lassen wollte, fand sich jeden Morgen ein und brachte den Kindern ein neues Gebet mit:
*Schütze, Herr, mit starker Hand*
*Unser Volk und Vaterland.*
*Laß auf unsres Führers Pfad*
*Leuchten Deine Huld und Gnad.*
*Weck in unsrem Herzen neu*
*Deutscher Ahnen Kraft und Treu!*
*Und dann laß uns stark und rein*
*Deine deutschen Kinder sein.*

Unter diesen Umständen verliefen sich nicht nur die Kollegenrunden. Auch Burgis Besucher blieben immer öfter aus. Der Frühmesser Brenner ließ sich kaum mehr blicken; den Pater Georg sah sie nur noch im Beichtstuhl. Und der Kooperator verschwand auf einmal ganz von der Bildfläche. Nachdem Burgi im Dorf nach ihm gefragt hatte und niemand etwas wusste oder zu wissen vorgab, traute sie sich einmal nach der Messe den Pfarrer nach ihm zu fragen.

Tja, Frau Burgi, wenn Sie das nicht wissen ..., war die unerwartete, etwas anzügliche Antwort, mit der er sie stehen ließ. Da die anderen Frauen mitgehört hatten, versuchte sie nun die auszufragen, was der Pfarrer wohl damit gemeint hatte. Aber sie bekam keine Antwort, sah nur Schulterzucken und gehobene Augenbrauen und hatte das Gefühl, die anderen wüssten mehr als sie, wollten aber nichts sagen, sich nur so schnell wie möglich verdrücken. Hedwig erzählte ihr dann unter dem Siegel der Verschwiegenheit, im Dorf hätten sie sich schon Gedanken gemacht über ihren engen geistlichen Kontakt, und der Pfarrer habe auch von einer ungewöhnlichen, fast bedenklichen Beziehung gesprochen, die er wohl werde unterbinden müssen.

Burgi brauchte eine ganze Weile, bis ihr der Sinn aufging. So ein gemeiner Tratsch!, fuhr sie dann auf, der Kooperator ist also meinetwegen versetzt worden?

Anscheinend, antwortete Hedwig. Der Pfarrer hat so was durchblicken lassen.

Das glaub ich ganz einfach nicht, schnaubte Burgi aufgebracht. Da steckt was anderes dahinter. Der Pfarrer ist ja selber ein Nazi, auf den ist kein Verlass.

Auch Pater Georg wollte nicht mit der Sprache heraus. Der wusste nur, dass der Kooperator Prantacher von heut auf morgen versetzt worden war, und gab ihr den guten Rat, nicht weiter zu „stochern".

Martin hatte auch Erkundigungen eingezogen und sah die Sache von einer anderen Seite. Der Kooperator war viel beliebter als der Pfarrer. Er betreute die Pfarrjugend, organisierte Wanderungen und Spiele, verteilte Bücher an die Kinder, und die liefen ihm nach und vor dem Pfarrer davon. Der Pfarrer hielt seinen Unterricht und beschränkte sich im Übrigen darauf zu schimpfen, wenn sie nicht – oder letzthin immer seltener – die Schulmesse besuchten. Und jetzt hatte er einen Vorwand gefunden, den Kooperator zu entfernen.

Burgi wartete einige Tage zu, regte sich aber immer mehr darüber auf und bat schließlich den Pfarrer um eine Aussprache, von der sie allerdings noch verstörter zurückkam.

Der Pfarrer hatte ihr vorgehalten, sie pflege nicht den richtigen Umgang, es gehöre sich einfach nicht, ständig geistlichen Besuch bei sich zu Hause zu empfangen. Außerdem seien ihm Ideen zu Ohren gekommen, die er zwar nicht weitersagen werde – wofür sie ihm dankbar sein solle –, aber er warne sie ernsthaft, sich in Gemeinschaft nicht mehr so negativ zu äußern. Frauen sollten überhaupt nicht politisieren, weil ihnen die Vorbildung fehle. Als Oberlehrergattin habe sie eine gewisse Vorbildfunktion, und wenn sie so weitermache, bringe sie nur sich selbst, ihren Mann, schließlich die ganze Familie in größte Schwierigkeiten.

Welche Schwierigkeiten?, habe sie bockig gefragt, erzählte sie Martin.

Sie solle in sich gehen und keine Außenseiterrolle spielen, das gehöre sich nicht.

Es heiße schließlich: Gib dem Kaiser, was des Kaisers – und Gott, was Gottes ist, habe sie ergänzt. Und, was ist wichtiger von beiden, wenn der eine das Gegenteil vom andern verlangt? Das steht sogar in der Apostelgeschichte: „Man muss Gott mehr gehorchen als den Menschen" – das hab ich ihm so hingewischt!

Das können Sie nicht beurteilen, habe der Pfarrer sie angeblafft. Richten Sie sich nach den Vorschriften, Frau Burgi, sag ich nur, hat er gesagt, und sorgen Sie dafür, dass Sie nicht Ärgernis erregen! Und HH hat er gesagt zum Gruß, stell dir vor, und mich hinausgewinkt. Jetzt ist klar, dass alle gegen uns intrigieren, sogar der Pfarrer!

Umso vorsichtiger müssen wir sein, beschwichtigte Martin. Aber sie sah, dass er vor Ärger ganz blass geworden war.

Hildegards Schulweg wurde immer beschwerlicher. Zuerst regnete es immer öfter, dass der Weg zum Bahnhof sich in Matsch verwandelte. Dann kam der Schnee. Oft lag am Morgen so viel, dass sie sich den Weg erst bahnen musste, dadurch viel Zeit verlor und immer früher aufstehen musste. Manchmal hatte auch ein Bauer in der Stadt zu tun, dann konnte sie hinterdrein laufen und in seine Fußstapfen steigen. Aber es gab auch solche, die grinsend abwarteten, bis die Lehrertochter sich auf den Weg machte und vorausging. Ein Mädchen, das die Oberschule besuchte, sollte merken, dass sie nichts Besseres war oder verdiente. Mädchen gehörten ins Haus. Und mit dem Lehrer war das auch so eine Sache, der wusste ja auch nicht, wo er hingehörte, war noch nicht einmal in der Partei.

Hilde – sie wollte jetzt so genannt werden – auf keinen Fall Hilda (Otto sagte daher grundsätzlich immer Hilda), riss sich zusammen und stand noch früher auf, damit sie es rechtzeitig zur Bahn schaffte. Bis Martin eingriff und sie in die Stadt begleitete, um ihr dort ein Zimmer zu besorgen. Nach den Weihnachtsferien sollte sie bei zwei pensionierten Lehrerinnen unterkommen, eröffnete er ihr. Das Zimmer sei zwar nordseitig, aber anständig; zu essen gebe es auch und sogar ein Klavier zum Üben.

Sie war nicht glücklich über diese Lösung. Die Wohnung roch ältlich, war düster und mit verschnörkelten dunklen Möbeln vollgestellt. Das Zimmer hatte zwar ein großes Fenster, aber es zog herein, wenn sie am Tisch darunter saß. Es war nicht teuer, aber auch nicht bequem, nur notdürftig eingerichtet. Martin bezahlte im Voraus, gleich in Reichsmark, in die der Schilling gerade umgetauscht wurde, eins fünfzig zu eins, um uns Neudeutschen gleich begreiflich zu machen, was mehr wert ist, kommentierte er.

Als Hilde dauernd fror, erlaubten ihr die Fräuleins, den alten Kohleofen im Zimmer zu heizen, aber das kostete extra. Und Holz und Kohle musste sie selbst aus dem Keller holen, denn das war ihnen zu mühsam. Josefine, die Ältere, trug einen strengen Knoten im dünnen Haar und einen gestrickten Schal um die Schultern, weil sie den ganzen Tag lesend in ihrem düsteren Wohnzimmer saß. Sie lächelte säuerlich unter ihrer Brille, und wenn sie sprach, hörte man ihr Gebiss leise klappern. Annette, die Jüngere, war noch besser auf den Beinen, und da sie alle Besorgungen machte, drehte sie ihre Haare jeden zweiten Tag neu ein und setzte sich Wellenkämme um die Stirn. Annette kochte, aber die Verpflegung der beiden Frauen war eher karg. Es gab immer dicke Suppen, oft

Schmarrn mit Kompott, selten Fleisch, und wenn, dann Faschbraten oder Beuschel. Mehr als gerade satt wurde man davon nicht.

In der Schule war die Erneuerung überall spürbar. Das Jahr war plötzlich in Trimester eingeteilt, statt vier Notenstufen gab es sechs; der Religionsunterricht rutschte im Zeugnis an die letzte Stelle und hieß jetzt „Konfessionsunterricht", für den man sich eigens anmelden musste. Dafür trat die Leibeserziehung an die erste Stelle. Die Betragensnote verwandelte sich in „allgemeine Beurteilung", in der neue phantasievolle Eigenschaftswörter aufschienen: fleißig, gewissenhaft, hilfsbereit, einsatzfreudig, wissbegierig, eigensinnig, frech, unwillig, undiszipliniert ...

Der neue Direktor war jung und eifrig. Er führte Morgenappelle mit Fahnenhissen, Ansprachen und Grußbotschaften an den Führer ein, bei denen niemand fehlen durfte. Dabei wurden ein Tagesgedanke und ein Wochenleitsatz verkündet und abschließend „Ein Lied!" gesungen, das die Gemeinschaft beschwor.

Außerdem war nun ständig von deutschem Geist und deutscher Größe die Rede, auf die man stolz sein solle, von der Ehrfurcht vor der großen Vergangenheit Deutschlands und dem Glauben an seine geschichtliche Sendung. Die Schülerinnen wurden mit Texten gefüttert, die das Vaterland verherrlichten: Schillers *Deutsche Größe* neben dem obligaten *Würde der Frauen*, Schlegels Fragmente über den deutschen Geist, Novalis' Gedanken über das Volk, Klopstocks und Arndts vaterländische Hymnen und Hölderlins *Gesang des Deutschen*:

*Und Siegesboten kommen herab: Die Schlacht*
*Ist unser! Lebe droben, o Vaterland,*
*Und zähle nicht die Toten! Dir ist,*
*Liebes! Nicht einer zu viel gefallen.*

Jedes Mal, wenn Hilde am Wochenende nach Hause kam, versuchte Martin mit anderen, weniger heldischen Proben deutscher Klassik und Romantik gegenzusteuern, mit Goethe und Grillparzer, Heine und Brentano. Aber oft hatte sie vor lauter Hausaufgaben gar keine Zeit mehr zum Lesen.

Da sie nun in der Stadt lebte, musste Hilde die Heimabende wieder aufnehmen. Sie meldete sich zum Rotkreuzkurs, um einen in der Woche zu überspringen. Da lernte man wenigstens Nützliches, und die Aussicht auf ein Diplom reizte sie. Bereitwillig stellte sie sich dann auch für die Sammelaktionen zur Verfügung, das ersparte ihr den zweiten Heimabend.

Eines Spätnachmittags, als es fast schon dunkelte, ging sie mit ihrer Sammelbüchse auf dem Gehsteig einer der Hauptverkehrsstraßen immer wieder ein paar Schritte auf und ab, um sich warm zu halten, denn ein eisiger Wind riss an ihrer Mütze und brannte im Gesicht. Als sie um die Ecke bog, stieß sie heftig mit jemandem zusammen. Die Büchse schepperte zu Boden, Hilde blieb erschrocken stehen und schaute empört auf, da hatte der eilige Passant die Büchse schon aufgehoben und reichte sie ihr: Tut mir schrecklich leid, ich hoffe, Sie haben sich nicht wehgetan, redete er auf sie ein, und als sie den Kopf schüttelte, lief er schon weiter: Ich hab es wirklich sehr eilig, tut mir leid ... Und weg war er. Aber ein Blick hatte genügt, um sich seine Augen einzuprägen, die hell und forschend ein ebenmäßiges Gesicht beherrschten. Schade, dachte sie. Wenn schon einmal Gelegenheit wäre, jemanden kennenzulernen, hat er's eilig. Und vor lauter Sinnieren stand sie eine Weile still da, ohne auf die Passanten zu achten.

Eine Woche später ging sie wieder an derselben Stelle fröstelnd hin und her. Auf einmal hörte sie eine Stimme sagen: Endlich treffe ich Sie wieder, ich hab Sie jeden Tag gesucht!

Sie erkannte die Stimme sofort, drehte sich um und wurde rot vor Freude, hoffte nur, dass das in der Dämmerung nicht auffiel.

Ich hab was gutzumachen bei Ihnen. Darf ich Sie zum Kaffee einladen?

Aber nein, stammelte Hilde und meinte damit seine erste Aussage. Und ja, gern, schob sie als Antwort auf die Frage nach.

Ich glaube, Sie können was zum Aufwärmen gebrauchen bei diesem verflixten Wind, sagte er. Auch wenn ein deutsches Mädel viel aushält, setzte er hinzu und lächelte auf sie herunter.

Hilde verzog das Gesicht und lachte, ohne zu antworten. Erst als sie nebeneinander das nächste Café betraten, fiel ihr auf, dass die Sammelbüchse doch sehr störte, klemmte sie unter den Arm und zog ihre Mütze ab, wobei ihre dicken Zöpfe über die Schulter fielen.

Oh, schön, machte er, wie passend!

Passend wozu?, war sie imstande zu fragen.

Na, zum Bild eines deutschen Mädels natürlich, neckte er sie.

Sie folgte ihm zu einem der hinteren Ecktische, setzte sich auf die Bank und fuhr aus den Mantelärmeln. Ich kann nicht lang bleiben. Wenn mich jemand vom BDM sieht, gibt's Probleme. Also nur einen schnellen Tee, dann muss ich wieder los.

Er saß ihr gegenüber, nun ebenfalls ohne Mütze, öffnete den Mantel und wickelte seinen Schal auf. Er trug sein dunkles Haar länger, als es bei den strammen jungen Männern Mode war; eine Strähne fiel ihm in die Stirn, er wischte sie weg, und wieder bemerkte Hilde den klaren, hellen Blick aus blauen? oder grünen? Augen. Eine gerade, dünne Nase, volle Lippen darunter, ein leichter Anflug von dunklem Bartwuchs um Kinn und Wangen. Ein bemerkenswertes Gesicht, das jetzt lächelte und fragte: Und? Finde ich Gnade in Ihren Augen?

Hilde errötete wieder und musste den Blick abwenden, es war ihr peinlich, dass sie ihn so offensichtlich angestarrt hatte.

Ich heiße übrigens Jonas, ergänzte er belustigt. Damit Sie wissen, mit wem Sie es zu tun haben. Und ich entschuldige mich in aller Form für die Rempelei von neulich, fügte er hinzu.

Ach, das war nicht weiter schlimm, sagte Hilde. Ich heiße Hilde. Angenehm.

Die Bedienung kam an ihren Tisch. Was darf ich bringen?

Einen heißen Tee mit Zitrone, sagte Hilde. Und was dazu?, fragte er. Nein, ich hab, wie gesagt, nicht viel Zeit, antwortete sie und dachte, leider, ich würde ja gern länger bleiben.

Also nur einen Tee und einen Braunen, gab er die Bestellung weiter. Und zur Erklärung wegen neulich: Ich musste zum Bahnhof und war schon recht spät dran.

Das passiert mir auch manchmal, erwiderte sie, dass ich erst auf den letzten Abdruck hinkomme.

Also wohnen Sie auch nicht hier?

Während der Woche schon, manchmal auch am Wochenende, sonst fahre ich heim. Und sie nannte den Namen ihres Dorfes.

Bei mir geht's in die andere Richtung, sagte er und lehnte sich zurück, weil die Kellnerin gerade das Gewünschte brachte. Aber während der Woche bin ich auch da. Ich studiere Jura.

Da kennen Sie vielleicht meinen Vetter Paul, der ist wohl ein Kommilitone von Ihnen.

Welches Semester?

Keine Ahnung, müsste aber bald fertig sein.

Ist der auch so – eingespannt wie Sie?, fragte Jonas mit aufmerksamem Blick zu ihr.

Ich denke schon, wie alle halt. Aber ich hab ihn schon lang nicht mehr gesehen. Hilde nippte an ihrem heißen Tee, stellte die Tasse wieder hin und blies darauf, um ihn etwas abzukühlen.

Also bis er trinkbar ist, werden Sie wohl warten müssen, stellte er fest.

Das schon, aber dann muss ich wieder hinaus.

Da schwingt Bedauern mit in Ihrer Stimme. Nur wegen der Kälte?, fragte er und schaute sie wieder prüfend an. Sie errötete erneut und senkte den Kopf.

So kalt ist es ja gar nicht, es ist nur wegen dem Wind, hörte sie sich selber patzig sagen und wurde noch röter, ärgerlich über ihre ungeschickten Worte.

Ja sicher, der Wind geht einem durch und durch. Aber sonst – wie geht's mit dem Sammeln? Kriegen Sie denn was zusammen?

Ein wenig, meinte sie. Im Grund will ich den Leuten ja nicht auf die Nerven gehen damit, ich steh nur so da und klappere ein bisschen mit der Büchse. Eigentlich liegt mir das gar nicht, diese Bettelei.

Aber es ist ja für einen guten Zweck, lächelte er.

Na ja, um ehrlich zu sein, mach ich das nur, damit ich der WS im Heimabend entgehen kann. Und zugleich erschrak Hilde, weil ihr auffiel, dass sie schon zu viel gesagt hatte, vor allem diesem Fremden gegenüber. Wusste sie denn, wer er war und was er dachte?

Aha, meinte er und lächelte noch breiter. Und was ist bitte WS?

Schöne Zähne, dachte sie, und erklärte etwas verwundert: Weltanschauliche Schulung. Das weiß doch jeder.

Ach so – solche Feinheiten gehen mir ab. Es ist eben nicht jeder Mitglied, sagte er und trank seine Tasse aus. Sie beeilte sich, dasselbe zu tun. Dann schlüpfte sie wieder in ihren Mantel, schob die Zöpfe unter die Mütze und nahm die Büchse. Vielen Dank für den Tee, aber jetzt muss ich wieder.

Ja sicher, sagte er, ich begleite Sie hinaus. Er zahlte und hielt ihr die Tür auf. Draußen war es inzwischen ganz dunkel geworden, nur die Straßenlaternen schnitten jeweils einen hellen Fleck aus dem Pflaster darunter. Kaum Verkehr, und die Passanten drückten sich an den Hauswänden entlang.

Haben Sie noch lang?, fragte Jonas.

Hilde schaute auf die Uhr. Noch eine Stunde ungefähr, aber jetzt ist mir warm, der Tee hat geholfen.

Wann sehe ich Sie wieder? Das heißt – wann sind Sie wieder hier im Dienst?

Nächste Woche, immer Freitagabend.

Dann hole ich Sie anschließend ab, wenn Sie mögen. Vielleicht könnten wir ins Kino gehen.

Ich weiß nicht, sagte sie. Ich müsste halt melden, dass ich nicht zum Essen komme. Und die Büchse muss ich auch loswerden.

Halb sieben also?, fragte er.

Ja, halb sieben müsste gehen. Danke.

Ich hab zu danken, sagte er und lächelte auf sie herunter. Also bis dann.

Eine Weile sah sie ihm nach, wie er von einem zum nächsten Lichtkegel der Straßenlaternen ging, mit raschen Schritten. Von sich hat er fast gar nichts erzählt, fiel ihr ein. Und gleich darauf, wie brennend neugierig sie auf ihn war.

Der Briefträger brachte den Bescheid, während Martin in der Schule war, und verkündete gleich, um was es sich dabei handelte: Aufforderung, sich zur Musterung einzufinden. Das kriegen jetzt alle, fügte er beruhigend hinzu.

Burgi erschrak. Also waren alle bereits „erfasst". So schnell ging das. Alles in deutscher Hand. Und das verhieß nichts Gutes.

Martin versuchte sie zu beschwichtigen, aber ganz wohl war ihm auch nicht dabei. Er hatte sich im Januar 1939 beim Wehrmeldeamt der nächsten Kreisstadt einzufinden. Er kam als Wehrpflichtiger zurück und zeigte ihr seinen Wehrpass. Unter „Zugehörigkeit zu Dienststellen des Heeres" war sein Dienst im 1. Kaiserjäger-Regiment verzeichnet. Also hatte er die Ausbildung mit dem Gewehr absolviert. Weitere Kenntnisse hatte er keine angegeben. Unter „Tauglichkeitsgrad" stand: s.v. Was heißt das, fragte Burgi und blätterte hin und her.

Schutzverwendungsfähig. Zum Glück bin ich als Dreiundneunziger schon zu alt für das KV. Aber das heißt auch nicht, dass ich u.k. gestellt bin, also ganz davonkomme. Wenn's mich braucht, muss ich bereit sein.

Also doch, begann sie, schluchzte auf und umarmte ihn, während ihr die Tränen über das Gesicht liefen: Wenigstens nicht Kriegsdienst, Gott sei Dank!

Zum ersten Mal wurde eine Wintersportwoche in einem Berglager organisiert. Dafür sollten sich die Mädchen mit Skihosen ausrüsten. Wieder gab es Wirbel zu Hause. Burgi schimpfte: Seit wann tragen Weiberleut Hosen – das gibt's nur im Theater! Aber sie musste nachgeben, und Hilde durfte sich eine dunkelgrüne Keilhose aus dickem Wollstoff kaufen, die unten eine Art Steigbügel hatte, damit sie stramm um die Fersen saß und nicht aus den Bergschuhen rutschte. Mit Hosen Ski zu fahren war allerdings viel praktischer als mit einem Rock, wie sie das früher schon gemacht hatte mit den Nachbarskindern auf den alten Brettern der Väter, die im Keller standen. Nun stellte die Schule neue Ski und Stöcke zur Verfügung, und wenn nicht das Drumherum der vielen Appelle, Übungen und Vorträge gewesen wäre, bei denen ständig von der Bewährung in der Gemeinschaft die Rede war, hätte man fast von Urlaub im Schnee sprechen können. Die Rauch, die, wie Lilo vermutete, gar nicht so gut Ski fahren konnte, trat endlich etwas in den Hintergrund gegenüber den flotten jungen Sportlehrern. Die führten den Mädchen bereitwillig immer wieder die richtige Technik vor und halfen ihnen auf, wenn sie auf dem Allerwertesten gelandet waren. Abends begleiteten die Skilehrer die gewohnten Lieder auf der Klampfe oder mit der Ziehharmonika. Die Mädchen fanden sie recht interessant und trauten sich im Schutz der Gruppe auch schon einmal schnippisch zu antworten. Aber dann blieben ihre Betreuer und die Führerinnen leider doch lieber unter sich. Am Schluss des Winterlagers gab es dann noch Rennen mit Leistungsabzeichen. Hilde gefiel das Skifahren, sie bewegte sich gern im Schnee und in der frischen Luft, und die Sonne war schon stark genug, dass man dabei eine gesunde braune Farbe und rote Wangen bekam.

Die neuen Schulrichtlinien besprach Martin vorerst ausschließlich mit seinem Kollegen Paul Steiner, da sie beide die höheren Klassen unterrichteten. Sie kamen überein, bestimmte Rechenaufgaben, in denen die Versorgungskosten für Krüppel und Schwachsinnige gegen den Monatsbedarf erbgesunder Familien aufgerechnet wurden, einfach nicht durchzunehmen.

Die rassenkundlichen Untersuchungen, die ein Assistent des Anatomischen Instituts der Universität mit Unterstützung des Landesschulrates bei allen Schulkindern durchführte, schienen vergleichsweise harmlos. Die Untersuchungsformulare wurden genau abgezählt zugestellt; die Lehrer sollten Namen und Alter der Kinder eintragen. Bei den Reihenuntersuchungen drehten der junge Arzt und seine Assistentin die Kinder hin und her, trugen Größe und Konstitution ins Merkblatt ein, Augen- und Haarfarbe und Gesichtsform, begutachteten Nase und Ohren, Brustbein und Wirbelsäule sowie die Stellung der Füße. Für die Kinder war es nur Abwechslung im Schulalltag, für die Lehrer ein ernst zu nehmender Hinweis darauf, dass die rassische Idealvorstellung, der nur wenige entsprachen – unter uns gesagt, raunte Martin seinem Kollegen zu, der Führer selber ja auch nicht! – zum Prüfstein für das ganze Volk wurde.

Danach kam vom Landesschulrat die Weisung, die Kinder zu erheben, die dem Unterricht nicht folgen konnten. Sie sollten die Klassen nicht mehr belasten, an Hilfsschulen überwiesen und in Heimen untergebracht werden. Das war nun Aufgabe der Kollegin Gruber. Normalerweise blieben die minderbemittelten Kinder nämlich einfach in der ersten Klasse, um durch andauernde Wiederholung doch etwas mitzubekommen. Ideal war diese Unterbringung nicht, das war einzusehen. Die Gruber ergriff daher die Gelegenheit, aus ihrer fünfundvierzigköpfigen Klasse vierzehn schon viel größere Kinder als schulunfähig einzustufen. Darunter waren solche, die zu Zeiten der Meningitisepidemie erkrankt waren und weniger Glück gehabt hatten als Otto. Andere wurden immer noch zu Hause gepflegt und konnten die Schule überhaupt nicht besuchen. Auch traf es Kinder von Alkoholikern. Andere schwänzten ständig, kamen daher nicht mit und störten den Unterricht. Bei ihnen schrieb die Gruber „stinkfaul und frech".

Martin hatte die Unterlagen im Rathaus abzugeben, wo diese Feststellungen durch die Angaben über die Familien ergänzt werden sollten. Später würde noch ein ärztlicher Bescheid erfolgen, hieß es. Jedenfalls sollte, wenn nicht im nächsten, so im darauffolgenden Schuljahr Ordnung in das nachlässige System gebracht werden.

Miteinander ins Kino zu gehen wurde zur lieben Gewohnheit. Einmal in der Woche holte Jonas Hilde am Abend ab. Sie freute sich von einem zum nächsten Mal darauf. Es war angenehm aufregend, neben ihm im dunklen Saal zu sitzen und in ganz spannenden Momenten seine Hand zu nehmen und zu drücken.

Hilde wäre viel zu schüchtern gewesen, ihm zu sagen, dass sie verliebt war. Aber die Tatsache, dass sie ständig Herzklopfen hatte, wenn sie an ihn dachte, dass sie sich so auf das Zusammensein mit ihm freute, sich beherrschen musste, ihm nicht entgegenzulaufen und um den Hals zu fallen, erkannte sie als deutliches Zeichen. So war das jedenfalls in den Büchern beschrieben, die sie heimlich las, obwohl ihr Vater sie als argen Kitsch bezeichnete: die *Trotzkopf*-Geschichten und die Romane von Courths-Mahler, Greinz und Ganghofer, die zwar alle ziemlich vorhersehbar waren, aber wunderschön aufregende Liebesszenen enthielten. Solche Bücher fand sie bei den beiden alten Fräuleins, die sie selbst mit Vergnügen lasen, daher konnte sie sich immer wieder bedienen und oft bis tief in die Nacht mit wohligem, sehnsüchtigem Schauder darin lesen.

Jonas schien der ersehnten Seelenverwandtschaft zu entsprechen. Er hörte gern zu, wenn sie erzählte, war immer gut aufgelegt und ließ keine Schwermut aufkommen. Auch was ihren Geschmack betraf, passten sie gut zusammen. So fanden beide den Spoerl-Film *Wenn wir alle Engel wären* mit Heinz Rühmann zwar unterhaltsam, aber es fehlte ihm an Tiefgang und Gefühl, was die unerreichbare Greta Garbo in *Anna Karenina* so ausgiebig lieferte, dass Hilde nicht nur ihr eigenes Taschentuch nass weinte. Bei den Auseinandersetzungen zwischen dem alten Soldatenkönig und dem jungen Kronprinzen von Preußen ergriffen beide Partei für den jungen gegen den grausamen alten, der den Leutnant Katte ungerührt hinrichten ließ, um seinen Sohn hart wie Stahl zu machen. Und Trenkers *Rebell* begeisterte Hilde erstmals für die Heimat ihrer Mutter. Unvergesslich, wie die Tiroler Bauern Felsbrocken und Baumstämme auf die feindlichen Franzosen herunterregnen ließen!

Davon erzählte sie dann auch zu Hause und musste zugeben, dass sie nicht allein ins Kino ging. Deshalb wurde Jonas eingeladen. Er kam an einem Sonntag mit der Bahn und brachte einen Blumenstrauß für Hildes Mutter mit. Hilde holte ihn am Bahnhof ab; der Heimweg war ihr noch nie so kurz erschienen. Es war sichtbar Frühling, einer der ersten wärmeren Tage, am Wegrand und hinter den Zäunen blühte es schon. Jonas versuchte immer wieder, ihre Hand zu nehmen, um ihr über Wasserlachen und Löcher zu helfen, aber Hilde wollte keinen Stoff für den Dorftratsch liefern und schlug sein Angebot aus. In der Stadt gingen sie manchmal nach dem Kinobesuch eingehängt durch die Straßen. Aber hier konnte man nicht genug aufpassen.

Die Eltern begrüßten Jonas mit Wohlgefallen und baten ihn in die Stube. Hilde deckte den Tisch, und Burgi servierte Kaffee und Kuchen – vorzüglich, lobte der Gast die Hausfrau. Die Besuchszeit verging viel zu schnell; dann machten sich beide wieder gemeinsam auf den Weg zum Bahnhof. Als sie endlich nebeneinander im Abteil saßen, legte Jonas den Arm um sie, zog sie an sich und flüsterte ihr ins Ohr, dass er ihre Familie sehr nett finde, aber sie sei entschieden der beste Teil davon. Hilde konnte nicht antworten, nur nicken und lachen. Sie fühlte sich glücklich in seiner Nähe, und während sie gerade dachte, sie würde am liebsten immer so mit ihm dahinfahren, nahm er ihre Hand und küsste die Innenfläche, verschloss dann ihre Finger einzeln und behielt ihre Faust in seiner Hand, während sie heiße und kalte Schauer überliefen.

Da öffnete sich die Tür mit einem Ruck. Der Schaffner stand vor ihnen und musterte sie. Uniform, ein grobes, kantiges Gesicht unter der Mütze und der scharfe Blick eines Hühnerhundes. Als sie ihm die Fahrkarten reichten, verlangte er auch noch ihre Ausweise. Soso, Jonas Singer, sagte er. Da ham wir's wohl mit einem Juden zu tun?

Ich bin Mischling ersten Grades und Student, fuhr Jonas auf, und bisher hat noch nie jemand ...

Dann wird's Zeit, dass dich einer drauf aufmerksam macht. Solche wie du brauchen eine Kennkarte. Weißt du, dass ich dich aus dem Zug schmeißen könnt?

Aber, aber, sagte Jonas, soviel ich weiß, brauche ich keine eigene Kennkarte. Und meine Fahrkarte habe ich regulär bezahlt und werde wohl noch hier sitzen dürfen.

Frech auch noch, typisch für dieses Pack! Ich kann ja die Polizei holen, dann werden wir ja sehen!, ereiferte sich der Schaffner. Und Sie, junges Fräulein, genieren sich nicht, mit diesem ... Auswurf hier zu sitzen und zu liebeln?

Hilde war sprachlos. Sie starrte abwechselnd Jonas und den Schaffner an und sagte nur: Aber das ist doch nicht möglich ... Wobei keineswegs klar war, was sie damit meinte.

Der Schaffner, ganz Amtsperson, tönte jetzt: Du verlässt sofort dieses Abteil und bist froh, dass ich es dabei belass! Und er blieb in der Tür stehen und wartete darauf, dass Jonas aufstand und gehorchte. Wird's bald?

Jonas erhob sich langsam, streckte sich und trat vor dem Schaffner auf den Gang hinaus. Dort blieb er stehen und drehte Hilde den Rücken zu, bis der Schaffner am anderen Ende des Korridors verschwunden war. Dann öffnete er wieder die Tür und sah Hilde an, die blass geworden war: Es stimmt ja, ich hätte es dir längst sagen sollen. Aber ich habe es ständig vor mir hergeschoben und immer vor einer solchen Szene Angst gehabt. Das hätte uns schon hundertmal passieren können. Bisher hab ich einfach nur Glück gehabt. Das macht die Sache jetzt natürlich auch nicht leichter. Ich verlange keine Entscheidung von dir. Ich habe mir nur die Illusion erlaubt, dass es doch gut geht. Jetzt weißt du's. Ich will dich nicht in Schwierigkeiten bringen.

Hilde wachte aus ihrer Starre auf: Ich lass mich doch nicht einschüchtern von dem da! Jetzt erst recht nicht!

Wenn wir vorsichtig sind, kann uns keiner was tun. Damit sprang sie auf und wollte zu ihm.

Aber Jonas schüttelte nur den Kopf und drehte sich weg. Auf einmal sah er ganz anders aus, sein Gesicht war verschlossen und fremd geworden. Am Zielbahnhof verabschiedeten sie sich mit einem langen Blick, dann ging jedes seiner Wege. Der Schaffner hatte sich tatsächlich am Bahnsteig aufgepflanzt und beobachtete sie. Und als Hilde an ihm vorbeiging, sagte er: Sie sollten mir dankbar sein, junges Fräulein. So was darf nicht mehr vorkommen!

Sie schaute nicht auf, beeilte sich nur, aus seinem Gesichtsfeld zu verschwinden.

Die nächsten Tage vergingen mit fruchtlosem Warten. Jonas tauchte nicht auf, holte sie nicht ab, ließ überhaupt nichts von sich hören. Hilde war verstört und überlegte, wen sie nach ihm fragen könnte. Erst jetzt fiel ihr wieder auf, wie wenig sie von ihm wusste. Wenigstens die Adresse seines Freundes, bei dem er übernachtete, wenn es nach dem Kinobesuch zu spät für die Heimfahrt war, fiel ihr ein. Nach einigen Tagen nahm sie allen Mut zusammen und ging hin. David Blum fing sie an der Tür ab und bat sie nicht herein. Korrekt, aber kurz angebunden, ließ er keinen Zweifel darüber aufkommen, dass ihm dieser Besuch lästig war.

Du bist also die Hilde. Jonas hab ich schon länger nicht gesehn.

Kannst du mir wenigstens sagen, wo ich ihn erreiche? Auf der Uni vielleicht?

Auf der Uni? Da wirst du ihn nicht finden – weißt du nicht, dass wir uns da nicht mehr blicken lassen können?

Hilde schüttelte den Kopf. Also nicht?

Nein, da sind wir unerwünscht.

Aber was tut Jonas dann in der Stadt?

Er arbeitet im Geschäft eines Bekannten, dort macht er die Buchhaltung.

Und wo ist das? Ich muss unbedingt mit ihm reden!

Da bin ich mir nicht sicher, ob er das auch will. Wär besser, du lässt ihn in Ruhe.

Hilde war wie vor den Kopf gestoßen. Sie verlegte sich aufs Betteln. David blieb hart. Wenn er sich bei mir meldet, sag ich ihm, dass du ihn suchst. Aber gescheiter wär's, du würdest das bleiben lassen – für beide Seiten.

Wer sagt das?, rief Hilde aufgeregt. Ich will ja nur mit ihm reden! Ich muss ihn etwas fragen. Und seine Eltern? Wo wohnt er denn eigentlich? Kannst du mir das nicht sagen – dann lass ich dich gleich in Ruh!

Wenn Jonas dir das nicht gesagt hat, ist wohl klar, warum. So dumm kannst du nicht sein, dass du das nicht kapierst. Außerdem weiß ich das ja selber nicht, versuchte David sie abzuwimmeln. Und jetzt geh bitte. Das hat alles keinen Sinn.

Hilde kehrte verstört in ihr Zimmer zurück. Jonas hatte also nicht nur Wichtiges verschwiegen, sondern auch gelogen. Sie verstand zwar, warum. Aber es war auch ein Zeichen dafür, dass er ihr nicht traute. Und davon, dass er ihr vertrauen konnte, musste sie ihn überzeugen, so schnell wie möglich. Nur wie? Wenigstens hatte sie David das Versprechen abgenommen, Jonas von ihrem Besuch zu erzählen. Vorausgesetzt, er meldete sich bei ihm.

Hilde lief durch die Straßen und versuchte sich zu erinnern, welche Geschäfte in Frage kamen. Solche wahrscheinlich, die ihr im November aufgefallen waren. Sie hatte aber nur die an der Hauptstraße gesehen, es gab sicher noch andere. Jonas konnte sich überall verstecken. Er saß ja hinten im Büro.

Sie überlegte, wann er sie abgeholt hatte und um welche Zeit er zum Bahnhof musste. Dass ihr das nicht früher eingefallen war! Und sie lief zum Bahnhof und kontrollierte die Abfahrtzeiten der Züge, wartete in der Halle, ging sogar auf dem Bahnsteig hin und her. Ohne Ergebnis.

Die zweite Woche verging. Hilde war krank vor Sehnsucht, zugleich wütend auf David und Jonas und trotzig entschlossen, sich nicht einfach so abschieben zu lassen.

Da kam überraschend ein Brief von ihrem Vater.

Liebe Hilde,

was ich Dir zu sagen habe, schreibe ich nicht gern; ich tue es nur, weil ich muss.

Der junge Mann, den Du bei Deinem Besuch vorgestellt hast, ist sympathisch und hat uns beiden einen guten Eindruck gemacht. Wir verstehen, dass Du verliebt bist. Aber Du bist noch sehr jung, daher solltest Du Dich jetzt noch nicht binden. Ich habe Erkundigungen eingezogen. Diese Verbindung kann Dir jetzt nur Schwierigkeiten bereiten. Wir, Deine Dich liebenden Eltern, bitten Dich daher inständig, lass davon ab, solange das noch möglich ist. Wenn Du bei ihm bleibst, rennt Ihr beide ins Unglück. Wir sind sehr besorgt um Dich und wollen nur Dein Bestes. Natürlich wünschen wir Dir alles Glück der Welt. Aber auf diese Weise ist das in diesen Zeiten nicht zu haben. Sei vernünftig und mach Dich und uns nicht unglücklich!

In Liebe                                     Papa und Mama

Hilde riss den Brief zornig in winzige Stücke. Offenbar hatten sich alle gegen sie verschworen. Nur, weil er zufällig jüdisch war. Mischling ersten Grades, also nicht arisch, so wie wir ... Natürlich erklärte das im Nachhinein manches. Andeutungen hatte es gegeben, aber sie hatte nicht darauf geachtet. Aber dass er einfach so verschwunden war, machte sie immer wieder von neuem wütend. Was ihr Vater wohl inzwischen herausbekommen hatte? Mehr als sie selbst jedenfalls! Und gerade von ihm war sicher nichts zu erfahren, was ihr weitergeholfen hätte.

Da endlich, zu Beginn der dritten Woche, als sie schon fast die Hoffnung aufgegeben hatte, sah sie Jonas am Bahnhof. Sie entdeckte ihn von weitem und ging auf ihn zu. Er wurde erst aufmerksam, als sie fast schon vor ihm stand. Hilde wurde das Herz schwer: Er sah blass aus und unruhig, schaute sich immer wieder um. Es kam keine unbeschwerte Begrüßung mehr zustande.

Ich hab nicht viel Zeit, mein Zug geht gleich, sagte er.

Ich will dich nicht aufhalten, nur mit dir reden. Das muss nicht jetzt sein.

Ich glaube, es gibt nicht mehr viel zu sagen, antwortete er und schaute wieder weg.

Warum hast du dich nicht mehr blicken lassen?

Ich war zu Hause, musste meinem Vater helfen.

Und wo ist das? Nicht einmal das weiß ich! Ich hab dich die ganze Zeit gesucht!

Das sollst du nicht. Es hat sowieso keinen Sinn. Und jetzt muss ich wirklich gehen, tut mir leid, sagte Jonas und versuchte, sie zur Seite zu schieben.

Hilde stampfte auf. Ich will mit dir reden! Sag, wo wir uns treffen, und ich bin da.

Also gut, übermorgen um fünf. In der Buchhandlung. Die kennen mich dort.

Ausgemacht – aber versetz mich ja nicht, sagte Hilde ernst und schaute ihm nach, wie er mit langen Schritten davonlief.

Hilde konnte sich nicht mehr konzentrieren. Nun ging auch die zweite Geschichtsprüfung daneben. Die überdeutliche Verbindung vom Preußenfritz zum Führer, die der Wotan ihr fast in den Mund legte, wollte ihr nicht aufgehen.

Sie stellen Ihre Versetzung ernstlich in Frage, schimpfte er.

Hilde war alles egal. Die Schule stopfte einen nur mit Dingen voll, die man nicht brauchte. Das Leben spielte sich ganz woanders ab.

Die Gedanken liefen davon. Was Jonas jetzt wohl machte? Ob er an sie dachte? Die Verabredung einhielt?

Schon um halb fünf war sie in der Nähe der Buchhandlung unterwegs und betrachtete jedes Schaufenster. Schreibsachen und Bürobedarf, Taschen und Handschuhe für die Dame, die ersten Sommerkostüme, eine Konditorei mit verlockenden Bäckereien in der Auslage, ein Juwelier, bei dem sie länger stehen bleiben konnte, ohne dass es auffiel. Ein Handarbeitsladen, Stickvorlagen mit vorgezeichneten Blumensträußen, einem Schwind-Gemälde und einer holländischen Landschaft, dazu Bündel von bunten Garnen. Schuhe für Damen, Herren und Kinder. Endlich die Buchhandlung – aber es war noch immer nicht spät genug. Also wieder zurück. Sie kaufte eine Cremeschnitte und ärgerte sich gleich, weil sie sich den Mund damit verkleisterte, Staubzucker und Blätterteigbrösel sich überall verteilten. Sie blieb vor dem Schaufenster stehen, um den Mund abzuwischen, den Zucker abzuklopfen.

Endlich war es Zeit. Hilde trat ein und wehrte den Verkäufer ab, der sie gleich aufs Korn genommen hatte und seine Dienste anbot.

Danke, ich schau mich bloß ein bisschen um.

Kochbücher, Gesundheitsratgeber, *Die sparsame Hausfrau*, *Kampf dem Verderb*, *Die gesunde Ernährung*, *Erste Hilfe für den Hausgebrauch*. Sie hatte das Buch gerade zur Hand genommen, als ihr Herz einen Sprung machte, weil sie Jonas' Stimme erkannte: Suchen Sie was Bestimmtes?

Komm mit, sagte er nur und ging schon voraus, führte sie nach hinten, wo neben einem weiteren Raum eine Tür auf einen Innenhof hinausging. Den überquerten sie rasch und kamen in einen offenen Hausgang, wo sie sich nebeneinander ans Fenster stellten. Eine steile Treppe führte nach oben. Aber es war alles ruhig, und Jonas versicherte, so bald würde niemand kommen und sie stören.

Hilde drehte sich zu ihm, und sein Blick war so traurig, dass sie nicht widerstehen konnte und ihm um den Hals fiel. Sie hatte im Sinn gehabt, sich mit ihm auseinanderzusetzen, aber alles war vergessen, ihre Tränen stiegen unaufhaltsam, und Jonas hielt sie fest, flüsterte nur immer wieder: Nicht, nicht, und streichelte ihren zuckenden Rücken. Schließlich wischte er ihr die Tränen ab, beugte sich über sie, küsste ihre nassen Wangen und suchte ihren Mund.

Dann fragte er: Was hast du eigentlich so Dringendes mit mir besprechen wollen?

Hilde fühlte sich plötzlich aus großer Höhe herunterfallen. Das fragst du noch? Ich wollte, schluchzte sie, dir sagen, dass ich bei dir bleibe, egal, was passiert.

Jonas antwortete nicht, drückte sie nur an sich. Das wäre sehr – unvernünftig, gab er schließlich zur Antwort. Das kann nicht gut gehen. Deine Eltern haben sicher etwas dagegen.

Das ist mir ganz egal, brauste Hilde auf.

Ich kann dir nichts bieten, warnte Jonas. Du hast ja gesehen, was passiert und dass es diesmal noch glimpflich abgegangen ist. Ein deutsches Mädel und ein Halbjude – das ist praktisch schon Rassenschande.

Aber das hat doch mit uns nichts zu tun! Ich will das nicht hören!

Jonas lachte bitter: Das hängt nicht von dir ab.

Außerdem hast du gesagt, dass du Mischling bist. Warum eigentlich?

Meine Mutter ist arisch, mein Vater Jude. Also habe ich nach dem Rassegesetz zwei jüdische Großelternteile und bin Halbjude.

So was Verrücktes! Aber warum hast du mich so lang hingehalten, dich nicht mehr blicken lassen? War dir nicht klar, was du mir damit antust?

Aber ja. Mir ist das auch nicht leicht gefallen, glaub mir. Ich wär am liebsten hundert Mal am Tag zu dir gelaufen. Aber ich hab mir gesagt, es hat keinen Sinn ... Er drückte sie fest an sich, sprach über ihren Kopf hinweg, vermied es, sie anzusehen. Die widerliche Szene im Zug hat dir gezeigt, was dich erwartet. Und es kann noch viel schlimmer werden. Wenn uns die Richtigen aufgabeln, schlagen sie uns beide tot.

Was redest du denn da?, murmelte Hilde empört. Aber sie erschrak nun doch.

Du hast noch immer keine Ahnung, wozu sie fähig sind. Wir haben keine Zukunft mehr in diesem Land.

Plötzlich war es nicht mehr nur der Schreck, sondern ein innerer Alarm.

Mein Vater sagt, wir dürfen nicht mehr bleiben. Er ist dabei, alles zu verscherbeln. Er will seine Zelte abbrechen, wie er sagt, obwohl er so an seiner Apotheke hängt.

Und deine Mutter?

Meine Mutter tut sich schwer damit, sie will nicht weg. Aber er wird sie schon noch überzeugen.

Und du, fragte Hilde jetzt verzagt, was wirst du tun?

Ich kann nicht bleiben, auch wenn ich gern möchte, sagte Jonas und drückte sie wieder an sich. Das war es eigentlich, was ich dir sagen wollte. Und lieber nie gesagt hätte, flüsterte er jetzt an ihrem Ohr. Du weißt nicht, wie schwer mir das fällt. Ich möchte ja auch bei dir bleiben – oder dich mitnehmen. Aber wer weiß, wohin es uns verschlägt. Und du bist noch lang nicht volljährig, deine Eltern würden dich nie gehen lassen. Ohne Papiere, mit mir zusammen – das ist undenkbar. Mein Vater hat recht. Wir dürfen nicht mehr lange warten, sonst kommen wir gar nicht mehr weg.

Hilde schluchzte wieder haltlos: Aber bis es so weit ist, sind wir noch zusammen ... Versprich mir, dass wir uns treffen, so oft es nur geht! Ich warte auf dich, bis du zurückkommst – oder ich komm nach –, sag mir, dass du zurückkommst, wenn das alles hier vorbei ist, versprich es mir!

Alles, was du willst, ich verspreche es, ich will ja auch nicht weg, ich hab dich lieb ... Und während ihre Tränen liefen, küsste er sie und hielt sie fest, und sie wünschte sich, die Zeit solle stehen bleiben, und zugleich, obwohl sie nicht daran denken wollte, es weit von sich schieben wollte, schlich sich der Gedanke an den Abschied doch schon ein, sodass sie auf einmal das Bedürfnis hatte, sich alles ganz genau einzuprägen, in diesem fremden Treppenhaus, sich ein für alle Mal daran zu erinnern: den grüngrau lackierten Fensterrahmen mit dem Messinggriff in T-Form, das milchige Oberlicht darüber, die hässliche hellbraune Ölfarbe der Wände mit dem dunkleren Streifen auf Dreiviertelhöhe, den grau gesprenkelten, gesprungenen Terrazzoboden, die Staubflusen in der rechten Ecke der Fensterbank, sogar den aus verschiedenen Küchen gespeisten, vom Keller her leicht moderig durchsetzten Geruch nach Bratkartoffeln, Zwiebeln, Suppe und Sauerkraut.

Schon nach dem Anschluss des Sudetengaues hatte sich Martin gewundert, dass es schließlich nur zum Münchner Abkommen reichte. Diesmal war es ernster: Die enthusiastischen Nachrichten über die Besetzung („Erledigung", sagte der Führer) der Rest-Tschechei machten nicht nur ihn nervös.

Auf Burgi wirkte das wie ein Kommando: Sie begann zu hamstern. Sie kaufte, was immer sie ergattern konnte, von Stund an immer großzügig auf Vorrat. Zuerst Seife und Waschpulver, Salz und Schuhcreme, Malzkaffee und Wäscheknöpfe, Garne, Näh- und Stopfnadeln. Wolle und

Stoffe hatte sie immer schon zusammengetragen – sämtlich Hämmerle-Ware, auf die sie schwor –, dann besorgte sie Kerzen und Petroleum für die alten Lampen, Ersatzgummi für die Strumpfhalter, Heftfaden, Pflaster, Brand- und Zugsalbe. Schließlich sammelte sie die Kaninchenfelle und erstand wieder Stoffballen wie zu Beginn ihrer Ehe. Dann ließ sie große Kisten zimmern, in die sie ihre gehorteten Schätze versenkte, eingestreut mit Mottenkugeln und in Zeitungspapier gewickelt, und im Keller schichtete sie Holz und Kohle auf, was nur Platz hatte. Martin ließ sie gewähren. Sie ließ sich ohnehin nicht dreinreden, und ein solcher Vorrat konnte grundsätzlich nur von Nutzen sein. Dann ließ er sich sogar anstecken, kaufte Werkzeug und Nägel, Schrauben und Schuhsohlen, Gummi arabicum, Papier und Farbbänder samt Tinte für seine Adler-Schreibmaschine. In der Rumpelkammer wurde eine Werkstatt eingerichtet; Otto bastelte Regale und einen richtigen Werkzeugschrank und bewies dabei erstaunliches Geschick.

Burgis Hamstern fiel natürlich auf. Mit einem Mal weigerte sich der Kramer, ihr mehr zu geben als gerade noch zwei Stück. Die Polizei habe ihn aufmerksam gemacht, dass genauestens darauf zu achten sei, dass in Friedenszeiten niemand auf die Idee komme, sich mehr als die üblichen Haushaltsvorräte anzulegen.

In Friedenszeiten?, platzte Burgi laut heraus. Dass ich nicht lach! Habt's das immer noch nicht spitzgekriegt, was los ist?

Die beiden Frauen, die neben ihr im Laden standen, drehten sich entrüstet zu ihr um. Ich mein, ihr habt's doch auch ein Radio daheim, also tut's doch nicht so!

Na, na, so schwarzsehen brauchen's nicht, Frau Burgi, sagte die Platter Luise, mir ham Frieden, und so gut ist es uns eh schon lang nimmer gegangen, stimmt's?

Die andere nickte dazu, und die Kramerin bekräftigte: Eben.

Bitte, jeder wie er meint, gab Burgi zurück und verstand, dass sie wieder zu weit gegangen war. Sie verstaute die beiden Zuckerhüte in ihrem Einkaufskorb und nahm noch Streichhölzer mit – nicht mehr als zwei Schachteln, gell?, fragte sie, und eine Dose Handcreme, eine genügt.

Die Reaktion ließ nicht lange auf sich warten. Martin bekam Besuch vom Bürgermeister, als er nach dem Unterricht noch Vorbereitungen machte.

Herr Oberlehrer, ich hab mir schon gedacht, dass ich Ihnen da in der Klasse antreff, so gewissenhaft, wie Sie sind, begann der. Gut zu wissen, dass wir es mit jemand zu tun haben, der seine Arbeit so ernst nimmt. Sie wissen, wie ich Ihnen schätze und dass wir froh sind, dass Sie unsere Kinder so gut betreuen.

Man tut, was man kann, sagte Martin obenhin, vermutete aber gleich, dass das erst die Einleitung sein konnte. Sicher kam noch etwas weniger Angenehmes nach.

Es geht um Ihre Frau Gemahlin, fuhr der Bürgermeister umständlich fort. Sie wissen vielleicht, dass sie schon länger viel mehr einkauft, als man normalerweis braucht?

Und? Das ist doch nix Schlechtes, nehm ich an, antwortete Martin lächelnd. Sie ist halt eine umsichtige Hausfrau.

Schon, schon, sicher, ich will das ja gar nicht bezweifeln, sagte der Bürgermeister, aber wir haben Weisung von oben – er zog die Augenbrauen wichtigtuerisch hoch und stach mit dem erhobenen Zeigefinger mehrmals in die Luft –, dass solcherlei Verhalten zu unterbleiben hat. In Friedenszeiten macht so was nur unnötig böses Blut.

Martin schaute ihm jetzt gerade in die Augen. Herr Bürgermeister, machen wir uns doch nix vor. Sie sind ja auch ein denkender Mensch und haben sich sicher auch überlegt, wo das alles hinführen soll? Ich mein – wozu dann die Musterungen, der Drill bei der Hajott, die strengen Kontrollen, und die Sache mit der Tschechei – sagt Ihnen das nix?

Na ja, sicher, das gibt mir schon auch zu denken. Aber ich bin von Amts wegen verpflichtet, Sie aufmerksam zu machen, dass das Verhalten Ihrer Frau nicht mehr annehmbar ist. Ich mein, ich sag's Ihnen lieber vorher, bevor ich von Amts wegen gegen sie vorgehen muss.

Da bin ich dankbar, Herr Bürgermeister, und ich werd's ihr ausrichten.

Und weil ich schon dabei bin, Herr Oberlehrer, muss ich Ihnen neuerdings daran erinnern, dass Sie noch immer kein Parteiabzeichen tragen. Der Ortsgruppenleiter hat mich grad wieder drauf angesprochen. Sie riskieren Berufsverbot, wissen Sie das?

Ich hab's Ihnen schon gesagt, dass ich's mir überlegen werd, seufzte Martin. Ich glaub, Sie verstehn mich – ich mach's erst, wenn's gar nicht mehr anders geht.

Ich hab Ihnen jedenfalls gewarnt, Herr Oberlehrer, und das is schon eine ganze Weile her. Immer werd ich Ihnen nicht schützen können, so leid 's mir tut.

Ich überleg's mir. Und mit meiner Frau red ich gleich nachher.

Heil Hitler, Herr Oberlehrer.

Is schon recht, Herr Bürgermeister.

Sie vermieden es, von Abschied zu reden, doch auch unausgesprochen bildete die bevorstehende Trennung den Hintergrund aller Gespräche, und oft genug traten Pausen auf, in denen sie schwiegen, doch beide genau wussten, woran sie dachten, ohne es auszusprechen. Bis Jonas auf einmal damit herausrückte und das stumme Warten abschnitt.

In zwei Wochen ist es so weit. Vater hat die Pässe besorgt. Mutter hat Freunde in der Schweiz, das wird die erste Station sein. Von dort geht's dann über Frankreich nach Amerika, da hat mein Vater Verwandte, die uns weiterhelfen werden. Dort kann ich mein Studium fortsetzen, und wenn du willst, kannst du später nachkommen. Ich würde dir jetzt schon raten, mit dem Englischlernen zu beginnen, damit du dich dann leichter tust.

Hilde hörte nur Abschied heraus, Schmerz und Schreck schnürten ihr die Kehle zu. Wie kannst du das alles so leicht nehmen?, schluchzte sie.

Du musst dich an der Hoffnung festhalten, sagte Jonas und schlang die Arme um sie. Wir bleiben in Verbindung. Ich schreibe dir, so oft ich kann. Du denkst jetzt nur an deine Matura, versuchst, gut durchzukommen, und vielleicht ist dann der ganze Spuk auch schon wieder vorbei, vielleicht hat mein Vater ja unrecht und ich kann zurückkommen ... Wer weiß, was die Zukunft bringt. Die Hoffnung stirbt zuletzt, heißt es, flüsterte er in ihr Haar.

Wenn ich dich bloß festhalten könnte, schluchzte sie. Das halt ich nicht aus! Wenn ich dich nicht mehr sehen kann, hat alles keinen Sinn mehr.

Das darfst du nicht sagen, du musst fest dran denken, dass wir einfach alles nur aufschieben, versuchte er, ihr Mut zu machen und sie von seinem Elend möglichst wenig merken zu lassen.

Die Vorladung kam prompt. Martin hatte sich wegen „wichtiger Mitteilungen in Ihrem Interesse" zum Bürgermeisteramt zu begeben.

Als er eintrat, schaute ihm der Bürgermeister vom Schreibtisch aus entgegen. Etwas bedrückt, kam es Martin vor. Heil Hitler, Herr Oberlehrer, bitte sehr, nehmen's Platz!

Heil Hitler – ich bleib lieber stehen, gab Martin zurück. Sogleich fiel ihm auf, dass es sich um eine offizielle Angelegenheit handeln musste. Hinter dem Bürgermeister am Fenster stand der Ortsgruppenleiter in Uniform, seines Zeichens Zimmermann und Vater eines ziemlich schwerfälligen Buben; sich seiner Funktion bewusst, spielte er sich letzthin auf, als ob er persönlich dem Führer die Ostmark übergeben hätte. Sein Bierbauch hing im hellbraunen Hemd über die Hose, die dicken Arme hielt er darüber verschränkt, das Gesicht mit den kleinen Augen wirkte durch die Stoppelfrisur noch breiter. Neben ihm stand ein schlanker, schwarz Uniformierter, den Martin noch nie gesehen hatte. Aber es war seit Tagen davon die Rede gewesen, dass dem Bürgermeister ein Berater aus dem Altreich zur Seite gestellt worden war. Der hob nur kurz die Hand und hielt sich dann beobachtend im Hintergrund.

Es gibt was Wichtiges zu besprechen, Herr Oberlehrer, fuhr der Bürgermeister fort. Wir haben da Ihren Ahnenpass, und der Herr Ortsgruppenleiter hat bei einer Kontrolle festgestellt, dass bei der Eintragung von Ihrer Frau Gemahlin eine Unregelmäßigkeit aufscheint. Schaun'S her, sagte er und lehnte sich vor mit dem braunen Heftchen in der Hand, da steht, dass Ihre Frau eine geborene Steindl ist, Tochter von Rosa Steindl, und keine Red von einem Vater nicht. Wie geht denn das zu, das müssen Sie uns jetzt schon erklären!

Martin war erleichtert. Ja, sehen Sie, Herr Bürgermeister, das ist ganz einfach: Meine Frau ist eben ein lediges Kind. Dafür kann sie ja nix. Und den Vaternamen kann man dann natürlich nicht eintragen, antwortete er ruhig.

Ja, das versteht sich, Herr Oberlehrer. Aber wer weiß denn nachher, wer der Vater ist oder war und ob der auch arisch war oder net? Sehn'S, das ist jetzt für Sie ungünstig, weil wenn Ihre Frau vielleicht einen Jud als Vater hätt, dann wär sie ein Mischling, und Sie als Beamter wären dann mit ihr verheiratet – und das geht jetzt eben laut der neuen Berufsbeamtenverordnung nicht mehr.

Martin erschrak nun doch, und als er aufschaute, sah er den OGL breit grinsen. Der Reichsdeutsche neben ihm fixierte ihn aufmerksam, aber ausdruckslos.

Davon hab ich nichts gewusst, aber das lässt sich ja klären. Während er sprach, wurde ihm die Absurdität der Situation erst richtig bewusst, deshalb versuchte er, die Sache lächelnd als die Bagatelle abzutun, für die er sie hielt.

Also, wie gesagt, das ist nicht schwer zu erklären. Soviel ich weiß, ist der Vater meiner Frau – also der ledige Vater – ein Bauernsohn gewesen, der als Eisenbahner gearbeitet hat. Er war schon mit ihrer Mutter verlobt, ist aber bei einem Unfall ums Leben gekommen.

Wichtig ist ja, dass Sie selber in Ordnung sind, fuhr der Bürgermeister fort. Wenn aber Ihre Frau ein Mischling wär, dann müssten wir Ihnen entlassen, es sei denn ... Und er schaute sich nach der Unterstützung seiner Schutzengel um.

Ja bitte? Gibt's eine andere Möglichkeit?, fragte Martin nun doch beunruhigt.

Scheidung, warf der reichsdeutsche Berater vom Fenster her in den Raum und sah ihn forschend an.

Das kann doch wohl nicht Ihr Ernst sein, das kommt doch überhaupt nicht in Frage!

Oh doch, Herr Lehrer, Sie wer'n schon noch sehen, wie da jetzt Ernst gemacht wird!, schnauzte der OGL sichtlich erfreut darüber, dass er den Lehrer erschrecken konnte.

Martin war wie vor den Kopf geschlagen. Und jetzt?, fragte er den Bürgermeister. Der schaute sich wieder zu den beiden Beratern um. Ich denk, wenn's Zeugen gibt, dann wird man die halt auftreiben müssen, meinte er vorsichtig abwägend.

Ja, war denn einer dabei?, fragte der OGL und grinste frech. Wer soll denn das bezeugen, wie das Kind gezeugt worden ist?, lachte er laut und dreckig.

Lebt Ihre Schwiegermutter noch?, fragte der Reichsdeutsche vom Fenster her.

Nein, die ist schon vor Jahren gestorben.

Na ja, der ihre Aussage tät auch nicht so viel nützen. Es braucht eine Bestätigung von einem engen Verwandten der Mutter Ihrer Frau, sagte der Bürgermeister, stimmt's?, fragte er in Richtung des Beraters. Oder von einem des Kindsvaters, ergänzte dieser, am besten von beiden Seiten.

Ich glaub nicht, dass von der Familie überhaupt noch jemand lebt, gab Martin zu bedenken. Wir haben auch schon lang keine Verbindung mehr.

Das ist jetzt Ihr Bier, stellte der Reichsdeutsche abschließend fest und löste sich vom Fensterbrett. Jedenfalls haben Sie den Ahnenpass Ihrer Frau baldigst zu erstellen und vorzulegen. Das wär's. Und damit drehte er sich um und begann, in anderen Papieren zu kramen.

Also tun Sie, was der Herr Sturmführer Ihnen geraten hat, bestätigte der Bürgermeister. Und schaun Sie zu, dass Sie das Dokument möglichst bald beibringen. Heil Hitler.

Mit Zeugenaussagen, ergänzte der OGL grinsend. Viel Spaß, Herr Lehrer, und Heil Hitler.

Martin grüßte korrekt und verließ die Amtsstube. So verrückt die Geschichte war, so ernst musste man sie dennoch nehmen. Burgi schlug die Hände über dem Kopf zusammen, als er ihr beim Abendessen erzählte, um was es bei der Vorladung gegangen war.

So eine Viecherei, fand sie. Kann das überhaupt stimmen, was die da behaupten?

Wenn du mich fragst, liebe Burgi, ich glaub bald jeden Schwachsinn. Der Amtsschimmel hat sowieso seine eigenen Gesetze, und mit dem Hausverstand kommt man da nicht weit. Irgendwie müssen wir die Sache jedenfalls hinbiegen, sonst drehen sie mir einen Strick daraus.

Obwohl Martin einsah, dass die Schikane nur den Zweck verfolgte, ein für alle Mal klarzustellen, wer im Dorf bestimmte und jedem jederzeit Probleme machen konnte, musste man ihr nachgehen. Und diese Probleme erwiesen sich als keine geringen, beschäftigten beide mehrere Wochen lang, bis alle Dokumente beisammen waren. Zuerst im Pfarramt des Geburtsorts von Burgis Mutter, wo im Sterberegister der Unfalltod ihres Vaters verzeichnet war; damit war seine Zillertaler Herkunft ausfindig zu machen und dort eine Abschrift aus dem Taufbuch zu beantragen. Am schwierigsten erwies sich die Suche nach den Zeugen. Zum Glück ließ sich Burgis einziger noch lebender Onkel, von dem sie gar nichts gewusst hatte, auftreiben; der war bereit, eine Erklärung zu unterschreiben, dass nur Matthias Hauser als ihr Vater in Frage kam. Und dieser Onkel verwies sie an dessen ehemaligen Freund, der sich ebenfalls dazu hergab. Im zuständigen Kreisamt wurden die Eintragungen schließlich als rechtens bestätigt. Nachdem die Sache ausgestanden war, konnte man endlich aufatmen – vergessen nicht.

Die letzten gemeinsamen Momente machten beide nervös. Jonas versuchte, die Qual des Abschieds zu begrenzen, indem er nur wenig Zeit dafür aufbrachte. Was einmal entschieden war, war eben nicht zu ändern. Hilde ärgerte sich darüber, warf ihm vor, ihr schon vor der eigentlichen Trennung aus dem Weg zu gehen. Sie wurde heftig, er versuchte zu beschwichtigen. Im Zorn warf sie ihm jüdische Hast vor, die ihre Beziehung von Anfang an gestört habe. Da nannte er sie eine dumme Schickse. Sie liefen beleidigt auseinander und suchten sich danach gleich wieder, entsetzt darüber, aus Gereiztheit kostbare Zeit vertan zu haben. Hilde weinte verzweifelt an seiner Brust, Jonas wusste sich nicht zu helfen und versicherte ihr ein ums andere Mal, dass er am liebsten dableiben würde und immer an sie denken und ihr jeden Tag schreiben werde. Sie tauschten ihre Lichtbilder aus, die viel zu wenig über das Original aussagten.

Und dann war der letzte Tag wirklich da, der letzte Besuch nur zum Abschiednehmen vereinbart worden. Sie saßen eng umschlungen in Davids kleiner Kammer, der sich mürrisch wie stets, aber diskret zurückgezogen hatte. Jonas musste alle seine Versprechen wiederholen. Hilde drängte sich an ihn, spürte seinen warmen Körper, der sich an sie drückte und versuchte, sich diese Erinnerung zu bewahren wie ein zukünftiges Versprechen. Jetzt bedauerte sie, dass sie nie intimer beisammen gewesen waren, weil sie das beide vermieden hatten, und dass sich jetzt nichts mehr nachholen ließ, alle Gelegenheiten versäumt waren, wer weiß, für wie lange, vielleicht überhaupt. Jonas versuchte offenbar, dieselbe Erinnerung festzuhalten, streichelte sie, wohin sie seine Hände vordringen ließ, und hörte erst auf, als sie sie festhielt und abwehrte.

Ich freue mich auf dich, du musst dir unsere Zukunft vorstellen ... Glaub fest daran, dann wird es wahr, drängte er sich in ihren Mund und überließ ihrer Erinnerung ein Versprechen, das sie für immer spüren sollte.

Der Weg zum Bahnhof war viel zu kurz, den letzten Abschied am Bahnsteig behinderte die Scham. Nur der Händedruck durch das Fenster versuchte, sich so fest wie möglich einzuprägen, und als der Zug anruckte, ging Hilde daneben her und lief dann mit, auch als Jonas längst losgelassen hatte, um sie nicht in Gefahr zu bringen, und nur noch winkte aus dem immer schneller fahrenden Zug.

Hedwig brachte die Nachricht vom Einkaufen zurück und läutete gleich an Burgis Tür. Sie hatte gesehen, dass sich Leute vor dem Zeitungsaushang drängten, war neugierig dazugetreten und imstande gewesen, das Wichtigste zu lesen: Aussiedlung der Volksgenossen aus Südtirol – gemeinsames Siedlungsgebiet – Bauern im Reichsgau Tirol-Vorarlberg?

Das wollt ich dir gleich sagen, Burgi, das geht dich ja auch was an, schloss Hedwig ihren Hinweis. Burgi lief sogleich los, um die Nachricht zu lesen, die sie brennend interessierte. Da stand tatsächlich, dass der Führer „die Frage Südtirol im Sinne der Aussiedlung gelöst" habe. Und schon schoss ihr aus dem Mund: Das möcht ich sehn, wie er das zuweg bringen will!

Sie werden doch nicht zweifeln, dass der Führer das Richtige tut, sagte der Mann in Uniform, der neben ihr stand und sie jetzt prüfend von der Seite anschaute.

Ich mein ja nur, gab sie zur Antwort, so wie ich die Südtiroler kenn – die verlassen ihre Heimat bestimmt nicht ... so leicht, fügte sie dann vorsichtiger hinzu und machte, dass sie wegkam.

Vor dem Schulhaus traf sie den Pfarrer. Der wusste es auch schon. Jetzt können Ihre Landsleute beweisen, dass sie gute Deutsche sind, warf er ihr hin.

Burgi zog eine Grimasse und antwortete brüsk: Noch ist ja gar nicht klar, wie das zugehen soll – oder wissen Sie einen Fleck auf dieser Welt, der so schön ist wie Südtirol und ohne Leut? Und damit ließ sie ihn stehen und lief die Treppe hinauf.

Sie konnte es kaum erwarten, bis Martin zum Mittagessen kam. Da überfiel sie ihn: Stell dir vor, ich hätt's nicht glauben wollen, aber es steht schon in der Zeitung, die Hedwig hat's mir gleich erzählt: dass die Südtiroler alle umgesiedelt werden sollen!

Na, das ist wieder einmal eine großartige Idee, sagte Martin. Aber man muss nicht alles glauben, was in der Zeitung steht.

Denk dir, wie kann man von den Leuten verlangen, dass sie von heut auf morgen die Heimat verlassen sollen, auf der sie seit Menschengedenken sitzen?

Ja eben, das glaub ich auch nicht – das haben sich die Hundertfünfzigprozentigen nur so ausgedacht.

Kannst du dir vorstellen, dass da jemand wirklich weggeht, wohin auch immer? Ich an ihrer Stell würd ganz sicher nicht gehen!

Ich kann's mir, ehrlich gesagt, auch nicht denken, gab Martin zu, machte nur ein Kreuzzeichen statt des Tischgebets und begann zu essen. Deine Paunzen schmecken jedenfalls ausgezeichnet, ließ er verlauten.

Sie beschäftigte das Thema noch viel zu sehr. Da ist von einem geschlossenen Siedlungsgebiet die Rede. Jetzt heißt es dauernd, dass das deutsche Volk zu wenig Lebensraum hat, und da wollen sie auch noch die Südtiroler unterbringen!

Ich sag dir ja, glaub bloß nicht alles, was in der Zeitung steht, sagte Martin und schöpfte sich noch Kraut auf den Teller.

Aber du hast selber gesagt, du glaubst bald jeden Schwachsinn!

Ach geh, das war ja nur so gemeint, dass ich mich über gar nichts mehr wundere, erklärte Martin.

Für mich ist das jedenfalls ein aufgelegter Schwindel, resümierte Burgi. Die werden jetzt noch einmal betrogen, wenn die zwei Gauner zusammenhalten ...

Wird sein, Burgi, aber dass du mir das ja nur daheim sagst, ja nicht draußen, wir haben so schon Schwierigkeiten genug.

Du mit deinem ewigen Zaudern und Vorsichtigsein, ärgerte sie sich, immer nur Stillsein bringt auch nix! Die Leut sollen nachdenken, nicht alles als Evangelium hinnehmen, was der Hitler verzapft, das macht mich noch ganz rapplig!

Aber das ändert doch nix – was können wir schon tun?, gab Martin zu bedenken.

Wenigstens die Leut aufmerksam machen, dass wir alle hintergangen werden!

Ja glaubst vielleicht, dir hört jemand zu? Das sollen die machen, die was zu sagen haben, nicht die kleinen Leut so wie wir. Die machen uns fertig, noch bevor wir „mau" sagen können. Stillhalten, vorbeigehen lassen, gar so lang kann der Wahnsinn wohl nicht dauern. Es werden doch nicht alle nur zuschauen und den Hitler tun lassen, was er will!

Burgi war noch nicht fertig. Und wenn sie nicht mehr nur zuschauen, was ist dann? Dann gibt's Krieg, mein Lieber! Und wir wissen beide nur zu gut, was das heißt!

Also sei so gut und tu, was ich dir sag. Bist du einverstanden, dass wir unsere Ruhe haben wollen? Dann lass mich bloß meine Arbeit machen – ich komm eh schon nicht mehr nach vor lauter Verpflichtungen. Und jetzt iss endlich, sonst putz ich dir noch alles weg!

Jonas' erste Karte aus Hohenems berichtete, dass seine Mutter erkrankt sei und sie abwarten müssten, bis es ihr besser gehe, um die Reise fortzusetzen. „Denk an mich! In Liebe, Dein J.", stand da. Endlich eine Nachricht! Aber keine, die ihre Sorgen beseitigt hätte. Und ohne Absender, Hilde konnte also nicht antworten. Sie wusste nicht, was sie davon halten sollte. Vielleicht hatte er es nur vergessen, vielleicht glaubte er, es lohne sich nicht, weil sie weiterfahren würden. Möglicherweise handelte es sich aber auch um eine Vorsichtsmaßnahme.

Anfang Juni kam wieder nur eine Postkarte, eine Ansicht mit Schloss und Kirche: „Wir sind immer noch hier, weil es Mutter nicht besser geht. Hoffentlich bald mehr. Küsse, J."

Hilde sagte sich, sie müsse Geduld haben. Sehr viel Geduld allerdings.

Dafür konzentrierte sie sich in den letzten Schulwochen darauf, die Versetzung zu schaffen. Nun kam als letzte Neuerung auch noch das Schwimmen hinzu. Die Schwimmschule lag neben dem Exerzierplatz des Militärs, und die Rauch ließ ihre Mädels ebenfalls exerzieren und schlauchte sie, während die Soldaten grinsend ihre Strapazen verfolgten. Wenn sie alle nur noch nach Luft schnappten, ging es ins Wasser. Hilde machte das nichts aus – ihr Vater hatte ihr früh genug das Schwimmen beigebracht –, doch die es noch nicht konnten, wurden an die Angel gehängt und so lange eingetunkt, bis sie sich zappelnd oben hielten. Am schlimmsten traf es Gunda, die wirklich wasserscheu war und sich mit Händen und Füßen wehrte. Die stieß die Rauch eines Tages ungerührt ins Becken und schrie sie an, sie solle sich an die Trockenübungen erinnern, um über Wasser zu bleiben. Gunda war gelähmt vor Schreck, ging unter wie ein Stein und schluckte eine Menge Wasser, bis Magda und Hilde nachsprangen und sie herauszogen. Gunda zitterte am ganzen Leib und heulte vor Wut und Scham, und als die Rauch ihr zurief, sie solle sich nicht so anstellen, presste sie zwischen den Zähnen hervor: Ich könnt sie umbringen! Gut, dass das nur ihre beiden Retterinnen hörten. Es war wirklich höchste Zeit, dass das Schuljahr zu Ende ging.

Bevor sie in ihr Dorf zurückkehrte, nahm Hilde Fräulein Annette, die sie wohl oder übel ins Vertrauen ziehen musste, mit einem Packen fertig adressierter und frankierter Briefumschläge das Versprechen ab, ihr die Post nachzuschicken. Die war sehr angetan von dieser romantischen Aufgabe: Ich hab mir schon gedacht, dass da was im Busch ist, schwärmte sie. Ich war ja auch einmal jung! Doch verging dann wieder viel zu viel Zeit. Wieder kam nur eine Ansichtskarte, diesmal von der Burg: „Liebste Hilde, Mutter ist letzte Nacht von uns gegangen. Ich weiß nicht, wie es weitergehen soll. Vater will sie hier beerdigen, dann doch in die Schweiz einreisen. Die Zeit wird knapp. In Liebe, J."

    Wieder keine Adresse – dabei hätte sie ihm so gern geschrieben und ihn getröstet! Als ob Jonas nichts an sich heranlassen wollte, alles mit sich allein ausmachen, so war er wohl. Und glaubte, ihr auf diese Weise Sorgen zu ersparen.

So ein Unsinn! Oder er konnte jetzt eben keine Bindung gebrauchen. Aber vielleicht waren sie inzwischen doch schon in der Schweiz, wenigstens auf dem Weg dorthin.

Hilde wurde nicht klug daraus. Jeden Morgen sagte sie sich, sie müsse Geduld haben, ihn in Frieden lassen, Auswandern sei eben keine Kleinigkeit. Bald werde ein Brief aus der Schweiz kommen und allen Kummer vertreiben. Jeden Abend, nach einem weiteren Tag ohne Nachricht, war sie deprimiert und zweifelte an ihm, stellte sich vor, dass er sie vielleicht sogar loswerden wollte, alle Brücken hinter sich abbrechen, weil sie ihm im Grunde doch nur lästig war. Ob sie ihm nachfahren sollte? Aber wo ihn suchen – wenn er wahrscheinlich gerade das vermeiden wollte?

Die Herz-Jesu-Feuer waren nach dem Willen des Gauleiters gerade erst zur spektakulären Sonnwendfeier umgewidmet worden, bei der Feuerräder über die Berghänge gejagt wurden und wieder Hakenkreuze in die Nacht loderten. Da wurden die in Berlin vereinbarten Aussiedlungspläne bekannt. Sie bildeten das Hauptthema des Gesprächs, als Ignaz und seine Frau endlich wieder einmal zu Besuch kamen. Die beiden Vettern waren empört darüber, dass nun wirklich Ernst gemacht wurde mit dem wahnwitzigen Plan, eine Viertelmillion Menschen zu verpflanzen. Bisher hatten doch alle mehr oder weniger gehofft, dass es sich dabei nur um ein Gerücht oder eine verrückte Idee handelte.

Wenn die Südtiroler sich geschlossen weigern, dann wird überhaupt nichts draus, vermutete Ignaz. Wenn sie einfach bleiben, wo sie sind, wird man sie ja nicht mit Gewalt vertreiben, das können sich auch die Faschisten nicht leisten.

Noch ist eh nicht klar, wie sich das alles abspielen soll. Schließlich geht es auch um den Grundbesitz, meinte Martin. Der müsste erst noch abgelöst werden.

Dann ist's wohl vorbei mit der Nazi-Begeisterung, vermutete Burgi. Wenn's um die angestammte Heimat geht, die sie gegen eine ungewisse Bleibe tauschen sollen ...

Ignaz gab zu bedenken, dass nicht alle vermögende Bauern und Grundbesitzer seien. Die, die gar nichts haben, haben auch nichts zu verlieren, die tun sich sicher am leichtesten bei der Entscheidung für das Reich – aber ich möcht bloß wissen, wer die dann haben will!

Ich hab im Radio gehört, dass der Gauleiter die Bauern da in Tirol ansiedeln will, sagte Martin. Wär ja auch richtig, die Tiroler wieder zusammenzuführen. Nur auf das Land hätte man nie und nimmer verzichten dürfen!

Bin ganz deiner Meinung. Es fragt sich eh, wo die eigentlich Platz finden sollen.

Ich kann mir denken, dass unsere Leute nicht mehr so begeistert sind, wenn sie zusammenrücken müssen.

Der Gauleiter ist anscheinend davon überzeugt. Er spielt ja so gern den Landesvater, der die guten alten Traditionen wieder hochhalten will. Die Vätertracht und die Schützen, die haben's ihm angetan, wusste Ignaz. Für die soll jetzt sogar ein riesiger Schießstand her in Innsbruck.

Das ist nicht ungeschickt, das bringt ihm sicher Sympathien, sagte Martin. Und die Schützen brauchen dann eh nicht mehr viel Ausbildung, wenn's ernst wird.

Die Frauen unterhielten sich über ihre Kinder. Die Zwillinge hatten ihr Studium abgeschlossen und waren noch vor Antritt ihrer neuen Stelle – Peter im Gymnasium, Paul als Konzipient bei einem Rechtsanwalt – zum Militärdienst eingezogen worden. Mir ist gar nicht wohl dabei, sorgte sich Jakobine, ihr Jahrgang ist gerade der richtige, die Ausbildung haben sie auch schon hinter sich, das bedeutet, dass sie sofort drankommen, wenn man sie braucht.

Ignaz nickte ernst. Hoffentlich können sie wenigstens zusammenbleiben.

Wieder Arbeitseinsatz bei den Bauern und Mithilfe daheim, dazu das bange Warten auf Nachrichten, die nicht kommen wollten. Burgi merkte, dass etwas ihre Große bedrückte, sie aber nicht reden wollte. Das hatte sie von ihrem Vater, der war auch so verschlossen. Burgi fragte immer wieder, was los sei, und gab sich dann damit zufrieden, dass Hilde einfach schlechte Laune hatte, weil ihr die viele Arbeit zuwider war und sie daheim auch nicht geschont wurde. Die große Wäsche war fällig, dann wurde die Wohnung ausgeweißt und durchgeputzt, es gab Gartenarbeit noch und noch, dann ging's ans Beerenklauben, Ribisel, Himbeeren, Stachelbeeren, damit Burgi Marmelade einkochen konnte. Otto hatte sich für die kaufmännische Lehre entschieden und half bei einem Eisenwarenhändler im Nachbarort aus; dafür brauchte er daheim nichts zu tun und war mit den Dorfbuben unterwegs, wenn er nicht HJ-Dienst hatte.

Irgendwie verging die Zeit in gespannter Ruhe, mit Arbeit, bei der man gut nachdenken konnte. Ihrem Vater hatte Hilde gesagt, dass sie gern Englisch lernen wolle. Er fragte nicht warum, stellte ihr seinen alten Langenscheidt-Sprachkurs zur Verfügung und machte mit ihr ein paar Übungen, aber über die Grundbegriffe kamen sie nicht hinaus.

# Und wieder Krieg

Im Radio war nun öfter von Danzig die Rede, das zum Schutz der dortigen Deutschen durch einen Korridor an das Reich angebunden werden solle. Martin hielt neuerdings eine Europakarte griffbereit und machte es sich zur Gewohnheit, darauf alle Orte zu suchen, von denen man zu hören kriegte. Im August schienen die Polen, denen der Führer den Nichtangriffspakt aufgekündigt hatte, terroristische Aktionen vorzubereiten, sodass sich, wie der Rundfunk berichtete, Flüchtlingsströme ins Reich ergossen. Dann wurde überraschend der Nichtangriffspakt mit Russland bekannt.

Das bedeutet, dass sich gegen die Polen was zusammenbraut, das haben sich die großen Nachbarn immer schon gern aufgeteilt, wusste Martin aus der Geschichte.

Dann wurde die Bezugscheinpflicht ausgerufen. Na also – wer sagt's denn!, war Burgis einziger Kommentar. Das Leben wird nicht leichter!

Und kurz darauf, an einem ruhigen Freitagmorgen, kam die Nachricht, die der Großdeutsche Rundfunk als Sondermeldung mehrmals am Tag wiederholte:

*Das Oberkommando der Wehrmacht gibt bekannt: Auf Befehl des Führers und Obersten Befehlshabers hat die Wehrmacht den aktiven Schutz des Reiches übernommen. In Erfüllung ihres Auftrages, der polnischen Gewalt Einhalt zu gebieten, sind Truppen des deutschen Heeres heute früh über alle deutsch-polnischen Grenzen zum Gegenangriff angetreten.*

„Aktiver Schutz" und „Gegenangriff", wiederholte Martin, schön gesagt. Er verbrachte die freien Abende fast nur noch am Radio, drehte an den Knöpfen und suchte verschiedene Sendestationen auf. Nach der neuen Rundfunkverordnung durften ab sofort nur noch Reichssender gehört werden.

Die Deutschen, hieß es, hätten den Krieg nicht erklärt, nur „zurückgeschossen". Richtig erklärt wurde er gleich darauf von den anderen, auf deren Ansprüche das Reich natürlich nicht eingehen konnte. Dann brachen die ersten Gestellungsbefehle über das Dorf herein, nicht viele vorerst. Die jungen Burschen tauschten ihre HJ-Uniform gegen die der Wehrmacht und trugen sie mindestens ebenso stolz. Nur die Mütter waren etwas weniger begeistert. Aber da das ganze Unternehmen sich wie ein Spaziergang anließ und der Blitzkrieg zeigte, wie tüchtig die Soldaten des Führers waren, würde wohl das Glück auf ihrer Seite sein. Die Sondermeldungen mit Musik im Radio sprachen jedenfalls nur von Erfolgen.

Das muss man ihnen lassen, sagte Paul Steiner und seufzte, organisieren können sie, unsere reichsdeutschen Brüder. Unglaublich, wie schnell das geht.

Meiner Meinung nach ist das eher ein Zeichen dafür, dass das alles schon lang geplant war, meinte Martin und schaute sich vorsichtig um, ob jemand mithörte. Sie sprachen über die Umstellung auf Kriegsverhältnisse.

Könnte schon sein, gab Paul zur Antwort und nickte der Kollegin Gruber zu, die die lärmenden Kinder zur Ordnung rief und demonstrativ auf ihre Armbanduhr klopfte, um sie darauf hinzuweisen, dass die Pause zu Ende ging.

Der Rundfunk verkündete die Vorschriften mit größtem Nachdruck. Verdunkelung: dichte Vorhänge, Decken oder Rahmen mit lichtundurchlässiger Pappe vor den Fenstern, damit kein Lichtstrahl nach außen dringen konnte. Als ob gleich schon Bomber im Anflug wären, schüttelte Martin den Kopf. Und schlimmer – rationierte Versorgung: Bezugscheine für Fleisch, Seife, Hausbrandkohle für jede Familie, je nach Mitgliedern berechneter

Bedarf, keineswegs üppig zugeteilt. Hilde musste ihre Marken von daheim mitnehmen und bei ihren Hauswirtinnen abgeben.

Burgi hat jedenfalls ganz recht gehabt, Vorräte anzulegen, gab Martin jetzt zu. Wenigstens eine Weile werden wir wohl durchhalten wie bisher.

Meine Hedwig hat's deiner Burgi so gut wie möglich nachgemacht, erklärte Paul. Zum Glück haben unsere Ehehälften mehr Weitblick bewiesen. Und bei den Bauern wird wohl immer noch was zu haben sein.

Wenn sie's hergeben, überlegte Martin. Spätestens im Winter werden wir's wissen.

Als Nächstes kam ein Merkblatt des Lehrerbundes, das die besonderen Aufgaben dieser Zeit auf zwanzig Seiten erläuterte und verlangte, dass auch die Schule „aktiv durch Taten an unserem Existenzkampf sich beteiligen" müsse und mithelfen, die „innere Front" zu stärken: „Im Mittelpunkt des Unterrichtes steht das Geschehen unserer Zeit, der Kampf des deutschen Volkes um Sein oder Nichtsein. Wir kämpfen bis zum siegreichen Ende!" Ab sofort mussten die Schulkinder klassenweise beim Ernteeinsatz mithelfen und sich dann mit Sammeln von Altmetall, Papier und Textilien hervortun. Die Lehrer hatten dafür zu sorgen, dass das Sammelgut in der Schule richtig sortiert und pünktlich abgeliefert wurde. Oft verbrachten sie auch den Sonntag damit, um allen Verpflichtungen nachzukommen.

Die nächste Verfügung kam nicht unerwartet, aber dennoch plötzlich. Wie alles in dieser Zeit. In den Klassenräumen sollte ab sofort der Führer und Oberste Kriegsherr auf die junge Zukunftshoffnung des Reiches herabsehen. Wenn es nach dem Gauleiter ginge, möglichst anstelle des Kreuzes. Was doch einige Proteste hervorrief, sodass das Kreuz bleiben durfte. Aber um das Führerbild kam keiner mehr herum.

Martin hatte die Aufgabe, die großformatigen Porträts auf die Klassenräume zu verteilen. Und nicht genug damit: Auch von den Beamten wurde erwartet, dass das Führerbild an prominenter Stelle im Haus angebracht wurde, nicht etwa nur im Schrank aufbewahrt. Unter gleichgesinnten Kollegen wurde daraus ein heimlich weitergesagter Witz, den man – natürlich zu Unrecht – einem Schulinspektor in den Mund legte: Der Führer gehört nicht eingesperrt, sondern aufgehängt.

Bei Burgi kam das Porträt allerdings nicht gut an. Martin übergab es ihr mit dem Hinweis, sie solle einen Platz dafür bestimmen. Sie ließ es einige Tage achtlos auf der Fensterbank liegen, bis er sie wieder daran erinnerte und sie versprach, sie werde schon eine würdige Stelle dafür ausfindig machen.

In der Pause begleitete Martin seine Klasse ins Stiegenhaus, damit die Kinder unter Aufsicht aufs Klo gehen und gesittet ihre Brote essen konnten, während das Klassenzimmer durchgelüftet wurde, was sehr nötig war. Da fiel ihm auf, dass vor dem Abtritt im oberen Stock eine kleine Versammlung stattfand. Er bat Paul, die Pausenaufsicht für ihn mit zu übernehmen, und sah nach, um was es ging. Oben standen Burgi, Hedwig, der Schulwart Schorsch und seine Frau Roswitha, die sich mit ihm die Putzarbeiten teilte, und unterhielten sich so laut, dass ihre Stimmen im Stiegenhaus widerhallten.

Als Martin näher trat, ging Schorsch grinsend zur Seite, um ihm den Blick auf den Raum freizugeben. Der Abortdeckel stand offen, und Martin fuhr zusammen: Burgi hatte das Führerbild hierher platziert – nicht etwa an die Wand gehängt, sondern mit Reißnägeln an die Innenseite des Deckels geheftet. Die Frauen kicherten und blinzelten einander verschwörerisch zu. Und Schorsch, der die Szene miterlebt hatte, gab Martin genüsslich Bescheid: Sie hat dazu auch noch gesagt: Da gehörst hin – da, schmeck!

Martin wurde blass, verscheuchte die Leute, riss das Bild herunter und packte Burgi am Arm, zog sie über die Treppe hinauf in die eigene Wohnung und schnaubte, sobald die Haustür zugefallen war: Du bist wohl von allen guten Geistern verlassen! Was hast du dir bloß dabei gedacht? Gibt's denn so was! Du bringst uns ja alle ins Zuchthaus – oder nach Dachau! Wie kannst du nur – du musst doch wissen, was das bedeutet! Es reicht, dass es einer von denen weitersagt ...

Burgi verteidigte sich stur: Kein Mensch hat mich gefragt, ob ich den Führer im Haus haben will – und ich will eben nicht! Ins Klo gehört er hin, da stört er am wenigsten!

Aber der Abort im Schulhaus ist doch nicht privat – das weißt du genau! Bevor du so was tust, musst du doch an die Folgen denken! Wir werden Schwierigkeiten kriegen, das kann ich dir versprechen!

Die Leute werden uns schon nicht verpfeifen, die denken genau wie wir, trotzte Burgi.

Du willst es einfach nicht kapieren! Auch wenn sie jetzt der gleichen Meinung sind – es reicht, wenn sie sich verplappern, und dann kommt es jemand zu Ohren, der uns schaden will. Du bist wirklich unverbesserlich – deine tollen Ideen bringen uns noch alle ins Unglück!

Burgi zuckte nur mit den Schultern. Feigling! Es passiert schon nix! Wenigstens haben die Leut was zu lachen gehabt – sonst vergeht's einem ja eh!

Fräulein Annette kam gleich am ersten Abend in Hildes Zimmer, um ihr die restlichen Briefumschläge zu übergeben. Viel hab ich eh nicht gebraucht, sagte sie verschwörerisch, er wird wohl dann direkt an dich adressiert haben?

Sie blieb erwartungsvoll am Tisch stehen in der Hoffnung, mehr zu erfahren, was ihrem schwärmerischen Herzen Stoff zum Mitfühlen geliefert hätte.

Hilde bedankte sich und zählte rasch die Umschläge durch. Sie haben mir doch die ganze Post nachgeschickt?, erkundigte sie sich.

Natürlich! Fräulein Annette riss die Augen auf und schaute Hilde verständnisinnig an. Ich weiß doch, wie hart man auf ein solches Lebenszeichen wartet! Ich bin jedes Mal extra zur Post gegangen. Du hast dir wohl gedacht, dass er fleißiger schreibt? Aber das muss man nicht so genau nehmen, die Männer schreiben halt nicht so gern, wie wir Mädchen das möchten, nicht? Und vielleicht ...

Hilde unterbrach sie schnell: War nicht auch ein Brief aus der Schweiz dabei?

Nicht dass ich wüsste, überlegte Fräulein Annette. Genau genommen waren es, nachdem du weg warst, eine Karte aus Vorarlberg, eine aus Linz und eine aus Wien. Nicht, dass ich deine Post gelesen hätte, bewahre, aber die Stempel hab ich gesehen.

Also im ganzen drei Karten?, fragte Hilde sicherheitshalber noch einmal.

Jetzt muss ich mich aber schon wundern, gab Fräulein Annette zur Antwort. Das wirst du doch wissen!

Hilde kostete es alle Selbstbeherrschung, sich nichts anmerken zu lassen. Ja sicher, danke jedenfalls für Ihre Mühe, war sie gerade noch imstande zu sagen und schob die Kuverts in die Tischschublade.

Alles in Ordnung?, fragte Fräulein Annette besorgt. Ich meine, es geht mich ja nichts an, aber eine solche Geschichte kann einen ja nicht ungerührt lassen ... Dabei legte sie mit theatralischer Geste die Hand auf ihren Busen.

Ja, alles in Ordnung, sagte Hilde und beugte sich tief über ihre Schulhefte. Danke nochmals! Tut mir leid, aber ich hab zu arbeiten, murmelte sie.

Fräulein Annette ging demonstrativ auf Zehenspitzen zur Tür. Sicher, du bist ja jetzt in der Abschlussklasse, da muss man sich schon auf die Schule konzentrieren, auch wenn einem was anderes wohl lieber wäre, das versteh ich schon. Wenn du mich wieder einmal brauchst ... Als keine Reaktion kam, schloss sie leise die Tür.

Hilde biss sich in die Hand, um nicht aufzuschreien. Der aufdringlichen Person war unbedingt zu glauben, die nahm sich und den vertraulichen Auftrag viel zu wichtig. Wo waren aber dann die Karten geblieben? Eine aus Vorarlberg, eine aus Linz und eine aus Wien! Und warum nicht aus der Schweiz? Sie verstand überhaupt nichts mehr. Also war Post angekommen, aber sie hatte sie nicht gekriegt. Jemand musste sie abgefangen haben. Ihre Mutter? Die hatte sich ja immer wieder nach Jonas erkundigt und war fast eingeschnappt gewesen, als Hilde nicht mit der Sprache herausrücken wollte. Ihre Mutter hätte es doch nie ausgehalten, ihr kein Wort davon zu sagen, wenn sie sich wirklich an ihrer Post vergriffen hätte. Otto? Ihr dummer kleiner Bruder hätte keine Gelegenheit dazu gehabt, der war vom frühen Morgen an unterwegs, und das jeden Tag. Blieb nur noch eine Möglichkeit. Je länger sie überlegte, desto logischer kam es ihr vor, dass ihr Vater die Kuverts mit Jonas' Karten entgegengenommen und nicht weitergegeben hatte, ohne einen Ton verlauten zu lassen. Jetzt fiel ihr auf, dass er nie nach ihm gefragt hatte ... Eben deshalb nicht, weil er Bescheid wusste! Er war es also gewesen, er hatte ihr Geheimnis entdeckt und stillschweigend dafür gesorgt, dass ihre Liebe keine Zukunft haben konnte. Nicht nur ein böser Verdacht – ein noch schlimmerer Vertrauensbruch. Sie würde das nicht auf sich sitzen lassen! Er, der in allen Dingen so korrekt war! Und der sicher genau wusste, was er ihr damit antat!

Hilde warf sich auf das Bett. Sie stellte sich vor, wie sie vor ihren Vater hintreten und ihn herausfordern würde: Ich weiß, was du mir angetan hast, aber dazu hast du kein Recht! Hast nicht du mir beigebracht, dass man nichts anrühren darf, was einem nicht gehört? Und meine Post geht dich nichts an! Das Briefgeheimnis ist heilig, es ist ein Verbrechen, es nicht zu respektieren!

Aber sie kannte ihn, wusste, wie er reagieren würde. Da sie seine Autorität anzweifelte, würde er sie kühl durch seine Brillengläser mustern, ihr vielleicht nur zur Antwort geben, er habe das zu ihrem Besten getan und sie könne das jetzt noch nicht beurteilen. Ein Vater habe die Pflicht, seine Kinder davor zu bewahren, einen schwer wiegenden Fehler zu begehen ... Hilde schluchzte, bis sie endlich erschöpft einschlief, und sogar im Traum noch stritt sie mit ihrem Vater und warf ihm Dinge an den Kopf, die sie sich nie zu sagen getraut hätte.

Als sie irgendwann in der Nacht aufwachte, fand sie sich im Dunkeln nicht gleich zurecht. Sie setzte sich auf. Da kam die Wut wieder, brach wie eine Welle über sie herein. Sie würde es ihnen zeigen. Diesmal gab es kein Pardon. Sie war bald alt genug. Dieses letzte Schuljahr war bald überstanden. Dann würde sie ihre erste Stelle antreten und nie mehr heimfahren. Oder nur noch dann, wenn es sich gar nicht vermeiden ließ. Womit hatte sie das verdient? Eine bigotte, eigensinnige, knauserige, rückständige Mutter, die sie zu Arbeiten zwang, die sie selbst ganz anders angehen würde; ein lästiger Bruder, der im Gegensatz zu ihr alles richtig machte und nie, oder fast nie, geschimpft bekam; ein pedantischer Vater, der unbedingte Korrektheit von allen anderen einforderte, ohne sich selber daran zu halten. Was tun? Oh ja, sie würde ihnen endlich einmal die Meinung sagen, einen saftigen Brief schreiben, einen, den sie sicher nicht erwarteten.

Hilde stand auf, drehte das Licht an und ging zum Tisch, um sich an die Arbeit zu machen. Da fiel ihr Blick auf einen Teller mit einem großen Keil Scheiterhaufen darauf, der vorher sicher nicht da gestanden hatte. Also war Fräulein Annette inzwischen hereingeschlichen, ohne sie zu wecken, und hatte ihr mitleidig etwas hingestellt.

Fremde Leute kümmerten sich also um sie und nahmen ihre Gefühle ernst. Nur die eigene Familie nahm keine Notiz davon, tat, als wäre nichts geschehen und als wüsste sie von nichts. Und wieder flossen ihre Tränen, und darin mischten sich Wut, Kummer und auch ein bisschen Selbstmitleid.

Aus dem Brief wurde dann doch nichts, vorerst zumindest. In den nächsten Tagen meldete sich Hilde wieder zum Rotkreuzkurs an, entschlossen, diesmal ihr Diplom zu machen. Eine zukünftige Lehrerin sollte auch praktisch vielseitig sein, zukünftige Lehrerinnen hatten Verantwortung zu tragen, wurde man in der Schule nicht müde zu betonen: „Soldaten des Führers, denen statt der Büchse ein Stück Kreide in die Hand gegeben wurde." Der Blitzkrieg war schon vorbei, Polen überrannt, Danzig ins Reich zurückgeholt. Aber eine harte Zeit der Bewährung stand erst noch bevor, auf die alle Volksgenossen sich einzustellen hatten. An den Heimabenden, bei denen sich auch die früheren Mitschülerinnen manchmal wieder trafen, war von „Glaube und Schönheit" nicht mehr viel die Rede, da wurden sie für den Kriegsbetreuungsdienst in die Pflicht genommen, mussten Wäsche flicken, Socken, Handschuhe, Pulswärmer, Mützen stricken für die Männer im Feld. An der Wand prangte ein neues Führer-Zitat:

*Ich erwarte von der deutschen Frau, dass sie sich in eiserner Disziplin vorbildlich in diese große Kampfgemeinschaft einfügt!*

An einem Mittwochabend wurde im Münchner Bürgerbräukeller ein Attentat auf Hitler verübt. Ohne Schaden für diesen, denn er hatte kurz zuvor den Raum verlassen. Alle redeten davon. Am Sonntag wetterte der Pfarrer von der Kanzel: Wer Gewalt sät, der kommt in Gewalt um!

Auch mit den „Rücksiedlungsplänen" wurde Ernst gemacht. Bis zum Jahresende hatten die Südtiroler Zeit, sich zu entscheiden, ob sie italienisch bleiben oder ihre Heimat aufgeben und dem Führer ins Reich folgen wollten. Schon Ende November kam der erste Transport in Innsbruck an. Die „Heimgekehrten" wurden mit großem Bahnhof empfangen. Eine Musikkapelle spielte, der Gauleiter hielt höchstpersönlich die Willkommensrede, auf Plakaten grüßte Großdeutschland, die Volkswohlfahrt nahm sich der Ankömmlinge an, der Papierkram wurde zügig abgewickelt. Die Zeitungen waren voller Jubelberichte. Martin kaufte sie jetzt täglich. Burgi las sie gründlich und behielt sie dann noch eine Weile, ehe sie, in gleichmäßige Stücke gerissen, als Klopapier Verwendung fanden.

Aber die Auswanderer waren keine Bauern, sondern arme Dienstboten mit bescheidenen Habseligkeiten, Arbeiter und Tagelöhner, die in Notquartieren untergebracht und verköstigt werden mussten. Da flaute die Begeisterung ab und hielt sich auch bei den folgenden Transporten in Grenzen. Spannend war nur die Frage, wie viele denn wirklich auswandern würden. Und wo sie sich niederlassen sollten.

Hilde bekam davon nicht viel mit. Sie passte sich inzwischen an, weil sie einsah, dass Widerstand zwecklos war, und legte sich ins Zeug, um ihre Tüchtigkeit unter Beweis zu stellen und das letzte Jahr möglichst reibungslos hinter sich zu bringen. Zu Weihnachten brachte sie stolz ein gutes Zeugnis und ihr nagelneues Rotkreuz-Diplom nach Hause mit und legte es unter den Baum, zu den kleinen Geschenken für ihre Eltern, die sie vom Jausengeld abgespart hatte.

Der Nachmittag mit den Vorbereitungen zum Fest verlief eher schweigsam. Sie half wie gewohnt beim Baumschmücken, dann in der Küche; Otto stellte seine alte

Laubsäge-Krippe auf und bedeckte sie mit Moos. Nach der Frittatensuppe, dem ausgedehnten Rosenkranz und dem Weihnachtsevangelium, das Burgi immer zu Tränen rührte, läutete die Glocke, die sie in die Stube rief. Martin war wie immer vorausgegangen, hatte die Kerzen angezündet und setzte sich ans Klavier, um die Weihnachtslieder zu begleiten. Er bestand auf Tradition. Gerade in diesen Zeiten hielt er mit aller Kraft innerhalb der Familie an Sicherheiten fest, die er sonst auf allen Seiten entgleiten spürte.

Hilde war gespannt, wie ihre Eltern reagieren würden. Sie erwartete Lob, das sie von ihrer Mutter auch bekam. Burgi freute sich ehrlich über die Überraschung und umarmte gerührt ihre fleißige Tochter. Martin aber reagierte eher kühl, schob seine Brille auf die Stirn und las zuerst das Zeugnis, dann das Diplom genau durch.

Jetzt wollen wir nicht darüber reden, sondern feiern. Und er legte die Dokumente auf seinen Schreibtisch und wendete sich den kleinen Paketen zu. Nach der Bescherung und dem Kuchen hatte es Martin dann wie immer eilig, weil er zur Christmette aufspielen musste wie jedes Jahr und die Noten für das kleine Orchester bereitlegen. Burgi folgte ihm mit den Kindern erst später in die Kirche. Hilde war enttäuscht, versuchte aber, sich nichts anmerken zu lassen. Sie konnte es ihrem Vater einfach nie recht machen.

Erst nach dem Mittagessen am Christtag, für das zusätzliche Bezugscheine ausgegeben worden waren, hielt Martin den Moment für geeignet, seiner Tochter die Sachlage zu erklären.

Du bist im letzten Schuljahr. Viel kann ich dir nicht mehr sagen, nur noch mitgeben, dass man jetzt nie vorsichtig genug sein kann. Ich denke, das hast du wohl schon selber begriffen. Die Matura wirst du schaffen, dann musst du dich nach einer Stelle umsehen. Junge Lehrerinnen werden gesucht, das wird keine Probleme machen. Dein Einsatz ist lobenswert, das habe ich nicht anders von dir erwartet. Aber das Rotkreuz-Diplom vernichten wir lieber. Dass dir ja nicht einfällt, das irgendwo vorzuzeigen.

Und damit stand Martin vom Tisch auf, ging zum Schreibtisch, und bevor Hilde reagieren konnte, riss er das Blatt bereits in kleine Stücke. Sie schrie auf, aber es war schon zu spät. Sie lief ihm in die Küche nach, da hatte er schon mit dem Schürhaken die Platte gehoben und die Papierschnitzel ins Feuer geworfen, dass es auflöderte.

Hast du meine Briefe auch so verschwinden lassen?, schrie Hilde. Ich weiß, dass Jonas mir geschrieben hat und dass du meine Post abgefangen hast!

Martin drehte sich zu ihr um. Das verstehst du jetzt noch nicht – aber das war und ist die einzige Methode, um dich zu schützen vor deinen eigenen Dummheiten. Du hast noch immer keine Ahnung, was jetzt los ist. Und ich sorge dafür, dass du nicht in dein Unglück rennst! Als Rotkreuzhelferin schicken sie dich auf schnellstem Weg an die Front. Und was die Sache mit deinem Freund betrifft, das war sowieso zum Scheitern verurteilt.

Das ist ganz allein meine Sache, brauste Hilde auf. Du hast dich nicht in meine Angelegenheiten einzumischen! Das ist mein Leben! Wie kommst du dazu – das ist gemein! Sie war hochrot im Gesicht und atmete stoßweise. Noch nie hatte sie sich so mit ihrem Vater auseinandergesetzt. Burgi fuhr dazwischen: Um Gottes willen! Wie redest du mit deinem Vater? Und das zu Weihnachten!

Martin war blass geworden, zwang sich aber, ruhig zu antworten: Du kannst das nicht beurteilen. Eines Tages wirst du mir dankbar sein, wenn dir klar wird, welcher Gefahr du entgangen bist. Und jetzt Schluss damit. Ich will kein Wort mehr davon hören.

Beim Abwasch konnte Hilde die Tränen nicht mehr zurückhalten. Aber ihre Mutter war derselben Meinung, bedauerte eher Hildes Ausbruch, als dass sie Martins Strenge verurteilt hätte. Otto hielt sich gänzlich zurück, wenigstens einmal zog er seine Schwester nicht auch noch damit auf, wie rot sie geworden war.

Hilde kapselte sich ab, flüchtete sich in gekränktes Schweigen und sehnte sich zum ersten Mal danach, wieder weg, zurück in die Hauptstadt, zu fahren.

Mit der Zeit sah manches anders aus. Da noch immer keine weitere Nachricht von Jonas gekommen war, beschloss Hilde, lieber nicht mehr darauf zu warten. Es tat weh, dass er offenbar nicht mehr Kontakt aufnehmen wollte, und die Wut darüber, dass ihr Vater den Postverkehr unterbrochen hatte, wollte noch immer nicht verrauchen – das würde sie ihm niemals verzeihen, schien ihr. Aber wenn sie es objektiv betrachtete, musste sie zugeben, dass das eigentlich keine richtige Korrespondenz gewesen war. Jonas hatte keine Adresse angegeben, wenigstens nicht auf den Karten, die sie immer noch hütete, zusammen mit seinem Porträt. Wenn ihm daran gelegen gewesen wäre, ihr weiter zu schreiben, hätte er das ja tun können. Also wollte er wohl gar nicht. Und obwohl sie sich sträubte, keimte langsam der Verdacht, dass ihr Vater vielleicht doch nicht ganz unrecht gehabt hatte. Nicht wegen der irrsinnigen Halbjuden-Geschichte. Einfach deswegen, weil Jonas unzuverlässig war. Männer! Am besten, man hatte nichts mit ihnen zu tun. So war es doch.

Gunda hatte recht. Nur ihr schüttete Hilde ihr Herz aus. Sie gingen manchmal am Fluss entlang spazieren, um ungestört miteinander zu reden, obwohl es dort noch windiger war als in den Straßen der Innenstadt. Dieser Winter war überhaupt besonders lang und hart; bis in den April hinein gab es kein Anzeichen, dass sich in der Natur etwas rührte. Die Kohlezuteilungen reichten nicht aus;

Hilde musste in ihrem nordseitigen Zimmer oft genug sogar den Mantel anziehen, um nicht zu frieren. Das Skilager war diesmal gar nicht mehr so unterhaltsam gewesen wie im Vorjahr. Die jungen Skilehrer waren alle im Feld, die Stimmung eher gezwungen heiter, voller Pflichtaufrufe. „Frohgemut", das traf es. Man musste sich eigens Mut machen, um froh zu sein. Oder so zu tun, als ob.

Auf einmal war sie da, die Reifeprüfung. Lang ersehnt, vor allem wegen der tödlichen Langeweile im Unterricht. Und doch mit etwas Bangen erwartet. Aber endlich hieß es jetzt: Abschluss, Neuanfang, hinaus ins feindliche Leben. Als ob es herinnen gerade so freundlich gewesen wäre.

Das entscheidende Deutsch-Thema hatte der Wotan zu verantworten, der hatte in dieser Zeit wild ins Kraut schießender Zitate seinen Zitatenschatz noch einmal ausgebeutet:

*Jede Revolution will einen neuen Menschen.* (Hitler)

*Nichtswürdig ist die Nation, die nicht ihr Alles freudig setzt an ihre Ehre.* (Schiller)

*Entzieht Euch dem verstorb'nen Zeug, Lebend'ges lasst uns lieben!* (Goethe)

*Unser ganzes Leben verläuft zwischen Führung und Gefolgschaft.* (Hitler)

Seit Jahren mit Klassiker-Zitaten gefüttert, wollte Hilde nicht auch noch bei der Matura ein Thema behandeln, das nicht anders als abgedroschen ausfallen konnte. Daher wählte sie den Ausspruch von der Revolution und behandelte die aufklärerischen Ideen, die in die amerikanische Verfassung Eingang gefunden hatten, dann in die Französische Revolution, die den Absolutismus beendete, und die Menschenrechte, die allen Bürgern auf der ganzen Welt Freiheit, Besitz und Glück zusagten: große Gedanken, nicht immer ausreichend umgesetzt, aber seitdem nicht mehr aus der Welt zu schaffen. Formulierungen, die sie bei der mündlichen Prüfung fast den Kopf kosteten, weil sie, viel zu knapp, erst am Ende auf die nationalsozialistische Revolution eingegangen war.

In Anbetracht Ihrer im Durchschnitt sonst ordentlichen Leistungen – und des steigenden Bedarfs an Lehrkräften, betonte der ernste Kommissionspräsident, da inzwischen ja viele Kollegen abberufen sind, auf dem Feld der Ehre für die Nation ihre Pflicht zu tun – haben Sie immerhin die Reife erreicht. Aber auf jeden Fall sei Ihnen noch jede pädagogische Fortbildung ans Herz gelegt, die Sie kriegen können, die haben Sie wohl noch nötiger als andere.

Kleine, bescheidene Schlussfeier, bevor alles auseinanderdriftete. Die Mädchen versprachen einander, in Verbindung zu bleiben. Die letzten Monate waren vom Wunsch bestimmt gewesen, möglichst schnell die Schulpflicht loszuwerden. Jetzt brach bald eine neue Pflicht an. Wer wusste schon, wohin es sie alle verschlagen würde. Vielleicht traf man sich wieder im Landesschulamt, wo sie alle um ihre erste Stelle ansuchten? Endlich konnte Hilde ihr Zimmer räumen und sich von ihren Hauswirtinnen verabschieden. Josefine winkte ihr aus ihrem Sessel zu, Annette vergoss tatsächlich ein paar Tränchen und nahm ihr das Versprechen ab, sie aufzusuchen, sooft sie wieder in die Hauptstadt käme.

Der Sommer bedeutete praktische Arbeit wie gehabt. Daheim, wo es immer wieder zu Reibereien kam, dann beim Betreuen der Kleinkinder bei den Bäuerinnen, bei der Feld- und Gartenarbeit und bei den Treffen der Frauenschaft, zu denen Burgi und Hedwig nun ihre Töchter mitnahmen. Anni arbeitete im Nachbarort beim Kramer und ging mit einem Spengler, der als Gebirgsjäger beim Dietl in Norwegen mit dabei war. Gerda wollte Köchin werden und war im Salzburgischen in der Lehre. Wenn sie einmal heimkam, erzählte sie von den vielen deutschen Gästen, die mit großen Autos und Motorrädern anrauschten, wahnsinnigen Staub aufwirbelten und immer zünftiges Essen haben und schnell bedient werden wollten. Klaus war bei der Post, aber er wusste, dass es nicht mehr lange dauern konnte bis zu seiner Einberufung. Er wollte schnell noch den Führerschein machen, denn als Fahrer rechnete er sich bessere Aussichten aus.

Am Hochunserfrauentag kamen unerwartet die Zwillinge zu Besuch. Sie waren gerade auf Heimaturlaub, in ihren schicken Wehrmachtsuniformen. Man hatte sich so lang nicht mehr gesehen; viel erwachsener wirkten sie jetzt. Sie waren schon in Belgien mit dabei gewesen, und sogar bei der Siegesfeier in Berlin waren sie mitmarschiert – auf diese Weise kommt man in der Welt herum, scherzten sie. Jetzt geht es dann im Süden los, die Italiener haben den Franzosen und den Engländern ja auch den Krieg erklärt. Hilde hörte sie gern erzählen, aber es war alles doch weit weg, auch wenn im Radio dauernd vom Krieg und den Erfolgen der deutschen Einheiten die Rede war, konnte sie sich das gar nicht richtig vorstellen. Nur wenn die Filmwagen kamen und die Frontberichte zeigten, sah man die Truppen marschieren, die Feldlager und Feldküchen, junge lachende Männer in Uniform, die so aussahen wie ihre Vettern, eben waren sie noch in Paris über die Champs-Elysées und durch den Triumphbogen marschiert, und besonders ernst schien es ja wirklich nicht zu sein, man lernt auch allerhand dabei, sagten sie, über die Ausbildung hinaus, nicht nur mit Waffen umzugehen: Man lernt, sich einzuschränken, füreinander einzustehen, körperliche Anstrengungen auszuhalten, sich im Freien bei jedem Wetter durchzuschlagen. Und es klappt alles hervorragend, die Moral der Truppe ist ausgezeichnet, und wenn's Feindberührung gibt ... Hilde fragte, was das hieß – ja, was wohl, Kampfgeschehen natürlich, die schießen herüber und wir hinüber, und dann rücken wir vor. Hat ja nicht lang gedauert, die haben eh bald kapituliert, ein bisschen später als die Holländer, aber immerhin.

Und – wie ist es, wenn man schießt und sich vorstellt, dass drüben, auf der anderen Seite, einer getroffen wird, und der ist dann verwundet, vielleicht schwer, und der stirbt vielleicht, macht euch das nix aus?, fragte Hilde vorsichtig.

Ach Hildegard, daran darf man eben nicht denken. Wir haben Krieg, meine Liebe, sagte Paul, und Peter ergänzte: Die andern schießen ja auch, und Befehl ist Befehl, was soll man machen. Wir sind halt einmal Soldaten, und sie haben uns das beigebracht. Uns kann's ja genauso erwischen. Das kommt aufs Gleiche hinaus.

Und – denkt man eigentlich dran?, wollte Hilde wissen.

Die beiden wechselten einen raschen Blick. Na ja, in der Nacht kriegt man manchmal schon einen Bammel. Aber allen geht es gleich, sagte Peter. Und wenn der Morgen kommt, schiebt man's weg. Wir haben Glück, sagte Paul, wir sind immer zusammen. Und wenn einer Probleme hat, reden wir uns das gegenseitig aus. Bis jetzt ist jedenfalls alles gut gegangen. Die Deutschen sind auf Siegeskurs, das ist ja wohl sicher!

So ganz überzeugend klang es nicht. Aber das kurze Zögern war gleich wieder vorbei.

Hilde dachte gerade, dass er nicht „wir Deutsche" gesagt hatte.

Und was habt ihr vom Land gesehn bisher?, lenkte Martin ab.

Nicht viel, meinte Peter. Alles flach, keine Berge. Und ein richtiges Sauwetter haben die – mehr ist dazu eh nicht zu sagen. Und sie lachten beide. Ganz anders als Berlin – das wär schon eine fabelhafte Stadt! Wenn ihr einmal die

Gelegenheit habt, lasst sie euch bloß nicht entgehn – das kann man gar nicht beschreiben!

Dann wollten sie von Hilde wissen, wie's bei ihr weiterging. Sie wusste schon, dass sie ihre erste Stelle im Oberinntal bekommen würde.

Da wirst du dich schwertun, das ist eine raue Gegend, meinten sie. Und die Leute sind eher ruppig, besonders gegen Auswärtige.

Meine beste Freundin verschlägt's auch dorthin, aber nicht an denselben Ort. Wir haben uns schon getroffen bei der Stellenzuteilung und waren froh, dass wir in Verbindung bleiben können.

Na, dann ist dir nur Glück zu wünschen, Cousinchen, verabschiedeten sich die beiden.

Und euch auch, schreibt's wieder einmal, sonst verliert man sich ganz aus den Augen! Sie umarmten sich und sagten einander nicht, dass sie sich Sorgen machten. Martin klopfte ihnen auf die Schultern und dankte für den netten Besuch. Aber Burgi ging zum Weihwasserkrügel und tauchte den Finger ein.

Einen Segen darf ich euch schon mitgeben, sagte sie. Das machte sie sonst nur bei ihren Kindern. Die beiden lächelten etwas verlegen, aber dann beugten sie sich brav nacheinander zu ihr hinunter und ließen sich ein feuchtes Kreuzzeichen auf die Stirn malen.

Kurz darauf wurde die so begeistert beschriebene Hauptstadt von den Engländern bombardiert. Deshalb erschien dann auch die Verfügung nicht mehr so abwegig, dass überall im Reichsgebiet die Keller zu Schutzräumen umzubauen seien. Berlin war weit weg, aber die Nachrichten rückten den „Terrorangriff" doch in ungeahnte Nähe. Auch wenn so weit im Süden, in den Bergen, wohl keine Gefahr bestand.

Das zwingende Gebot der Zeit lautete: „Kampf dem Verderb". Die Frauenschaft rief alle Bäuerinnen dazu auf, sich über sparsames Wirtschaften und Kochen belehren zu lassen. Burgi konnte da nur mitleidig lächeln: Da braucht mir keine was beizubringen! Aber natürlich war sie trotzdem neugierig zu hören, was die Ortsbäuerin an neuen Erkenntnissen zum Besten geben würde.

Den Eintopfsonntag kannten die Hausfrauen schon vom Vorjahr, der war mit den Spenden für das Winterhilfswerk verbunden: Statt des gewohnten Sonntagsessens sollte zur Unterstützung der Volksgemeinschaft Eintopf gekocht und die Kostendifferenz dann als Opfer abgegeben werden – was auch stichprobenartig kontrolliert wurde. Jetzt wurde den Frauen beigebracht, dass das Eintopfgericht nicht nur an den bewussten Sonntagen von Oktober bis April, sondern an allen arbeitsreichen Tagen, wie dem Waschtag oder wenn viel Gartenarbeit anstand, besonders günstig, sättigend und zeitsparend eingesetzt werden konnte. Gerade in Verbindung mit der Kochkiste, die wieder aus der Versenkung geholt wurde. Da kannte sich Burgi aus wie keine Zweite. Wenn sie gefragt wurde, gab sie bereitwillig Auskunft, aber aufdrängen tat sie sich nicht.

Beim nächsten Frauenschaftstreffen stand die Verwertung von Speiseresten an, da einzusehen war, dass ab sofort nichts mehr weggeworfen werden durfte. Und ebenso wurden die Frauen dazu angehalten, möglichst alles zu verwenden, was sie selbst im Garten und auf dem Feld zogen. Für die Einmachzeit gab es Hefte mit Rezepten für Gemüse, Obst und Eier; Nährwerttabellen informierten über den täglichen Bedarf, bei dem Fleisch in keiner Weise die Hauptrolle zu spielen hatte – eher im Gegenteil. Die Ortsbäuerin stützte sich auf Weisungen vom Reichsausschuss für volkswirtschaftliche Aufklärung, überprüft von der Landesbauernschaft Donauland. Wie vielfältig Kartoffelreste einsetzbar waren, wusste ja jede Hausfrau; aber jetzt wurde hervorgehoben, dass Erdäpfel grundsätzlich nur mit der Schale gekocht werden sollten, da sich diese dann sparsamer abnehmen lasse als im rohen Zustand. Außerdem waren Pellkartoffeln viel gesünder, weil auf diese Weise die Vitamine erhalten blieben. Gemüsereste wärmte man auf oder verdünnte sie zu einer Suppe. Suppen waren überhaupt wärmstens zu empfehlen, weil sie sich leicht abwandeln ließen und darin alles unterzubringen war, was an Resten anfiel. Ebenso hatte die umsichtige Hausfrau darauf zu achten, welche Nährmittel als Zuspeise am meisten sättigten und wie viel Gewicht pro Person berechnet werden musste, wie viel durch Kochen oder Braten verloren ging und was sich daher am meisten lohnte: Polenta oder Erdäpfel, Reis oder Teigwaren. Und dass Brot unter allen Umständen weiterverwendet werden konnte, wenn man es richtig aufbewahrte. Selbstverständlich für Burgi, die auch bisher noch nie ein Stück Brot weggeworfen hatte und eine ganze Reihe alter Rezepte herbeten konnte, in denen Brotreste zum Einsatz kamen.

Hilde hatte gespannt auf ihren Dienstantritt in der neuen Schule gewartet. Obwohl die Sommerferien wegen der Feldarbeit verlängert wurden, hatte sie sich Mitte September vorzustellen. Am Bahnhof erkundigte sie sich: Von da aus zum Kirchplatz und geradeaus. Im Gebäude war erwartungsgemäß noch alles ruhig. Sie klopfte an der Tür mit der Aufschrift „Schulleitung", und nach einem knappen „Herein!" stand sie dieser offenbar gegenüber.

Heil Hitler! Sie müssen die neue Kraft sein. Haselrieder, stellte sie sich vor. Fräulein, betonte sie, obwohl sie schon eine Weile über dieses Alter hinaus sein musste. Ihre zum strengen Knoten zusammengefassten Haare waren silbrig durchzogen, und sie musterte Hilde von oben bis unten über eine Brille hinweg, die ihre grauen Augen stark vergrößerte. Jedenfalls strahlte Fräulein Haselrieder Korrektheit aus. Sie trug einen dunkelblauen Rock zu einer weißen, gestärkten Bluse und eine Silberbrosche mit einem germanischen Flechtmuster am zugeknöpften Kragen. Hilde hatte inzwischen gelernt, auch kleine Zeichen nicht zu übersehen.

Ich vertrete den Herrn Direktor, der bereits im Felde steht, erklärte Fräulein Haselrieder. Sie werden die Bubenklasse übernehmen, die der Kollege Burtscher geführt hat, der ist auch einberufen worden. Sie haben Glück, weil die Kinder schon an die Schule gewöhnt sind, also nicht mehr ganz klein. Aber es sind Bauernkinder – Sie wissen, was da auf Sie zukommt?

Hilde antwortete, dass sie auch aus einem Dorf komme und daher Bescheid wisse.

Fräulein Haselrieder ließ sie zuerst Schülerlisten abschreiben, die vervielfältigt werden mussten, dann Bücher sortieren und einordnen. Viel Material haben wir nicht, meinte sie. Wenn das Schuljahr beginnt, bekommen wir immer noch neue Unterlagen vom Landesschulrat zugeschickt. Man muss sich eben einschränken und Phantasie entwickeln, da vertraue ich ganz auf Ihre Jugend. Und auf Ihre Ausbildung, fügte sie mit einem raschen Seitenblick hinzu. Arbeit gibt es jedenfalls genug. Von allen wird Einsatz verlangt in dieser Zeit.

Selbstverständlich, gab Hilde zurück. Besser zeigen, dass sie an diesen Ton bereits gewöhnt war.

Übrigens: Haben Sie sich schon nach einer Bleibe umgesehen? Hier im Schulhaus ist kein Platz, da wohnt die Familie des Direktors. Im Widum gibt es ein Zimmer, aber das ist auch schon belegt. Ich würde Ihnen raten, bei Frau Fuchs im Oberdorf nachzufragen, soviel ich weiß, hat die noch ein Zimmer frei. Kollegin Rößler wohnt auch dort.

Hilde beschloss, keine Zeit zu verlieren, und machte sich auf den Weg, sobald Fräulein Haselrieder sie gnädig entließ. Das Dorf schien ausgestorben, wahrscheinlich waren alle auf den Feldern. Der Weg war staubig und mit zersprungenen Platten gepflastert, das würde im Winter ziemlich rutschig werden. Sie kam an Höfen mit Vorgärten vorbei, nicht alle gleich gut gepflegt; aber es gab auch kleinere Wohnhäuser. Ein schmales, hellbraunes mit einem Hausgarten rundum und einem Treppenaufgang schien das richtige zu sein. Die Klingel schrillte laut im Hausgang, dann hört Hilde energische Schritte näher kommen. Und mit „Was gibt's denn?" wurde die Tür aufgerissen, und eine kleine, drahtige Frau erschien im Türrahmen. Graue Haare, ein verkniffenes Gesicht, blaugrau karierte Kittelschürze. Sie sind wohl die neue Lehrerin? Schickt Ihnen die Haselrieder? Ich hätt' noch ein Zimmer in der Mansarde, voll eingerichtet und anständig. Wollen Sie's anschaun?

Hilde bejahte. Na los, dann kommen'S! Die kleine Frau Fuchs war anscheinend eine forsche. Bevor sie die Tür freigab, machte sie Hilde darauf aufmerksam, dass sie ihre Schuhe abzustreifen habe.

Das mach ich sowieso, antwortete Hilde.

Gut dann. Frau Fuchs stieg vor ihr eine steile Holztreppe hinauf. Oben ging es durch einen Gang, von dem Zimmertüren wegführten, dann kam noch eine Stiege. Schließlich waren sie oben im Dachgeschoss. Ein dunkler Gang, zu beiden Seiten eine Tür. Frau Fuchs steuerte die weiter entfernte an und öffnete sie mit Schwung. Bittschön, da wären wir!

Neben der Tür ein Schrank, der die Sicht etwas einengte; eine Bettstatt, daneben eine Kiste, die auch als Nachttisch dienen konnte, darüber ein kleines Fenster in der Dachschräge. In der Ecke ein Waschtisch mit einem schräg darüber hängenden Spiegel. Links noch ein Tisch mit einem Stuhl. Alles da, was das Herz begehrt, nicht?, forschte Frau Fuchs.

Wahrscheinlich brauch ich Platz für Bücher, meinte Hilde. Und für die Hefte, die ich korrigieren muss.

Da findet sich schon was. Ich kann Ihnen noch einen Stuhl hereinstellen.

Besser wär ein Regal, versuchte Hilde ihr Glück. Und ich seh auch keinen Ofen?

Ich hab eine Heizschlange, die kann ich Ihnen leihen. Aber Sie möchten sicher auch mit Küchenbenützung, dann können Sie auch unten arbeiten, da ist es wärmer. Noch ist ja Sommer, und wenn's so weit ist, findet sich schon eine Lösung.

Und was mache ich mit der Wäsche?

Die bringen Sie natürlich selber mit. Waschküche ist unten, neben dem Klo. Aufhängen hinterm Haus, im Winter im Keller. Also kann ich damit rechnen, dass Sie das Zimmer nehmen? So leicht kriegen Sie nämlich eh keins, höchstens im Gasthaus, aber teurer. Und damit das gleich klar ist: keine Herrenbesuche, es sei denn Verwandte!

Versteht sich, erklärte Hilde. Der Preis schien angemessen für ein kaltes Zimmer. Sie musste sparen, noch hatte sie nichts verdient, und verwöhnt war sie ja nicht.

Also gut, ich nehme es. Wann kann ich einziehen?

Ab sofort, meine Liebe. Sie zahlen mir den halben Monat gleich, und eine Kaution hinterlegen Sie natürlich auch, falls was kaputtgeht. Sagen wir, eine Miete.

Hilde wunderte sich nicht, dass alle Lehrerinnen unverheiratet waren. Sie kannte es gar nicht anders. Erst vor kurzem war das Eheverbot für Lehrerinnen abgeschafft worden. Zuvor war eine Heirat sogar ein Entlassungsgrund wegen der zu erwartenden Schwangerschaft gewesen. Jetzt änderte sich manches. Aber an ihrer neuen Schule wohl nicht.

Bei ihrem zweiten Antritt lernte sie die anderen Kolleginnen kennen. Die Haselrieder stellte ihr Fräulein

Gretl Rößler vor, die jedenfalls den Eindruck einer richtigen alten Jungfer machte: grobknochig, mit dünnen, etwas nachlässig hochgesteckten Haaren und einer dicken Brille gestraft, nicht gerade unhöflich, aber sehr distanziert. Dafür war die dritte Kollegin, Fräulein Elsa Mauracher, umso gesprächiger. Schlank und fahrig, Stupsnase und hellbraune Strähnen, die zwar mit Kämmen aufgesteckt waren, aber immer wieder verrutschten, waren ihre Hände und ihr Gesicht dauernd in Bewegung, das Mundwerk sowieso. Ein Wasserfall, der einen nervös machte, weil sie nie beim Thema blieb. Sie überfiel Hilde gleich mit Fragen, aber die Antworten wartete sie nicht ab, sondern redete einfach weiter – eine mühsame Person. Die Rößler zeigte durch Nichtbeachtung, dass sie ihr auf die Nerven ging. Fräulein Haselrieder klopfte immer wieder auf den Tisch und wies sie tatsächlich mit Sch! Sch! zurecht. Dann riss die Mauracher jedes Mal überrascht ihre wasserblauen Augen auf und legte sich kurz die Hand auf den Mund: Es nützte also für den Moment, hielt aber nie lang vor. Hilde war die Jüngste, da hieß es höflich sein und sich zurückhalten. Lieber einen guten Rat befolgen und gestellte Aufgaben vordringlich ausführen. Als die Haselrieder merkte, dass sie mehrere Druckschriften beherrschte, ließ sie sie gleich mit Tuschfeder alle Anschläge schreiben, die ans Brett und an die Türen gehängt werden sollten. Erst im Nachhinein fiel Hilde auf, dass sie sich damit eine Zusatzarbeit eingefangen hatte, die sie wohl nicht wieder loswürde.

Dann war es endlich so weit. Der Schulbetrieb begann. Die Kinder versammelten sich zum Morgenappell im Schulhof. Fräulein Haselrieder stellte die neue Lehrerin vor. Dann versuchte sie es mit einem herzhaften deutschen Lied, aber die Kinder hatten über den Sommer anscheinend alles vergessen, und die Lehrerinnen mussten allein *Und die Morgenfrühe* singen. Auch den Sinnspruch, den dann alle mit ihrer Klasse pauken mussten, damit er so bald wie möglich saß, sagte die Haselrieder wie einen feierlichen Eid mit Pausen vor, und die Kinder mussten ihn nachsprechen, während sie dirigierte:

*Unser kleines, junges Leben – wollen wir dem Führer geben – wollen tapfer, treu und rein – echte deutsche Kinder sein!*

Nur das Heil Hitler! konnte alle gut und brüllten es mit gestrecktem Arm nach wie gewünscht. Und ab in die Klassen!

Bis Hilde alle ihre Buben kannte, dauerte es eine Weile; auch fehlten immer wieder welche. Sie waren zwischen sieben und zehn Jahre alt und verhielten sich abwartend, als ob sie ihr nicht trauten. Hilde machte immer zuerst ein paar Turnübungen mit ihnen. Sie hatte sich von der Haselrieder Papier erbeten und ließ die Buben das Tier malen, das ihnen am liebsten war, dann den Namen dazuschreiben – denn oft genug war es nicht zu erkennen –, und erklären, warum es ihnen gefiel. Dann erzählte sie von ihren Hasen, und langsam gingen die Kinder aus sich heraus und fingen auch zu erzählen an. Gewissenhaft nahm sie alle Arbeiten mit und schrieb auf, wer was gezeichnet hatte. Ihr gutes Gedächtnis half ihr dabei, sich in der Klasse zu orientieren. Langsam wuchs sie in ihre Aufgabe hinein. Sie bereitete sich jeden Abend sorgfältig vor, entwarf Rechenaufgaben und sammelte alle Arbeiten ein, schaute sie durch und schrieb die Bewertung dazu. Schlimm stand es um die Rechtschreibung; sie musste immer wieder Wörter an der Tafel vorschreiben, und trotzdem standen sie dann falsch im Heft. Auch den Lesestoff unterzog sie einer genauen Prüfung und wählte sorgfältig aus, was sie den Kindern bieten würde. Sie ließ die Buben auch singen, und damit es besser klang, nahm sie ihre Gitarre von daheim mit und begleitete den holperigen Chor, bis auch die Buben gern mittaten. Und als es endlich zu schneien begann, erlebte sie eines Morgens eine Überraschung: Die Buben holten ihre Lehrerin mit den Rodeln im Oberdorf ab und begleiteten sie in die Schule.

Länger dauerte es, bis auch die Mütter auftauten, denen sie manchmal auf ihrem Weg durch das Dorf oder beim Anstehen im Laden begegnete. Hatten sich alle zuerst weggedreht, dann hin und wieder einen kritischen Blick riskiert, grüßten sie mit der Zeit knapp, aber durchaus nicht immer vorschriftsmäßig, und Hilde hielt sich daran, so zu antworten, wie sie gegrüßt wurde, nicht mehr und nicht weniger. Sie fühlte sich ständig beobachtet. Und am Anfang ging es ihr aufs Gemüt, wie sehr man sie spüren ließ, dass sie eine Auswärtige war. Nach dem Kirchgang am Sonntag, der zwar registriert wurde, redete sie dennoch niemand an, und sie wollte sich nicht aufdrängen.

Im November tauchte unangemeldet der Inspektor auf und sekkierte sie einen halben Tag lang. Er merkte an, dass die Buben nur wüssten, dass Krieg war, aber nicht, wo die deutschen Soldaten stünden, welche Länder sie wann erobert hätten und besetzt hielten – das solle sie gefälligst ergänzen, mehr „wehrgeistige Schulung" durchnehmen. Sie wehrte sich mit dem Argument, dass die Buben übers Jahr ohnehin bei der Hajott alles lernen würden, was sie wissen müssten. Ich gebe ihnen lieber Grundkenntnisse im Lesen, Schreiben und Rechnen mit, das brauchen sie nämlich ihr Leben lang, verteidigte sich Hilde.

Der Inspektor war etwas pikiert von ihrer Aufmüpfigkeit und empfahl der Schulleiterin, die Neue genauer im Auge zu behalten. Aber er konnte ihr jedenfalls nicht zu wenig Pflichtbewusstsein nachsagen, und die Buben antworteten brav auf alle seine Fragen, als ob sie wüssten, wie wichtig diese Prüfung für ihre Lehrerin war.

Imst, Mariä Empfängnis 1940

Meine liebe Hilde!

Schade, dass wir uns nicht so oft sehen, wie wir uns das vorgenommen hatten. Aber Du weißt selber, wie anstrengend die Arbeit in der Schule ist und wie viel zusätzliche Aufgaben uns aufgebürdet werden. Es freut mich für Dich, dass Du es ganz gut erwischt hast und dass Du mehr oder weniger in Frieden arbeiten kannst mit Deiner Bubenklasse. Ich habe weniger Glück. Mein Vorgesetzter – oh ja, die gibt es noch! – mischt sich überall ein; ich bin ihm viel zu wenig linientreu und muss mir dauernd Kontrollen und Kritik gefallen lassen. Die neuen Hefte mit den schauderhaften Texten soll ich ganz genau durchnehmen. Er fragt die Kinder aus, ob wir alles behandelt haben. So macht mir das Unterrichten, auf das ich mich so gefreut habe, überhaupt keinen Spaß mehr!

Da Du meine beste Freundin bist, will ich Dir noch etwas gestehen: Ich habe mich verlobt. Ausgerechnet ich, wirst Du Dir denken! Aber wenn Du meinen Verlobten kennenlernst – ich hoffe, wir haben bald Gelegenheit dazu –, wirst Du verstehen, warum ich meine Meinung geändert habe. Er ist Prokurist, leider nicht in einem kriegswichtigen Betrieb, sodass er wird einrücken müssen, hoffentlich nicht so bald! Wir wollen nächstes Jahr heiraten, dann ziehe ich ohnehin von hier weg und suche mir eine angenehmere Stelle.

In der Hoffnung auf ein baldiges Wiedersehen, vielleicht bei der Lehrerfortbildung im Stubai?, grüßt Dich ganz herzlich Deine Freundin

Gunda

Aus ihrem kalten Zimmer floh Hilde zu Beginn der Weihnachtsferien doch wieder so bald wie möglich nach Hause. Diesmal mit Geschenken, die sie sich von ihrem Gehalt jetzt leisten konnte. Für sich selbst hatte sie die ersehnten

Seidenstrümpfe erstanden. Die waren nicht leicht zu bekommen und mussten entsprechend gehütet werden. Abgesehen von den Bezugscheinen war Weihnachten fast so wie früher; die Versorgungslage war im Verhältnis zum Vorjahr gar nicht schlecht.

Zu Jahresanfang gab es eine neue Überraschung. Martin staunte nicht schlecht, als er die Mitteilung bekam, dass er zum Standesbeamten ernannt wurde. Wieder eine neue Verpflichtung! Sobald er konnte, suchte er den Bürgermeister auf. Dieser erklärte ihm, dass ihm die neuen Bestimmungen keine Wahl ließen.

Ich weiß, dass ich Ihnen mehr Arbeit mach, aber die ist eh nicht schwer, und kann sein, es ist nimmer für lang, wir haben ja überall gesiegt, und der Krieg ist vielleicht bald vorbei. Sind eh nur Schreibarbeiten, Zettel ausfüllen, Geburtsurkunden, Totenscheine und so weiter. In früherer Zeit haben die Lehrer sowieso immer die Standesbeamten gemacht, und ich hab sonst niemand im Dorf, dem ich's zutrauen könnt. Den Pfarrer kann ich schlecht fragen, seit die kirchliche Trauung nix mehr gilt ohne die zivile. Und bei Hochzeiten haben Sie nur die Papiere genau durchzuschauen. Mit dem Ahnenpass kennen'S Ihnen eh schon aus, und die ärztlichen Zeugnisse, dass die Leut erbgesund sind, müssen auch vorliegen. Dann lassen Sie den Akt unterschreiben, von den Zeugen auch, dann händigen Sie das Buch aus – und gut is.

Was für ein Buch?, fragte Martin vorsichtig.

Na, die Hitler-Bibel natürlich, die ist Pflicht, da steht alles drin, was ein Brautpaar wissen muss. Der Bürgermeister grinste schief.

Aber das haben ja eh schon viele daheim!

Nix da, das muss neu sein! Ein Brautgeschenk des Amtes – und das kost uns nicht wenig, sag ich Ihnen. Aber das ist Vorschrift.

Kann ich mir's noch überlegen?, wollte Martin wissen.

Wenn'S mich so fragen, eigentlich nicht, gab der Bürgermeister zurück. Und während Martin seufzend zur Tür ging, rief er ihm noch nach: Dafür hab ich Sie auch in die Partei eingetragen, damit Sie's wissen, anders geht's net. Bei Gelegenheit müssen Sie halt selber unterschreiben!

Martin kam niedergeschlagen nach Hause. Burgi erzählte er vorerst nur von der zusätzlichen Verpflichtung. Zwei Nachmittage in der Woche musste er fortan für die Gemeindestube reservieren. Und dann korrigierte er noch bis tief in die Nacht. Jeder musste eben zupacken, jeder nach seinen Möglichkeiten, hieß es. Stillhalten und nicht auffallen. Dann würde man ihn wohl in Ruhe lassen, hoffte er.

Waren die Sommerferien wegen der Ernte verlängert worden, wurden die Winterferien gestreckt, um Kohle zu sparen. Die Kinder durften zu Hause bleiben; die Lehrer aber wurden verfrüht zum Ski- und Fortbildungslager geschickt. Da Hilde von der Haselrieder die Teilnahme nahegelegt wurde, meldete sie sich an, vor allem, weil sie sich freute, Gunda wiederzutreffen. Die beiden fielen einander um den Hals, hakten sich unter und vertieften sich so ins Erzählen, dass sie kaum wahrnahmen, was um sie herum vorging. Wie gewohnt, nahmen am Lehrgang vor allem Lehrerinnen teil, doch waren zum ersten Mal auch Südtiroler dabei. Die hielten sich eher abseits und blieben unter sich, bis auf einen, der von einer Gruppe zur anderen wechselte und sich überall vorstellte. Wo er auftauchte, gab's Gelächter. Ein lustiger Typ, wenn auch eher aufdringlich. Hilde und Gunda waren zu sehr miteinander beschäftigt, um mehr als unbedingt nötig von ihm Notiz zu nehmen.

Am späten Vormittag, als alle schon ihre Zimmer bezogen hatten – Hilde natürlich zusammen mit ihrer Freundin und zwei anderen Kolleginnen –, packten sie ihre Rucksäcke aus und traten ans Fenster, um sich zu orientieren. Das Wetter war herrlich; über einen schmalen Weg sah man direkt auf einen Schneehang hinüber, der in der Sonne glitzerte. Plötzlich hörten sie Schreie: Ein Mann kam mit nacktem Oberkörper und wild mit den Armen fuchtelnd auf Skiern über den Hang heruntergerast. Gunda sagte gerade noch, da ist er ja schon wieder, der Südtiroler! Da machte der noch einen verzweifelten Versuch, seinen Schwung abzufangen, bevor er geradewegs in den Zaun hineinkrachte und darin hängen blieb.

Die Szene war zu köstlich, der Angeber hatte es ja richtig herausgefordert! Gunda und Hilde hielten sich den Bauch vor Lachen. Zwei andere Skifahrer waren inzwischen nachgekommen und halfen ihm auf; außer ein paar Kratzern und blauen Flecken hatte er sich nichts weiter geholt als eine tüchtige Blamage. Als er sich endlich aufgerappelt hatte, schaute er doch etwas betreten gerade herauf zu ihrem Fenster, und kichernd winkten sie ihm zu. Hilde rief hinüber, er brauche wohl dringend Nachhilfe, und er gab zurück, er nehme sie beim Wort. Ein Ski war entzwei, das würde ihn sicher teuer zu stehen kommen, und humpelnd legte er den restlichen Weg zurück, bis er im Eingang des Heimes verschwand.

Beim Mittagessen ließ er sich nicht blicken. Am Nachmittag war langweiliges Kursprogramm, „Einbau von Gegenwartsfragen in den Unterricht", und danach konnte von Skifahren ohnehin nicht mehr die Rede sein, weil es schon dunkelte. Erst am Abend, das Gesicht voller Pflaster und etwas hinkend, trat der Angeber wieder im Speisesaal in Erscheinung und erntete viel Hallo.

Er kam direkt auf den Tisch zu, an dem Hilde und Gunda gerade ihre Suppenteller abgestellt hatten, und fragte, ob er sich zu ihnen setzen dürfe. Überrumpelt von seiner Unverfrorenheit, nickten sie und lächelten einander verschwörerisch zu.

Ich heiße Arnold, sagte er mit einer kleinen Verbeugung, und ich bin ein Unterlandler – aber aus dem südlichen Unterland, aus Südtirol.

Also auch einer von den Optanten, sagte Gunda gleich.

Schon, ja, aber das ist eine komplizierte Geschichte. Und ich bin der Einzige von meiner Familie, antwortete er, während er seine Kartoffelsuppe löffelte. Ich hab doch schon einiges hinter mir, und in Italien wollte ich nicht bleiben, auch weil ich da mein Studium nicht abschließen könnte.

Wieso? Lehrer braucht es doch überall, warf Hilde ein.

Ich wollte aber zuerst Medizin studieren, und dann musste ich vorher noch zum Militär, dann hab ich den Abessinienkrieg mitgemacht ...

Das ist in Ostafrika, oder?, fragte Gunda.

Ja, eine wüste Angelegenheit, die ich nicht wiederholen möchte, fuhr Arnold fort und pflückte sein Schwarzbrot auseinander. Danach wollte ich, wie gesagt, Medizin studieren, deswegen war ich auch in Afrika schon Sanitäter, und weil meine Matura hier anerkannt wird, habe ich optiert, um in Innsbruck zu studieren, denn mein Onkel hat mich eingeladen, bei ihm zu wohnen.

Aus der Medizin ist aber anscheinend auch nix geworden?, wollte Gunda wissen.

Ja, weil das Studium noch lang wäre und mein Onkel mir geraten hat, wenigstens einen Abschluss zu machen, bevor sie mich an die Front schicken. Da hab ich die Lehrermatura nachgeholt und die Lehrbefähigung, und bis ich eine Stelle kriege, arbeite ich als Heimleiter.

Das muss aber ein wichtiger Onkel sein, meinte Hilde leichthin.

Ja, stimmt, gab Arnold zu, der hat bei uns in der Familie immer schon ein Wort mitzureden gehabt. Der ist auch mein Taufpate und außerdem Dekan.

Hilde beobachtete ihn. Man sah ihm an, dass er schon einige Jahre älter war. Ein dunkler Typ mit glatten Haaren, die vorn über der hohen Stirn zu einer koketten Welle frisiert waren. Braune Augen, eine gerade Nase, schmale Lippen, Schneidezähne, die etwas auseinanderstanden. Schöne Hände mit langen Fingern. Vor allem aber eine ansprechende Art, zu reden, zu lachen und zu erzählen. Gerade schilderte er seine Enttäuschung, als er in Innsbruck als Willkommensessen nur Polenta mit Marmelade vorgesetzt bekam. Polenta hat's bei uns früher immer gegeben, und es ist ja nicht so, dass ich sie nicht mag, aber ich habe mir vorgestellt, es gibt ein gutes Gulasch mit Knödeln oder Wiener Schnitzel mit Kartoffelsalat, und er lachte so ansteckend, dass sie beide mitlachen mussten.

Wenn es nicht wegen des Studiums gewesen wäre, hätt ich den Entschluss ja nie gefasst. Und ich rate auch jedem ab, der mich fragt, ob er auswandern soll.

Die Frage stellt sich ja gar nicht mehr, wusste Hilde. Das ist sowieso schon alles vorbei. Soviel ich weiß, haben eh die meisten Südtiroler für Deutschland optiert.

Das stimmt zwar, aber es sind nicht alle auch gegangen, die optiert haben. Doch ich will euch damit nicht langweilen. Hören wir lieber, was heute noch auf dem Programm steht!

Wir haben noch einen Vortrag über Gesundheitserziehung, und dann dürfen wir uns selber unterhalten. Im Aufenthaltsraum wird's wohl Spiele geben, meinte Gunda.

Weiß jemand, ob es da auch ein Klavier gibt?, fragte Arnold in die Runde. Oder wenigstens eine Ziehharmonika?

Ein Klavier hab ich schon gesehen, antwortete eine Kollegin vom Nebentisch. Und wegen der Ziehharmonika brauchen wir nur die Heimleitung zu fragen.

Nach dem Vortrag, der nichts Neues brachte, versammelte sich die Gruppe im Aufenthaltsraum. Da es kalt war, wurde vorgeschlagen, sich durch Bewegung aufzuwärmen. Der umtriebige Südtiroler setzte sich ungebeten ans Klavier und fing an, Walzer und Polkas zu spielen, die jungen Leute begannen zu tanzen, dann begleitete er ein paar Lieder und sang selbst mit schöner Bassstimme mit. Gerade als er sagte, dass der Pedalfuß jetzt wirklich nicht mehr mittun wolle, kam einer der Kollegen mit einer Ziehharmonika an. Und schließlich war es nur ihm zu verdanken, dass doch ein gemütlicher Abend daraus wurde.

So spielte sich die ganze Woche ab: Nach dem Appell mit Lied am Morgen hatte man untertags die Vorträge hinter sich zu bringen; dann fielen ein paar Skistunden auf dem einladenden Hang an, bei denen der angeschlagene Unterhalter auch wieder mitmachte. Abends sorgte er dann für Spiel und Tanz. Als die Woche um war, wusste Hilde schon einiges von ihm. Er hatte Episoden aus dem Krieg zum Besten gegeben, Geschichten vom Gymnasium und vom Institut erzählt, vom Schock in der Volksschule, als alles auf einmal auf Italienisch ablaufen sollte, und wie die Eltern darauf reagiert hatten, welche Probleme es im Dorf gab. Vor allem lag ihm daran, zu erklären, dass seine Landsleute zwar aus Verdruss über die faschistischen Schikanen optiert hatten, deswegen aber nicht alle als Nazis abgestempelt werden durften.

Auf dem Weg zum Bahnhof wich Arnold nicht von Hildes Seite. Es war ihr nicht unrecht, dass er ihr einen Zettel mit seiner Adresse übergab und sich ihre erbat. Ob er ihr schreiben dürfe? Und sie einmal besuchen? Und ob man sich vielleicht in der Stadt treffen könnte, um miteinander ins Kino zu gehen?

Hilde antwortete ausweichend, aber nicht abschlägig. Er gefiel ihr: Seine fröhliche Art, sein ganzes Wesen sagte ihr zu; er nahm das Leben leichter, als sie es von zu Hause gewöhnt war, er passte sich jeder Situation an, und sie hörte ihm gern zu. Sogar die kritische Gunda fand ihn nett und zog Hilde damit auf, dass sie sich sicher schon in ihn verliebt habe, ohne es zu merken.

Wie angekündigt, wurde in Martins Schule zu Jahresanfang Ernst gemacht mit der Verordnung, die Auslese im Sinne des Rassenhygienegesetzes zur Förderung des Volkswohls zur Anwendung zu bringen. Die gemeldeten Erbkranken und Minderwertigen wurden abgeholt: zuerst die aus den Klassen der Gruber, dann die, die zu Hause gepflegt wurden. Der Schularzt verfügte ihre Einweisung in die Heil- und Pflegeanstalt Hall. Die Eltern, zumal die Mütter, trennten sich nicht gern von ihren Kindern, beruhigten sich aber, als man ihnen erklärte, die Kleinen und ihre Krankheiten würden bestmöglich behandelt. Doch riet die Heimleitung von Besuchen ab, um den Behandlungs- und Pflegeprozess nicht zu beeinträchtigen.

Bei der Kreistagung des Lehrerbundes wurde der Film *Opfer der Vergangenheit* gezeigt, der auf das sittliche Gebot der Verhütung erbkranken Nachwuchses hinwies: „Wer Unkraut verhindert, fördert das Wertvolle ... Wenn wir heute das große Gesetz von der Auslese mit humanen Mitteln künstlich wiederherstellen, dann stellen wir damit die Ehrfurcht vor den Gesetzen des Schöpfers wieder her und beugen uns vor seiner Ordnung."

Der Burgi darf ich mit so was nicht kommen, sagte Martin zu Paul. Aber ich bin eigentlich einverstanden. Auf Erbkrankheiten wird viel zu wenig geachtet. Die Bauern passen auch bei den Viechern mehr auf als bei den Leuten.

Das stimmt, pflichtete Paul bei. Da heiraten die kränksten Verwandten und wundern sich dann, wenn auch die Kinder krank sind.

Aber Sterilisieren ist schon ein gewaltiger Eingriff. Wenn's freiwillig gemacht wird, könnte man sogar dafür sein. Abgesehen davon, was die Kirche dazu sagt.

Vielleicht wär das Problem aber damit aus der Welt zu schaffen, sinnierte Paul. Es wär schon besser, man könnte von Anfang an vermeiden, dass kranke Kinder überhaupt auf die Welt kommen.

Ja, wenn das so einfach wär, meinte Martin. Wenn ich mich erinnere ...

Da habt's einiges erlebt, stimmte Paul ihm zu. Und die Burgi hat recht behalten.

Genau. Gegen alle Vorzeichen. Deswegen trau ich mich auch nicht mehr, überhaupt noch was dazu zu sagen, schloss Martin. Aber für Empfängnisverhütung wär ich immer schon gewesen. Nur wie?

Woher das Gerücht kam, ließ sich nicht ermitteln, aber die Leute redeten auf einmal alle darüber. Es hieß, dass es Abtransporte gegeben habe aus der Haller Irrenanstalt, um Platz zu machen für neue „Lieferungen". Eine große Gruppe Verrückter solle aussortiert und nach Oberösterreich verlegt worden sein. Niemand wusste, was mit ihnen geschah. Burgi kam mit Neuigkeiten vom Pater Georg heim und berichtete: Der hat es sogar in einer Zeitung gelesen, mit einer Nachricht aus dem Vatikan. Die haben nachgefragt, ob es erlaubt ist, Kranke, die der Nation nix mehr nützen, nur noch zur Last fallen, umzubringen! Was sagst du jetzt dazu?

Hoffentlich hast du das noch niemand gesagt, warnte Martin eindringlich. Das kann wohl nur wieder ein wildes Gerücht sein.

Du kannst dir vorstellen, wie die Antwort ausschaut. Natürlich ist das nicht nur nicht erlaubt, sondern ein grausiges Verbrechen! So weit sind wir jetzt schon, schrie Burgi aufgebracht. Da muss man doch was tun!

Dem guten Pater Georg geht wohl die Phantasie durch. Auch wenn's in der Zeitung steht, muss es ja noch nicht stimmen. Faktum ist, dass sie die idiotischen Kinder abgeholt und nach Hall gebracht haben. Das wird jetzt im großen Stil geregelt, wie alle anderen Sachen auch. Obwohl – wenn man konsequent weiterdenkt, ist es ja nicht ganz abwegig. Aber nein, Burgi, das kann nicht sein. Sei bitte still und lass nur die andern reden, aber misch dich nicht ein, versprich's mir.

Burgi schaute ihn groß an. Denen ist alles zuzutrauen. Wirst sehen, das kommt noch heraus. Die armen Hascherln und die Mütter tun mir leid. Stell dir vor, es würd unsern Otto auch erwischen – hätt ja nicht viel gefehlt, und er wär auch so geworden.

Martin stand auf, ging zu ihr und legte ihr den Arm um die Schulter. Das hast du ja Gott sei Dank verhindern können mit deiner Pflege.

Und mit der Hilfe von oben, vergiss das nicht, sagte sie. Das war ein ganz großer Segen, und wir müssen dankbar sein, solang wir leben!

Nach dem Skilager kam tatsächlich noch innerhalb der Woche ein Brief, in dem Arnold sie einlud, den Sonntag mit ihm in der Landeshauptstadt zu verbringen. So begann die Zeit gemeinsamer Unternehmungen. Im Rückblick wirkte sie noch kürzer und intensiver, als sie in Wirklichkeit war. Sie trafen sich am Bahnhof, dann gingen sie eine Weile spazieren, und danach war das Kino an der Reihe, die neuen historischen Filme zumal, die beide interessierten. Schillers Triumph als junges Genie gegen alle widrigen Umstände dieser beschränkten Welt, mit einem hinreißend feurigen Horst Caspar. Robert Koch, der visionäre Bekämpfer des Todes, der jedes Risiko auf sich nahm. Bismarck, den Eisen- und-Blut-Kanzler, fanden beide nicht sonderlich sympathisch, obwohl sein Gegner Virchow jedenfalls noch unsympathischer wirkte. Dann kamen *Die Rothschilds* und *Jud Süß*, und der Abscheu gegen die schmierigen, macht- und geldgierigen Figuren war im Saal mit Händen zu greifen.

Ob das wohl alles stimmt?, überlegte Hilde, als sie das Kino noch unter dem Eindruck des Films verließen. Sie erinnerte sich an die Auseinandersetzung zu Hause, nach der Kristallnacht, und an die Feststellung ihres Vaters, dass es überall Gauner gebe. Von Jonas konnte und wollte sie nichts erzählen, aber die Erinnerung an ihn und an sein unerklärliches Verschwinden bedrückte sie, und sie blieb auffallend still. Arnold erklärte, überhaupt keine eigenen Erfahrungen mit Juden zu haben. Schließlich fragte er, ob es ihr nicht gut gehe.

Doch, doch, wich sie aus, ich frage mich nur, was sie mit den Juden noch alles vorhaben. Jedenfalls haben sie es nicht leicht in diesem Land.

Wer hat's heute schon leicht, antwortete er obenhin, wir sind ja auch nicht verwöhnt. Und wer Geld hat, wird sich schon rechtzeitig abgesetzt haben. Noch ist der Krieg nicht zu Ende, wer weiß, was uns noch alles blüht. Aber daran wollen wir jetzt gar nicht denken.

Es war angenehm, mit ihm anschließend durch die dunklen Straßen bis zum Bahnhof zu spazieren. Wie immer trennten sie sich dort, um in entgegengesetzte Richtungen davonzufahren. An diesem Abend rückte Arnold mit einer Bitte heraus: Ich kann dir gar nicht sagen, wie froh ich bin, dass ich dich gefunden habe und dass wir zusammen sind; ich würde dich gern meinem Onkel vorstellen. Hätt'st du was dagegen? Wann kann ich damit rechnen?

Hilde tat überrascht, war aber nicht ganz unvorbereitet. Das hieß jedenfalls, dass Arnold mehr an ihrer Verbindung lag, als er ausdrücklich sagte.

Warum nicht? Vielleicht an einem der nächsten Sonntage?, antwortete sie.

Da drückte er ihren Arm und bestand darauf, dass sie ihm vor dem Einsteigen einen Kuss gab.

So einfach war das also. Anschließend würde sie ihn auch ihren Eltern vorführen. Aber nur nichts überstürzen. Wir sind jung, wir haben noch so viel Zeit vor uns, dachte sie, während ihr Zug gemächlich durch die Dunkelheit ratterte.

Dieser Besuch bei Arnolds Onkel brachte die Dinge ins Rollen. Arnold holte Hilde vom Bahnhof ab, dann kamen beide noch rechtzeitig zur Messe, die der Dekan selbst hielt. Sie blieben im Hintergrund, Hilde links, Arnold rechts, und sie war beeindruckt von der Predigt über die Versuchung Jesu in der Wüste zum ersten Fastensonntag. Offenbar war er ein ebenso guter Geschichtenerzähler wie sein Neffe, es war angenehm, seiner volltönenden Stimme zuzuhören. Er schmückte die Bibelstelle lebhaft aus und leitete geschickt dazu über, seine Zuhörer vor den Versuchungen der Zeit zu warnen, schilderte, wie Jesus den Versucher abwehrte, und legte den Gläubigen ans Herz, sie sollten die heutigen Versucher ebenso entschlossen abwehren, denn es steht geschrieben: „Den Herrn, deinen Gott, sollst du anbeten und nur ihm allein dienen!" Die Botschaft war deutlich; vom eigenen Pfarrer hatte Hilde solches noch nie gehört.

Nach der Messe mussten sie erst auf ihn warten, weil er sich noch mit den Gemeindemitgliedern unterhielt und sich dabei langsam auf den Ausgang zubewegte. Während die Menschen sich verliefen, nickte er ihnen zu. Er war nicht besonders groß, aber ziemlich beleibt; der runde Kopf unter dem schwarzen Hut entsprach dem Bild des wohlgenährten Geistlichen, ebenso das breite, bebrillte Gesicht mit den fleischigen Wangen, das aber meistens leutselig lächelte. Hilde flüsterte: Ich hab ihn mir größer vorgestellt, und Arnold antwortete: Mein Vater ist noch kleiner, dafür aber dürr. Man möcht nicht glauben, dass sie Brüder sind.

Eigentlich schaut er gemütlich aus, fand Hilde, die Herzklopfen hatte vor Aufregung, aber Arnold versicherte, das sei er nicht immer. Dann trat der Dekan zu ihnen und musterte Hilde, bevor er sie mit einem festen Händedruck und „Grüß Gott" willkommen hieß. Während sie sich gemächlich zu dritt auf den Weg zum Widum machten, erkundigte er sich nach ihrem Befinden und erklärte, er habe schon mitgeteilt, dass er heute Gäste zum Essen erwarte, Schwester Elisabeth, seine Häuserin, sei also im Bilde. Diese kam ihnen am Eingang in Schwesterntracht und Schürze entgegen und grüßte freundlich; es dauere nur noch kurz, sie werde gleich servieren. Während sie auf das Essen warteten – es gab Leberknödel in Suppe und danach mit Krautsalat, am Ende Kaiserschmarrn mit Preiselbeeren, Köstlichkeiten, die Hilde schon lang nicht mehr gegessen hatte –, fragte der Onkel Hilde nach ihrer Familie und ihrer Arbeit aus, obwohl er später verschmitzt zugab, sein Neffe habe ihm schon alles erzählt, aber er wolle sich vergewissern, ob der nicht nur schwärme. In diesen Zeiten sollten Gleichgesinnte, die sich finden, aneinander festhalten und sich gegenseitig Mut machen, sagte er ihnen noch, als sie sich nach der Nachmittagsandacht von ihm verabschiedeten.

Auf dem Weg zum Bahnhof gestand Arnold, dass er nach dem Wunsch seiner Familie auch zum Priester bestimmt gewesen wäre. Deshalb habe er das Seminar besucht und sogar schon in Rom das Theologiestudium angefangen. Dann hab ich aber gemerkt, dass ich mir ein Leben als Pfarrer doch nicht vorstellen könnte. Das hat dann ein ordentliches Gewitter gegeben bei mir daheim, und besonders mit dem Onkel; an die Aussprache erinnere ich mich mit Schaudern. Der kann sehr energisch werden, aber im Grunde ist er doch ein Mensch, der sich um Verständnis bemüht. Ich finde, du sollst das alles wissen. Ihm hab ich schließlich zu verdanken, dass ich da studieren und arbeiten kann – sonst hätte ich dich ja nie kennengelernt!

Nach ein paar Tagen kam wieder ein Brief von ihm. Der Onkel sei „voll des Lobes" über sie gewesen und werde Arnolds Eltern „darüber in Kenntnis setzen". Hilde fühlte sich etwas überrumpelt, aber auch geschmeichelt, dass sie so gut angekommen war. Nun war sie dran, Arnold ihrer Familie vorzustellen.

Wieder ein Sonntag. Sie trafen sich im Zug und fuhren gemeinsam in ihr Heimatdorf. Burgi hatte ihre berühmten Krapfen gebacken und war davon angetan, dass der Gast tüchtig zulangte und sie sehr lobte. Sie unterhielt sich angeregt mit ihm, während Martin eher beobachtend in der Reserve blieb und Otto mit finsterem Gesicht am Tisch saß und das Essen in sich hineinstopfte, ohne ein Wort zu sagen. Burgi fragte ihren Landsmann ständig aus, wollte alles wissen, von seiner Familie, seinem Dorf, seinen Kindheitserlebnissen, von der italienischen Schule, von der Option, und er antwortete bereitwillig, erzählte auch von der Ausbildung beim italienischen Heer und von seinem kleinen Affen, der im Kolonialkrieg in Abessinien zum Maskottchen der ganzen Kompanie wurde, obwohl er nur Dummheiten im Sinn hatte, und nach dem Abwasch, den die beiden Frauen schnell erledigten, saßen sie wieder zusammen und kamen sich im Gespräch immer näher, bis es höchste Zeit wurde, zum Bahnhof zu gehen.

Auf der Heimfahrt erklärte Arnold, sein Onkel habe ihm energisch zugeraten, sich dieses Mädchen ja nicht entwischen zu lassen. Was würdest du sagen, wenn ich dich bitten würde, meine Frau zu werden?, fragte er nach dieser Einleitung etwas ungeschickt, aber Hilde freute sich doch, und es kam ihr ganz natürlich vor. Bist du dir wirklich sicher?, versuchte sie Zeit zu gewinnen. Aber er strahlte sie an, und auf einmal war alles ganz einfach. Dann heiraten wir so bald wie möglich, verkündete er.

Erst später gestand er ihr einmal, dass es vor allem der Onkel gewesen war, der ihm eingeschärft hatte, keine Zeit mehr zu verlieren. Der hatte dabei vor allem das Wohl seines Neffen im Auge gehabt, der seiner Meinung nach eine Stütze brauchte, wenn die Zeiten noch schlechter würden. Was er kommen sah.

Hilde wusste, es würde nicht leicht werden, ihre Familie, die Arnold gerade erst kennengelernt hatte, davon zu überzeugen, dass sie schon jetzt den Mann fürs Leben gefunden haben wollte und dass sie es so eilig hatten mit der Hochzeit.

Das war auch das Erste, was ihr Vater beanstandete, als sie mit der Nachricht herausrückte. Du bist doch nicht etwa schwanger?, fragte er streng und ungewohnt direkt. Hilde verneinte empört. Burgi schlug die Hände über dem Kopf zusammen: Jesus, Maria und Josef, so groß ist die Liebe schon? Das wird wohl das Südtiroler Temperament sein, vermutete sie dann. Aber Martin warf ihr einen eisigen Blick zu.

Denk dran, wie jung du bist! Du hast gerade deinen ersten Lehrauftrag bekommen!

Das heißt gar nichts, gab Hilde zurück. Eine Heirat ist ja jetzt kein Entlassungsgrund mehr – die brauchen uns nämlich dringend!

Das hab ich auch nicht gemeint. Aber die Zeiten sind nicht danach, dass man sich gleich schon binden sollte, versuchte es Martin. Du hast noch so viel Zeit vor dir, verrenn dich nicht, bloß, weil du jetzt verliebt bist.

Aber wir passen wirklich gut zusammen, betonte Hilde.

Vergiss nicht, dass wir Krieg haben! Und dein Zukünftiger wird einrücken müssen, früher oder später, und dann ist alles ungewiss, gab Martin zu bedenken.

So lang kann's ja nicht mehr dauern, meinte Hilde. Es sagen eh viele, es ist fast schon vorbei, vielleicht haben wir ja Glück und er wird gar nicht mehr geholt.

Schön wär's, seufzte Burgi. Das täten wir uns ja alle wünschen – aber bis dorthin, bis wirklich alles vorbei ist, könnt man schon warten! Von mir aus feiern wir dann alles zusammen, Kriegsende und Hochzeit – wenn du dann noch immer der gleichen Meinung bist, setzte sie vorsichtig hinzu. Er ist ja wirklich nett, aber wart halt noch ein bissl, bis du ihn besser kennst. Von seiner Familie hast du ja auch noch niemand kennengelernt, bis auf den Onkel, den Dekan.

Das brauch ich auch nicht, ich heirat ja schließlich nicht seine Familie, sondern ihn, gab Hilde trotzig zurück.

Täusch dich da nicht, warnte Burgi. Das sagt sich so, aber dann schaut alles anders aus! Und wir täten seine Leute schon auch gern kennenlernen.

Wart wenigstens, bis du volljährig bist, dann kennst du ihn besser, und kommt Zeit, kommt Rat, versuchte Martin zu beschwichtigen.

Wieso? Was habt ihr denn gegen ihn?

Nein, das ist es ja nicht. Es kommt einfach zu plötzlich, und du bist noch so jung. Wenn die Liebe wirklich so groß ist, hält sie auch das Warten aus, schließlich soll man eine solche Entscheidung doch nicht überstürzen, meinte Martin.

Das ist euer ewiges Wenn und Aber, ärgerte sich Hilde. Immer heißt es „Geduld!" und „Wart's ab!".

Lass dir das doch von deinen Eltern sagen, wir haben halt etwas mehr Lebenserfahrung als du, begann Martin.

Ich hab aber eure ewige Zauderei satt, brauste Hilde auf. Beim letzten Mal habt ihr mir damit auch alles ruiniert, und das passiert mir nicht noch einmal! Ich will nicht, dass ihr euch in alles einmischt, was nur mich was angeht! Sie wurde laut.

Beim letzten Mal war der Fall komplizierter, und du warst noch ein Stück jünger, antwortete Martin. Und sag mir nicht, dass du nicht inzwischen selber zur Vernunft gekommen bist!

Vernunft?, rief Hilde aufgebracht. Damals konnte ich mich nicht wehren, weil ich noch in der Schule war und abhängig von euch, und das hast du ausgenützt! Jetzt schaut es anders aus, jetzt hab ich einen Beruf, kann für mich selber sorgen, und wenn's euch nicht passt, dann heirat ich eben gegen euren Willen!

Kind, schrie Burgi entsetzt, wie redest du denn mit uns?

Damit ihr's nur wisst: Diesmal lass ich mir nichts mehr dreinreden. Ich weiß, dass er der Richtige ist – und damit Schluss! Wenn es im Guten nicht geht, dann werde ich schon Mittel und Wege finden – und dann sind wir halt geschiedene Leute!

Burgi schluchzte laut auf. Sag doch so was nicht, Hildegard, bitte!

Martin war blass geworden und starrte seine Tochter wütend an. Sag, bist du ihm hörig, dass du dich so aufregst?

Hilde schaute ihn entgeistert an und schüttelte den Kopf. Ich will ihn und keinen andern, sagte sie entschlossen. Ob's euch passt oder nicht. Und damit lief sie aus der Küche und schmetterte die Tür hinter sich ins Schloss.

Burgi schrie auf – seit jeher ließ sie jeder Schreck zusammenfahren. Du treibst sie aus dem Haus, schluchzte sie dann. Im Grund ist er ja ganz ordentlich, was willst du denn, sei doch froh, dass sie einen netten Burschen gefunden hat.

Bloß weil er ein Südtiroler ist, schaust du gar nicht mehr richtig hin, maulte Martin.

Sag das nicht, ich spür's einfach, behauptete Burgi. Ich glaub, es ist besser, wenn wir uns drauf einstellen, schniefte sie in ihr Taschentuch. So darf die Familie nicht auseinandergerissen werden. Grad du sagst immer, dass wir zusammenhalten müssen in diesen schlimmen Zeiten.

Vielleicht hast du ja recht, seufzte Martin. Aber sie ist noch so jung, und wir wissen im Grund nichts von ihm. Ich versteh nicht, warum sie es so eilig hat. Es wird wohl die erste Verliebtheit sein, und wenn die vorbei ist, gibt's vielleicht ein böses Erwachen ...

Ach geh, das braucht gar nicht zu stimmen, entgegnete Burgi. Und immerhin, sein Onkel ist Dekan, das ist doch ein gutes Zeichen, das sagt schon was über die Familie aus. Nazi ist er jedenfalls keiner, er hat uns ja erklärt, warum er optiert hat und seine Familie nicht … Ich bin ja auch nicht grad glücklich über die schnelle Entscheidung, aber es gibt Schlimmeres – eine Hochzeit ist schließlich kein Unglück! Wird die Familie halt größer!

Martin holte tief Luft und drehte sich weg.

Immer besser eins dazu als eins weg, hab ich einmal gehört, redete sich Burgi selber gut zu. Wenn's der liebe Gott so einrichtet, soll's uns recht sein!

Das Verhältnis blieb nicht unbemerkt. Dass Hilde jeden Sonntag „ausflog", fiel auf. Unter Kolleginnen wurde vermutet, dass die Jüngste wohl nicht mehr lang ledig bleiben würde. Die Haselrieder inspizierte sie, konnte ihr aber keine Nachlässigkeit vorwerfen. Ihre Bubenklasse parierte ganz ordentlich, von den Eltern hörte sie auch nichts Nachteiliges. Nur distanziert gab sich die Neue immer noch, hielt mit ihrer Meinung eher hinterm Berg und zeigte sich bei öffentlichen Gelegenheiten nicht recht begeisterungsfähig. Die Mauracher war die Erste, die neugierig fragte: Man hört so was läuten, dass bald eine Verlobung ins Haus steht? Hilde gab nur zur Antwort: Was die Leute nicht alles wissen!, packte ihre Hefte und verdrückte sich. Die Kollegin Rößler hielt sich vornehm zurück, der war jede Tratscherei zuwider. Aber da die beiden im selben Haus wohnten, trafen sie sich doch öfter auf dem Weg zur Schule oder zurück und kamen unvermeidlich ins Gespräch. Vorerst nur über Allgemeines. Die Rößler wollte nicht recht heraus mit der Sprache, aber über Schuldinge, Unterrichtsprogramme, Aufgaben und Vorbereitung ergab sich mancher Gesprächsstoff, und Hilde merkte, dass sie es mit einer pflichtbewussten, fachlich beschlagenen Kollegin zu tun hatte, der ihre Arbeit über alles ging. Dass sie außerdem religiös war, entdeckte sie eher zufällig. Unter ihrer hoch geknöpften Bluse trug die Rößler nämlich ein Kreuz an einem dünnen Kettchen, das herausrutschte, als ihr einmal im Lehrerzimmer ein Knopf abfiel. Hilde hatte ein kleines Nähetui in ihrem Fach und erbot sich hilfsbereit, den Knopf gleich wieder anzunähen. Die Rößler nahm das gern an, die Sache war ihr peinlich; sie hätte ihre Bluse sonst ausziehen müssen. Sie gestand, dass sie mit Handarbeiten nicht gut zurechtkam. Und außerdem heiße ich Gretl, wir könnten uns endlich duzen. Da war das Eis gebrochen; von nun an warteten sie morgens aufeinander, gingen auch zusammen ins Gasthaus essen und halfen sich gegenseitig bei Schreibarbeiten oder mit Büchern aus. Und meistens gingen sie auch am Sonntag gemeinsam zur Messe.

An gemeinsamen Interessen mangelte es nicht, Hilde und Arnold entdeckten immer mehr davon. Nicht nur die Leidenschaft für die Musik und das Kino, auch die für Bücher hatten sie gemein. Sie lasen sie nacheinander, liehen sie einander aus, diskutierten darüber und bekamen nie genug davon. Und es war so viel nachzuholen! Vor allem für die großen französischen und russischen Romane und die historischen Biographien konnten sie sich begeistern, aber auch für die neuere Literatur. In Martins Bücherschrank durfte Hilde sich bedienen, musste manches aber tief in den Taschen verstecken und vorsorglich in andere Umschläge einpacken, wie Zweigs *Marie Antoinette* und *Maria Stuart*, die er gekauft hatte, als sie gerade erschienen und noch zu haben waren.

An Hildes Entschluss war nicht mehr zu rütteln. Auf weitere Diskussionen mit den Eltern ließ sie sich nicht mehr ein. In ihrem verliebten Überschwang setzte sie darauf, dass ihre Familie schon einlenken werde, wenn sie ihr möglichst viel Gelegenheit gab, ihren Auserwählten besser kennenzulernen. Deshalb bestand sie darauf, ihren neunzehnten Geburtstag gemeinsam zu feiern, und man traf sich, sobald das Wetter es erlaubte, oft auch am Sonntag zu gemeinsamen Radtouren und Ausflügen. So wurde Arnolds Anwesenheit immer selbstverständlicher. Burgi fand seine Geschichten unwiderstehlich, und sogar Martin lachte oft genug mit – vermutlich sogar gegen seinen Willen. Dabei war man fast imstande, für eine Weile zu vergessen, was einen sonst bedrückte. Auch musikalisch fand man zusammen. Arnold spielte flott Klavier, alles, was ihm in die Finger kam, Operettenmelodien und Schlager genauso wie Klassisches, und wenn sich die Gelegenheit ergab, spielten sie beide vierhändig, zum Vergnügen der Eltern. Anfang Juni wurde Verlobung gefeiert, an einem Gasthaustisch im Freien strahlten die beiden jungen Leute in Martins Kamera. Da hatten Hildes Eltern ihren Widerstand endlich aufgegeben.

Die Hoffnung auf ein Ende des Krieges jedoch erwies sich als trügerisch. Im März bombardierten die Engländer Köln. Kurz vor Ostern marschierten die Deutschen in Jugoslawien ein. In Nordafrika startete die Gegenoffensive gegen die Briten. Und während die Familie Vorbereitungen zur Hochzeit traf, kapitulierte die jugoslawische Armee, und die deutschen Truppen besetzten Attika. Eine Sieges-Sondermeldung nach der anderen, im Rundfunk und in der *Wochenschau*, und auf Plakaten verkündeten begeisterte junge Leute, erkennbar als Soldaten, Techniker, Erntehelferinnen und Krankenschwestern: „Führer, dir gehören wir!" Der Bombenterror gegen Hamburg und Bremen verstärkte nur den Widerstandswillen und die Überzeugung der ohnehin Überzeugten.

Trotz der Erfolgsmeldungen gab es die ersten Heldentoten für Führer, Volk und Vaterland nun auch im Dorf. Der Pfarrer predigte Opferbereitschaft, die Frauen weinten, taten sich schwer mit der stolzen Trauer. Vor allem die Tatsache, dass man nicht einmal richtig Abschied nehmen konnte, machte den Familien zu schaffen. Die jungen Soldaten starben irgendwo auf dem Feld der Ehre, das sich niemand vorstellen konnte. Es kam einfach die Nachricht, dass sie ihr Leben fürs Vaterland hingegeben hatten. Unwirklich war das alles. Die Mütter, Schwestern und Verlobten trugen Trauer, auch Schleifen der Erinnerung und Auszeichnung; das Schicksal war hinzunehmen, Beileid angebracht, Fragen nach der Sinnhaftigkeit nicht. Es ist nicht umsonst, tönte der Pfarrer, der Herrgott ist mit uns – auch wenn es nicht immer leicht fallen mag, das Leben in den Dienst des gottgegebenen Führers zu stellen.

Als die Sondermeldungen berichteten, dass Kreta gegen schweren britischen und einheimischen Widerstand nun in deutscher Hand sei, kam eine Nachricht, die den Krieg auf einmal ganz nahe rücken ließ. Hildes Vettern, die Zwillinge, waren als Gebirgsjäger dort im Einsatz gewesen. Bei Chania waren sie mit ihrem Bataillon in einen Hinterhalt geraten. Ignaz teilte mit, dass Paul gefallen und Peter verwundet worden war, sich aber noch hatte retten können.

Martin und Burgi machten sich auf, ihren Beileidsbesuch abzustatten. Ignaz und Jakobine schienen um Jahre gealtert, kein Zuspruch drang durch ihren Kummer. Ignaz schüttelte nur immer wieder den Kopf während des Trauergottesdienstes und hielt sich die Hände vor das Gesicht; Jakobine schluchzte, keiner von beiden schien hinzuhören, was der Pfarrer bemüht von sich gab, der vom Opfer sprach, vom heldenhaften Einsatz für das Vaterland, von Treue und Pflichterfüllung in einer Zeit der Prüfung. Wenigstens einer ist uns noch geblieben, war das Einzige, was Ignaz herausbrachte, als man sich stumm verabschiedete, und Jakobine fügte unter Tränen hinzu: Aber für den ist es besonders schwer.

Dann kam Peter auf Heimaturlaub. Er hatte einen bösen Schulterdurchschuss, eine Kopfverletzung durch einen

Granatsplitter und mehrere Fleischwunden erlitten und war bis auf die Knochen abgemagert. Martin bat Hilde brieflich, ihren Vetter bald aufzusuchen. Sie schrieb ihm, traute sich aber nicht, von ihren Hochzeitsplänen zu berichten.

Peter saß im Garten, als sie eintraf, und erhob sich halb von der Bank, um sie zu begrüßen. Sie erschrak über sein Aussehen und rang nach Worten, um ihn zu beglückwünschen, dass er davongekommen war. Sogleich wurde ihr bewusst, wie verkehrt das klang, wie ihm zumute sein musste und dass nichts helfen konnte, seinen Schmerz zu lindern. Lass nur, sagte er bitter, schön, dass du mich besuchst. Aber dass ich davongekommen bin, schaut nur so aus.

Sie setzte sich neben ihn, und als sie sah, wie er um Fassung rang, liefen ihr ebenfalls die Tränen über die Wangen. Du warst bei ihm, versuchte sie Peter zuzureden, wenigstens wart ihr zusammen.

Ja, wir waren immer zusammen, die ganze Zeit haben wir den Wahnsinn zusammen erlebt und nicht glauben können, was wir sehen … Flugzeugtrümmer überall, tote Fallschirmjäger in den Bäumen, die Hitze und der Durst und der furchtbare Staub … Er schüttelte den Kopf.

Und dann plötzlich der Angriff, Schüsse, ohne dass wir verstanden haben, woher. Briten, vielleicht Neuseeländer oder die Kreter selber, jedenfalls so getarnt, dass wir sie nicht bemerkt haben. Wir gehen in Deckung, springen in ein ausgetrocknetes Bachbett, ducken uns und glauben, wir müssen bloß abwarten, da kommt das Feuer von hinten und von der Seite, Erde spritzt auf, wir wissen nicht mehr, was tun, liegen bleiben oder aufspringen und versuchen, wegzulaufen … Ich schau hinüber zu Paul und seh ihn wegsinken, Blut rinnt aus seinem Hals, ich hin zu ihm, versuch ihn zu halten, die Wunde mit der Hand zuzupressen, er wimmert, ich schrei um Hilfe, er schaut mich an – den Blick vergess ich nie mehr im Leben, erschrocken und verzweifelt, er weiß, es ist aus, er hat's gleich gewusst ...

Ein trockenes Aufschluchzen, Peter wischte mit dem Ärmel über die Augen. Paul will noch was sagen, es gurgelt nur, und dann das Wegsacken, das Blut rinnt mir unter den Händen in den Sand, sein Blick wird starr, und neben mir schreien sie: Weg! Weg! Und ich will bleiben, will bei ihm sein wie immer, mein Leben lang, da reißt mich einer an der Schulter und schreit mich an, er ist tot, du kannst nix mehr tun, komm weg, weg von da, und ich spring auf und davon, um mich zischt und pfeift es, ich geduckt den anderen nach, seh sie vor mir aus dem Graben springen, da haut es mich plötzlich hin, ich spür zuerst gar nichts, versuch mich aufzurappeln, aber ich kann nicht, und beim zweiten Versuch krieg ich einen Schlag auf den Kopf, dann weiß ich nichts mehr.

Wie ich dann aufwache, habe ich schreckliche Schmerzen, neben mir rechts und links liegen andere auf der Erde, alle stöhnen, jammern, wimmern, es ist wahnsinnig heiß, und auf einmal kommen die Bilder zurück, die Gewissheit, dass der Paul noch da irgendwo liegt, wo ich nicht mehr hinkann, und das ist schlimmer als alles andere ... Er verstummte, schluckte, schüttelte wieder den Kopf, es dauerte eine Weile, aber Hilde verstand, dass er doch weitererzählen wollte.

Irgendwie hab ich die Tage überstanden, und dann haben sie mich abtransportiert, in ein Flugzeug verladen, irgendwie sind wir weggekommen von einem Flugplatz voller Trümmer und Schlaglöcher und schrecklichem Staub überall. Und später, im Lazarett in Athen, haben wir erst erfahren, wie viele Tote es gegeben hat, wie dilettantisch das ganze Unternehmen war, wie viele fürchterliche Fehler passiert sind – aber das hilft mir nichts, dass es auch so viele andere erwischt hat, ich bin so voller Wut und Hass ...

Peter flüsterte nur mehr, er zitterte, Hilde konnte sein Gesicht nicht sehen, solche Verzweiflung hatte sie noch nie erlebt. Sie legte den Arm um seinen Hals, vorsichtig, um der kaputten Schulter nicht zu nahe zu kommen, und ließ die eigenen Tränen rinnen.

Noch kein Jahr war es her, da hatten sie zu dritt darüber gesprochen, was man wohl dachte, wenn man auf einen anderen, Unbekannten, schießen sollte. Und ob man daran dachte, dass es einen selber auch erwischen konnte. Aber ob irgendetwas ein solches Opfer jemals wert sein könnte – davon hatten sie nicht gesprochen.

Plötzlich stand Ignaz vor ihnen und sagte: Jetzt geht's gegen Russland. Ich hab's grad im Radio gehört.

Was sie am Morgen versäumt hatten, lieferte der Rundfunk dann immer wieder bis in die Nacht als Sondermeldung der bekannten, feierlich hallenden Stimme:

*Deutsches Volk!*

*In diesem Augenblick vollzieht sich ein Aufmarsch, der in Ausdehnung und Umfang der größte ist, den die Welt bisher gesehen hat ...Von Ostpreußen bis zu den Karpaten reichen die Formationen der deutschen Ostfront ... Die Aufgabe dieser Front ist daher nicht mehr der Schutz einzelner Länder, sondern die Sicherung Europas und damit die Rettung aller.*

*Ich habe mich deshalb heute entschlossen, das Schicksal und die Zukunft des Deutschen Reiches und unseres Volkes wieder in die Hand unserer Soldaten zu legen. Möge uns der Herrgott gerade in diesem Kampfe helfen!*

Und wieder schien es ein Blitzkrieg zu werden. Während daheim alle wie gewohnt beim Heuen halfen, rasten die deutschen Heere in die russische Weite hinein. Und der Pfarrer sagte: Der Herrgott ist mit ihm, weil es gegen den bolschewistischen Religionsfeind geht.

Auch in diesen Zeiten blieb das Kino Hildes und Arnolds gemeinsame Leidenschaft. Sie waren tief beeindruckt von einem neuen Film, der intensiv angekündigt wurde und das Zeug dazu hatte, Diskussionen auszulösen. In *Ich klage an* spielte eine hinreißende Heidemarie Hatheyer eine unheilbar kranke Arztfrau. Sie bat ihren Mann und den gemeinsamen Freund und Kollegen, sie von ihrem sinnlosen Leiden zu erlösen. Ihr Mann willigte aus mitfühlender Liebe ein, ihr eine tödliche Medizin zu verabreichen; der Freund, der ihr nicht helfen wollte, weil er es mit seinem Gewissen nicht vereinbaren konnte, spielte bei dieser Szene im Nebenzimmer Beethoven. Erschüttertes Schluchzen im ganzen Saal! Auch die Männer blieben nicht ungerührt. Beim Prozess sprachen die Geschworenen den Arzt frei, denn der Mensch habe ein Recht auf einen würdigen Tod – ein Tier, das leidet, muss man ja auch erlösen. Da darf es dem Menschen doch nicht schlechter gehen als einem Tier.

Kurz darauf sorgte ein Vorfall dafür, dass das Thema nicht in Vergessenheit geriet.

Im Dorf sprach es sich gleich herum: Eines von den aus der Haller Anstalt verlegten Kindern war an Lungenentzündung gestorben. Die Mutter kam in Schwarz zur Kirche, und als die Frauen nachfragten, erzählte sie von der Mitteilung der Heil- und Pflegeanstalt Schloss Hartheim, dass sich der Gesundheitszustand der kleinen Bärbel verschlechtert habe und sie trotz aller Bemühungen der Ärzte verstorben sei. Und das Schlimmste, sagte die Mutter unter Schluchzen: Wegen der Infektionsgefahr, steht im Brief, ist die Leiche eingeäschert worden, und wir sollen die Urne abholen, oder sie wird gegen Entgelt per Post zugestellt. Die Frauen verstummten entsetzt. Dann versuchten sie, der Mutter gut zuzureden. Burgi kam mit der Nachricht heim, aber Martin wusste schon Bescheid:

Als Standesbeamten war ihm die Aufgabe zugefallen, das Ableben des Kindes zu verzeichnen.

Es verging kaum eine Woche, da erhielt eine zweite Familie eine ähnliche Mitteilung. Der kleine Jakob sei an einer infektiösen Gelbsucht erkrankt, und alle Bemühungen um sein Leben hätten leider nicht gefruchtet. Diesmal lief die Mutter mit dem Brief der Anstalt zum Bürgermeister. Der fand den Vorfall zwar auch recht eigenartig, konnte aber leider nichts Näheres dazu sagen, nur versprechen, dass er der Sache nachgehen werde, aber seiner Meinung nach müsse das ein unglücklicher Zufall sein. Und er schickte sie zum Standesamt, damit die Meldung vorschriftsmäßig verzeichnet wurde. Martin schaute sich das vorgelegte Schreiben genau an und verglich die Mitteilung mit der vorhergehenden. Wie ein Vordruck schaute das zwar nicht aus, daher versuchte er ebenfalls, beruhigend auf die Eltern einzureden. Aber ohne zu sagen, dass ihm die Sache auch nicht geheuer vorkam.

Die Leute im Dorf kannten kein anderes Thema mehr; der Verdacht, von dem jeder schon einmal gehört hatte, wurde hervorgekramt: dass die behinderten Kinder in der Anstalt keineswegs geheilt wurden, sondern zu Tode gepflegt – und das mit Absicht! Burgi war wie immer mittendrin bei solchen Gesprächen und kam empört damit nach Hause. Jetzt sind wir so weit, schimpfte sie, das war ja zu erwarten! Was hab ich dir gesagt: Denen ist alles zuzutrauen! Da muss man doch was tun!

Martin versuchte wie immer abzuwiegeln und versprach, er werde mit dem Pfarrer darüber sprechen. Er sei auch besorgt, aber nicht mehr; jeder glaube an einen Zufall. Solche Dinge kommen eben vor. Das sollte zwar nicht passieren in einer Heil- und Pflegeanstalt, aber wo viele Menschen auf engem Raum zusammen sind, kann leicht eine Infektion auftreten und sich ausbreiten.

Die Beerdigungen gestalteten sich ungewohnt. Denn Urnen waren überhaupt noch nie auf dem Dorffriedhof beigesetzt worden. Der Pfarrer fand tröstende Worte in dieser schweren Zeit; er sprach von den kleinen Engeln, die vom Himmel herunter auf ihre Eltern schauen und für sie beten würden, um ihre Tränen zu trocknen.

Die Aufregung legte sich nicht so bald. Die anderen Eltern, deren Kinder ebenfalls nach Oberösterreich verlegt worden waren, wussten sich nicht anders zu helfen, als besorgte Briefe an die Anstaltsleitung zu schreiben und sich nach dem Befinden ihrer Kinder zu erkundigen. Sie erhielten auch Antwort: Sie brauchten sich nicht zu sorgen, ihren Kindern gehe es gut. Sie machten – im Rahmen des Möglichen – sogar Lernfortschritte. Von Besuchen sollten sie jedoch absehen, um die Heilerfolge nicht zu beeinträchtigen. Ganz konnten diese Auskünfte nicht befriedigen. Aber die Wochen vergingen, Arbeit hatte man genug, und die Alltagssorgen lagen näher.

Martin versuchte, das Thema nicht mehr zu berühren. Aber Burgi kam eines Samstags von der Beichte nach Hause und legte vier dünne, maschinengeschriebene Seiten vor ihm auf den Tisch. Da, lies, sagte sie. Der Pater Georg hat mir das im Beichtstuhl herübergeschoben. Wir sind nicht die Einzigen, die sich Gedanken machen, was mit den armen Kindern passiert.

Es war der Text der Predigt, die der Bischof von Münster Anfang August in seiner Kirche gehalten hatte. Sie lasen zu zweit am Küchentisch und fanden ihren Verdacht bestätigt. Bischof Galen gebrauchte klare Worte, um seine Landsleute aufzurütteln. Er sprach davon, dass Geisteskranke auf Anordnung von Berlin zwangsweise abgeführt würden und die Angehörigen dann die Mitteilung erhielten, der Kranke sei verstorben, die Leiche verbrannt worden. Diese zahlreichen Todesfälle würden nicht von selbst eintreten, sondern absichtlich herbeigeführt, um sogenanntes lebensunwertes Leben zu vernichten. Bischof Galen nannte sogar Reichsärzteführer Dr. Conti, der keinen Hehl daraus mache, dass schon eine große Zahl von Geisteskranken vorsätzlich getötet worden sei und in Zukunft getötet werden solle.

Und – was sagst du jetzt?, wollte Burgi wissen. Die Schweinerei wird nicht einmal geheim gehalten! Und da steht's, schau, „dann wehe uns allen, wenn wir alt und altersschwach werden! Wenn man die unproduktiven Mitmenschen töten darf, dann wehe den Invaliden, die im Produktionsprozess ihre Kraft, ihre gesunden Knochen eingesetzt, geopfert und eingebüßt haben! ... dann wehe unseren braven Soldaten, die als schwer Kriegsverletzte, als Krüppel, als Invalide in die Heimat zurückkehren." Eben – man muss nur weiterdenken. Das ist ein Priester, vor dem man Respekt haben muss, der sagt ihnen endlich richtig die Meinung!

Martin faltete die Blätter wortlos zusammen und sagte nur: Das bring ich jetzt dem Paul und der Hedwig, die sollen das auch lesen. Und während Burgi ihren Rosenkranz zu Hilfe nahm, klopfte Martin bei den Nachbarn.

Der Sache musste man nachgehen, unbedingt. Andererseits: Das machte die Kinder ja nicht mehr lebendig. Und vermutlich schützte es auch die anderen nicht. Die lebten vielleicht gar nicht mehr, waren auch schon verurteilt. Aber wenn alle geschlossen dagegen auftraten, konnte man vielleicht weiteres Unheil verhindern. Am nächsten Morgen sprachen die beiden Lehrer beim Pfarrer vor. Der gab zu, schon davon gehört zu haben. Er sei aber wie viele andere Kollegen – auch Bischöfe! – der Ansicht, dass es gar nichts bringe, wenn die katholische Kirche sich in dieser Sache offen gegen die Regierung stelle, das könnte alles nur noch schlimmer machen. Natürlich dürfte so etwas nicht passieren, aber er glaube eher an einen Zufall.

Zufall?, echote Martin, aber der Pfarrer winkte ab.

Bischof Galen ist bekanntlich ein sehr impulsiver Mann, der sich – sicherlich zu Recht – über ein Gerücht aufgeregt hat und dann lobenswerte Worte gefunden hat, um das Ganze anzuprangern. Aber so schlimm, wie er es darstellt, ist es wahrscheinlich eh nicht, und in Tirol schon gar nicht, das würden sich die Behörden hier doch nie erlauben. Aber über diese Sache wird in der Kirche schon diskutiert, und ich kann Ihnen versichern, dass wir die Situation im Auge behalten. Damit entließ er die beiden Lehrer.

Der Bürgermeister machte es kurz. Mein lieber Herr Oberlehrer, sagte er zu Martin. Das sind halt einmal strenge Zeiten! Sparen müssen wir überall, und unter uns gesagt, wir wissen ja, was die Kranken den Staat kosten. Das wird uns ja ständig vorgerechnet. Damit will ich nicht sagen, dass ich damit einverstanden bin, was da in Oberösterreich passiert – wenn's überhaupt stimmt –, aber wir können da gar nix machen. Das wird jetzt alles von oben geregelt, und damit ist uns jede Verantwortung genommen. Und auch jede Handhabe, in der Sache etwas zu unternehmen. Was mir im Grund ganz recht ist, weil wir schon so genug um die Ohren haben. Warten wir's ab, wie's weitergeht. Wenn sich die ganze Gemeinschaft dagegen wehrt, werden wir sicher nicht zurückstehen, das versprech ich Ihnen. Aber im Moment liegen uns ja gar keine Beweise vor, dass an diesen Verdächtigungen überhaupt was dran ist. Was im Reich passiert, muss bei uns nicht auch sein. Da wär ich lieber vorsichtig.

Aber, protestierte Martin, wir sind ja gleichgeschaltet, und wenn alles zentral geregelt wird …

Ich sag's Ihnen ja, sprach der Bürgermeister abschließend und schob Martin Richtung Tür, warten wir's ab. Zur Polizei brauchen'S jedenfalls nicht zu gehen, wenn schon, müssen das die betroffenen Eltern tun. Mischen'S Ihnen da nicht ein, sonst kriegen'S bloß Schwierigkeiten. Wir werden der Sache schon nachgehen, wenn's an der Zeit ist. Heil Hitler!

Das Thema schwelte weiter. Aber als man nichts mehr davon zu hören bekam, beschäftigte man sich wieder mit dem, womit man eben auch genug zu tun hatte.

Einmal entschlossen, war Burgi ganz in ihrem Element. Da sie keinen passenden Stoff für Hildes Hochzeitskleid besaß, aber dennoch alles so sein sollte, wie es sich gehörte, mussten sie beim Wirtschaftsamt einen Antrag auf Sonderzuteilung für einen dünnen weißen Wollstoff stellen. Das war kein geringes Unterfangen und kostete viele Punkte von der Kleiderkarte; dafür mussten sie sich eben bei der Aussteuer zurückhalten. Schließlich gelang es, den Stoff aufzutreiben, aber auf Schleier und Strümpfe musste Hilde lange warten und saftig draufzahlen. Burgi machte sich an die Näharbeit und begann, ihre eigene Wäsche auszusortieren, um ihrer Tochter mitzugeben, worauf sie verzichten konnte. In ihren Kisten verwahrte sie immer noch Stoffe für verschiedene Zwecke, Friedensware, aus der sie noch Unterleintücher nähen konnte. Hilde kümmerte sich um Küchenwäsche, Schürzen und Handtücher und brachte ihre ganze Freizeit den Sommer über mit Monogrammsticken zu, wofür Burgis rechtzeitig gehamsterte Garne gute Dienste taten – denn die kosteten schließlich auch Punkte, die besser zu vermeiden waren. Wegen der Schuhe sah die Amtsstelle bei der Bedarfsprüfung keinen Anhaltspunkt für eine Genehmigung, und da sie ohnehin im Winter heiraten würden, fiel das nicht ins Gewicht. Wichtiger waren Mäntel, und auch dafür konnte Burgi sorgen, die ihre Vorräte plünderte.

Eine passende Wohnung zu finden war auch nicht leicht; erst nach Anfang des neuen Schuljahres gelang es, eine Unterkunft mit der Grundausstattung an Möbeln ausfindig zu machen. Es war die Wohnung einer alten Frau, die vor einer Weile verstorben war. Die Familie benötigte die Wohnung vorerst nicht, daher sollte auch die Einrichtung möglichst so bleiben. Man einigte sich darauf, wenigstens das Schlafzimmer neu einzurichten. Dazu wurden zusammengelegt, die jeweiligen Ersparnisse und die, die Hildes Eltern beisteuern konnten. Burgi betonte, sie wolle ihrer Tochter jedenfalls einen besseren Einstand gönnen, als ihr selber beschieden gewesen war.

So großzügig sie bei größeren Anschaffungen war, so kleinlich konnte sie bei den einfachsten Dingen des alltäglichen Bedarfs sein. Hilde wusste, dass ihre Mutter üppige Vorräte an Seife und Waschpulver hatte, sich aber nicht in die Karten schauen lassen wollte und nur das herausrückte, was unbedingt nötig war. Jetzt stehst du auf eigenen Füßen und kümmerst dich selber um deinen Kram. Wir haben alle lernen müssen, mit wenig auszukommen. Sparsames Wirtschaften heißt eben, nicht mehr verbrauchen, als man wirklich benötigt, betonte Burgi.

Das Aufgebot mussten Hilde und Arnold beim Pfarrer bestellen. Der konnte sich schlecht dagegen wehren, dass der Herr Dekan selbst, als Onkel des Bräutigams, die Trauung vollziehen wollte. Hilde war das ganz recht. Die Hochzeit wurde auf Ende Dezember festgesetzt. Da waren ohnehin Schulferien und die kirchlichen Feiertage schon vorbei. Und das junge Paar würde dann gemeinsam das neue Jahr beginnen – ein ideales Datum also.

Die benötigten Dokumente für die Brautleute waren nicht schwer beizubringen, da sie bereits für den Schuldienst hatten vorbereitet werden müssen. Martin sorgte als Standesbeamter auch für den jeweiligen Ahnenpass und beglaubigte mit Unterschrift und Stempel alle verzeichneten Namen und Daten – für Hilde bereits im Sommer, für Arnold, der durch die Option reichsdeutscher Staatsbürger geworden war, erst Mitte Oktober. Er war dabei bestrebt, sich genau an die Richtlinien zur Erstellung der Ahnentafel zu halten. Darin fand sich der Vermerk: „Für die Aufnahme in die NSDAP wird der deutschblütige Abstammungsnachweis bis mindestens zum Jahre 1800 gefordert." Martins Eintragungen reichten daher noch etwas weiter zurück.

Die zivile Trauung nahm Martin selbst vor. Das Amtsgeschenk, die Führerbibel, verschwand irgendwann. Hilde erinnerte sich später nicht mehr, ob sie sie selbst entsorgt hatte oder ob sie vielleicht ein Amerikaner während der Einquartierung als Souvenir mitgehen ließ.

Das Hochzeitsfoto mit Hildes Familie nach der kirchlichen Trauung, die einen Tag später, wie üblich in einer Wallfahrtskirche, stattfand, fängt die nicht ganz ungetrübte Stimmung ein. Das Brautpaar steht rechts und schaut mit leisem Lächeln erwartungsvoll in die Kamera. Die Familie sitzt links. Hildes Vater macht ein verschlossenes Gesicht; Mutter Burgi sieht ernst und skeptisch drein; Otto gelangweilt und kritisch. Von der Familie des Bräutigams war niemand anwesend außer seinem Onkel, der die Trauung vornahm.

Die ersten gemeinsamen Tage und Nächte in der neuen Wohnung vergingen viel zu schnell, besonders im Nachhinein schrumpften sie gefühlsmäßig arg zusammen. Arnold hatte von wohlmeinenden Freunden den Rat bekommen, seine junge Frau nur ja nicht zu verwöhnen; also nahm er sich die Freiheit, drei Abende in der Woche ohne sie auszugehen, um mit Kollegen ein, zwei Bier zu trinken und sich weitere Ratschläge anzuhören. Hilde war beleidigt, hielt aber den Mund, um nicht gleich mit ihm zu streiten. Sie machte ihm erst einen Vorwurf, als die Einberufung kam – genau zwei Wochen nach der Hochzeit.

# Zeit der Briefe

Munster/Lager, Kreis Soltau,
25. Jänner 1942

Meine Liebste,

endlich kann ich Dir schreiben! Wir sind am Rand der Lüneburger Heide. Ich fühle mich um Jahre zurückversetzt: Das alles habe ich schon erlebt, halt beim italienischen Militär. Genauso geht es hier auch zu, nur kälter ist es. Damit Du eine Ahnung hast, wie mein Tag aussieht: Weckruf um 5, Waschen, Frühsport, Frühstück (Kaffee mit Brot für den ganzen Tag), dann Geschirr reinigen, Frühappell um 7, dann Abmarsch zum Übungsgelände unter Absingen von Liedern. Dort Schützengraben anlegen, Drahtverhau aufbauen, Deckungen ausheben und tarnen, Robben samt Ausrüstung (besonders angenehm im Schnee oder wenn's taut), Orientierungsübungen, Schießen usw. usf. Wer nicht pariert, kriegt Sonderdienst aufgebrummt (Stube säubern oder Kloputzen z. B.) oder es gibt Kollektivstrafen, die ergänzt dann noch die Gruppe. Mittags wieder Abmarsch in die Kaserne, Waschen, Menagefassen; dann Theorie (Truppe, Dienstgrade, Bewaffnung) und Praxis (Waffen und deren Bedienung). Feierabend gibt's erst danach, da ist man schon ganz schön fertig. Dann wieder Waschen, Uniform säubern oder flicken u. Knöpfe annähen, damit beim Morgenappell nichts fehlt. Abendessen wie mittags, ab 22 Uhr Ruhe in der Stube. Nur am Sonntag bleibt mehr Zeit, daher schreibe ich Dir. Beim nächsten Mal dann mehr!

Wie leid es mir jetzt tut, dass ich die Zeit, die uns geblieben ist, nicht ganz und gar mit Dir verbracht habe! Sei herzlich geküsst von Deinem

Arnold

Pfaffenhofen, 7. Feber 1942

Liebster,

wie hart habe ich auf Deinen Brief gewartet! Auf der Karte habe ich nachgesehen, wo Munster liegt. Endlich kann ich Dir schreiben, mir Deinen Tagesablauf vorstellen und in Gedanken bei Dir sein. Das bin ich sowieso ständig. Ich will Dir keinen Vorwurf machen – aber es ist jammerschade, dass uns so wenig Zeit miteinander geblieben ist! Aber ich will mich nicht beklagen, ich hoffe und bete nur, dass es bald vorbeigeht und Dir nichts passiert!

Wir haben hier unter den knappen Zuteilungen für den Hausbrand zu leiden. Du weißt, dass das Dorf fast ganz im Schatten liegt, deswegen ist es so schrecklich kalt, vor allem am Abend, dass ich oft im Mantel am Tisch sitzen und mit Handschuhen korrigieren muss. Auch in Russland muss es schlimm sein; hier wird dauernd daran erinnert, dass wir alle Pelze und warmen Sachen abliefern sollen für die Ostfront. Alle Skisportwochen sind abgesagt, auch die Skier sollen wir abgeben für die Wehrmacht im Osten. Hoffentlich musst Du nicht auch dorthin! Versprich mir, dass Du auf Dich aufpasst, so gut es geht!

In inniger Liebe

Deine Hilde

Munster/Lager, 22. Feber 1942

Liebste Hilde,

jetzt wissen wir, dass es bald an die Front geht, nach Südrussland wahrscheinlich, die Frühjahrsoffensive unterstützen. Ich habe mich als Sanitäter gemeldet, weil ich mich da schon auskenne, und die sind froh, wenn bei jedem Zug einer weiß, was tun und wie anpacken. Ich brauche aber eine Zusatzausbildung, um alle neuen Geräte kennenzulernen.

Nun die versprochene Geschichte: Am Anfang haben noch nicht alle jedes Kommando verstanden. In meiner Gruppe ist ein Kamerad aus dem Gadertal, der eher Italienisch versteht als Deutsch. Beim ersten Appell hat er auch seinen Namen nicht verstanden, weil der UvD ihn ganz anders ausgesprochen hat; also hat er sich nicht gerührt. Ich hab ihn aufmerksam gemacht, da geht das Donnerwetter schon los, der Feldwebel brüllt ihn zusammen, dann mich und hört nicht auf, auf ihm herumzuhacken, bis ich vortrete und erkläre, dass der Kamerad genauso ein Tiroler ist wie ich, bloß ein Ladiner, und dass er nicht gut Deutsch versteht, weil er daheim eine andere Sprache spricht. Der Feldwebel: Ach so, ein Tiroler also? Aus dem schönen Land in den Bergen? Ich: Jawohl, Herr Unteroffizier! Er weiter: Wissen Sie, warum in Tirol die Berge so hoch sind? Ich warte ab. Damit ein Idiot den andern nicht sehen muss! Ich darauf: Das muss ich mir nicht gefallen lassen, Herr Unteroffizier! Dann beschweren Sie sich nur, Sie Trottel!, brüllt er. Und ich: Bitte mich entfernen zu dürfen, Herr Unteroffizier! Sie bleiben!, schreit er, ich werde Ihnen noch Manieren beibringen! Da konnte ich also nichts tun; habe auch dann extra exerzieren müssen. Am Abend bin ich direkt in die Schreibstube zum Spieß und habe mich beim Oberst melden lassen. Dem habe ich die Geschichte erzählt und betont, dass ich mir das verbitte. Dass wir Tiroler als Optanten viel auf uns genommen haben, um heim ins Reich zu kommen, und das müssen wir uns nicht gefallen lassen. Der Oberst hat ruhig zugehört und gemeint, wir Tiroler sind wohl recht empfindlich, der ruppige Ton gehört halt dazu. Aber er wird mit dem Feldwebel sprechen, und ich soll ruhig verlangen, dass wir gut behandelt werden. Fazit: Der Feldwebel hat sich wirklich gebessert, er heißt uns jetzt „seine" Tiroler. Der Witz dabei: Kamerad Irsara hat gar nicht kapiert, um was es eigentlich ging, das habe ich ihm erst erklären müssen!

Wann wir versetzt werden, weiß ich noch nicht. Ich hoffe, ich kann Dir rechtzeitig Bescheid geben.

In treuer Liebe,

Dein Arnold

Pfaffenhofen, 5. März 1942

Mein innig Geliebter!

Deine Geschichte habe ich mit Herzklopfen und großem Vergnügen gelesen und fast das Gefühl gehabt, Du bist bei mir und ich höre Deine Stimme – und dass Du gut erzählen kannst, ist ja wirklich nichts Neues!

Heute muss ich Dir eine lustige Geschichte erzählen. Du hast meine Kollegin Gretl ja kennengelernt, Du weißt, dass sie sehr nett ist, aber für praktische Dinge nicht gerade viel Talent hat. Auch mit Tieren kennt sie sich offenbar nicht aus. Sie hat erzählt, dass ihr ein Kater zugelaufen und ganz zutraulich geworden ist; sie hat sich darüber gefreut, dass er ihr Gesellschaft leistet, ihn Peter getauft und immer wieder gefüttert. Neulich kommt sie ganz aufgeregt zu mir mit der Neuigkeit, der Peter ist eine Katz und hat Junge gekriegt – in meinem Kasten, genau auf meinem schönsten Hut! Bei näherer Schilderung bin ich dann dahintergekommen, dass sie die Tür von ihrem Kleiderschrank offen gelassen hat, und der Filzhut lag unten auf der Ablage; da hat die Katze den Weg natürlich gefunden, es sich bequem gemacht und in der Nacht ihre Jungen gekriegt – mitten auf dem Hut! Gretl war ganz empört, dass sie sich so getäuscht hat – oder die Katze sie getäuscht hat, das war nicht ganz klar, ich hab mir das Lachen fast nicht verbeißen können! Gefragt, was sie jetzt tun will, hat sie gesagt, der Hut ist eh hin, und sie bringt es nicht übers Herz, die Katze hinauszuwerfen! Sie versucht, die Jungen wegzuschenken, wenn sie größer sind und ihre Mama nicht mehr brauchen. Das wird sicher nicht leicht; ich nähme ja auch eins, aber in diesen Zeiten ist das wohl nicht angebracht.

Ich hoffe, dass ich Dich auch ein bisschen unterhalten habe. Versprich mir, dass Du auf Dich aufpasst, und sei herzlich gegrüßt und innig geküsst von Deiner

Hilde

Imst, Palmsonntag 1942

Meine liebste Hilde, beste Freundin!

Nun ist geschehen, was ich seit langem befürchtet hatte: Karl ist vor Leningrad gefallen! Gestern haben mir seine Eltern die Nachricht überbracht. Sie haben schon seine Dokumente bekommen, es ist kein barmherziger Zweifel mehr möglich! Ich bin völlig verzweifelt, ich habe das Gefühl, der Schmerz bringt mich auch um. Wenn ich wenigstens wüsste, wie er gestorben ist, ob er lang gelitten hat, wer bei ihm war in seinen letzten Augenblicken. Es zerreißt mir das Herz, wenn ich mir vorstelle, dass er irgendwo draußen allein im Schnee verblutet ist oder erfroren!

Natürlich weiß ich, dass es jetzt vielen Frauen und Mädchen so geht, dass viele Männer nicht zurückkommen werden, dass unsere Soldaten auch in diesen ersten Monaten des neuen Jahres schwere Verluste erleiden, aber das nützt mir nicht viel. Karl hat mir erzählt, dass sie furchtbare Kälte zu leiden hatten, dass ihre Bekleidung ganz unzureichend war und die Verpflegung schlecht, dass es viele Erfrierungen gegeben hat. Ich hadere mit dem Herrgott, dass er uns das antut! Ich kann es noch nicht einfach so hinnehmen, ich finde mich nicht damit ab, dass das von Ihm gewollt sein soll.

Liebste Freundin, wenn Du etwas Zeit erübrigen kannst, vielleicht an einem Sonntag, bitte ich Dich herzlich um einen Besuch. Ich will Dir keine Angst machen, Dich nicht belasten mit meinem Kummer, weil Dein Mann nun leider auch vor der Verschickung steht. Ich wünsche Dir doch aus innerstem, ehrlichstem Herzen, dass Dir dieses unmenschliche Leid erspart bleibt.

Deine untröstliche Freundin

Gunda

Kiew, 3. Mai 1942

Meine liebste Hilde!

Es ist wieder Sonntag, und ich kann Dir diesmal einen Brief schreiben. Auch lege ich einige Fotos bei, die wir in den ersten Tagen hier gemacht haben. Wenn es nicht so viele Ruinen in der Stadt gäbe, könnte man glauben, der Krieg wäre schon vorbei. Im Herbst soll es hier wild zugegangen sein, auch durch Sabotage mit Brandbomben. Hoffentlich bleibt es so ruhig, das ließen wir uns alle gern gefallen! Der Eindruck hier ist ziemlich trostlos, bis auf einige orthodoxe Kirchen nicht vergleichbar mit unseren schönen alten Städten. Im Zentrum viel kaputt. Die wenigen Leute, die man zu Gesicht bekommt, schauen ärmlich aus und verdrücken sich schnell; vor allem Frauen und Kinder, die uns mit großen Augen anstarren. Wenn man ihnen zuwinkt, verstecken sie sich. Wahrscheinlich haben sie Angst vor uns. Kontakte sind zwar nicht untersagt, aber wer kann schon Russisch! Wir sollen noch Unterricht kriegen, damit wir uns etwas verständigen können; bisher war da noch nichts.

Wenigstens wird es jetzt etwas wärmer, und die besseren, größeren Straßen trocknen langsam; der Schlamm und Matsch, solang es taut, ist ungeheuer; alles sinkt ein in dem bodenlosen Dreck – unvorstellbar, wenn man es nicht erlebt! Die Kastanienbäume blühen schon. Gestern waren wir auf Erkundung am Dnjepr entlang; der ist riesig, fließt mitten durch die Stadt und tritt jedes Frühjahr über die Ufer, anscheinend ist man die Überschwemmungen hier gewöhnt, und bald wird es auch Mücken geben. Aber vielleicht sind wir dann schon weiter. Schreib mir weiter so fleißig! Manchmal kriege ich lang nichts und dann ein ganzes Paktl. Ich umarme Dich!

Dein Arnold

Pfaffenhofen, 17. Mai 1942

Mein Herzallerliebster!

Unsere Briefe kreuzen sich – jedenfalls funktioniert die Feldpost bewundernswert! Jedes Mal frage ich mich, wo Dich mein nächster Brief wohl antrifft. Hoffentlich immer noch in ruhigen Gefilden, das würde ich mir und Dir so sehr wünschen!

Auch bei uns wird es langsam Frühling, das Land färbt sich grün, und die Natur zieht wieder zum Leben. Nur wie's innen drin ausschaut – geht niemand was an, heißt es. Immer wieder höre und lese ich von Verwundeten und Heldentoten, die Anzeigen häufen sich; dabei wird im Radio ständig von Erfolgen berichtet. Und es geht nicht nur um die Fronten – von den schrecklichen Bombardierungen der deutschen Städte hast Du sicher auch schon gehört! Ich habe Bilder davon in der *Wochenschau* gesehen; das macht einen ganz wütend, wenn man sieht, was die armen Leute aushalten müssen, die nichts dafür können! Unsere Mama hat wohl recht, wenn sie sagt, dass der Krieg das größte Unglück ist, das alle andern nach sich zieht.

Morgen mache ich mit den Kindern einen Ausflug; die freuen sich schon. Sie erzählen mir oft ganz vertrauensselig, was zu Hause geredet wird; auch die Kinder leiden unter den Dingen, die sie noch nicht verstehen können. Viele Väter sind im Krieg, und die Kinder fragen, was und wo das ist – was erkläre ich da? Die Buben geben gern an, die Mädchen sind eher traurig, weil sie die Sorgen der Mütter wahrscheinlich eher mitbekommen. Maikäfer flieg ... erinnerst Du Dich an das Kinderlied? Wenn Du bedenkst, wie schlimm dieser Text eigentlich ist, wird Dir ganz anders.

Ach, heute bin ich auch nicht besonders in Stimmung und will Dich mit meiner nicht anstecken. Ich schicke Dir alle Engel, damit sie Dich beschützen! 1000 Küsse!

Deine Hilde

Immer noch Kiew, 6. Juni 1942

Liebste,

wie bin ich froh, dass Du in der sicheren Ostmark lebst! Es ist eine große Beruhigung für mich, Dich und Deine Familie in Sicherheit zu wissen! Wir hören und lesen hier von den Bombenangriffen; die *Mitteilungen an die Truppe* bringen schreckliche Berichte. Aber auch hier scheint es nur so ruhig; wir wissen, es kann nicht mehr lange dauern, bis wir weiter nach Osten vorrücken. Aber es wird Sommer, da ist alles leichter als im Winter. Kameraden, die den letzten Winter miterlebt haben, erzählen Fürchterliches; wer es nicht erlebt hat, kann sich gar nicht vorstellen, wie kalt es hier werden kann. Ich verspreche Dir hoch und heilig, dass ich auf mich aufpasse, so gut es geht. Und dass Du für mich betest, darüber bin ich froh. Wollen wir hoffen, dass es auch beim lieben Gott ankommt! Wie oft ich an Dich denke, kann ich gar nicht zählen; immer wieder im Lauf des Tages schicke ich auch ein Stoßgebet zum Himmel, für Dich und uns.

Ich freue mich jetzt schon auf Deine nächste Post! Manche Kameraden sind mir schon neidig darum, dass mein Frauele so fleißig schreibt! In inniger Liebe

Dein A.

Pfaffenhofen, 19. Juni 1942

Mein Geliebter,

bevor ich schlafen gehe, muss ich Dir noch schreiben, das ist schon zu einer festen Gewohnheit geworden, und es macht mich selber glücklich, wenn ich mir vorstelle, welche Freude ich Dir damit machen kann.

Du kannst Dir vorstellen, wie viel Arbeit der Schulschluss macht. Aber ich bin ganz zufrieden mit meiner Klasse, die Kinder haben sich gut entwickelt und sind auch recht zutraulich geworden! Auch die Mütter sind inzwischen netter; sie fangen an, mich zu fragen, ob ich etwas brauche, das ist hier schon ein besonderes Zeichen!

Der Gauleiter hat verfügt, dass vom ersten Ferientag an alle Lehrer und Lehrerinnen sich für „Zwecke des Kriegshilfsdienstes" zur Verfügung stellen müssen – d. h. wir haben Ernteeinsatz, Mitarbeit in den verschiedenen Ämtern und Dienststellen usw. usf. Entschuldigungen werden „ausdrücklich nicht angenommen". Bei uns sind noch Sammlungen zu bearbeiten und Lehrstoffe für das nächste Schuljahr vorzubereiten, und dann werde ich heimfahren und mich dort zum Erntedienst melden – das bin ich ja wirklich schon gewohnt.

Inzwischen war ich sogar einmal mit Gretl im Kino, den neuen Fridericus (*Der große König*) anschauen, für meine Begriffe ein rechter Schmarrn. Aber die *Wochenschau* hat es in sich, ich bin immer ganz gespannt, ob ich vielleicht sogar Dich sehe in einem der Berichte aus Russland! Einmal ist es mir schon so vorgekommen, aber der Eindruck war nur kurz, vielleicht habe ich es mir einfach nur eingebildet, weil ich es mir so wünsche! Aber wer weiß? So wie ich sind viele Frauen im Kino, die hoffen, einen Blick auf ihren Mann zu ergattern, irgendwo an den Fronten. Sei im Geiste ganz fest umarmt und geküsst von

Deiner treuen Hilde

Bei Charkow, 12. Juli 1942

Liebste Hilde,

Du siehst, wir bewegen uns jetzt Richtung Osten. Das heißt: Fußmärsche in glühender Hitze und Staub, täglich 30–50 km in voller Ausrüstung. Die Landschaft dehnt sich gewaltig. Da ist man froh um die gute Ausbildung! Und wie immer wundert man sich selber, wie viel man aushält. Man schafft es, auch weil es allen gleich geht. Trotzdem ist die Müdigkeit riesengroß; wenn wir Marschpause haben, fallen wir einfach um, wo wir stehen und gehen, und schlafen sofort ganz tief, bis der nächste Befehl zum Aufbruch kommt. Manchmal schlafe ich sogar beim Marschieren, das geht tatsächlich, das weiß ich noch von Abessinien! Das Ziel ist Woronesch am Don. Charkow ist ja schon gesichert. Unterwegs hat es einige Scharmützel gegeben, aber wir haben alles erfolgreich abgewehrt. Ich hätte Dir viel zu erzählen! Was wir hier alles zu sehen kriegen, beeindruckt schon sehr – vor allem die schreckliche Armut der Menschen auf dem Land! Sie leben in armseligen Hütten in unvorstellbarem Schmutz; die Viecher bei uns haben es besser als die Leute da! Wir sollen uns möglichst aus dem Land ernähren, aber die haben selber nichts. Arme Hascher, und dabei herzensgut! Manche alte Matka hat immer noch ein bisschen Milch oder ein paar Eier für uns übrig und gibt sie sogar gern her! Nur wenn zuvor andere Truppen durchgezogen sind, verschließen und verkriechen sich alle. Und mit dem bisschen Russisch wird's auch nicht viel besser; die haben uns eigentlich nur beigebracht, was „Ruki werk!" heißt (Hände hoch!), nicht gerade die netteste Annäherung.

Ich habe noch Anrecht auf einen Heimaturlaub, weil ich wg. der Sanitätsausbildung darauf verzichten musste; vielleicht kann ich noch vor Weihnachten heim zu Dir!

Sei innig geküsst von

Deinem Arnold

Irgendwo in der Steppe, auf dem Weg zum Don, 26. Juli 1942

Liebes Frauchen,

heute kriegst Du ein paar neue Fotos mitgeschickt von unserem Sommer-Picknick in der Ukraine! Ein Kamerad hat sie auf Urlaub für mich entwickeln lassen, das macht jeder so. Die Qualität ist nicht die beste, aber wenigstens kannst Du Dir einen Begriff machen, wie es bei uns zugeht. Wir kämpfen hier vor allem gegen Hitze, Staub und leichte Infanterie (d. h. Flöhe), sonst sind wir auf Beobachtungsstation.

Sei so lieb und schick mir auch wieder einmal ein neues Foto; ich möchte sehen, wie Du jetzt ausschaust! Natürlich habe ich Dein Porträt und unser Hochzeitsfoto immer in meiner Brieftasche und verabschiede mich jeden Abend von Dir und schicke Dir alle lieben Gedanken. Meine Kameraden sind neugierig; ich habe schon Komplimente bekommen wegen meiner schönen Eheliebsten. In treuer Liebe,

Dein A.

Münster, Hochunserfrauentag 1942

Mein Liebster,

ich kann mir schon denken, dass es kein reines „Picknick" ist, wie Du mich glauben machen willst, um mich nicht zu beunruhigen. Deine Fotos hast Du wahrscheinlich auch so ausgesucht; ich habe sie mit Papas Lupe genau studiert. Ich weiß ja, daß alles ernster ist, als es ausschaut, und ich will ja nur, dass Dir nichts passiert! Dass wir uns in der Heimat um Euch sorgen, kann uns keiner ausreden!

Du bekommst jetzt auch das allerneueste Bild von mir. Du siehst mich mit dem Rad vom See kommen, und ich trage meine neue Pustertaler Tracht, die ich mir mit Mamas Hilfe nach den Mustern aus dem Pesendorfer-Katalog genäht habe.

Sonst haben wir alle genug zu tun, müssen ja ständig zusammenhelfen. Für die Feldarbeit werden wir verköstigt, das ist was wert in diesen Tagen; manchmal gibt's ein Ei extra oder ein Haferl Milch, ein Stückl Butter oder Topfen, das können wir gut gebrauchen. Otto macht sich auch nützlich; wenn er abends vom Laden kommt, geht er noch in der Nachbarschaft aushelfen, er ist so geschickt, dass ihn die Bäuerinnen immer wieder bitten, zu reparieren oder zu flicken, was gerade anfällt: Fahrräder vor allem, aber auch Schuhe, Zäune, Lampen ... Er ist jetzt nicht mehr so ruppig und scheint auch zäher zu werden

als früher. Die Mama hofft, dass sie ihn nicht auch noch holen. Wir beten jeden Abend den Rosenkranz, und Du kannst sicher sein, dass ich dabei immer an Dich denke! So, jetzt geh ich schlafen, morgen heißt es wieder früh an die Arbeit. Hoffentlich kann ich von Dir träumen! Sei herzlich geküsst von Deiner – immer ganz nur Deiner
Hilde

Am Donbogen, 11. Oktober 1942
Meine Herzallerliebste,
wir sind schon eine Weile hier am Don, an dem sich die Front entlangzieht, und anscheinend gibt's da auch genug zu tun. Den Fluss habe ich mir größer vorgestellt, aber gegen die Wolga soll der sowieso noch recht bescheiden sein. Vielleicht war der Sommer einfach zu heiß: Stell Dir eine Fläche von vielleicht 300–400 m Breite mit gelbem Wasser vor, das still und langsam dahinfließt. Eigentlich ist das hier ein schönes breites Tal mit viel Grün, was wohltut nach der langen Zeit im braunen Staub. Das rechte Ufer, wo wir uns festgesetzt haben, liegt viel höher als das linke, so sieht man weit hinüber auf die andere Seite, wo der Gegner sich verschanzt. Oft sieht man aber überhaupt nichts vor lauter Nebel. Bei klarem Wetter haben wir kräftige Unterstützung aus der Luft, ebenso von den Panzertruppen. Weiter im Osten, gar nicht mehr weit weg, liegt Stalingrad, um das seit Wochen gekämpft wird. Es heißt, dass es schon fast ganz in deutscher Hand ist, aber die Russen wehren sich verbissen. Wahrscheinlich kommen wir auch dorthin. Aber das soll sich alles noch vor dem Wintereinbruch entscheiden – diesmal werden die Berechnungen wohl aufgehen.

Der Oktober ist (schon wieder) ein Schlamm-Monat, der das Weiterkommen fast unmöglich macht. Autos und Geräte bleiben einfach stecken, nur leichte Fuhrwerke kommen noch weiter, aber oft müssen wir schieben. Es wird auch schon kalt bei plötzlichem Temperatursturz, ein eisiger Wind weht, die Nächte sind recht rau. Wir sind aber gut ausgerüstet, kein Grund zur Sorge. Letztes Jahr soll alles viel weniger gut geklappt haben. Sobald es schneit, kriegen wir Tarnanzüge. Wenn Du schon fertig bist mit Deinen gestrickten Liebesgaben, dann schicke sie mir – ich kann jedenfalls alles gut gebrauchen! In treuer Liebe,

Dein A.

Pfaffenhofen, 27. Oktober 1942

Mein Liebster,

bei uns gibt es wenig Neues zu berichten. Kalt wird es hier auch, und zum Heizen war bisher nichts zu kriegen. Wenn man nicht selber Reisig sammelt – aber das gibt nichts her, das wärmt nicht. Die Schulkinder sollen alle Holz von daheim mitbringen, aber noch schaut's nicht danach aus. Die Suppen werden auch immer dünner, alles wird anscheinend für die Front bestimmt. Hoffentlich habt Ihr dafür wenigstens gute Verpflegung! Wenn es so weitergeht, werde ich doch noch auf die Hilfe der Bauern angewiesen sein. Die Moarbäuerin, von der ich zwei Kinder in der Klasse habe, hat mir angeboten, dass ich einfach kommen soll, wenn ich was brauche. Am Hof gibt's immer was, hat sie gesagt, wo zehn satt werden – sie hat auch schon Gefangene seit dem Sommer –, kommt's auf einen mehr nicht an. Ich will's natürlich nicht gleich ausnützen, erst wenn ich's wirklich brauche. Unter Kolleginnen tauschen wir manchmal aus, was die eine mehr hat als die andere, aber als Alleinstehende kriegt man nicht viel. Aber ich will nicht klagen, jeder muss mit seinen Schwierigkeiten fertig werden. Wenn Du nur kommst, dass ich Dich bei mir habe und nicht dauernd in Sorge sein muss! Sei vorsichtig und denk dran, wie wichtig Du für mich bist! Deine

Hilde

Immer noch am Don entlang,
15. November 1942

Liebstes Frauchen,

keine Angst, ich komme schon, knappe fünf Wochen noch, dann geht's nach Westen, heim zu Dir! Wir haben inzwischen Schnee seit dem 20. Oktober; wenn es friert, ist die Situation einerseits besser, weil der Matsch endlich aufhört, andererseits sind die Grade wirklich streng, besonders das Wachestehen ist kein Vergnügen, weil man sich ständig bewegen muss. Aber ich trage jetzt gute Filzstiefel, die ich mir selber besorgt habe, denn bisher haben wir nur die weißen Leinenüberzüge bekommen. Ich habe sie eigenhändig einem toten Russen abgenommen, die halten richtig warm; allerdings handelt man sich dabei immer auch was anderes ein ... Aber Erfrieren ist schlimmer! Auch damit habe ich jetzt als Sani immer wieder zu tun. Und Deine Socken sind angekommen, vielen herzlichen Dank, die kann ich gut brauchen, so kann ich immer wieder wechseln. Sei beruhigt, ich passe schon auf mich auf!

Vor einigen Tagen habe ich Alpini-Soldaten getroffen. Es war davon die Rede, dass auch Italiener in der Nähe sind, auch Ungarn und Rumänen, aber was für Einheiten, wusste niemand. Es sind Alpini, Gebirgsjäger wie wir, meine alten Kameraden, mit denen ich in Afrika war! Sie sind anscheinend auch für den Kaukasus bestimmt, aber Genaueres erfährt man ja nicht. Und das war so: Auf Posten im Schützengraben hör ich in der Nähe auf einmal ganz typisch fluchen und schrei auf Italienisch zurück, wer da? Da kommt eine ganze Salve von Rufen und Fragen, dann taucht eine Gruppe Federhüte aus einer Mulde auf, sie winken mir, wir schauen uns an und grinsen, ein paar kriechen herüber, und wir erklären und erzählen ... Ich merke, wie mies sie ausgerüstet sind in dieser Kälte, nur dünne Fingerhandschuhe und keine richtigen Wintermäntel, die Genagelten und Stutzen wie im Sommer! Es klappt wieder einmal gar nichts mit dem Nachschub, erklären sie, es ist ein verd... Durcheinander, und sie wissen eh nicht, was sie da sollen, bloß weil der Duce sich eingebildet hat, er muss den Deutschen seine besten Truppen schicken. Das kenne ich nur zu gut! An ihnen liegt's nicht, nur an der Schlamperei der Führung. Die Gewehre sind nichts wert, weil sie in der Kälte einschnappen, die Autos bleiben liegen, weil es kein Naphtha gibt, nur auf die guten alten Muli ist Verlass ... Ich habe gemischte Gefühle ihnen gegenüber, es waren einmal meine Kameraden, und was für patente, das vergisst man nie, abgesehen von der Politik, vor allem, wenn man die anderen kennenlernt, über die sie sich sehr beschweren. Nur Verachtung, sagen sie, und die bekannte Präpotenz. Dabei sind sie Elitetruppen! Ich hab erklären müssen, wie das zugeht, dass ich auch da bin, halt auf einer andern Seite und deutlich besser ausgerüstet. Unter armen Teufeln versteht man sich. Wer weiß, wie es uns noch geht in diesem Abenteuer. Wir haben uns dann gegenseitig versprochen, uns zu besuchen, wenn einmal alles vorbei ist. Dann sind sie wieder hinüber in ihr Loch, und ich habe sie noch eine Weile lachen gehört.

Ich habe Dir überhaupt viel zu erzählen. Es ist ein großer Trost für mich, dass ich Dich in Sicherheit weiß. In Liebe,
Dein A.

Am Nachmittag des 22. Dezember stand er plötzlich vor ihrer Haustür. Hilde war schon die letzten Tage über immer wieder zum Fenster gelaufen, um auf die Straße zu schauen. Dann wurde es dunkel, und als sie nichts mehr sehen konnte, läutete es. Da stand er, sie flog an seinen Hals und weinte, und ihm ging es nicht anders. Und dann, während sie Tee kochte und er sich wusch und endlich die Uniform gegen Zivil vertauschte, beobachtete sie ihn und erkannte, dass er sich verändert hatte. Ernster, blasser, hagerer kam er ihr vor als in ihrer Erinnerung. Sie hatte schon tagelang ihre Rationen gespart, um ihm etwas auftischen zu können, und während sie aßen, versuchten sie einen Anschluss zu finden an das, was hier, in ihrem kleinen Heim, unausgesprochen, unfertig liegen geblieben war vor fast einem Jahr. Es gelang nicht, sie waren beide verlegen, versuchten, auftretende Pausen zu vermeiden, fingen immer wieder zugleich zu reden an und hörten gleich wieder auf, um einander nicht ins Wort zu fallen. Erst am nächsten Morgen, nach der eng umschlungen verbrachten Nacht, störte die Fremdheit nicht mehr so sehr. Während sie zur Schule musste vor den Weihnachtsferien und dann zum Einkaufen, blieb er noch im Bett liegen und genoss es, endlich wieder in zivilen Verhältnissen angekommen zu sein – wann hab ich das letzte Mal in einem Bett geschlafen? Im Laden versuchte Hilde inzwischen, etwas mehr zu ergattern, als ihr zustand, aber sie erfuhr, dass auch ein Soldat auf Heimaturlaub sich den Vorschriften beugen müsse und für die in Frage kommenden Tage seine Lebensmittelmarken beantragen und abstempeln lassen. Da könnte ja jeder kommen, hieß es. Das musste also so schnell wie möglich erledigt werden.

Am Weihnachtsabend fuhren sie zu Hildes Eltern. Burgi schwamm in Freudentränen und verlangte sogleich Bestätigung, dass er seine Unversehrtheit ihrem Gebet verdanke. Arnold beeilte sich, seine Mitbringsel auszupacken: kleine bunte Holzfiguren, die er in Kiew erstanden hatte und die sich gut als Baumschmuck eigneten. Die jungen Leute kriegten nicht genug davon, einander zu umarmen oder zumindest zu berühren: Gemeinsam schauten sie ein neues Album an, gemeinsam wurden die bescheidenen Geschenke begutachtet. Dann wurde Klavier gespielt, vierhändig, und gesungen.

Beim Betrachten der mitgebrachten Fotos ging es ans Erzählen. Wenn Arnold erst einmal anfing, war ihm alle Aufmerksamkeit sicher. Hilde fand ihre Vermutung bestätigt, dass er die bisher geschickten Bilder sehr sorgfältig ausgesucht hatte. Erst jetzt bekam sie solche zu Gesicht, auf denen er Hinweise auf gefallene Kameraden notiert hatte. Auf einem Foto stand er selbst mitten zwischen den mit Kreuzen aus Birkenzweigen bezeichneten Gräbern, auf denen Stahlhelme lagen. Viele dieser toten Kameraden hatte ich noch verbunden, bevor sie starben, stand auf der Rückseite. Und auf einem weiteren Bild, auf dem eine Gruppe junger Männer mit nacktem Oberkörper sich um ein Bierfass drängte – er selbst stand in der Unterhose am rechten Rand und schaute in die Kamera –, hatte er Einzelne mit Nummern versehen und auf der Rückseite als „gefallen" verzeichnet. Auf einem anderen stand er mit Stahlhelm und Feldstecher im Schützengraben, zusammen mit Kameraden, die sich selbstsicher in Positur setzten und in die Kamera lächelten, während er ins Weite schaute, als ob er gar nicht dazugehörte.

Fürchterlich – kam als erstes Wort, als er aufgefordert wurde, zu erzählen, wie es wirklich war. Das darf man ja nicht schreiben. Ihr wisst ja, dass es kein Briefgeheimnis gibt bei der Feldpost, die wird stichprobenweise kontrolliert, und wer mit kritischen Äußerungen auffliegt, wird wegen Wehrkraftzersetzung angezeigt, und darauf steht die Todesstrafe. Das wird einem sofort eingeschärft. Manchmal hast du vielleicht zwischen den Zeilen was herausgelesen, meine liebe Hilde, aber über die eigentlichen Erlebnisse und Gefühle kann man nicht berichten, so was geht nur mündlich. Als Sani hab ich vor allem die Aufgabe, Verwundete möglichst schnell zu bergen, in die Nester zu bringen – oft sind die einfach hinter dem Geschütz in einer Mulde – und zu versorgen. Wenn es zu einem Angriff kommt, und die Russen sind da ganz rabiat, zuerst gibt's Trommelfeuer, dann kommen sie schreiend in braunen Wellen daher – uräää, uräää, uräää, brüllte er plötzlich und rollte die Augen –, das fährt einem richtig in die Knochen! Die Unseren schießen dann schon, und die erste Welle wird getroffen, zusammengeschossen, aber die zweite Welle kommt gleich darauf, über die her, die am Boden liegen, das sind unglaublich zähe Burschen! Und wahnsinnig viele! Und dann trifft's auch schon unsere – rechts und links sausen die Kugeln, der Dreck spritzt auf, und es ist jedes Mal pures Glück, wenn's einen grad nicht erwischt ... Und danach, wenn's wieder vorbei ist und dunkel wird, wenn ich die Verwundeten herausgeholt und notdürftig verbunden hab, damit sie abtransportiert werden können in den Unterstand weiter hinten, muss ich mich um die Toten kümmern. Erkennungsmarke abreißen, Soldbuch abnehmen; das kriegt der Feldwebel, der die Listen führt. Und dann müssen wir, sobald es geht, die Gruben ausheben und schnell wieder zuschütten. Ein Kreuz aus Birkenzweigen wie auf dem Foto versuchen wir dann doch immer aufzustellen, wenn Zeit genug bleibt. Und der Hauptmann spricht ein paar Worte und sagt, dass sie jetzt alle „in die große Armee eingetreten" sind – das kann ich schon gar nicht mehr hören!

Einmal in Fahrt, war er nicht mehr zu bremsen.

Am schlimmsten ist es aber, wenn ich die Verwundeten draußen um Hilfe schreien hör, sie schreien: Sani, Sani! Das geht mir durch und durch, dann steigt mir die Wut hoch auf die, die uns das antun. Gar nicht so sehr auf die Russen, wohlgemerkt, die sind genauso arme Schweine wie unsereins, nein, glaubt's mir, auf die, die den ganzen Wahnsinn angezettelt haben! So viele junge Leute, die wegen nix und wieder nix ihr Leben lassen müssen – Kameraden –, das ist einem schließlich nicht egal, das sind eben so was wie Leidensgenossen, wo jeder für den andern einstehn muss. Ich bin oft noch derjenige, der ihnen ganz am Ende hilft. Dass ich Verbände anlegen kann, Glieder abbinden, wenn's das braucht, Schmerzmittel spritzen, dass ich weiß, was ich zuerst tun muss, das ist mir eh in Fleisch und Blut übergegangen, da brauch ich gar nicht mehr nachzudenken. Aber an die grausigen Verwundungen, die ich seh, da gewöhn ich mich nie, zerfetzte Knochen, weggeschossene Arme und Beine, Bauchschüsse und Kopfverletzungen, Splitter, die im Fleisch stecken, und das viele Blut, und oft zu wissen, dass es dem eh nix mehr hilft, dass ich nur noch bei ihm bleiben kann, bis es vorbei ist – das ist verdammt hart. Wenn ich sie wimmern hör und nichts gegen ihre Schmerzen tun kann, nur noch gut zureden, dann packt mich selber das Grausen, dass ich oft nicht mehr schlafen kann, obwohl ich todmüde bin, da lieg ich dann wach, voller Zorn, und spür's richtig in den Nerven, dass ich selber nur noch schreien möcht!

Er stöhnte auf, schüttelte den Kopf, schluckte und fuhr fort.

Die Verwundeten müssen oft lang warten, bis wir sie zurückbringen können zum Hauptverbandplatz; meistens mit Lastwagen, aber oft auch nur mit Tragen oder mit dem Panjewagen, kommt aufs Gelände an. Im Schnee geht's ja noch, aber im Schlamm ist gar nix zu machen, das kann sich keiner vorstellen, da bleibt man sogar mit den Stiefeln stecken und muss die dann wieder herausziehen, manchmal geht's sogar barfuß schneller! Die meisten sind eh geduldig, wenn sie nicht grad schlimme Schmerzen haben, und wenn sie dann nach der Operation aufwachen, sind sie oft Krüppel für den Rest ihres Lebens. Aber was mich dabei so erbittert, ist die ganze Sinnlosigkeit – keiner kann mir sagen, dass das notwendig ist, so weit weg von daheim eine ganze Generation zu verheizen!

Sie hörten ihm gebannt zu. Martin nickte bedächtig und äußerte nur: Genauso hab ich mir das auch vorgestellt, immer, wenn ich die Erfolgsmeldungen lese oder im Radio höre oder die gestellten Bilder seh in der *Wochenschau*, unterlegt mit Beethoven oder Wagner ... Nicht umsonst schalt ich dann den Schweizer ein, Beromünster gibt ganz andere Nachrichten, man darf's nur nicht weitersagen.

Die beiden Frauen schluchzten in ihre Taschentücher, Otto war ganz blass und starrte Arnold nur an. Burgi verwies unter Tränen auf das Beten, das in allen Lebenslagen hilft, auch wenn wir nicht mehr aus und ein wissen, behauptete sie.

Ja, wenn man's glauben kann, gab Arnold zurück, und wenn man kapieren könnt, zu was das alles gut sein soll!

Es geht ja gegen den Kommunismus, das ist ein Kampf, den auch die Kirche unterstützt, meinte sie.

Mein Gott ja, aber es ist nicht einzusehen, wieso wir dann in das riesige Land einfallen müssen und uns dort aufführen, als ob sie uns bei uns daheim an den Kragen wollen! Was geht's uns an, sollen sie sich's einrichten, wie sie wollen, ich glaub nicht an die „weltanschauliche Bedrohung", das sind arme Teufel, und ihr werdet's sehen, dass es uns noch genauso geht wie dem Napoleon. Das wird ja oft abgesprochen unter Kameraden; natürlich gibt's Fanatiker und Hundertfünfzigprozentige, die dauernd große Reden schwingen und alles nachbeten, was von oben kommt, aber wenn man den täglichen Dreck mitmacht, die Leute dort sieht und mit eigenem Kopf denkt, dann kann man nicht anders als schwarzsehen für das ganze irre Abenteuer!

Hilde drängte sich schluchzend an ihn. Und du musst dahin zurück, und wer weiß, wie's dir dann geht, stammelte sie und weinte hilflos an seiner Schulter. Er legte den Arm um sie und zog sie an sich: Es tut mir ja leid, dass ich dir und euch Sorgen mach, aber die Wahrheit hat einmal heraus müssen ... Wenn ich bei euch nicht reden darf, wie ich denk, wo dann! Ihr wenigstens sollt's wissen, wie's wirklich zugeht, was ich natürlich nicht schreiben kann und wo ich ständig aufpassen muss, zu wem ich was sag, dass mir oft vorkommt, ich platz gleich und möcht's am liebsten jedem ins Gesicht schreien, der mir so neunmalgescheit daherkommt mit den strammen Phrasen und hat keine Ahnung ... Wenn ich Glück hab – und Gottes Segen, beeilte er sich in Burgis Richtung zu ergänzen –, komm ich weiter durch, wenn nicht, dann wisst's wenigstens, wer schuld ist. Wenn uns die Russen alles zurückgeben – man hört ja genug Sachen, und wo die SS einmal durchgezogen ist, schaut's auch danach aus –, dann sind wir wirklich arm dran, glaubt's mir!

Weißt du eigentlich was Genaueres, wie's in Stalingrad jetzt steht?, lenkte Martin ab. Das würd mich interessieren. Im Schweizer hab ich vom Kessel gehört und von den Straßenkämpfen. Du warst ja nicht drin zum Glück, aber abgeredet wird wohl manches ...

Ja, Stalingrad, von nichts anderem ist die Rede gewesen in den letzten Wochen, setzte Arnold wieder an. Wohl auch deswegen, weil es so heißt: Stalins Stadt!

Es geht ja um die Ölvorkommen am Kaukasus und um die Verbindungswege nach Südosten, warf Martin ein, die Wolga ist die wichtigste Verkehrsader überhaupt. Es hat schon auch wirtschaftliche Gründe, nicht nur psychologische. Kein Schiff soll mehr über die Wolga heraufkommen, hat der Hitler gesagt, hab ich selber im Radio gehört!

Ich weiß nur so viel: Mitte Oktober hat es schon geheißen, es kann nur mehr ein paar Tage dauern, bis die „bolschewistische Festung" erobert ist, aber das war auch schon für September geplant, die Luftwaffe hat die Stadt ja schon im September in Grund und Boden bombardiert. Der Hitler hat befohlen, Stalingrad einzunehmen, und zwar schnell. Aber die Industrien sind ganz schwer zu nehmen, die Russen haben sogar schon längst alle Arbeiter ausgebildet und bewaffnet, und auch wenn die Unseren bis zur Wolga vorgedrungen sind, die Russen haben sie doch nicht aus ihren Verschanzungen vertrieben! Jedem Ansturm haben sie standgehalten, egal, wie viele Opfer das kostet, immer wieder, die sind mindestens genauso entschlossen wie die Deutschen. Und sie haben den Vorteil, dass sie sich viel besser auskennen in der Stadt und auf der Wolga, dass sie Nachschub besorgen können an Menschen und Verpflegung. Man sagt, sie bewegen sich nur in kleinen Gruppen und kämpfen um jedes Haus, zum Beispiel der große Getreidesilo, da sollen fünfzig Mann drei ganze Divisionen aufgehalten haben … Und die sind durchtrieben, die arbeiten mit Tricks, auf die man erst kommen muss. Die kaputten Panzer graben sie ein und nutzen sie als Feuernester, das heißt, sie lassen den Gegner herankommen, ohne sich zu rühren, und feuern dann ganz plötzlich aus nächster Nähe. Jetzt ist der Paulus eingekesselt seit Ende November, und da haben wir am Don auch schon verstanden, dass jetzt ein anderer Wind weht. Bei Kalatsch, wo ich zuletzt war, ein Angriff nach dem anderen, einer schlimmer als der andere, und jetzt wieder, kurz bevor ich in Urlaub gefahren bin, und immer hat's geheißen, dass das noch gar nix ist im Vergleich zu dem, was sich in der Stadt abspielt.

Meinst nicht, dass die Deutschen die sechste Armee schon doch noch heraushauen?, fragte Martin. Man hört schon lang vom „Unternehmen Wintergewitter" unter Manstein …

Du bist recht gut informiert, alle Achtung, meinte Arnold. Die Heeresgruppe Don hat den Auftrag gekriegt, aber bis jetzt jedenfalls nicht viel erreicht. Und dem Paulus nützt es nix, wenn der Großteil der Stadt in deutscher Hand ist, aber der Nachschub nicht hinkommt und jeder Handbreit Mann gegen Mann verteidigt werden muss. Bei der Kälte! Wir wissen, was die Unseren – ich sag halt so, weil ich auch dabei bin, wenn auch nicht grad freiwillig –, was die Unseren leisten im offenen Gelände, da trau ich mich zu sagen, da sind wir fast unschlagbar, zuerst die Luftwaffe, dann das gut organisierte Vorgehen, die konzertierte Aktion der einzelnen Einheiten – Panzer, Artillerie, Infanterie –, das hat sich perfekt eingespielt und hundertfach bewährt. Aber der Straßenkampf ist ganz was anderes, und ich kann euch nur sagen, dass ich heilfroh bin, dass ich jetzt nicht dort sein muss! Ich hoff ja auch, dass es gelingt, und jeder fragt sich, warum sie nicht schon längst ausgebrochen sind.

Führerbefehl, wusste Martin, hab ich im Radio gehört. Halten um jeden Preis!

Eben, das ist schon verrückt, das kann nur einer verlangen, der's nicht selber mitmacht, ärgerte sich Arnold.

Sein Urlaub war natürlich viel zu schnell um und der Abschied entsprechend schwierig. Geplagt von noch viel ärgeren Sorgen um ihn als je zuvor, verbrachte Hilde schlaflose, tränennasse Nächte in seinen Armen. Und dann musste sie ihn ziehen lassen, stand wieder am Bahnhof und winkte dem abfahrenden Zug nach, und immer noch weinend machte sie sich auf den Heimweg mit dem einzigen quälenden Gedanken, dass er jetzt Richtung Stalingrad unterwegs war, gerade mitten hinein in den ärgsten Sturm.

Warten, Warten, immer nur Warten! Wochenlang kein Brief mehr. In hoffnungsvollen Momenten versuchte Hilde sich selbst gut zuzureden: Sollte etwas passiert sein, würde sie wohl verständigt werden. Wenn sie eher schwermütig gestimmt war, und das war immer öfter der Fall, malte sie sich eine Schneewüste aus und Schützengräben wie die auf den Fotos, voller toter Soldaten – er mittendrin. Dann konnte sie nur noch heulen.

Gretl, ihre ernsthafte, stille Freundin, versuchte, sie mit ihrem unerschütterlichen Gottvertrauen aufzurichten, aber Hilde gab nur zur Antwort, sie habe leicht reden –

niemanden da draußen, im Ungewissen. Auch die Eltern wussten keinen rechten Rat. Beten, sagte Burgi, das beruhigt. Einsehn, dass man nichts ändern kann, sagte Martin, und dass man es so nehmen muss, wie's kommt. Dass er das vorausgesehen hatte, schluckte er hinunter. Sinnlos, darüber zu reden.

Martins geheime Informationsquelle brachte nur beunruhigende Nachrichten zutage. Vom russischen Kapitulationsangebot an General Paulus, das dieser zweimal ablehnte. Laut Beromünster war das Unternehmen Wintergewitter erbärmlich gescheitert, und die russische Offensive Kolzo hielt die Deutschen unter Dauerbeschuss. Es werde immer klarer, hieß es, dass die sich in hoffnungsloser Lage befänden; halb verhungert und erfroren, von Seuchen heimgesucht und täglich dezimiert. Außerdem noch zusätzlich gequält von den nervenaufreibenden Meldungen des russischen Störsenders, der ihnen dauernd mit der tickenden Uhr in den Ohren lag und dem grässlichen Spruch: „Alle sieben Sekunden stirbt ein deutscher Soldat. Stalingrad – Massengrab."

Am 3. Feber sendete der Großdeutsche Rundfunk eine Sondermeldung. *Das Oberkommando der Wehrmacht gibt bekannt: Der Kampf um Stalingrad ist zu Ende. Ihrem Fahneneide bis zum letzten Atemzug getreu, ist die Sechste Armee unter der vorbildlichen Führung des Generalfeldmarschalls Paulus der Übermacht des Feindes und der ungünstigen Verhältnisse erlegen ... Sie starben, damit Deutschland lebe.*

„Sie starben, damit Deutschland lebe": Der Titel prangte in Riesenlettern auch auf den Zeitungen. Über einem Soldatenkopf im Stahlhelm mit strahlendem Heiligenschein. Und manche fragten sich, in welchem Zusammenhang das wohl stand. Aber es klang markig und tauchte dann in vielen Todesanzeigen wieder auf.

Hilde musste noch lange warten. Alle Versuche, etwas Genaueres in Erfahrung zu bringen, scheiterten. Die *Wo-*

*chenschau* zeigte nur die zerschossene Stadt, gefangene Russen, zerstörtes Kriegsmaterial, verstreut über dem schneebedeckten Schlachtfeld. Kein Lebenszeichen, immer noch nicht.

Dafür die Rede des Propagandaministers. Gretl war gerade bei Hilde zu Besuch, als sie im Radio hörten, was sich im Berliner Sportpalast abspielte. Dass Goebbels mit seinen geschickt gedrechselten Sätzen den Zuhörern seine Sicht der Dinge aufzwang und die Reaktionen hervorrief, die er erreichen wollte, war nichts Neues. Aber die rauschenden Heil-Rufe, das tausendfache „Führer befiehl, wir folgen!" jagte ihnen Schauer über den Rücken.

*Wollt ihr den totalen Krieg? Wollt ihr ihn, wenn nötig, totaler und radikaler, als wir ihn uns heute überhaupt noch vorstellen können?*

Ob die ihm wirklich zuhören?, zweifelte Gretl. Ich glaub, die wissen gar nicht, auf was sie sich da einlassen. Hast du gehört? Vierzehn und sechzehn Stunden arbeiten – und das bei der jetzigen Verpflegung!

Hilde war eher der Satz vom Vertrauen zum Führer aufgefallen, das umso größer und unerschütterlicher sein sollte. Wenn ich das je gehabt haben sollte, ist es mir spätestens seit Arnolds Erzählungen abhandengekommen, meinte sie.

*Wollt ihr, insbesondere ihr Frauen selbst, daß die Regierung dafür sorgt, daß auch die deutsche Frau ihre ganze Kraft der Kriegsführung zur Verfügung stellt und überall da, wo es nur möglich ist, einspringt, um Männer für die Front frei zu machen und damit ihren Männern an der Front zu helfen?*

Na prima – die Männer frei machen für die Front! Mein Gott, das ist doch der Gipfel des Zynismus! Hast du das gehört: den Männern an der Front zu helfen, das heißt, den Männern an die Front zu verhelfen! Hilde schlug sich an die Stirn.

Ich glaub's einfach nicht, dass die Frauen sich das gefallen lassen, empörte sich Gretl. So blöd sind die nicht! Da ändern auch die Mutterkreuze nichts dran! Aber weißt du, vielleicht liegt's auch daran, dass wir weit weg sind, nicht direkt dabei – wir erleben es doch anders, wir können vielleicht deswegen so kritisch hinhören. Wenn man die ganze Atmosphäre mitmacht wie die in Berlin, dann ist man vielleicht so berauscht, dass man gar nicht mehr denken kann?

Ja, wenn ich mich an den Führer-Besuch in Innsbruck erinnere, ich weiß nicht, warst du damals dabei? Das hat schon was, die Stimmung war schon mitreißend … Aber damals waren wir so jung und naiv, und in der Menge tut man einfach mit, fast ohne dass es einem richtig aufgeht, was sich da abspielt. Erst im Nachhinein, wenn du nachdenkst, verstehst du, dass es da nur ums Gruppengefühl geht – und dass das ganz raffiniert ausgenützt wird! Hilde schüttelte sich. Jedenfalls ist es zum Grausen!

In den nächsten Tagen kamen die Gespräche immer wieder darauf zurück; allerdings war dabei größte Vorsicht geboten. Die Berichte aus Berlin wurden auch dauernd wiederholt. Die Haselrieder erklärte den Kolleginnen, was die neuen Bestimmungen für den Schuldienst bedeuteten: dass die Lehrerinnen zu ihren eigenen Stunden noch zusätzliche übernehmen mussten, wenn Kollegen einrückten, denn ab sofort würden die Aufträge dann aufgeteilt und die Zusatzarbeit ihnen aufgebürdet. In schweren Zeiten müssen eben alle an die Grenzen ihrer Kraft gehen, war ihre Botschaft.

Die Meldepflichtverordnung besagte, dass alle Männer und Frauen beim Arbeitsamt vorzusprechen hatten, um sich für Aufgaben der Reichsverteidigung zur Verfügung zu stellen. Hildes Bruder musste eine Ausbildung zum Luftwaffenhelfer machen – tägliche Übungsstunden, nach der Arbeit im Geschäft: also doch schon so etwas wie Kriegsdienst.

Das Warten auf Lebenszeichen war qualvoll. Die Tage schleppten sich dahin. Hilde schaute immer wieder Arnolds Fotos an, voller Angst, sie könnten das Letzte sein, was ihr von ihm blieb. So viele Einzelheiten fielen ihr erst jetzt auf, so viele Fragen waren offengeblieben in der kurzen Zeit, die sie zusammen verbracht hatten. Wenn doch nur etwas Tröstliches zu erfahren wäre! Aber hinter den offiziellen Meldungen konnte sich alles verbergen. Wer einmal zu zweifeln begonnen hatte, glaubte gar nichts mehr.

Erst Ende März, nach den Bombennächten von Berlin, kam eine Feldpostkarte an, mit Datum von Mitte Feber:

„Liebste Hilde! Bin heil aus dem Kessel herausgekommen und jetzt bei einer anderen Einheit. Sei ohne Sorge, es geht mir gut! Bald (hoffentlich) mehr! In Liebe, Dein A."

Diesmal waren es endlich Freudentränen, die Hilde gleich an ihre Familie weitergab, fernmündlich, aus der Schule ans Telefon im Standesamt zu ihrem Vater. Sonst waren private Gespräche streng untersagt, aber in diesem Fall erlaubte die Haselsteiner großzügig eine Ausnahme.

Und dennoch meldete sich dann wieder der Zweifel, ob diese Nachricht wohl immer noch der Wahrheit entsprach. Wer wusste denn, was in der Zwischenzeit passiert war?

Es blieb dabei. Arnolds Mitteilungen kamen spärlich und konnten Hildes Sorgen nie ganz ausräumen. Sogar Misstrauen trieb sie um, ob er das nicht absichtlich machte; andererseits vermutete sie, dass er viel verschwieg, und je weniger er erzählte, desto gefährlicher musste ihr die Lage erscheinen. Die Feldpostnummer änderte sich, ohne dass er erklärt hätte, warum. Anhand der Landkarte verfolgte sie die Ortsangaben, die auf Rückzug hindeuteten: von Stalingrad nach Woronesch, von dort wieder nach Charkow. Das musste erst von den Russen zurückerobert werden. Dadurch werde die Front stabilisiert, hieß es im Radio.

Nach den Bombenangriffen auf Berlin folgten die auf die Krupp-Werke in Essen, und dann kam das Ruhrgebiet überhaupt nicht mehr zur Ruhe. Mitte Mai ergaben sich die deutschen und italienischen Truppen in Nordafrika der britischen Übermacht, hörte Martin im Feindsender.

Der totale Krieg wirkte sich auch auf die Versorgung aus. Die Qualität der Lebensmittel wurde immer schlechter. Das ohnehin knapp zugeteilte Brot knirschte zwischen den Zähnen und lag schwer im Magen; die Leute munkelten, das Mehl werde zum Teil durch Baumrinden ersetzt. Burgi war überzeugt, die Geschmacksmischung wiederzuerkennen. Das haben wir alles schon erlebt, so ab siebzehn, achtzehn und danach auch noch lang genug, meinte sie.

Umso wertvoller waren für Hilde die Zuwendungen der Moarbäuerin, der sie mit Flickarbeiten zur Hand ging, denn geflickt musste überhaupt viel werden, und sogar Nähzubehör war nicht leicht zu kriegen. Burgi half aus ihren gehorteten Vorräten aus, denn gerade Garn und Stopfwolle waren rar. Sobald die Gartenarbeit wieder begann und es Hildes knapp bemessene Freizeit erlaubte, half sie der Bäuerin und bekam dafür frisches Gemüse zugesteckt. Und als Christl entdeckte, wie gut sie zeichnen und Fraktur schreiben konnte, ließ sie ihre Beziehungen spielen und besorgte Aufträge, mit denen Hilde sich manche Ergänzung ihres Speisezettels verdiente. So schrieb und verzierte sie für die Ortsbauernschaft Preisblätter für Musterhöfe, Ehrenurkunden und Familienwappen, wagte sich sogar mit Brandstift an Lebensbäume und andere volkstümliche Motive auf Holztellern und Schüsseln. So war sie nicht gezwungen, Wertsachen gegen Lebensmittel zu tauschen. Denn die Bauern ließen sich ihre Produkte nicht nur gut bezahlen, sondern verlangten darüber hinaus Schmuckstücke oder andere Wertsachen, obwohl das eigentlich verboten war. So spielte sich dieser Handel im Verborgenen ab, und wer eine Quelle kannte, verheimlichte sie, um sie nicht zu verlieren. Denn allen war klar geworden, dass sich die Lage nicht mehr bessern konnte, solang dieser Krieg dauerte. Einerseits waren die Lehrerinnen dankbar für das Zubrot, andererseits empörten sie sich über die habgierigen Bauernweiber, die auf diese Weise manche hübsche Aussteuer zusammenkratzten.

Unerwartet kündigte eine Karte Heimaturlaub an, und bald darauf traf Arnold ein. Äußerlich kaum verändert, Gott sei Dank sogar unverwundet, was alle Sorgen mit einem Schlag zerstreute. Aber doch anders, nervös, unduldsam und ganz ungewohnt schweigsam. Nach den ersten, von trockenen Schluchzern begleiteten Umarmungen gab es immer wieder Gereiztheiten und Missverständnisse. Hilde fiel gleich das Band im Knopfloch auf, und als sie seine Jacke weghängte, sah sie auch die Runen auf dem rechten Kragenspiegel. Alarmiert fragte sie, was das jetzt bedeuten solle, und er wiederholte unwirsch, er werde das schon noch alles erzählen. Aber er schob es immer wieder auf.

Die Nächte wurden zur Qual. Hilde hatte einen leichten Schlaf und noch nicht Zeit genug gehabt, sich daran zu gewöhnen, dass er neben ihr lag und sich dauernd herumwälzte. Arnold schlief schlecht, und wenn er schlief, träumte er, wachte schreiend und schweißnass auf und erklärte nur, das seien die Nerven, das müsse sie ihm nachsehen. Hilde, der es bei ihrer Arbeitsüberlastung auch nicht gerade glänzend ging, erwartete sich umgekehrt Verständnis und Unterstützung von ihm, doch er war viel zu sehr mit seinen eigenen Problemen beschäftigt, als dass er sich groß nach den ihren erkundigt hätte. Was sie wieder kränkte, sodass sie ihrerseits nichts erzählte – nicht einmal von ihrer in der Zwischenzeit erlittenen Fehlgeburt. Schließlich gab sie nicht mehr nach und drang in ihn, er solle doch endlich sagen, was ihn so plagte. Da kam zum Vorschein, was er mit sich herumtrug.

Nach dem Weihnachtsurlaub war er nach Stalingrad zurückgekehrt und vor der Stadt „in die Hölle geraten". Tagelanger Beschuss, undurchsichtige Stellungen im Schnee, chaotische Vor- und Rückzugsbewegungen, Versorgungsmängel, unendlich viele grässliche Verwundungen und immer spärlichere Hilfsmittel, die dann ganz ausblieben. Es kostete die letzten Kräfte.

Und dann ist das passiert, wovor sich jeder fürchtet und hofft, dass es nicht gerade ihn trifft ... Ich hab mich wie immer, wenn der Angriff nachlässt, zusammen mit den Trägern vor den Graben geschoben, damit wir die Verwundeten versorgen können. Da knallt's auf einmal wieder, Scharfschützen diesmal, obwohl es schon dämmert; neben mir fallen die beiden Träger in den Schnee wie weggemäht. Ich lass mich auch fallen, während Kugeln pfeifen und Splitter herunterprasseln, Schnee und Erde aufspritzen, überall Krachen, Schreien, Brüllen und Pfeifen von den Kugeln ... Dann krieche ich zum Ersten hin und versteh sofort, dass dem keiner mehr helfen kann, der war ganz verdreht ... Dem Zweiten auch nicht, dem war der Hals aufgerissen, Volltreffer, der schwimmt im Blut. Ich hab nicht mehr gewusst, was ich tun soll, nur noch geschaut, dass ich selber halbwegs Deckung finde, bin zwischen den andern vorsichtig herumgekrochen, hab mich immer wieder hingeworfen und halb im Schnee eingegraben, während rundherum dauernd Granaten und Kugeln eingeschlagen sind, immer noch und noch, ich denk mir nur, jetzt ist es so weit, jetzt ist es aus und vorbei, hoffentlich geht's schnell, wenn's schon sein muss – genau so ... Mir klappern die Zähne, ich zittere am ganzen Körper, kann mich kaum bewegen, ich seh Blitze von allen Seiten, Schnee und Dreck spritzen herum, und ich schieb mich auf gut Glück weiter, bis ich in einen Graben fall, auf andere drauf, die liegen im Dreck, überall Blut, da rührt sich keiner mehr, und ich hock mich hin und denk mir bloß, bis hierher hab ich überlebt, aber jetzt werd ich da erfrieren. Und obwohl ich am liebsten liegen geblieben wär, hab ich mich aufgerappelt und bin herausgekrochen, inzwischen war's ganz dunkel und das Krachen hat aufgehört ... Du kannst dir nicht vorstellen, wie das ist, diese Totenstille auf einmal, nichts mehr, nur noch Dunkelheit und kein Laut mehr, keine Bewegung, gespenstisch. Und du kapierst auf einmal, dass du jetzt ganz allein bist, mitten unter Toten, weit und breit nur zerrissene Körper, dass dein Einsatz keinem geholfen hat, aber dir selber grad, ganz und gar verrückt, das Leben gerettet! Und wieso mir und den andern nicht ... Aber im Moment hab ich nur noch den einen Gedanken, bloß nicht liegen bleiben, weiter, weiter, ich weiß nicht mehr, wie lang und mit welcher Kraft überhaupt noch, da taucht plötzlich vor mir ein Licht auf, einer leuchtet mir ins Gesicht und schnauzt mich an: Halt! Woher! Keiner von uns, aber ein Deutscher, ich bin auf der richtigen Seite, Gott sei Dank, ich deute nur mit der Hand zurück und will antworten, aber meine Stimme tut nicht mit, er hat eh schon kapiert, macht Platz und lässt mich in den Graben, ich rutsch hinein, und dann weiß ich nix mehr.

Wie ich dann wieder zu mir gekommen bin, waren mehrere da, die haben mich ausgefragt, alles andere als freundlich. Ich war von oben bis unten voll Dreck und Blut, aber dass ich trotzdem nicht einmal verwundet war, das hat sie stutzig gemacht. Man weiß ja, was man von den Versprengten zu halten hat, jeder, der einzeln daherkommt, gilt zuerst einmal als Deserteur! Wer den Anschluss verliert, hat sich sofort bei der Frontleitstelle zu melden, das wird einem oft genug eingebläut! Aber wo die war, in dem Chaos, das hätten die ja selber nicht gewusst. Die haben herumtelefoniert wie die Wilden. Erst als dann offiziell bestätigt worden ist, dass meine Einheit wirklich aufgerieben war, haben sie mir geglaubt und ich bin akzeptiert worden. Aber eigentlich nur deswegen, weil auch die Sanis inzwischen rar sind, relativierte er gleich.

Bei welcher Einheit ich da gelandet bin, war dann die eigentliche Überraschung: Es war die Leibstandarte, die uns – ein paar andere sind dann auch noch aufgetaucht – zu Hilfe gekommen ist, die uns herausgehauen hat, frisch aus Frankreich verlegt an den Donbogen. Und ausgerechnet denen verdanke ich jetzt mein Leben! Ganz verrückte Teufel, vor denen man wirklich Angst haben muss. Diese Wochen bei der Panzer-Division sind dann das Schlimmste gewesen, was ich jemals erlebt hab. Die haben mich gezwungen, alles mitzumachen, überall dabei zu sein, einen Einsatz nach dem anderen mitzukämpfen ... Das heißt, sich in die feindlichen Linien einschleichen und, in die Löcher geduckt, die heranrollenden Russenpanzer abwarten, sich hinkauern und hoffen, dass einen das Ungeheuer nicht lebendig zuschüttet und begräbt, wenn es sich über dem Trichter dreht und dreht und immer mehr Schutt über dir hereinbricht. Jedes Mal wieder glaubt man, das ist jetzt das Ende ... Aber irgendwie stumpft das auch ab, und wenn der Panzer dann doch endlich weiterfährt, dann ist der Moment gekommen, herauszuspringen und die Mine anzuheften, dann gleich davonzuhechten und Deckung zu suchen, bis das Monstrum explodiert. Zehn davon hab ich wirklich so erledigt und dafür noch kurz vor dem Urlaub das Eiserne Kreuz gekriegt – deswegen das Band im Knopfloch. Schau nur. Er fischte den Orden aus seiner Brusttasche und zeigte ihn Hilde: Von 1939! Davon muss es einen Riesenvorrat geben, den sie erst noch abbauen müssen.

Dann war auf einmal doch Rückzug angesagt. Aber wehe, wer davon gesprochen hat. Obwohl der alles andere als geordnet verlaufen ist. Die Landser sagen eh schon

„Napoleon-Gedächtnis-Rennen" dazu. Aber die Kämpfe haben nie aufgehört, die Russen waren überall, und jeder Fußbreit Boden, der verloren geht, muss auf Befehl zerstört werden, damit verbrannte Erde zurückbleibt und keiner mehr was davon hat. Ein kompletter Wahnsinn! Denk dir, da werden die Häuser in Brand geschossen, die Leute herausgetrieben in den Schnee oder Matsch und niedergeknallt ohne Pardon. Alles Partisanen – oder Sympathisanten, hat der Hauptmann, also der Hauptsturmführer, gesagt. Was eh kein Wunder wär! Auch die, die zuerst noch ihre letzten Lebensmittel hergegeben haben. In einem Dorf haben sich alle Alten, Frauen und Kinder in der kleinen Kirche verschanzt. Die ist dann mit Flammenwerfern in Brand gesetzt worden, und die Schreie haben wir die ganze Nacht gehört, die hör ich immer noch ... Du kannst dir so was gar nicht ausdenken, wie das ist, dieses irrsinnige, vollkommen sinnlose Morden ... Und wenn nicht gerade ein Kampf oder eine solche Vergeltungsaktion, wie sie das heißen, im Gang ist, geht es nur um Lebensmittel, Wodka und junge Frauen. Alles wird brutal requiriert, die Russinnen in den Hütten niedergezwungen und in Scharen vergewaltigt, und zum Schluss, wenn keiner mehr Anspruch auf sie erhebt – so hat der Kompaniechef das formuliert –, einfach niedergeschossen. Ich hab wohl versucht, meinen Widerwillen deutlich zu machen, dass wir da gegen wehrlose Menschen vorgehen, von wegen Soldatenehre, aber das hat überhaupt nix genützt, im Gegenteil – Untermenschen, hat's geheißen, und dass ich immer noch nix kapiert hab! Mich als Sani haben sie sogar bearbeitet, den Schwerverwundeten einfach die Kugel zu geben, denn bei der SS herrscht die Auffassung, dass man ihnen dadurch nur einen Gefallen tut. Ich hab mich geweigert und so weitergemacht, wie ich's gewohnt bin. Deswegen haben sie mich ständig aufgezogen, dass ich ein Weichling bin, ein Pfaff, unser Sani-Pfaff – das ist mein Spitzname geworden. Und weil ich das nicht länger aushalt', war ich noch beim Hauptmann, bevor ich weggefahren bin, und hab ihm erklärt, dass ich mich zur Wehrmacht zurückmelde, sobald ich kann. Der hat mich zwar angepfiffen, dann aber kapiert, dass es mir ernst ist damit, und erklärt, dass er mich im Auge behalten wird. Wenn Sie kneifen, wissen Sie ja, was Ihnen blüht, hat er geschnauzt. Jawoll, Herr Hauptsturmführer, hab ich gebrüllt und salutiert und war froh, mich verziehen zu können. Und wenn ich wieder zurück muss, melde ich mich sofort zu einer neuen Einheit, vielleicht zu einer neuen Ausbildung, wenn's das gibt, das versprech ich dir!

Und wenn du einfach nicht mehr zurückgehst und dich irgendwo am Berg versteckst, bis alles vorbei ist?, versuchte Hilde vorzuschlagen.

Das hilft alles nix, die kriegen jeden, jeder ist doppelt und dreifach registriert, und wenn sie mich nicht finden, holen sie dich dafür! Organisieren können sie absolut perfekt, die Bürokratie ist zum Schluss noch das, was am besten funktioniert, auch wenn sonst alles zusammenbricht ... Abtauchen, desertieren, das kann sich keiner leisten! Im Heer sind wir ja auch praktisch Gefangene, das kommt schon aufs Gleiche hinaus, abhauen kann keiner, was meinst du, wie viele das täten! Ich hab gehört, dass es in Stalingrad deswegen mehr Hinrichtungen gegeben hat als die ganze Zeit davor, und dass man nicht weit kommt, wenn sie's drauf anlegen, das ist schon sicher, dafür sorgen die Kettenhunde vom Streifendienst. Durchhalten ist das Einzige, was hilft, und dass mir das bisher gelungen ist, ist eh schon ein richtiges Wunder.

Tatsächlich gelang es ihm, sein Versprechen wahrzumachen und sich abzusetzen. Seine nächste Karte kam aus Neumünster in Schleswig-Holstein, wo er den Sommer bei der Sanitäts-Ersatz- und Ausbildungsabteilung zubrachte. Hilde besuchte ihn dort, nahm eine tagelange Reise in überfüllten Zügen auf sich, kam bis Kiel und wunderte sich über die flache Landschaft, die ihr zuerst wunderbar weit und frei vorkam, sie dann aber mehr und mehr bedrückte, weil sich immer nur das gleiche Bild bot ohne Abwechslung. Vom Meer an der Kieler Förde erzählte sie später noch oft, es wirkte grau und trostlos auf sie, trotz Sommer und ständigem Wind. Und von ihrem Besuch hatte sie nicht viel, Arnold bekam kaum Ausgang, nur einmal konnten sie gemeinsam eine Varietévorstellung besuchen, bei der ein Komiker Witze erzählte, die sie gar nicht witzig fanden und sich wunderten, warum der ganze Saal darüber so unbändig lachte. Sie hätte dann gern noch einen Abstecher nach Hamburg gemacht, aber sie hörte, dass alles, was noch konnte, von dort floh wegen der schlimmsten Luftangriffe – schrecklicher als alle bisher, hieß es – und dass deswegen die Züge gestürmt wurden. Daher kehrte sie auf demselben Weg zurück, und auch diese Fahrt war schon mühsam genug.

Überhaupt überschlugen sich in diesem Sommer die Ereignisse, jetzt auch im Süden. Die Alliierten waren auf Sizilien gelandet und hatten Rom bombardiert. Als der Duce gestürzt wurde, lag es in der Luft, dass sich manches ändern musste, weil die Deutschen nun wohl gezwungen sein würden, auch noch in Italien einzugreifen, um Ordnung zu schaffen bei den unzuverlässigen Verbündeten. Arnold machte sich nun Hoffnungen, in die Heimat zurückkehren zu können. Er bekam zwar keine Zusage, aber es gelang ihm, einen weiteren Urlaub herauszuschlagen, den er nützte, um Hilde endlich seine Heimat zu zeigen und seiner Familie vorzustellen.

Zum ersten Mal seit der Kindheit wieder per Bahn über den Brenner. Der Zug war wie gewohnt überfüllt und ruckelte langsam dahin, aber das machte Hilde nichts aus, solang sie durch ein Fenster hinausschauen konnte auf die Landschaft, die sie jetzt erst bewusst wahrnahm: den langen Abstieg über die große Schleife bei Gossensaß, den Blick auf die Talweite von Sterzing hinunter, die Sonnenhänge rund um Brixen, den engen Durchlass durch die Eisackschlucht, dann die gepflegten Weinhügel vor Bozen und endlich das offene Tal südlich davon, wo das Unterland anfing, Arnolds Heimat. Begeisterungsfähig, wie sie war, ließ sie sich zu entzückten Ausrufen hinreißen, die er amüsiert quittierte. Wie schön deine Heimat ist, sagte sie ihm immer wieder, die Mama hat mir zwar erzählt, dass es da viel schöner und immer wieder anders, viel bunter ausschaut als bei uns im Unterland, aber ich hab keine Erinnerung daran, als Kind achtet man ja nicht auf die Landschaft, da sind die Leute und die Viecher wichtiger, und ich erinnere mich nur an die Dampflok, wir wollten immer draußen im Fahrtwind stehen, auch wenn uns der Ruß in die Augen geflogen ist und die Mama sich geärgert hat, weil dann die Blusen voller schwarzer Flecken waren!

Du solltest die Landschaft erst sehen, wenn überall die Obstbäume blühen, meinte er stolz, beim nächsten Mal kommen wir hoffentlich dazu, im Frühling hereinzufahren.

Aha, du bisch also die Frau vom Arnold, begrüßte sie ihre Schwiegermutter und musterte sie von oben bis unten. Er hätt ja eigentlich Geistlicher werden sollen, fügte sie hinzu, aber jetzt isch es halt so.

Mutter, mischte sich Arnold ein, du weißt genau, dass das nix für mich wär, und die Hilde hat sowieso nix damit zu tun.

Jaja, sagte die Mutter, da kann man nix machen, und trat zurück, um sie ins Wohnzimmer zu lassen, in dem ein langer dunkler Tisch mit Stühlen vor einem geblümten Sofa stand und riesige Gemälde vom *Letzten Aufgebot* und der *Heimkehr der Tiroler Freiheitskämpfer* an den Wänden hingen. Neben dem Herrgottswinkel mit dem Kruzifix stand auf einem Tischchen eine Glasglocke mit einer ausgestopften Schleiereule drin. Und auf dem Fensterbalken saß ein Fischotter, ebenfalls ausgestopft.

Hilde war aufgeregt und fühlte sich unbehaglich, weil sie sich einen freundlicheren Empfang erhofft hatte. Arnold hatte ihr gestanden, dass seine Mutter es immer noch nicht verwunden hatte, dass er nicht Priester geworden war, aber dass sie ihr das sogleich vorhalten würde, darauf war sie nicht vorbereitet gewesen. Das Eis begann erst zu schmelzen, als sie dann ihrer Schwiegermutter in der Küche zur Hand ging und diese merkte, dass sie das konnte, und vor allem, wie ausgehungert sie war. Es gab Polenta mit selbst gemachten Schweinswürsten und dazu Wein, und Hilde zwang sich, ein Glas mitzutrinken, obwohl er ihr nicht schmeckte und gleich zu Kopf stieg. Als sie davon ein rotes Gesicht bekam, zog Arnold sie auf und gab einen Streich aus der Kindheit zum Besten, als er seine Schwestern heimlich auf dem Dachboden dazu gebracht hatte, zuerst Milch, dann Wein zu trinken, den die Eltern streng verboten hatten, und er seine Schwestern erschreckt hatte, weil er angeblich beobachtete, wie sie beide – genau wie die Eltern es vorhergesagt hatten – einen Kropf bekamen. Ich hab's genau gesehn, betonte er, das heißt, ich hab mir eingebildet, ich seh, wie beide einen dicken Hals kriegen, natürlich haben sie dann geweint und geschrien und sind zur Mutter gerannt! Die schüttelte den Kopf, sie könne sich zwar nicht erinnern an diese dumme Geschichte, aber ein arger Lauser sei der Arnold schon gewesen, bestätigte sie.

Weil Hilde von den Rationierungen erzählt hatte, wurde sie immer wieder zum Essen genötigt; die Schwiegermutter tischte auf, was Garten, Keller und Speisekammer hergaben. Sie servierte lang entbehrte Köstlichkeiten wie Speckknödel, Omeletten mit Preiselbeeren, Spatzln mit Butter und Käse oder mit Spinat und Rahmsoße, und alles schmeckte wunderbar.

Mit Arnolds Vater gingen sie unter den Pergeln spazieren. Mit ihm verstand sie sich auf Anhieb. Wohl, weil sie sich für alles interessierte, was diese für sie ganz neue Bauernarbeit anging, und ihm viele Fragen stellte, die er gern und geduldig beantwortete. Er führte sie in den Feldern herum, zeigte ihr, wie man wimmt, und ließ sie nach Herzenslust baumfrisches Obst kosten, verschiedene Sorten Äpfel und Birnen, saftige Zwetschgen und violette, längliche Feigen, bei denen sich der Zucker in Perlen am unteren Ende sammelte; er pflückte kernlose Trauben für sie, die er „Fleischweimer" nannte, auch eigenartig geformte Paradeiser von den dünnen Stauden, die am Feldrand wuchsen, und schaute belustigt zu, wie sie daran herumkaute und sich an den Geschmack zu gewöhnen versuchte.

Erst von ihm erfuhr Hilde, wie es bei der Option wirklich zugegangen war und was es bedeutete, sich als Dableiber gegen die NS-begeisterten Dorfleute und ihre Übergriffe wehren zu müssen. Nach dem Essen, während er seine Pfeife rauchte, erzählte er davon: Wer's net erlebt hat, kann sich net vorstellen, was für Gemeinheiten sich die Leut da auf einmal ausdenken. Das haben alle Familien mitg'macht, und des hört nimmer auf. Meistens waren die Jungen begeistert, wir Ältere hängen ja mehr am Hof und an der Heimat, es sind immer die Jungen, die wegwollen und anders denken, des war immer schon so. Aber so gestritten haben sie sicher noch nie wie in der Zeit vor dem Stichtag am 31. Dezember 39. Es war ja nur ganz kurz Zeit, zwei Monat bloß, um sich zu entscheiden, und alle haben von nix anderem mehr g'redt ... Beim Arnold war's ganz was anders, das war eigentlich klar, der wollt ja studieren, als Bauer taugt er eh nix mit seine zwoa linke

Händ – is ja wahr, unterstrich er den Seitenhieb auf seinen einzigen Sohn – und auch wegen meinem Bruder, dem Dekan, den kennst ja, der hat euch ja getraut. Das haben wir damals ruhig und vernünftig miteinander ausdiskutiert, da hat's keinen Streit gebraucht. Aber ich selber hätt mir nie vorstellen können, Haus und Hof zu verlassen und ins Reich abzuwandern, auch wenn ich ganz sicher koa Walscher bin, ich, der alte Kaiserjäger, der schon alleweil genau g'wusst hat, was er von die Schlawiner zu halten hat ... Das hammer ja lang genug mitgmacht, wie sie uns schikaniert haben. Es is oanfach net vorg'sehn, dass man deutsch sein kann, ohne a Nazi zu sein, und a Dableiber ohne a Walscher, bloß weil man niemand nix glaubt und net wegwill von da ...

Hilde hatte von ihrer Mutter oft genug gehört, dass die Südtiroler in dieser Zwickmühle nicht zu beneiden wären und ihre Heimat sicher nicht verlassen würden, und wenn, dann nur unter größten Qualen, daher gab sie ihm in jeder Hinsicht recht.

Und draußen in Tirol, wo die Südtiroler in den Siedlungen untergekommen waren, die gerade gebaut wurden, hatten sie auch keinen leichten Stand, wurden gerade nur geduldet von den Dorfleuten, weil die ihnen die neuen Unterkünfte neideten.

Danach, wie's klar war, dass wir net weggehn, haben uns die eignen Leut schikaniert, erzählte Arnolds Vater weiter. Die jungen Reben haben's mir abg'schnitten, die Äpfelbam mit hoaßn Waschwasser gossen, damit sie absterben ... Ich kann mir denken, wer's war, aber ich kann's net beweisen! Er paffte ärgerlich vor sich hin. Auf der Straß hab'ns uns g'schnitten, ausg'spuckt haben's vor uns, und net nur die Mander, und net nur ausg'puckt, ang'spuckt a no, im Gasthaus hat's nix mehr zum Trinken geben, Spottversln haben's ans Hoftor g'nagelt und Scheißhaufen davor hing'macht. Er zog die Tischschublade auf und nahm ein

Blatt Papier heraus: Da, kannst lesen, wer die Dableiber sind! Das hab ich aufgehoben, das werd ich dann einmal den Falotten vorreiben, wenn der ganze Unfug endlich vorbei ist – so Gott will.

*Falsche Christen – alte Weiber*
 *Egoisten – Hurentreiber*
 *Warme Brüder – schlechte Pfaffen*
 *Welschbastarden – ein paar Grafen,*
 *einige mit viel Millionen,*
 *die ihr Geld mit Betrug gewonnen ...*
 *Mancher, der vor Angst ums Geld*
 *fleißig zu den Walschen hält,*
 *manche wollen später starten*
 *und auf Otto Habsburg warten ...*

Hilde begriff, wie sehr das boshafte Machwerk ihren Schwiegervater erbittern musste, denn ihr war klar geworden, wie viel er auf Anstand und guten Ruf hielt. Der fuhr fort: Man kann wirklich sagen, dass a Riss durchs ganze Dorf gangen is – eigentlich durchs ganze Land. Freund und Verwandte haben sich verfeindet, Familien auseinanderg'rissen, dass es a Grausen war.

Die meisten, die abgezogen sind, haben's eh schon bitter bereut, sagte Arnold. Glaub mir, die werden sich alle noch wundern, wie's weitergeht.

Und, hast du's auch bereut?, fragte ihn Hilde.

Eigentlich nicht, antwortete er. Wer weiß, vielleicht wär ich als Alpino auch in Russland gelandet, und wer weiß, ob ich dann noch am Leben wär. Und schließlich, fügte er hinzu, als ihm dann doch aufging, dass sie lieber etwas anderes gehört hätte: ... und schließlich wär ich dann dir nie begegnet, und das wär wirklich sehr schade!

Aber sein Vater ergänzte: Jetzt, wo der Duce am End ist, geht's sicher wieder von vorn los. Es is schon a verruckte Zeit. Zum Schluss müssen wir noch froh sein, dass du a deutsche Uniform anhast. Sein tut's schon a kompletter Wahnsinn!

Im Nachhinein erwies sich, dass sie gerade rechtzeitig den Bomben entkommen waren, die jetzt von Süden kamen. Briten und Amerikaner setzten auf das Festland über, und auf einmal wurde die Brennerstrecke ins Visier genommen. Bozen, das sie gerade besucht hatten, kriegte in Bahnhofsnähe einige schlimme Treffer ab. In einer tollkühnen Aktion, von der noch lang bewundernd die Rede war, wurde Mussolini aus seinem Gefängnis am Gran Sasso befreit und nach Deutschland gebracht. Im deutschen Heer suchte man ab sofort Leute, die Italienisch sprechen und unterrichten konnten. Arnold ergriff die Gelegenheit beim Schopf und meldete sich.

Für Hilde begann ein neues Schuljahr. Die Lücken, die der Krieg gerissen hatte, waren noch größer geworden und mussten gefüllt werden. In allen Klassen kamen jetzt Kinder von Bombenflüchtlingen aus dem Reich dazu. Hilde wurden die beiden Von-Stieglitz-Kinder zugeteilt, die mit ihrer Mutter seit dem Sommer beim Moar untergekommen waren. So schwer sich ihre Mutter tat, sich an das Leben am Bauernhof zu gewöhnen, vor allem an die Arbeitszeiten und an die Gerüche, so ungewohnt war ihre Sprache bei den Dorfkindern, die sich über den Neuzugang lustig machten. Stieglitz, Stieglitz, s'Zeiserl is krank, sangen sie aus dem Hinterhalt und kicherten boshaft, und der blonde Karl-Friedrich, der sich gezwungen fühlte, seine kleine Schwester in Schutz zu nehmen, wurde rot vor Zorn, weil er allein gegen die spottende Meute nicht ankam. Hilde hatte die Neuen bei Christl schon kennengelernt und versuchte, den „Preußen" zu helfen, indem sie den Bauernkindern ins Gewissen redete. Die Kinder waren nämlich aufgeweckt und gut in der Schule, aber eben Fremde, und statt sich anzupassen, machten sie sich erst recht unbeliebt, indem sie die anderen ständig korrigierten. Es dauerte lange, bis sich das Verhältnis besserte; auch Frau von Stieglitz lernte erst mit der Zeit, dass sie mit Jammern allein bei der Bäuerin nicht recht ankam und sich am Hof wenigstens ein bisschen nützlich machen musste, um nicht ständig anzuecken.

Die Lehrerinnen hatten noch mehr Unterrichtsstunden zu leisten als bisher; ihr bisschen Freizeit schmolz auf ein schwer erträgliches Mindestmaß, das Hildes lange Wege, die Vorbereitung und die Korrekturen vollständig auffraßen. Das machte auch die Nahrungsbeschaffung schwierig, sie kam oft zu spät, um im Laden noch etwas zu ergattern, und jedes Ei, jeder Bissen Butter, jede gekochte Kartoffel oder Rohne, die sie von Christl bekam, war kostbar wie nie zuvor und hoch willkommen. Dann wurde die Kleiderkarte gesperrt, und wenn sich die Freundinnen im Sommer noch damit beholfen hatten, die Strumpfnaht mit abgebrannten Zündhölzern auf den nackten Waden nachzuziehen, war es inzwischen zu kalt dazu. Da mussten die vielfach gestopften Strümpfe mit Socken darüber immer wieder herhalten, die ihnen die Zehen wund scheuerten.

Geteiltes Leid ist halbes Leid – und auszuhalten, es gibt Schlimmeres!, sagte Burgi, wenn Hilde sich beklagte. Wenigstens sind wir noch alle am Leben. Stell dir vor, dem Arnold wär was passiert. So ist er mit Gottes Hilfe überall heil davongekommen, du hast ihn sicher, und er ist nicht einmal so weit weg.

Arnold war nicht in die neu geschaffene Operationszone Alpenvorland versetzt worden, sondern in die Dolmetscherkompanie nach Graz, wo er Italienisch unterrichtete. Also auf relativ sicherer Seite. Anders als im Reich, wo die RAF sich nach Hannover gerade die Hauptstadt vornahm, dann Leipzig, Kiel, Bremen, Frankfurt und wieder das gequälte Hamburg. Aber auf einmal war auch der Gau nicht mehr sicher. Bisher waren Bomber nur spärlich gesichtet worden. Jetzt wurde es ernst. Feldkirch traf es zuerst, dann plötzlich doch Innsbruck, wo die Leute schon daran gewöhnt waren, dass es um die Mittagszeit immer wieder Fliegeralarm gab, und sich deshalb nicht darum scherten und einfach essen gingen statt in den Keller. Auch hier waren die Straßen und Gebäude rund um den Bahnhof am meisten betroffen, manche Häuser zerstört bis auf die Grundmauern, Fensterscheiben im ganzen Stadtgebiet zersplittert, Türen aus den Angeln gerissen. Fast dreihundert Tote! Und doppelt so viele Verwundete wurden in die Spitäler eingeliefert; es gab Brände und Bruchschäden an den Wasser- und Gasleitungen und Schuttberge in den Straßen. Auf einmal kam der Schrecken ganz nahe. Und wiederholte sich zum Entsetzen der Leute, wieder zur Mittagszeit. Zugleich traf es Schwaz, wo die Messerschmitt-Werke Ziel des Angriffs waren. Der viel gerühmte „Luftschutzkeller des Reiches" erwies sich nun auf einmal als ebenso wenig sicher wie die deutschen Städte. Die weißen amerikanischen Flieger kamen tagsüber aus dem Süden, nachts die schwarzen britischen aus dem Norden. Und der bisher vorbereitete Luftschutz reichte bei weitem nicht aus. Also mussten in größter Eile Stollen in die Berghänge getrieben werden; dazu wurden Gefangene eingesetzt. Auch Privatleute versuchten, sich in irgendeinen Hang hineinzuwühlen.

Bahnfahren wurde gefährlich. Daher vermied man jede Reise, die nicht unbedingt nötig war, wie Hildes Besuche bei den Eltern. Otto musste täglich ins Geschäft nach Brixlegg und dazu das Bahngelände und den Inn überqueren, Martin hatte oft in der Kreisleitung in Kufstein zu tun. Wenn länger nichts mehr passierte, war man fast imstande, den Gedanken an die Gefahr zu verdrängen. Aber die Amis sorgten dafür, dass man sich rechtzeitig wieder dran erinnerte.

Dennoch besuchten Hilde und Arnold im Jänner 1944 gemeinsam Hildes Eltern. Aber die Stimmung war eher gedrückt. Schwer erträglich waren diese Wintermonate wegen der Kälte. Hilde fror erbärmlich in ihrer schattigen Wohnung, war ständig mit Skihose und Mantel unterwegs und kroch auch angezogen unters Federbett. Am Morgen bedeckte eine Eisschicht das Wasser in der Waschschüssel, es kostete Überwindung, sich zu waschen. Und da es wenig zu essen gab, und das meistens kalt, weil das selbst gesammelte Reisig vor Feuchtigkeit rauchte und dann doch immer zu schnell verpuffte, war es fast schon ein Kunststück, einen heißen Tee oder eine Suppe zu bekommen. Was Zivilisten gegen Lebensmittelkarten buchstäblich er-stehen mussten, war zudem von elender Qualität; dem Militär ging es durchwegs besser.

Deshalb nahm man in dieser Zeit gern Einladungen an, auch wenn es nur um eine Suppe ging. Während Arnolds Heimaturlaub wurde das Paar von Hildes Taufpatin, einer alten Lehrerin und Freundin der Familie, zum Essen eingeladen. Die Tante meinte es gut und pries ihre Erbsensuppe an, aber ihre Augen waren nicht mehr die besten, denn als sie ihren Gästen die Suppe herausschöpfte, mussten diese feststellen, dass alle Erbsen angestochen waren und aus jeder ein Wurm heraushing. Die Tante ging noch mehrmals zwischen Küche und Wohnzimmer hin und her, holte Tee und Brot dazu und forderte die beiden auf, nur herzhaft zuzulangen, sie habe noch mehr davon. Hilde saß angewidert vor ihrem Teller und traute sich nichts zu sagen, gab aber brav zur Antwort, dass es ihr vorzüglich schmecke, und zwang sich, wenigstens einige Löffel hinunterzuwürgen und mit Tee nachzuspülen. Arnold ekelte sich so sehr, dass er keinen Löffel hinunterbrachte, und als die gute Tante wieder in die Küche verschwand und Hilde den Rest ihrer Suppe in den Blumentopf am Fensterbrett gegossen hatte, zog er rasch ihren leeren Teller zu sich herüber und schob ihr dafür seinen vollen hin. Die Tante wunderte sich, als sie wieder hereinkam, und fragte Hilde etwas pikiert, ob es ihr denn gar nicht schmecke. Die wusste sich nicht mehr zu helfen, und da die Tante sich nun endgültig an den Tisch setzte und selbst zu essen anfing, blieb ihr nichts anderes übrig, als den Teller zu leeren, Löffel für Löffel, während Arnold dankend ablehnte, er sei immer schnell mit dem Essen und schon satt genug, er werde ja in der Kaserne in Graz ausreichend verpflegt.

Auf dem Heimweg ging es ziemlich heftig her zwischen den beiden. Arnold verteidigte sich, er habe sich nicht mehr anders zu helfen gewusst, er grause sich eben einfach mehr als Hilde. Später sollte dann eine Zeit kommen, da hätte er diese Erbsensuppe mit Handkuss genommen. Hilde jedoch konnte ihm das lange nicht verzeihen. Zumindest nie vergessen.

Die Nachrichten über die tatsächliche militärische Lage sickerten zwar langsam durch, aber keiner durfte sich erlauben, Zweifel an der deutschen Kampfkraft und Siegesgewissheit zu äußern, schon gar nicht in Feldpostbriefen. Doch wer die Bewegungen auf der Europakarte verfolgte, konnte sich kaum Illusionen hingeben. Schon im Herbst hatten die Russen die ostpolnische Grenze und den Dnjepr erreicht, Anfang November war Kiew geräumt worden; nun musste die Heeresgruppe Süd bis zum Bug zurückweichen und Ende März die Südukraine ganz aufgeben. Inzwischen zerbombten die britischen Flieger systematisch Berlin, und die US-Luftwaffe konzentrierte ihre Angriffe auf die Flugzeug- und Rüstungsbetriebe im Reich. In Italien wichen die deutschen Truppen zwar unter Widerstand, aber doch immer weiter Richtung Norden zurück, vor allem nach der alliierten Besetzung Roms. Auch vom Atlantik her drangen Bomber weit ins besetzte Hinterland vor und zerstörten deutsche Stützpunkte. Schließlich traf die Nachricht vom lang erwarteten Angriff auf die normannische Küste ein, die viele mit Erleichterung quittierten, weil die Deutschen nun den Feind endlich an Land angreifen könnten und niederringen würden. Der Reichsrundfunk meldete nämlich sofort siegreiche Abwehr:

*Der große Waffengang an der nordfranzösischen Küste hat somit begonnen. Er fand die deutschen Truppen überall bereit. Ein ungeheures Bombardement ging der Invasion voraus. Aber schon bald war das fein ausgeklügelte System der Engländer und Amerikaner durchschaut. Keinen Augenblick konnten die für jede Art von Ernstfall vorbereiteten Verteidiger am Atlantikwall getäuscht werden: Sie schlugen zu. Durch ganz Frankreich aber ging ein Aufatmen: Die Stunde ist da, die Würfel rollen.*

Die Wahrheit, dass die Landung erfolgreich für die andere Seite verlief, der Atlantikwall überrannt wurde, wenn auch unter hohen Verlusten, erfuhr nur, wer Feindsender hörte.

Hilde und Arnold verbrachten dennoch herrliche Sommertage in Graz, in beinahe unbeschwerter Urlaubsstimmung. Sie gingen ins Schwimmbad, als ob alles ganz normal wäre. Der Krieg schien weit weg, auch die Bombengefahr ließ sich verdrängen. Obwohl sogar auf den Theaterzetteln präzise aufgelistet war, wie sich das Publikum bei Fliegeralarm zu verhalten habe, welche Sitzreihen sich in welche Schutzräume zu begeben hätten. In diese Tage fiel jedoch ein Ereignis, das jedenfalls nicht unbeachtet bleiben konnte.

Hilde wohnte privat, Arnold in der Kaserne. Während er am Nachmittag des 20. Juli mit seinen Schülern Konversation übte, wurde die Tür zum Klassenraum plötzlich aufgerissen, der Hauptmann stürmte herein und schrie: Attentat auf Hitler – der Führer ist tot! Und in die gelähmte Stille hinein fügte er hinzu: Heute bin ich endlich einmal stolz darauf, ein deutscher Offizier zu sein!

Dann brach das Chaos aus, alle sprangen auf, schrien durcheinander, wollten mehr wissen, Genaueres erfahren, vor allem gesicherte Nachrichten über die Umstände. Es sei ein Fernschreiben aus dem Kriegsministerium eingetroffen, hieß es, also müsse die Nachricht stimmen. An Unterricht war nicht mehr zu denken. Die Soldaten standen in Gruppen beisammen und überlegten, wie sie sich nun verhalten sollten, und vor allem, was diese Nachricht bedeutete. Auf jeden Fall wäre wohl der Krieg zu Ende, sofort. Und das wäre ein Grund zum Feiern, meinten einige. Arnold versuchte zu beschwichtigen und wies vorsichtig darauf hin, dass der Rundfunk sicher genauere Angaben machen werde, die sollte man besser abwarten. Auf jeden Fall sei es vielleicht nicht angebracht, den Tod des Führers gleich zu begießen.

Es dauerte nicht lang, nicht einmal drei Stunden, da wurde die Nachricht widerrufen. Der Sender Königsberg wiederholte mehrmals die Sondermeldung, dass auf den Führer ein Sprengstoffanschlag verübt worden sei. Der Führer selbst habe außer Verbrennungen und Prellungen keine Verletzungen erlitten, unverzüglich seine Arbeit wieder aufgenommen und, wie vorgesehen, den Duce empfangen.

Alle gingen auseinander. Die Stimmung beschrieb Arnold später als „bedrückt". Dass dem Hauptmann nichts passierte, obwohl sein Kommentar deutlich genug gewesen war und ihn alle hätten bezeugen können, sagte einiges über die Situation im Dolmetscher-Lehrgang aus. Die Rundfunkansprache, die der Führer noch in der Nacht hielt, wurde dann noch oft genug ausgestrahlt. Arnold und Hilde hörten sie gemeinsam. Was sich ihnen für alle Zeiten einprägte, war sein Hinweis auf die Vorsehung, deren Werkzeug er sei:

*Die Bombe, die von dem Obersten Graf von Stauffenberg gelegt wurde, krepierte zwei Meter an meiner rechten Seite. Sie hat eine Reihe von mir teurer Mitarbeiter sehr schwer verletzt, einer ist gestorben ...*
*Der Kreis, den diese Usurpatoren darstellen, ist ein denkbar kleiner. Er hat mit der deutschen Wehrmacht und vor allem auch mit dem deutschen Heer gar nichts zu tun. Es ist ein ganz kleiner Klüngel verbrecherischer Elemente, die jetzt unbarmherzig ausgerottet werden ... Ich ersehe daraus auch einen Fingerzeig der Vorsehung, daß ich mein Werk weiter fortführen muß und daher weiter fortführen werde!*

Dieser „Fingerzeig der Vorsehung" wurde in den folgenden Tagen ständig bemüht. Die Exekutionen der Attentäter, die der Führer angekündigt hatte – „diesmal wird nun so abgerechnet, wie wir das als Nationalsozialisten gewohnt sind" –, wurden vollstreckt und ausführlichst bekannt gegeben. Nur wenige äußerten sich im vertraulichen Gespräch besorgt, ja entsetzt darüber, dass das Attentat misslungen war und der Krieg nun also weitergehen würde bis zum bittern Ende, dem endgültigen Zusammenbruch. Aber auch Leute, die sich nichts mehr wünschten als endlich Frieden, zweifelten daran, ob dieses Attentat mit beabsichtigter Todesfolge, also ein Tyrannenmord, vom moralischen Standpunkt aus zu rechtfertigen sei und diesen Frieden tatsächlich herbeiführen werde. Es wurde sogar heftig darüber diskutiert, dass die gute Absicht, damit der Allgemeinheit zu nützen, keinen Mord rechtfertigen könne. Gerade Soldaten, die einen persönlichen Eid auf den Führer geleistet hatten, hohe Offiziere, von preußischem Adel zumal, hätten niemals Hochverrat begehen dürfen! Arnold, der ohnehin immer gern theoretisch diskutierte und vom Theologiestudium her an Debatten gewöhnt war, hielt sich da nicht zurück. Schon um den Ernst der Lage etwas herunterzuspielen. Hildes Argumente zerpflückte er besonders gern. Sie ging davon aus, dass schließlich jeder Soldat Feinde töten müsse, und wenn die ungerechte Obrigkeit der Feind sei, dann habe er ihrer Meinung nach nicht nur das Recht, sondern sogar die Pflicht dazu!

So können nur Frauen argumentieren, fand Arnold. Immer nur nach Gefühl. Es gibt Prinzipien, nach denen wir handeln müssen, ob uns das passt oder nicht.

Die werden euch noch um die Ohren fliegen, gab Hilde zurück. Dann, wenn es euch nix mehr nützt.

Lass gut sein, Hilde. Mir wär's ja auch lieber gewesen, wenn die Vorsehung ein Einsehen gehabt hätt!, gab Arnold schließlich zu.

Auch zu Hause bei den Eltern war noch lang vom missglückten Anschlag die Rede. Burgi, sonst die entschiedenste Hüterin der Moral in der Familie, hielt sich diesmal nicht lang mit Entrüstung über das Attentat auf, sondern bedauerte zutiefst, dass es gescheitert war. Martin wusste schon, dass der geplante Putsch in Paris ohne Zwischenfälle verlaufen war und dass trotz des Misserfolgs in der Wolfsschanze und der Entdeckung der Verschwörung um ein Haar alles geklappt hätte. Mangelnde Kommunikation, zu laxe Planung, zu langes Warten auf verschiedenen Ebenen statt energischem Handeln waren die Ursachen für das Fiasko. Da möchte man meinen, die deutschen Offiziere könnten gut organisieren – und wenn's drauf ankommt, geht alles schief, seufzte er. Jetzt wird es sicher noch schlimmer, weil sie auch sonst überall draufzahlen. Griechenland und die Inseln haben sie schon räumen müssen. Die Wunderwaffe, mit der „der deutsche Erfindergeist das Steuer des Krieges endgültig herumreißen" sollte – genau so haben sie's im Rundfunk gesagt! –, bringt auch nicht viel.

Sei ehrlich, was wär dir denn lieber: dass die Deutschen siegen oder verlieren?, wollte Hilde einmal wissen.

Ich weiß wirklich nicht mehr, was ich mir wünschen soll, gab ihr Vater zur Antwort. Schlecht geht's uns auf jeden Fall. Und wie der Arnold schon gesagt hat: Wenn sie uns alles zurückgeben, was wir angestellt haben … Es ist ja so schon schlimm genug: Die Bombardierungen hören nicht auf, grad waren München und Stuttgart dran. Die vielen Flüchtlinge aus dem Reich glauben immer noch, dass wir ausgespart bleiben. Wirst sehen, dass es uns auch trifft! Mehr einschränken als jetzt geht schon gar nicht mehr, dem totalen Krieg kann keiner mehr ausweichen! Aber nützen wird's nix mehr.

Martin behielt recht mit seiner düsteren Prognose. Und gerade, als im öffentlichen Dienst die Sechzig-Stunden-Woche eingeführt und die allgemeine Urlaubssperre verhängt wurde, war sich Hilde sicher, wieder schwanger zu sein.

Wahrscheinlich brachten es die neuen Einschränkungen im Bahnverkehr mit sich, dass Hilde auf etwas aufmerksam wurde, was sie sonst vielleicht nicht gesehen hätte. Es bestätigte schlimme Vermutungen, die man nur unter der Hand weitergesagt bekam.

Da ihr Zug ausgefallen war und der Warteraum überfüllt und stickig, ging sie eine Weile am Bahnsteig auf und ab, um Luft zu schnappen. Da fiel ihr am weiter entfernten Stumpfgleis ein Güterzug auf, der offenbar Menschen transportierte. Aus den Fenstern winkten Hände, sie sah Gesichter und hörte Rufe, die sie nicht verstand. Hilde näherte sich neugierig, da vertraten ihr zwei Wachsoldaten mit den bekannten Runen am Kragen den Weg: Zurück da – bleiben Sie zurück! Was wollen Sie hier!

Lassen Sie mich durch, sagte Hilde. Ich glaube, die Leute wollen etwas, vielleicht kann ich helfen.

Kommt nicht in Frage, schnauzte der eine, das geht Sie nichts an.

Sind das Gefangene?, versuchte Hilde zu erfahren. Wo werden sie denn hingebracht?

Ins Lager natürlich, antwortete der andere Wachsoldat und nahm seine Zigarette aus dem Mund. Zum Arbeiten. Und jetzt machen Sie, dass Sie weiterkommen!

Hilde gab sich noch nicht geschlagen. Ich glaube, die Leute haben Durst, es ist ja heiß. Die sind sicher schon lang unterwegs. Sie können sie doch nicht verdursten lassen, tun Sie doch was! Haben Sie kein Mitleid?

Mit dem Judenpack?, grinste der Raucher. Doch der andere schrie: Verschwinden Sie – sofort!, und griff nach dem Gewehr.

Hilde gab trotzig zurück: So geht man mit Menschen nicht um! Das wird einmal auf euch zurückfallen!

Sie sah noch, dass der rabiatere der beiden das Gewehr anlegte, dann drehte sie sich um und zwang sich, so langsam wie zuvor am Bahnsteig entlang zurückzugehen.

Das Erlebnis erklärte einiges, ergänzte frühere Informationen und weckte verdrängte Erinnerungen. Das war also ein Judentransport aus Italien ins Reich. Bei solchen Wachmannschaften konnte man sich denken, wie es im Lager zuging. Hilde wurde den Eindruck nicht mehr los. Sie erzählte daheim davon und auch allen anderen, denen sie vertraute. Viele waren es ohnehin nicht.

Martin wusste wie üblich mehr. Er hatte schon von Vernichtungsmaßnahmen gehört, mochte es aber nicht recht glauben. Hoffentlich ist es nur eine Unterstellung, Feindpropaganda sozusagen. Aber dass es in den Lagern nur um Arbeit geht, glaube ich auch schon lang nicht mehr. Wirst sehen, es dauert nicht mehr lang. Paris ist schon gefallen, anscheinend sind die Amerikaner im Westen bereits nahe an der Reichsgrenze, und im Osten kommen die Russen voran, die sind schon in Rumänien. Hoffen wir bloß für uns alle, dass das Ende nicht gar zu schlimm wird.

Jedenfalls ging es nur noch abwärts für alle, die es merken wollten. Aber je kritischer die Lage wurde, desto schneidiger klangen die Durchhalteparolen, auf Plakaten, dekoriert mit entschlossenen Gesichtern unterm Stahlhelm, im Radio, sogar auf Poststempeln:

*Unsere Parole: Tapfer und Treu!*

Als der Volkssturm ausgerufen wurde, brauchte man sich nur an die letzten Kriegstage 1918 zu erinnern, um zu begreifen, welche Stunde es geschlagen hatte. Nun wurde Hildes Bruder Otto, der schon die Ausbildung bei der HJ absolviert hatte, als Flakhelfer den Batterien entlang der Bahnlinie zugeteilt. Daher kam er oft tagelang nicht nach Hause, und niemand wusste, wo er sich gerade befand. Das war beängstigend, wenn von Fliegerangriffen und Treffern berichtet wurde. Martin hatte sich selbst in der Kreiskaserne zu melden und regelmäßig am Sonntag viele Stunden lang Wehrertüchtigung an der neuen Waffe – der Panzerfaust – über sich ergehen zu lassen, wurde dann zwar wieder nach Hause geschickt, um seinen Verpflichtungen als Schulleiter und Standesbeamter nachkommen zu können, musste sich aber zur Verfügung halten. Das Arbeitspensum in der Schule stieg ins Unerträgliche, war ohne Überstunden nie zu bewältigen. Die wurden nicht bezahlt, sondern erwartet: Der Lohn, hieß es, sei „das Gefühl erfüllter Pflicht". Diese Pflichterfüllung verlangte nun Einsatz bin zum Umfallen bei völlig unzureichender Verpflegung. Hilde ging es nicht anders. Sie hatte 34 Wochenstunden zu halten und dazu Aufsichten zu übernehmen, in denen sie die Kinder mangels Arbeits- und Unterrichtsmaterial irgendwie beschäftigen musste. Es gab kaum mehr Schreibzeug; die Bleistifte steckte man in Federhalter, damit auch der letzte Stummel aufgebraucht werden konnte; für Hefte gab es keinen Nachschub, deshalb sollten die Kinder von daheim alte Kalender und Schiefertafeln mitbringen. Schulbücher fehlten an allen Ecken und Enden, und Hilde ging dazu über, den Kindern Geschichten zu erzählen oder aus ihren eigenen Büchern vorzulesen und sie mündlich nacherzählen zu lassen. Es gab weder Malzeug noch Zeichenpapier, nichts zum Basteln oder Handarbeiten. Solang das Wetter es erlaubte, ging sie mit den Kindern ins Freie, ließ sie Rosskastanien, Wurzeln und Zapfen suchen, um damit zu basteln; die Größeren durften Weidenruten für Körbe schneiden, Maisblätter und Binsen sammeln; daraus wurden Zöpfe geflochten, Untersetzer gearbeitet oder kleine Tiere gefaltet und Bälle gedreht, mit denen die Kleinen spielen konnten. Dann wurde es kalt, und die Kinder mussten sich auch im Innenraum immer wieder bewegen, neben den Bänken turnen, um nicht ständig zu frieren.

Hilde machte zudem ihre Schwangerschaft zu schaffen. Sie war fast dauernd hungrig, erbrach sich aber trotzdem und litt unter Kopfschmerzen, die sich zu einer Neuralgie auswuchsen. Die Überforderung, die Kälte und die schlechte Ernährung wirkten zusammen, dass sie sich ständig erschöpft fühlte und dennoch kaum schlafen konnte. Sorgen kamen dazu: Arnold wurde zum Partisaneneinsatz nach Jugoslawien abkommandiert, auf einmal gab es wieder nur noch selten Lebenszeichen von ihm, und wenn Post kam, dann immer aus einer anderen Gegend. Schließlich wehrte sich der Körper gegen die Überbelastung: Hilde bekam Fieber, durfte sich aber dennoch nicht schonen, weil „keine Vorwände mehr geduldet wurden". Ihre Kolleginnen hatten zwar Mitleid, aber da sie alle weit über ihre Kraft beansprucht wurden, hielt sich ihr Verständnis in Grenzen. So verlor sie auch ihr zweites

Kind. Diesmal erlitt sie einen Zusammenbruch, von dem sie sich lang nicht erholte. Und obwohl sie noch längst nicht wieder auf den Beinen war, musste sie ihre Arbeit wieder aufnehmen.

Die Weihnachtsferien wurden wieder verlängert. Die Schulen blieben wegen Heizstoffmangel geschlossen, aber Urlaub gab es keinen: Die Lehrerinnen wurden zum Kriegshilfsdienst in der Gauhauptstadt eingesetzt. Sie hatten sich bei den Meldestellen einzufinden, wurden in Züge eingeteilt, mit Schaufeln, Hacken und Schubkarren ausgerüstet und zum Aufräumen in die Trümmer geschickt.

Hilde war erschüttert, als sie nach längerer Zeit die Stadt wieder betrat. Den ganzen Herbst über war im Inntal das Brummen der Fliegerstaffeln zu hören gewesen, und je nachdem, wie der Wind wehte, auch das Jaulen der Alarmsirenen; viele behaupteten, auch die Erschütterungen zu verspüren. Wie schlimm es die Stadt getroffen hatte, wusste man auch von Leuten, die in den Dörfern außerhalb bei Verwandten und Freunden untergekommen waren. Aber die Zerstörungen an Ort und Stelle zu sehen machte das Entsetzen und die Erbitterung erst greifbar. Mitte Dezember waren Sprengbomben und Brandstäbe niedergegangen, die viele Straßenzüge in Stücke gerissen und in Flammen gesetzt hatten. In den vom Frost beschädigten Leitungen war das Löschwasser gefroren, daher konnten die Brände ungehindert wüten. Nicht einmal am Weihnachtstag kamen die Menschen zur Ruhe; der Strom fiel durch Einschläge immer wieder aus, es traf auch bisher verschonte Stadtviertel. Die Straßen wie umgepflügt, schwarz verkohlte Trümmer über Schutthalden, in der Mitte auseinandergerissene Häuser, in denen die Stockwerke herunterhingen, zerbrochene Möbel über schiefen Bohlen, geborstene Bretterverschläge, leere Fensterhöhlen, die in die Luft starrten, und hie und da eine pastellfarbene Wand im Schwarz und Staubgrau der Mauern. Stumm und verbissen gruben dick vermummte Gestalten im Schutt nach brauchbaren Resten. Verschüttete, hieß es, sollten auch noch in unzugänglichen Kellern darunter liegen; keine Hoffnung mehr, noch Lebende aus den Trümmern zu bergen. Während der Räumarbeit hatten sie Angst vor Mauern, die jeden Moment einzustürzen drohten, dicker, brandig riechender Staub machte das Atmen beschwerlich, die ungewohnte Anstrengung und das Gefühl der Trostlosigkeit ließen alle verstummen.

Da wirkte der Neujahrsaufruf des Gauleiters wie Hohn. Er räumte zwar ein, dass in der „durch Bombenterror schwer mitgenommenen Gauhauptstadt der Krieg von Tag zu Tag deutlicher sein hartes Gesicht zeigt", gab sich aber immer noch siegesgewiss: „Einig in diesem Willen zur Behauptung um jeden Preis, unerschütterlich entschlossen zu jedem Einsatz und beseelt von dem verbissenen Kampftrotz, der zu allen Zeiten die schärfste Waffe des Stammes in den Bergen war, geht der Gau Tirol-Vorarlberg in das neue Jahr."

In Wirklichkeit begingen die Menschen den Anbruch des neuen Jahres wenig zuversichtlich. Dazu gaben die Nachrichten jedenfalls keinen Anlass. Denn im Osten drängten die Russen nun unaufhaltsam vorwärts, auf Danzig und Breslau, nach Budapest nun auf Wien zu, und die Amerikaner waren schon weit über die Westgrenze des Reiches vorgerückt. Auch der letzte große „Gegenschlag" in den Ardennen war wegen der Luftüberlegenheit des Gegners bereits gescheitert. Der Reichsfunk meldete schwere Bombenangriffe auf die Rheinbrücken. Die eigenen Erfahrungen verliehen nun den Nachrichten über die entsetzlichen Bombardierungen von Berlin und dann auch noch Dresden für Hilde eine ganz andere Bildkraft.

Auch im Inntal verstärkten sich die Fliegerangriffe auf die Brennerlinie, besonders ab Mitte Februar. Nur bei Schlechtwetter konnte man beruhigt sein. Dass die Alliierten jetzt nicht mehr länger abwarten wollten, wurde immer deutlicher. HJ-Buben, Kinder noch, waren als Aufräumtrupps an der Strecke im Einsatz; Eisenbahner mussten die Anlagen fast täglich reparieren. Und Zwangsarbeiter wurden noch dazu abkommandiert, an den Übergängen Panzergräben auszuheben.

Die Lebensmittelmarken, die auf acht Wochen berechnet waren, wurden auf neun gestreckt. Plakate schrien einem auf Schritt und Tritt entgegen mit denkwürdigen Sprüchen:

*Wer zweifelt, verzweifelt – darum glaube!*

Nicht genug mit den schweren Bombern: Auch Tiefflieger erschienen untertags und griffen an, was sich bewegte. Meistens entlang der Bahnlinie, aber auch abseits davon. Einem solchen, der sich am „Großkampftag" zu Führers Geburtstag einen besonderen Einsatz vorgenommen hatte, wäre Hilde fast zum Opfer gefallen. Sie war am frühen Nachmittag mit dem Fahrrad unterwegs, als er herandröhnte. Sie achtete anfangs nicht darauf und strampelte weiter, doch als er immer näher kam, schaute sie kurz hinauf und direkt dem Soldaten ins Gesicht, der hinter dem Piloten das Bordgewehr auf sie anlegte. Trotz des Schrecks, der sie durchfuhr, war sie imstande, ihr Rad wegzuwerfen und unter die Bäume am Wegrand zu flüchten, während es rundum von Einschlägen zischte. Auf allen vieren kroch sie tiefer ins Unterholz und versuchte dann, möglichst ruhig zu liegen, damit sich kein Zweig über ihr rührte. Der Jäger drehte noch einige Schleifen, es dauerte eine Ewigkeit, während der sie sich verzweifelt immer tiefer in den Boden wühlte – aber dann war er plötzlich weg, so überraschend, wie er aufgetaucht war. Da verstand Hilde, dass die Amis sich wohl nur einen Spaß erlaubt hatten.

Das Schlottern kam erst danach. Sie musste noch eine Weile liegen bleiben, weil ihr schlecht war und die Beine ihr nicht mehr gehorchen wollten. Mehr als einen Riss im Rock trug sie nicht davon, sie war nur völlig verdreckt, mit Gras und Erde verschmiert, als sie dann endlich imstande war, sich wieder aufzurichten.

Erneut ein Erlebnis, das sie ihr Leben lang begleitete. Ich hab in dem Augenblick am eigenen Leib gespürt, wie's den Soldaten draußen im Feuer gehen muss, wenn sie hilflos daliegen und nichts tun können als warten und beten. Da ist mir aufgegangen, was es heißt, ins Gras zu beißen, erzählte sie.

Die Nervosität in diesen Tagen vor dem Ende, vom dem niemand wissen konnte, wie lang es sich noch hinziehen würde, war riesengroß. Man hörte, dass sich Einheiten der Wehrmacht auf dem Rückzug aus dem Reich nach Tirol befanden und die Amerikaner nicht von Süden, sondern aus dem Norden kommen würden. Was die einen sehnsüchtig erwarteten, das Ende des Krieges, ließ andere ausgesprochen hektisch werden. Insgeheim dachten alle nur daran, wie sie sich in Sicherheit bringen und ihr Hab und Gut retten konnten, aber die Reaktionen waren verschieden. Da gab es Parteigenossen, die auf einmal den gewohnten Kommandoton ablegten und sogar die Ostarbeiter freundlich behandelten. Schlaue versuchten, sich abzusichern, den bisher drangsalierten Mitbürgerinnen Zugeständnisse abzuluchsen, bei Bedarf zu bezeugen, dass sie sich immer korrekt verhalten und sich nichts hätten zuschulden kommen lassen. Andere verkrochen sich oder flohen. Und doch gab es immer noch welche, die sich mit Klauen und Zähnen an den Endsieg klammerten und die Augen vor der Realität verschlossen.

Dann war es endlich wirklich so weit. Am 28. April standen die Amerikaner an den Grenzen. Am Fernpass, wo sich eine letzte Kampftruppe verbissen und verzweifelt wehrte, bei Scharnitz und bei Mittenwald. Am selben Tag kam ein Zugtransport von Häftlingen aus Dachau, das von den Wachen geräumt wurde, nach Seefeld und sollte zu Fuß weiterziehen, musste aber wieder umkehren, weil der Gauleiter die völlig Entkräfteten nach Bayern zurückschicken wollte. Zugleich waren auf allen Straßen Massen von Flüchtlingen unterwegs, vor allem Frauen mit Kindern, die nach Tirol hereindrängten und um Essbares bettelten. Allen setzte auch noch der letzte Schnee zu, viele Dachauer blieben am Straßenrand liegen; wer durchkam, wurde erst in Mittenwald endgültig befreit. Aber davon erfuhr man nur unter der Hand. Auch, dass der Duce auf der Flucht gefasst und von Partisanen erschossen worden war, und die Amerikaner auf ihren Panzern am 1. Mai weiter vorrückten und immer näher kamen. Die Rundfunknachricht an diesem Abend war eine ganz andere:

*Aus dem Führerhauptquartier wird gemeldet, daß unser Führer Adolf Hitler heute nachmittag in seinem Befehlsstand in der Reichskanzlei, bis zum letzten Atemzug gegen den Bolschewismus kämpfend, für Deutschland gefallen ist.*

Am 3. Mai zogen die amerikanischen Soldaten vormittags in Telfs, am späten Nachmittag in Innsbruck ein. Sie wurden von weiße Tücher schwenkenden Menschen empfangen. Die Männer mit dem Kaktus im goldenen Feld am Ärmel grinsten unter ihren Stahlhelmen und grüßten zurück; viele Schwarze waren darunter, die groß angestarrt und angestaunt wurden. Entlang den Straßen warfen sie den Kindern Kaugummi zu; die balgten sich darum, wussten dann aber nicht recht, was damit anzufangen wäre. Mit Gesten zeigten ihnen die Soldaten, dass man das Zeug in den Mund steckte und darauf kaute so wie sie.

Im Radio war am Abend die lang ersehnte Nachricht zu hören: Österreicher! Tiroler! Innsbrucker! Die Stunde eurer Befreiung ist gekommen!

Wer ihn angeschwärzt hatte, erfuhr Martin nie, aber die Vermutungen beschäftigten ihn noch Jahre lang. Jedenfalls bestärkte ihn dieser Vorfall in seinem Entschluss, so bald wie möglich nach der Befreiung um Versetzung anzusuchen.

Am 4. Mai saß er am Schreibtisch, als er das typische Geräusch heranmarschierender Knobelbecher im Hof und eine bellende Stimme hörte, die vor dem Schultor Halt! rief und das Stampfen stoppte. Das Tor flog auf, Stiefel trampelten die Treppe herauf, dann hämmerte es an der Haustür, und als niemand öffnete, wurde sie kurzerhand eingetreten. Martin war keine Zeit mehr geblieben, sich zu verstecken. Sofort schnarrte ihn eine Uniform an: Da haben wir ihn ja! Raus mit dir, Drückeberger, diesmal entkommst du nicht!

Was ist denn jetzt schon wieder, entfuhr es Martin. Da wurde ihm klargemacht, dass sie ihn abholen, weil er sich verkrochen hatte, statt beim letzten Aufgebot mitzukämpfen. Er solle ja nicht glauben, dass das keinem aufgefallen wäre und er ungestraft davonkomme.

Was wollt ihr denn jetzt noch, hilft eh alles nichts mehr, versuchte Martin Zeit zu gewinnen.

Dir sicher nicht, höhnte der Militär, und die vorgehaltene Pistole überzeugte Martin, dass er keine Chance hatte, sich diesem Irrsinn zu entziehen. Zwei Mann banden ihm die Hände zusammen und trieben ihn mit Fußtritten aus der Wohnung, die Treppe hinunter, hinaus auf den Hof. Dort zwangen sie ihn, sich an der Kirchenmauer aufzustellen. Das passt, befand der Sturmbannführer und ließ seine Mannen Aufstellung nehmen. Dann woll'n wir mal ...

In diesem Augenblick bog ein Jeep um die Ecke auf den Platz und bremste mit quietschenden Reifen. Die Insassen schätzten die Szene sofort richtig ein und schrien los, zogen ihrerseits die Waffen und sprangen ab. Die SSler kapierten auch schnell und gaben Fersengeld, so rasch sie konnten.

So verdankte Martin den Amerikanern sein Leben.

Auf der anderen Seite, in der Untersteiermark, dauerte der Krieg um einige Tage länger. Widersprüchliche Nachrichten jagten einander, keiner war recht zu trauen. Zwar konnte sich ab Mitte April niemand mehr täuschen, denn Wien war schon fest in russischer Hand. Und doch spielten sich immer noch absurde Szenen ab. Vom Durchhaltewillen durchdrungene Scharfmacher aus dem Reich wachten darüber, dass Disziplin und Sprachregelung aufrechterhalten blieben. Arnold erlebte selbst einen Vorfall, der in seiner ganzen Umgebung Kopfschütteln hervorrief, aber ernste Folgen hätte haben können. Einer dieser jungen Offiziere, ein eifriger Neuzugang, fand eines Morgens auf der Deutschlandkarte die Einschließung Berlins durch die Rote Armee und ihr Vordringen in die Hauptstadt mit Nadeln markiert.

Wer war das?, zischte er. Wer hat diesen Schwachsinn verzapft?

Seelenruhig meldete sich einer der Soldaten.

Woher haben Sie das?, brüllte der Piefke. Worauf der andere antwortete: Aber das pfeifen ja schon die Spatzen von den Dächern!

Wutschnaubend drohte der Offizier scharfe Maßnahmen an. Es kam aber nicht mehr dazu. Seine Beanstandungen wurden einfach ignoriert.

Immer deutlicher setzte sich die Erkenntnis durch, dass hier eine verfahrene Situation sinnlos in die Länge gezogen wurde. Die Stimmung in der Truppe wurde immer unruhiger, die Lage bedrohlicher; ständig kam es zu Zusammenstößen mit den Engländern und den jugoslawischen Partisanen, die hier gemeinsame Sache machten. Wer die Situation realistisch einschätzte, sprach davon, einfach abzuhauen; die Engländer lagen ja gar nicht so weit weg, in Kärnten, und wenn man imstande wäre, sich bis dorthin durchzuschlagen, käme man in britische Gefangenschaft, allemal besser, als in die Hände der Tito-Partisanen zu fallen. Oder vielleicht würde man es sogar schaffen, auf Umwegen die Heimat zu erreichen ... Von Rohitsch-Sauerbrunn ging der Marsch zurück nach Cilli, das lag der Grenze noch näher. Wichtig war nur, den richtigen Zeitpunkt zu erwischen. Viele wälzten Pläne und teilten sie mit Vertrauten; jeder überlegte für sich, ob und wie viel er zu riskieren bereit war. Einige wenige versuchten tatsächlich ihr Glück im Schutz der Dunkelheit; ob sie es schafften oder nicht, war nie zu erfahren.

Davon schrieb Arnold in seinen Briefen natürlich nichts. Die wurden Anfang Mai am Empfangsort als „Überrollpost" bereits der amerikanischen Militärzensur unterzogen. Darin ist nur von der begründeten Hoffnung auf ein baldiges Ende und Heimkehr die Rede. Hilde bekam diese Briefe zwar noch, konnte ihre eigenen aber nicht mehr aufgeben, da der Postverkehr unterbunden wurde.

Im Chaos des Kessels von Cilli versäumten Arnold und seine Kameraden dann die letzte Gelegenheit zur Flucht. Am 9. Mai, als nach der Kapitulation der Wehrmacht das Ende des Krieges und der Zusammenbruch des Dritten Reiches verkündet wurde, begann ihre Gefangenschaft.

## Ausnahmezustand

Nun herrschte ein Ausnahmezustand, der anders war als der, an den man sich notgedrungen hatte gewöhnen müssen. In den folgenden Tagen überschwemmten amerikanische Soldaten das Dorf, ja das ganze Tal. Im Rathaus wurde die Kommandozentrale eingerichtet; das Schulhaus, in dem ohnehin kein Unterricht mehr stattfand, wurde für die sogleich gefangen gesetzten Parteifunktionäre requiriert, die Fabriken wurden beschlagnahmt, um als Truppenunterkunft zu dienen, und auch sonst wurde überall Quartier gemacht. Wegen der Bombenflüchtlinge aus dem Reich und der Städter, die aus demselben Grund aufs Land gezogen waren, herrschte ohnehin Wohnungsnot; zudem wurden jetzt die Barackenlager der Ostarbeiter aufgelöst, und die Dorfleute hatten jeden Grund, sich vor den befreiten Gefangenen zu fürchten, die ihre Häuser plündernd heimsuchten. Hatte man bisher kaum Kontakt gehabt mit den vielen Wandas, Olgas und Sonjas, die seit Jahren in den Spinnereien Tuche für die Wehrmacht herstellten, und mit den Iwans, die in der Südtiroler-Siedlung am Bau, in den Luftschutzstollen oder an den Straßen eingesetzt waren, so änderte sich das jetzt; sie waren auf einmal überall und versuchten, sich Essen und Kleidung zu beschaffen. Mit einem Schlag mussten die Besatzer daher viel zu viele Menschen versorgen: die eigene Truppe, die ehemaligen Gefangenen und die hungernde Bevölkerung. Die kam allerdings zuletzt, denn die Amerikaner hatten es aus ihrer Sicht mit lauter Nazis zu tun.

Einzelne Begegnungen mit ihnen verliefen zwar meistens gesittet, aber dennoch unerbittlich. Hilde bekam überraschend Besuch von einem Offizier. Die höheren Grade schwärmten nämlich aus, um sich eine bessere Unterkunft zu suchen – vorzugsweise dort, wo Einzelpersonen eine Wohnung besetzten.

Hilde, die bei jedem Klopfen zuerst an die sehnlich erwartete Post dachte, öffnete die Haustür und sah sich einem Amerikaner gegenüber, der die Mütze abnahm und höflich grüßte. Sie klaubte die paar Brocken Englisch zusammen, an die sie sich erinnerte. Good morning ...

My Name is Clark, Miss ... Sie korrigierte gleich: Missis. Sorry, Mrs. May I see your home, please?

Sie wollen – bitte, was?, fragte Hilde verblüfft.

Er konnte offenbar etwas Deutsch und unterstrich mit Gesten, was er sagen wollte. Look, ik suken a place – ein Wohnung. Kann ik this sehn?

Hilde verstand auf einmal, um was es ging. Offenbar konnte und durfte man sich nicht widersetzen. Bitte, sagte sie zögernd und trat zurück, um ihn hereinzulassen. Er ging an ihr vorbei in den kleinen Vorraum und drehte sich nach ihr um. Sie musste zu ihm aufschauen, er war einen guten Kopf größer, jung, vielleicht gerade ein paar Jahre älter als sie, und braun gebrannt. Mit seinen kurz geschorenen, dunkelblonden Haaren und hellen Augen hätte er in anderer Uniform genauso gut einen Wehrmachtsoldaten abgeben können. Er zog eine Packung Zigaretten aus der Brusttasche, klopfte ein paar heraus und bot ihr davon an. Hilde schüttelte zuerst den Kopf, griff dann aber doch zu und ließ sich Feuer geben. Sie hatte schon hin und wieder eine Zigarette von ihren Kolleginnen angenommen und festgestellt, dass das Rauchen beruhigte – auch das Hungergefühl. Eine Wirkung, die nicht zu unterschätzen war.

May I go in there?, fragte der Ami und zeigte auf die Tür gegenüber.

Das ist mein Schlafzimmer – my bedroom, erklärte Hilde. Wenigstens schon aufgeräumt, dachte sie zugleich.

Nice, machte er und ging voraus, öffnete die Tür und warf einen Blick hinein. Dann zeigte er auf die andere Tür, die in das kleine Wohnzimmer führte. Hilde nickte, und die Begutachtung wiederholte sich.

So, over there must be the kitchen, meinte er und zeigte auf die andere Seite. Die Küche, bestätigte Hilde, yes. Dort befand sich die einzige Wasserstelle. Nach der toilet gefragt, zeigte Hilde in Richtung Haustür und bog den Finger nach links.

I see. Well, morgen ik komm to move in, erklärte der Ami.

Aber das ist mein Heim – my home, versuchte Hilde vorsichtig anzumerken.

Sure, gab er zur Antwort, you may stay in here, too. Du kann bleiben – ik in living room, you in bedroom. No problem!

Aber ... Hilde schaute ungläubig zu ihm auf. Er lächelte, schüttelte den Kopf, hob die Arme und bog die Handflächen nach oben. I don't care. Ik ... no danger.

Hilde überlegte. Das hieß wohl so etwas wie keine Gefahr.

Take this, sagte er und überreichte ihr zum Abschied das Päckchen Zigaretten. Bye, bis .. tomorrow.

Sie folgte ihm zur Tür und schaute ihm nach, wie er die Treppe hinunterlief. Unten wartete ein Soldat im Jeep, salutierte und ließ den Motor an. Clark stieg ein und winkte noch einmal zu ihr herauf, dann wendete der Wagen schwungvoll und verschwand.

Hilde widerstrebte es, ihre Wohnung einfach einem Fremden zu überlassen, keine Kontrolle über ihre Möbel und ihre Habseligkeiten mehr zu haben. Andererseits konnte sie unmöglich mit einem fremden Mann, einem Besatzer, in derselben Wohnung bleiben. Sie musste also sofort das Nötigste zusammenpacken und sich eine andere Bleibe suchen. Zuerst bei der Moarbäuerin, wenigstens für ein paar Tage. Und wenn die Post kam und sie nicht vorfand? Auf einmal schien ihr das am schlimmsten.

Hilde packte den ganzen Tag über ihre wichtigsten Habseligkeiten in zwei Koffer. Immer wieder musste sie umpacken, etwas wieder herausnehmen, was sie schon verstaut hatte, und etwas anderes dafür unterbringen, was ihr hinterher noch wichtiger erschien. Clark bedauerte ihren Auszug; Hilde machte ihm noch klar, dass sie Post – letters – erwartete, und er versprach, sie für sie in Empfang zu nehmen und aufzubewahren.

Die Moarbäuerin wartete ihrerseits auf ihren Mann. Auch sie hatte schon eine Weile keine Nachricht mehr, konnte nur hoffen. Aber wenigstens brauchte Christl, wie sich herausstellte, für sich und ihre Familie doch nicht viel zu befürchten, denn die freigelassenen Gefangenen, die sie immer anständig behandelt hatte, nicht erst in den letzten paar Wochen, kamen zwar wieder und baten um Hilfe, verschonten aber ihren Hof und hatten offenbar eine entsprechende Parole ausgegeben. Sie verköstigte sie mit dem, was sie hatte, und wer zum Arbeiten den Sommer über bleiben wollte, konnte bleiben; sie überließ ihnen auch einen Teil ihres Gartens und wunderte sich dann, was sie dort alles zogen – scharfe Paprikaschoten, Paradeiserstauden, Gurken und Sonnenblumen, was dann wieder allen zugutekam.

Die Anwesenheit der Besatzer bescherte den Leuten recht ungewohnte Eindrücke. Als Hilde eine Woche später ihre Wohnung aufsuchte, staunte sie nicht schlecht: Im Garten des Nachbarhauses stand zwischen anderen, offensichtlich aus dem Fenster geworfenen, arg ramponierten Möbeln ein Klavier, an dem ein Neger saß und Jazzmelodien spielte. Zwei andere lange Kerle lehnten über dem Instrument, wackelten und wippten im Takt, lachten und winkten ihr zu, als sie am Zaun stehen blieb, und luden sie ein, herzukommen und mitzutanzen. Die Musik gefiel ihr sogar, die fuhr wirklich in die Beine, aber Hilde schaute vor allem auf das Klavier; es hatte in der

Nacht geregnet, und das sah man dem Holz bereits an. Auch Gläser hatten sie darauf abgestellt, und sie sah mit Entsetzen, wie der Pianist seine Zigarette auf dem Deckel ausdrückte, um dann gleich die nächste anzuzünden. So war das also – die Besatzer gebrauchten und verbrauchten, wozu sie Lust und Laune hatten. Sie schüttelte missbilligend den Kopf und ging weiter.

Im Postamt, in dem sie trotz allem nachsehen wollte, ob vielleicht Briefe für sie eingetroffen waren, wurden ausschließlich amerikanische Pakete angenommen und verschickt. Hilde sah, wie viele sich dort stapelten; aus Mangel an Papier waren die für die Heimat bestimmten Souvenirs in bestickte Wäsche eingewickelt, auch gepolstert mit dicken Hüllen, die aus Teppichen herausgeschnitten waren. Sie fürchtete also nicht umsonst um ihre Habe. Es war wohl am besten, man gewöhnte sich so bald wie möglich daran, dass einem nichts mehr selbstverständlich gehörte. Zugleich fielen ihr Arnolds Erzählungen ein, wie sich die deutschen Heere im Osten aus dem Land bedient hatten. Dennoch, da sie in absolutem Respekt vor fremdem Eigentum aufgewachsen war, empfand sie es als ungerecht, nun selber dafür büßen zu müssen. Wie recht ihre Mutter doch damit hatte, im Krieg die Wurzel allen Übels zu sehen!

Als die Bahn wieder funktionierte, wollte Hilde zu ihren Eltern zurückkehren. Dazu musste sie bei der Militärregierung einen Passierschein beantragen, was verschiedene Dokumente erforderte. Im Büro traf sie Captain Clark wieder, der sie korrekt grüßte und ihr Hilfe anbot. Da sie als ihren Beruf nicht nur Hausfrau, sondern Lehrerin angab, wurde ihr ein langer, detaillierter Fragebogen zum Ausfüllen vorgelegt, in den sie wahrheitsgemäß eintrug, dass sie zwar beim BDM gewesen war, aber nie in der Partei. Letters, sagte Clark bedauernd, seien keine angekommen. Ob sie auf ihren Mann warte? Sie gab die Adresse ihrer Eltern an und bat ihn, ihr Briefe eventuell nachzuschicken. Er versprach es, nachdem er verstanden hatte, um was es ging, und wünschte Good luck, anyway.

Hilde hoffte immer noch, Arnold werde bald zurückkommen, doch je länger es dauerte, desto weniger Hoffnung blieb ihr. Dass er zuletzt in Jugoslawien gewesen war, verhieß nichts Gutes; da hörte man nur, im dortigen Durcheinander seien viele Deutsche in Gefangenschaft geraten. Aber wo, auf welcher Seite? Es war bereits bekannt, dass das einen erheblichen Unterschied ausmachte.

Arnold war inzwischen inmitten einer langen Kolonne erschöpfter, halb nackter Männer unterwegs ins Nirgendwo. In Cilli hatten sie sich ergeben, auch weil es hieß, Tito habe zugesagt, alle nach Westen zu entlassen. Drei Tage lang lagen die abgetakelten Kämpfer im Freien und warteten auf den Abmarsch. Sie mussten sich immer wieder aufstellen, wurden immer wieder neu abgezählt und nach Wertsachen gefilzt: Uhren, Ringe, Halsketten, Füllfedern, Zigarettendosen, Taschenmesser, Kameras, Feldstecher, Schuhe. Wer sich weigerte, wurde niedergeschossen. Die Partisanenweiber kassierten vor allem Schmuck und durchsuchten die Brieftaschen nach Fotos, die sie neugierig beäugten, dann lachend in kleine Fitzel zerrissen und in den Boden stampften. Arnold verlor Hildes Porträtfoto, was ihn erbitterte. Am vierten Tag hieß es: Aufstellen zum Abmarsch. Dann waren sie im Staub unterwegs, aber nicht nach Westen, sondern ins Landesinnere. Fragen, wohin, wurden mit Gelächter und Stockschlägen beantwortet. Die Bewacher ritten an den Kolonnen entlang und brüllten Kommandos: Ajde! Brzo, brzo! Als Verpflegung gab es nur eine Art Mehlsuppe, die kurz satt machte; wenn der Weg der Save entlangführte, versuchten die Gefangenen, ans Ufer zu kommen, um den Durst zu löschen, was dann Durchfall verursachte. Wer nicht mehr vom Straßenrand hochkam, wurde niedergeknallt.

Als keiner mehr wusste, wo sie sich befanden, wurden sie zu einem Bahnhof getrieben, in einen Güterzug verladen und weiter nach Süden verfrachtet. Schließlich kamen sie am Zielort an: Niš in Serbien. Dort landeten sie auf einem aufgelassenen Flugplatz, wo es nichts gab außer einem Drahtverhau und ein paar leeren Hangars, die als Unterkunft dienten. Die primitivsten Einrichtungen, Latrinen zumal und auf Zementsäcken notdürftig aufgeschüttetes Schilf, hatten Arbeitstrupps in den nächsten Tagen aus dem Buschwald herbeizuschaffen. Unvermeidlich wurde in der Hitze das Ungeziefer zur ständigen Plage. Gegen Krankheiten gab es nur Aspirin, aber auch das war knapp bemessen. Deshalb gingen viele, denen keiner helfen konnte, armselig zugrunde.

Geschimpft und gejammert wurde viel, auch ständig über eine mögliche Flucht nachgedacht, aber die meisten blieben still in sich gekehrt und nahmen ihre ganze Kraft zusammen, um durchzuhalten. Erst als das Lagerleben eine gewisse Routine entwickelt hatte, artete die gereizte Stimmung jederzeit in Streitereien und Handgreiflichkeiten aus. Österreicher und Reichsdeutsche feindeten sich wieder gegenseitig an; es gab heftige Auseinandersetzungen, ja Raufereien, in denen sich die Gruppen die Schuld am Krieg, am Zusammenbruch und an der aktuellen Misere zuschoben.

Da die Versorgung nicht besser wurde – eine Scheibe Maisbrot am Morgen musste den ganzen Tag über reichen, mittags und abends gab es nur Kraut- oder Erbsensuppe fast ohne Fett –, war das Essen Dauerthema. Vor allem abends vor dem Einschlafen wurde in der ganzen Halle von üppigen Mahlzeiten phantasiert. Es dauerte nicht lang, da rauften sie sich um den Abfall, den die Posten aus dem Küchenfenster ihrer Baracke schütteten, egal, wie der aussah: im Waschwasser gequollene Polentascheren, schwammige Zwiebeln, halb verfaulte Gemüsereste, Kartoffelschalen, verschimmelte Brotstücke – alles fand Absatz, ebenso wie die weggeworfenen Zigarettenkippen. Wenn sie sich darum balgten, schauten die Posten amüsiert zu. Arnold ging auf die Suche nach Brennnesseln, mit denen er die Suppe anreichern konnte. Die hätten ihm das Leben gerettet, sollte er später oft erzählen; er habe sie in rauen Mengen abgerissen, zerpflückt und mit der Suppe hinuntergeschlungen.

Nachdem die „Einrichtung" fertiggestellt war, wurde die Arbeit eintönig. Es gab Ziegel aus zerfallenen Häusern, die von Zementbrocken befreit werden sollten, aber auch völlig sinnlose Beschäftigungen wie das Ausgraben eines Kanals, der am nächsten Tag wieder zugeschüttet werden musste. Im Winter, der bereits im Oktober begann und besonders hart wurde, war zur Abwechslung Schnee zu schöpfen – von einer Seite des Flugplatzes zur anderen und wieder zurück. Spätestens dann waren die letzten Kleidungsstücke zerfallen; die Gefangenen banden sich die Zementsäcke, auf denen sie lagen, am Tag um den Leib. Die Wachen, junge Burschen, die den ganzen Tag über Langeweile fraßen und deshalb mitunter losbrüllten, um sich wichtig vorzukommen, sangen oft stundenlang dasselbe schleppende Lied vom Druže Tito, bis den Plennis der Kragen platzte und sie ihrerseits losschrien – aber das half nichts. Der Posten schlug in diesem Fall bloß auf den Erstbesten ein, der am nächsten stand, egal, ob der etwas dafür konnte oder nicht.

In Tirol ließ die Rückkehr zum normalen Leben noch lange auf sich warten. Die Lebensmittelzuteilungen waren unverändert minimal, und der Hunger blieb ein nur allzu vertrautes Alltagsproblem. Das schlimmste Chaos auf den Straßen hatte sich zwar gelegt, aber immer noch waren Flüchtlinge unterwegs, die kein Heim und keine Familie mehr hatten, Kinder, die ihre Eltern suchten und nicht wussten, wohin, Eltern auf der Suche nach ihren Kindern, Bettler und Kriegsversehrte, Freigelassene und eben erst Freigekommene. Das Hochgefühl der ersten Tage nach Kriegsende war bald verflogen, und die rechte Friedensstimmung wollte sich nicht einstellen, denn besser ging es den Leuten noch immer nicht.

Während Hilde bei ihren Eltern wohnte und wie diese täglich zur Feldarbeit ausrückte – dafür brauchte es wieder einen Persilschein der Militärregierung, der Bewegungen im Umkreis von sechs Kilometern genehmigte –, um dafür etwas Essbares oder Zigaretten (an die sie sich immer mehr gewöhnte) zu ergattern, räumten die Amerikaner ihre Besatzungszone und zogen in Richtung Salzkammergut davon. Dafür quartierten sich im Juli die französischen Besatzer ein, und das waren zum Großteil wieder Farbige, vor allem Marokkaner. Mit denen fiel der Umgang auch wegen der Verständigungsschwierigkeiten weniger selbstverständlich aus. Hilde machte in Abständen Kontrollbesuche in ihrer Wohnung, in der Hoffnung, Post vorzufinden. Dabei stellte sie zunehmend resigniert fest, wie es darin aussah.

Das neue Schuljahr hätte wie immer Mitte September anfangen sollen, aber das Schulhaus musste erst noch geräumt werden, daher verzögerte sich der Beginn. Auch beim Lehrkörper gab es Änderungen. Der Schulleiter kam zurück; er hatte eine schwere Kopfverletzung erlitten, die noch durch ein unter der Brille sichtbar verschobenes Auge erkennbar war. Durch seine Rückkehr war die Haselrieder wieder zurückgestuft worden und nur noch auf Abruf im Dienst. Denn das Personal musste nun der Entnazifizierung unterzogen werden, was den Betrieb zusätzlich erschwerte. Auch Martin hatte die Prozedur mit dem Fragebogen über sich ergehen zu lassen. Man konnte ihm keine Teilnahme an Militär- oder Partei-Aktionen nachweisen, nur Waffenübungen für den Volkssturm, und seine Unterschrift auf dem Gesuch um Aufnahme in die Partei fehlte nach wie vor. Auch stellte sich heraus, dass seine Rettung durch die amerikanische Patrouille bereits aktenkundig war, was er sich gar nicht erwartete. Die Amis hatten damals seine Personalien aufgenommen und ihn gefragt, warum ihn das SS-Kommando erschießen wollte; er hatte nur geantwortet, er habe sich geweigert, gegen die Befreier zu kämpfen. Daher konnte er seinen Dienst unbeschadet wieder antreten, obwohl er als Oberlehrer und Standesbeamter eigentlich als Belasteter eingestuft war.

Auch Hilde, die vorerst wieder bei der Moarbäuerin Unterschlupf fand, und Gretl waren „vorläufig" für geeignet befunden worden, damit das Schuljahr überhaupt in Gang kommen konnte. Sie sollten erst später von einer Sonderkommission genauer überprüft werden. Ihr erster Auftrag bestand darin, einzelne Seiten in den unpassend gewordenen Büchern zu überkleben, damit diese verwendet werden konnten, denn neue Lehrmaterialien gab es auf lange Sicht nicht. Der Landesschulrat verfügte daher, auf die Lehrpläne der Zwanzigerjahre zurückzugreifen; dass die für die Ostmark erstellten nun nicht mehr brauchbar waren, verstand sich von selbst.

Erst im März, kurz vor Hildes 24. Geburtstag, kam der erlösende Brief. Da in ihrer Wohnung die Post abgelehnt wurde, blieb er zuerst im Postamt liegen, bis sich jemand erbarmte und ihn in der Schule abgab. Hilde wurde in die Direktion gerufen und erblasste, als sie den Brief sah. Doch als sie das Kuvert im Empfang nahm, fiel ihr auf, dass darauf „Kriegsgefangenenpost" und der Stempel des Jugoslawischen Roten Kreuzes standen; als Absender Arnolds Name, eine Nummer und die Adresse Niš. Aerodrom. Srbija.

Jedenfalls ein Zeichen, dass er lebte! Hilde schossen Tränen in die Augen. Mit zitternden Händen riss sie den

Umschlag auf und zog eine Karte heraus. Eine stereotype Mitteilung, dass es ihm gut gehe und er am Wiederaufbau in Serbien teilnehme. Und dass sie ihm schreiben dürfe an diese Adresse und auch Pakete erlaubt seien. 25 Wörter insgesamt, die offenbar einige Zensurstellen durchlaufen hatten. „Ich denke immer an Dich. In Liebe, Arnold."

Schwindlig vor Glück schluchzte sie auf. Gott sei Dank! Jetzt konnte sie ihm schreiben, jetzt war das bange Warten vorbei!

Sie erzählte es allen, die danach fragten. Mein Mann ist am Leben – endlich hab ich Nachricht! Und es geht ihm gut, schreibt er!

Die Kolleginnen beglückwünschten sie, und der Schulleiter meinte: Dann wollen wir hoffen, dass er bald zurückkommt und seine Stelle wieder antreten kann.

Den Eltern schrieb sie noch am selben Nachmittag und stellte sich dabei vor, wie ihre Mutter die Hände zusammenschlug und mit Blick zum Himmel aufatmete: Gott sei Lob und Dank! Und wie ihr Vater vor sich hin schmunzelte: Das ist endlich einmal eine gute Nachricht – ein Zeichen, dass es aufwärts geht. Mehr Glück kann man im Moment gar nicht verlangen.

Jetzt hieß es wieder durchhalten und hoffen. Aber darin hatte Hilde inzwischen Übung.

Von Gunda kam auf demselben Weg eine Nachricht, die sie überraschte: dass sie sich „zur Ordensfrau berufen" fühle – ein zunächst verstörender Gedanke, der aber immer stärker geworden sei. Ihre Mutter habe sie von diesem „Strohfeuer" abzubringen versucht, sich aber schließlich geschlagen geben müssen. Sie schrieb:

„Jeder Mensch, der von meinem Entschluss erfährt, ist zuerst entsetzt, aber langsam erwärmen sich alle dafür. Dir wird es nicht anders gehen, meine Herzensfreundin! Jetzt empfinde ich einen tiefen Frieden, der alles Weltliche aufwiegt. Ich hätte Dir das gern mündlich gesagt, aber ich bereite Dich lieber schriftlich vor. Ich werde bald in Hall eintreten und Dir dann schreiben; ein Besuch von Dir, vielleicht nach Schulschluss, würde mich sehr freuen. Denk an mich und behalt mich lieb!"

Nach ihrer Überprüfung durch die Sonderkommission beim Landesschulrat erhielt Hilde die „Erkenntnis" ausgehändigt, sie biete „nach ihrem bisherigen Verhalten Gewähr dafür, dass sie jederzeit rückhaltlos für die unabhängige Republik Österreich eintreten wird". Als Gründe wurden angeführt: „Sie kam vom BDM im Jahre 1941 als Anwärterin zur NSDAP. Sie galt als Nazigegnerin. Gegen eine Weiterverwendung bestehen keine Bedenken." Darauf durfte sie einen Identitätsausweis beantragen, der neben Deutsch zusätzlich in den Sprachen der Besatzer – Englisch, Französisch, Russisch – ausgestellt wurde.

Der Briefkontakt nach Niš hatte sich eingespielt. Einmal im Monat durfte Arnold schreiben, einen Brief und ein Paket empfangen. Mit ihrem regelmäßigen Zuspruch machte Hilde ihm Mut, obwohl er ihr selbst oft fehlte, und half ihm über die trostlose Zeit hinweg. Zu Weihnachten 1946 spielte sich auch in Niš eine dieser legendären Heiligabendfeiern ab, von denen alle deutschen Gefangenen in allen Lagern später gerührt erzählen sollten. Hilde schickte nicht nur ein mit Mühe zusammengespartes und gebackenes Kletzenbrot – die Lebensmittelversorgung war immer noch unter dem Existenzminimum, und die kostbaren Care-Pakete kamen zuerst den Familien mit Kindern zugute –, Socken und Handschuhe, sondern auch Kerzen und eine aus Papier ausgeschnittene, auf Karton geklebte Krippe mit, die gerade rechtzeitig ankam.

Fluchtversuche gab es, aber sie endeten kläglich. Man war einfach zu weit weg von der Zivilisation. Wen die Wachmannschaft nicht einfing und halb tot prügelte, bevor er ins Loch geworfen wurde, aus dem man nicht lebend herauskam, den massakrierten die Partisanen, darüber bestanden kaum Zweifel. Dennoch trug sich einer der Landsleute mit Fluchtplänen. Am Abend, wenn alle in der Baracke lagen und die Tiroler sich im Dunkeln leise unterhielten, wiederholte Franz Palma ständig: I halt's nimmer aus, i hau ab! – Lieblingsvorstellungen, wie sie sie alle hatten, um sich wegzuträumen aus der Kälte und der tristen Wirklichkeit. Daher redeten ihm die Kameraden vorsichtig gut zu und rieten ihm ab. Doch Palma gab nicht nach, seine Pläne wurden zur fixen Idee, immer wieder stöberte er in unbeobachteten Momenten an der Einzäunung herum, um die beste Stelle auszukundschaften. Und wirklich schien sein Plan aufzugehen, denn eines Nachts berichtete er den Kameraden, er habe eine Drahtschere gefunden – halt im Magazin mitgehen lassen. Und jetzt sei nur noch die Frage, wann und ob sie mitgehen wollten, gemeinsam kämen sie sicher leichter durch. Die anderen berieten einige Tage lang und winkten dann ab. Sie wollten lieber einen anderen Zeitpunkt abwarten, wenigstens, bis der Winter vorbei wäre. Da entschloss sich Palma, es allein zu versuchen. Tatsächlich kam er eines Abends nicht zurück, sein Schlafplatz blieb leer. Da wussten die anderen Bescheid. Beim Morgenappell fiel sein Fehlen auf. Der Posten wurde zur Latrine geschickt, kam aber kopfschüttelnd zurück. Große Aufregung, wütendes Geschrei vom Kommissar, und während die anderen zum Steineklopfen abkommandiert wurden, zogen die Wachen los, den Ausreißer zu suchen. Tagsüber wurde gerätselt, ob er es schaffen würde; wenige gaben ihm eine Chance, den meisten war es egal, die waren bloß sauer, weil sie Konsequenzen für sich befürchteten. Am Abend, als alle wieder zum Appell antreten mussten, wurde Palma zwischen zwei Posten vorgeführt. Er sah schlimm aus, blau geschlagen, konnte kaum gehen. Der Kommissar schrie ihn an, er werde an die Mauer gestellt. Zuvor wollte er aber wissen, warum er abgehauen war, und Palma antwortete ohne Zögern, weil er da nie genug zu essen kriege, er habe sich was besorgen wollen. Der Kommissar ließ ihn zur Mauer führen und legte auf ihn an. Doch dann fiel ihm ein, er solle sagen, wer von seiner Flucht gewusst habe – dann würden die erschossen statt ihm. Palma antwortete nur, er habe alles allein ausgeheckt und ihm sei jetzt eh schon alles wurscht. Da fragte der Kommissar weiter, woher er komme, und Palma antwortete, aus Tirol. Was dann folgte, konnte sich keiner erklären: Der Kommissar befahl, den Delinquenten freizulassen, und ließ die versammelten Gefangenen abtreten. Und noch größer war die Überraschung, als der Palma bei der nächsten Essensausgabe eine größere Ration bekam und die Posten geschäftig zum Besten gaben, was sie inzwischen über die Tiroler dazugelernt hatten. Der Kommissar hatte ihnen nämlich vom größten Partisan aller Zeiten erzählt, und das sei ein Tiroler gewesen: Andrij Hofer – dobre partisan! Diesem vorbildlichen Partisan verdankten die drei dann einige zusätzliche Scheiben Brot und manches Stück Schweinernes, das die muslimischen Posten nicht anrührten und dem Palma zuschanzten, der davon auch seinen Kameraden abgab.

Im Frühjahr 1947 wurden Arnold und seine Landsleute unerwartet nach St. Vid verlegt, wo sie auf andere Süd- und Nordtiroler trafen. Dort herrschten bessere Zustände, auch in Bezug auf die Verpflegung; man konnte sich als Gruppe organisieren und sich gegenseitig helfen. Arnold gründete einen Chor, hielt Vorträge, veranstaltete Themenabende und kümmerte sich um Lektüre. Sogar gegen Übergriffe der Posten konnte man sich ohne negative Folgen wehren.

Diese Vorzugsbehandlung verdankten die Gefangenen der Intervention eines Südtiroler Politikers, der seine im Lager Dachau geknüpften Kontakte zu jugoslawischen

Mithäftlingen, die inzwischen in ihrem Land Karriere gemacht hatten, zu ihren Gunsten nützte und dann tatsächlich imstande war, sie in mehreren Schüben heimzuholen. Friedl Volgger besuchte selbst das Lager St. Veit und machte seinen Landsleuten Hoffnung. Dass die Befreiung nahe war, wurde klar, als man sie mit Haferflocken und Vitaminen aufzupäppeln begann. Schließlich war es so weit: Arnold durfte im Oktober 1947 endlich gemeinsam mit anderen Südtiroler Kameraden die Heimreise antreten.

Auch bei Hildes Eltern ergaben sich Veränderungen. Martin hatte um Versetzung angesucht, um alle unangenehmen Erlebnisse hinter sich zu lassen. Sie wurde gewährt. Den Ort durfte er allerdings nicht auswählen, und als die Nachricht kam, wo er sich mit Beginn des neuen Schuljahres zu melden hatte, stieß das auf wenig Begeisterung. Nach Kufstein – in dieses Nazi-Nest!, rief Burgi entrüstet. Aber da sie in Münster nichts mehr hielt, freundeten sie sich wohl oder übel mit dem Gedanken an den neuen Wirkungsort an.

Für Hilde ergab sich in diesem Jahr des Umbruchs ein weiteres Problem, das alle Lehrerinnen mit „Kriegsmatura" als Schikane empfanden. Laut neuer Bestimmung des Bundesministeriums für Unterricht wurde die unter dem vorhergehenden Regime errungene Lehrbefähigung ebenso wie die zwischenzeitlich erlangten Fortbildungsdiplome nicht mehr anerkannt. Daher mussten sich alle einer Ergänzungsprüfung unterziehen, durch die ihr Diplom für die Republik Österreich Gültigkeit bekam. Nach gewissenhafter Vorbereitung nahm Hilde auch diese Hürde.

Gleich darauf half sie wie Otto bei der Übersiedlung der Eltern mit, da Martin im September seinen neuen Dienst antreten sollte. Die zur Verfügung gestellte Dienstwohnung im zweiten Stock eines alten, etwas ramponierten Schulgebäudes umfasste drei Zimmer, eine große Wohnküche mit Veranda zur Hofseite, einen Abstellraum, der auch als Werkstatt dienen konnte, und zum ersten Mal den Luxus eines eigenen Klosetts mit Wasserspülung innerhalb der Wohnung. Noch kein Badezimmer zwar, aber eine Waschgelegenheit in der Küche, gleich neben dem Sparherd, damit man auch Wasser wärmen konnte. Die Klassenzimmer waren im Erdgeschoss und im ersten Stock untergebracht. Außerdem gab es eine Waschküche im Hof und dazu eine Reihe Holzschupfen. Leider keinen Hausgarten, doch bekam Burgi in nächster Nähe einen brach liegenden Zipfel Wiese zwischen zwei Straßen zugewiesen, auf dem sie ihrer Gärtnerleidenschaft frönen konnte.

Hilde erhielt die ersehnte Nachricht von Arnolds Entlassung erst, kurz bevor diese tatsächlich eintrat. Sie hatte versucht, ihm seine Stelle in Telfs zu sichern, selbst zusätzliche Stunden übernommen, bei den zuständigen Ämtern vorgesprochen und immer wieder um Aufschub gebeten, bis ihr ein Beamter die Auskunft gab, er sei schließlich Optant gewesen, und wenn er den Dienst nicht mit dem neuen Schuljahr antrete, könne man nichts mehr für ihn tun, da verliere er eben die Stelle.

Wie stellen Sie sich das denn vor, er ist doch in Gefangenschaft, hatte sie sich empört, noch kann man ja gar nicht wissen, wann er zurückkommt! Sie tun ja, als ob er bloß in Urlaub wäre!

Aber ihre Anstrengungen halfen nichts. Als seine Entlassung aus der Gefangenschaft bevorstand, enthielt die Mitteilung bei aller Freude und Erleichterung darüber doch einen Wermutstropfen: Er kam nicht nach Tirol zurück, sondern in seine Heimat, nach Südtirol. Und erwartete selbstverständlich, dass sie so bald als möglich nachkam.

Bis zum Ende des Schuljahres musste sie ihren Dienst erfüllen, dann nahm sie ihren Abschied – ohne Anspruch auf Abfertigung, da sie das Dienstverhältnis freiwillig beendete. Zur Erlangung der Einreisegenehmigung nach

Italien war zu allen anderen Dokumenten ein Führungszeugnis vorzuweisen, aus dem hervorging, dass sie „in politischer wie moralischer Hinsicht einwandfrei" sei.

Nach den Abschiedsbesuchen bei Kolleginnen, Freundinnen und Verwandten – niemand konnte schließlich sagen, wann man einander würde wiedersehen können – musste Hilde noch Burgis Kartoffelacker bewundern. Denn auf dem kleinen Zwickel hatte ihre Mutter gegen alle herkömmliche Vernunft die Keime der überständigen Erdäpfel (andere waren nicht zu kriegen gewesen) eingesetzt, statt sie wegzuwerfen, obwohl Martin das Unternehmen kopfschüttelnd als vergebliche Liebesmüh abgetan hatte. Doch prompt hatten sich die Keime zu ordentlichen Pflanzen entwickelt. Burgi nahm es als Zeichen berechtigter Zuversicht: Wirst sehen, jetzt kann es nur noch aufwärts gehen, den Tiefpunkt haben wir mit Gottes Hilfe hinter uns!

Was für Arnold eine in langen, harten Monaten erträumte Rückkehr war, erlebte Hilde im Sommer 1948 als völligen Neuanfang. Er hatte sich schon entschieden, wollte nicht ins Heimatdorf zurück – da wissen alle alles von dir und noch besser als du selber, sagte er zur Begründung –, da kam nur die Stadt, also Bozen, in Frage. Wo allerdings wegen der Bombenschäden im Zentrum große Wohnungsnot herrschte. Solange er nur für sich allein zu sorgen brauchte, genügte ihm ein Zimmer; als Hilde dazukam, fand er eine andere Lösung: zwei nicht genutzte Räume in der großen Wohnung eines Bekannten, eines Geistlichen, dessen Schwester ihm den Haushalt führte. Küche und Badezimmer wurden also gemeinsam benutzt; man musste sich eben einschränken und auch gewisse Umständlichkeiten in Kauf nehmen. Die beiden jungen Leute mussten dankbar sein, überhaupt irgendwo unterzukommen. Gerade in derselben Straße und rundum in der Altstadt boten bis in den Keller zerbombte Gebäude mit bröckelnden Mauern und leeren Fensterhöhlen genügend Anschauungsmaterial.

Arnold hatte bereits eine Stelle in der Bürgerschule gefunden und diente dem Kloster als Organist und Chorleiter, wie es sich für einen Lehrer gehörte. Für diese Dienste wurde er in Naturalien aus dem anliegenden Hof entlohnt: ein halber Liter Milch und zwei Eier jeden zweiten Tag. Sein Gehalt war sehr bescheiden, Hildes Ersparnisse reichten auch nicht weit; einiges davon hatte die Übersiedlung verschlungen. Also war von Anfang an klar, dass sie sich um eine Anstellung bemühen musste. Doch wieder wurden ihre Dokumente, nun in der jungen Republik Italien, nicht anerkannt. Vorerst musste sie sich also mit einem vorläufigen Auftrag zufriedengeben und einen Kurs belegen, um ihre Papiere mit einer ergänzenden Prüfung – in Latein und Geschichte, und zwar in der Landessprache – zu nostrifizieren.

Das Zusammenleben war nicht immer ganz einfach. Die Männer waren untertags unterwegs, und die beiden Frauen mussten sich erst kennenlernen und miteinander auskommen. Hilde hatte zwar voller Zukunftshoffnung ihre Koffer gepackt, aber trotz aller Wiedersehensfreude war ihr der Abschied von ihrem Zuhause schwer gefallen, und manchmal packte sie das Heimweh. Das neue Ambiente schien ihr nun gar nicht mehr so schön wie bei ihrem ersten Besuch. Anna, die Häuserin, konnte manchmal recht unwirsch sein und neigte dazu, sie herumzukommandieren und ihr Putzarbeiten aufzubürden, die sie selbst nicht machen wollte. Sie begleitete Hilde, solang diese sich in der neuen Umgebung erst orientieren musste, um herauszufinden, wo man unter den Lauben und bei welchem Bäcker am besten einkaufte, wo der Schuster seine Werkstatt hatte und wann das Angebot am Obstmarkt am günstigsten ausfiel. Danach gab sie ihr nur noch Aufträge, die einmal pro Woche abgerechnet wurden. Im Lebensmittelladen hatte Anna ein eigenes Heftchen, in das alle Ausgaben eingetragen wurden; die waren am Monatsende zu begleichen. Das widerstrebte Hilde – wenn das Haushaltsgeld nicht ausreichte, musste man sich eben einschränken und kochen, was noch erschwinglich war.

Vor allem gelang es dem jungen Ehepaar – das eigentlich kein junges Ehepaar mehr war, aber die sieben gemeinsamen Jahre bisher waren eben doch keine gemeinsamen gewesen – kaum, sich privat zurückzuziehen. Der geistliche Herr war jovial und freute sich über die anregende abendliche Gesellschaft, die Häuserin hatte immer in der Küche zu tun und erwartete Mithilfe und anschließend gemeinsames Besorgen der Wäsche und der nötigen Flickarbeiten. So fiel es den beiden nach der langen Trennung schwer, sich wieder aneinander zu gewöhnen. Hilde hatte sich in den letzten Monaten ständig überanstrengt und klagte über Herzbeschwerden und Schwindelanfälle. Bei Arnold machten sich die gesundheitlichen Folgen der Gefangenschaft bemerkbar: Er verlor der Reihe nach alle Zähne, konnte vor Schmerzen und Nervosität oft nicht schlafen und war untertags entsprechend gereizt. Wenn Hilde sich über die beklemmende Enge des Zusammenlebens beschwerte, stritt er die Schwierigkeiten, unter denen er selbst litt, rundweg ab und warf ihr vor, sie sei überempfindlich.

Du bist einfach zu lang allein gewesen; du wirst dich schon daran gewöhnen, sagte er dann. Aber auch ihre Intimität litt unter diesen Umständen. Und für Hilde, die sich jetzt so bald als möglich eine Familie, also Kinder, wünschte, verstrich die Zeit mit immer wieder erneuertem Hoffen, Warten und Enttäuschtsein.

Als sie im Herbst ihren ersten Lehrauftrag in der Volksschule in Gries antrat, lernte sie die Stadt erst richtig kennen. Da sie sich bisher kaum über die Altstadt hinausgewagt hatte, ging sie bis zum Waltherplatz und dann einfach den Geleisen der Straßenbahn nach, die bis ans andere Ende der Stadt führten. Es ging von den schmalen winkeligen Gassen voller Bombenruinen in der Altstadt über die Talferbrücke in die Neustadt hinüber, die mit ihrem blitzweißen Marmorprotz des Siegesdenkmals und den schnurgeraden Paradestraßen deutlich ihre Entstehungszeit verriet, bis man am westlichen Ende wieder einen alten Dorfplatz mit Kirche, Kloster und Kellerei betrat, an dem die Zeit nicht spurlos, aber weniger einschneidend vorübergezogen war. Etwas abseits davon bot der ehemalige Luftkurort auch noch einen anderen Anblick mit herrschaftlichen Villen in verwilderten Gärten, die erst wieder zu ihrer alten Pracht zurück gepflegt werden mussten.

Im noch ganz unverbauten Süden der Stadt wohnte eine von Arnolds Tanten in einem hübschen Haus inmitten von Weingärten. Sie hieß ebenfalls Notburga und lebte als zweifache Witwe von ihren Einkünften. Das Erdgeschoss samt Keller war an einen Weinhändler vermietet, und als die Stadt weiter expandierte und auch in diesem Viertel neue Straßen angelegt wurden, verkaufte sie die Felder rundum der Reihe nach bis auf ihren Garten, in dem sie eine Schar Hühner hielt. Sie selbst war durch Heirat dem Dorf entkommen und hatte sich ein angenehmes Stadtleben angewöhnt, pflegte ihre Freundschaften und ließ es sich gut gehen, wie die Verwandten sagten, nachdem sie zwei Ehemänner begraben und ihre beiden Kinder aus erster Ehe verloren hatte – eine Tochter, die als Kind einer Epidemie erlag, und einen Sohn, der gegen ihren Willen optiert hatte und als Soldat in Norwegen gefallen war. Nach diesem letzten Schicksalsschlag hatte Tante Burgi beschlossen, dass es jetzt genug war, und sich in ihrem Leben allein bequem eingerichtet.

Von Besuchen im Unterland kamen die beiden immer mit Taschen voller Obst zurück, das hochwillkommen war; Arnolds Eltern schickten sogar Pakete mit Lebensmitteln in den immer noch darbenden Norden. Nun lernte Hilde auch die anderen Mitglieder der Verwandtschaft kennen. Vor allem hatte man bei einer weiteren verwitweten Tante vorzusprechen, die ebenfalls als Erbtante galt und im Bewusstsein dieser Rolle die ganze Familie an der kurzen Leine hielt. Wehe, wenn ihr Neffe mit seiner jungen Frau auf Besuch bei den Eltern nicht bei ihr vorbeikam. Irgendwie kam Tante Kathi immer dahinter, und dann hagelte es Vorwürfe und Drohungen. Arnolds Vater bezeichnete diese Schwägerin als Familiendrachen, aber da sie keine Kinder hatte und einige schöne Felder besaß (die ein einziger Knecht in ihren Diensten zu betreuen hatte), war jeder Besuch eine Pflichtübung, der man nicht entkam.

Die neue Umgebung und der Schuldienst erbrachten neue Bekanntschaften, und langsam fühlte sich Hilde nicht mehr so fremd. Arnolds Freundeskreis war bald ungleich größer, denn immer wieder wurden auch alte Kontakte neu geknüpft, vor allem unter ehemaligen Mitschülern und Berufskollegen. Er war der Einzige aus seiner Seminarklasse, der nicht Priester geworden war, doch da er sich viel in geistlichen Kreisen bewegte, blieben die Begegnungen mit Klerikern, die auch auf seinen Beruf Einfluss ausübten, nicht aus. Die deutsche Schule lag nämlich nach der zwanzigjährigen Kolonialzeit, in der nur Italienisch gelernt und nur auf Italienisch unterrichtet werden durfte, sehr im Argen. Während der NS-Besetzung ab Herbst 1943 war zwar Deutsch sofort wieder eingeführt worden, aber damit konnten die Versäumnisse keineswegs aufgeholt werden. Dem deutschen Schulamtsleiter, der selbst Geistlicher war, schwebte ein Neustart dieser Schule vor, daher bemühte er sich, möglichst viele gut ausgebildete, einsatzfreudige und vor allem in der Muttersprache sattelfeste Lehrkräfte heranzuziehen. Da kamen Arnold und Hilde gerade recht.

Dieser Bekanntenkreis brachte es mit sich, dass beide ganz selbstverständlich in die Ortsgruppe der Katholischen Aktion aufgenommen wurden und Arnold immer mehr ins Vereins- und Parteileben hineinwuchs. Überzeugt davon, dass ein Lehrer der Allgemeinheit nicht nur in der Schule zu dienen hatte, stellte er sich auch zur Wahl zum ersten Nachkriegsgemeinderat der Stadt und trat auch dort für die Belange der Schule ein – natürlich um Gotteslohn, aus Bürgersinn und Pflichtbewusstsein. Fünf Jahre lang erfüllte er alle Sitzungspflichten, oft bis in die frühen Morgenstunden, sodass er dann auf dem Heimweg seinem geistlichen Hausherrn begegnete, wenn dieser zur Frühmesse ging. Spätestens um acht musste Arnold dann auch vor seiner Klasse stehen. Nicht genug damit: Als der Katholische Lehrerbund gegründet wurde, war er selbstverständlich Gründungsmitglied, und da er gern sang, trat er auch dem Männergesangsverein bei, der sich einmal in der Woche zu Proben traf. Hilde versuchte, diesen Arbeitseifer und Geltungsdrang etwas zu dämpfen, aber ohne Erfolg. Arnold gab sogar zu, dass er eben in kürzester Zeit alles aufholen wolle, was er während der langen, für seinen Beruf gänzlich unfruchtbaren Jahre versäumt hatte. Und auch dass Martin ihn in seinen Briefen warnte – denk dran, das dankt dir keiner! –, nützte nichts; Arnold antwortete nur: Da redet der Richtige.

Hildes Leistungsdruck stieg. Einerseits sollte sie im Eiltempo die für sie neuen Stoffe für die Nostrifizierung bewältigen – Arnold paukte mit ihr lateinische Grammatik und Vokabeln, versuchte, ihr so schnell wie möglich brauchbares Italienisch beizubringen und die Geschichte des Risorgimento einzutrichtern. Andererseits stiegen mit der Nähe zu seiner Familie und der Entfernung von der eigenen auch die Verpflichtungen. Ihre Eltern erwarteten regelmäßige Besuche zu den schulfreien „heiligen Zeiten" und in der Zwischenzeit regelmäßige Briefe. Ihre Schwiegereltern und die weitere Verwandtschaft erwarteten Zuwendung, die für Hilde immer mehr zur Pflichtübung wurde. Arnold erwartete, dass sie wie gewohnt ihren Unterrichtspflichten nachkam und den kleinen Haushalt führte. Und natürlich erwarteten alle den längst fälligen Nachwuchs, Hilde selbst am meisten. Und – wann ist es bei euch denn so weit?, hieß es bei jedem Besuch. Und wenn sie dann peinlich berührt „leider noch immer nicht" antwortete, kam der tröstende, aber doch ungeduldige Kommentar: Wird schon einmal klappen!

Sie beklagte sich nicht. Nur in ihren Briefen an ihre alte Freundin Gunda, die inzwischen als Schulschwester Maria Dolores in Hall ihren Dienst tat, erzählte sie von ihrem Kummer und von dem Druck, der auf ihr lastete.

Sommerfrische am Berg bedeutete für Arnold Kindheits- und Jugenderinnerung, Baden im Moorsee und Pilzesammeln im Wald, während Hilde die Hausarbeit in dem alten baufälligen Haus ohne Wasser und Strom bewältigte. Das Wasser war in Kübeln von der Tränke zu holen, im Sommer blieb es ohnehin lang hell, und für danach hatte man Kerzen und Petroleumlampen. Der Herd in der niederen, dunklen Küche war noch offen wie früher in allen Bauernhäusern; Fliegengitter schützten die Vorräte in den Wandschränken. Das Plumpsklo lag auf der Hinterseite des Hauses und war über einen Söller zugänglich, doch die verwitterten Balken wirkten wenig zuverlässig, sodass es ratsam schien, lieber die freie Natur aufzusuchen.

Hilde war nicht verwöhnt, passte sich an und freute sich auf romantische Waldspaziergänge und Glühwürmchen-Abende unter freiem Himmel. Arnold dagegen freute sich auf Steinpilze und Pfifferlinge, brach täglich in der Morgenfrühe auf und kam dann oft erst am Nachmittag mit überquellendem Rucksack, hundemüde, aber zufrieden, zurück. Hilde suchte inzwischen Beeren für den Nachtisch, die gab's in diesen lichten Wäldern zuhauf. Im nächsten Bauernhof holte sie Milch, frischen Rahm, Gemüse und Kräuter aus dem Hausgarten; der Nachmittag verging dann mit dem Vorbereiten der Pilze fürs Abendessen. War die Sommerfrische zu Ende und beide mit Unmengen getrockneter Pilze wieder zurück in der Stadt, wartete bereits ein ungeduldiger Brief auf Hilde: „Wann kommst Du endlich?" Oft blieb kaum Zeit, die Wäsche zu besorgen und die Wohnung durchzuputzen, so beeilte sie sich, auch diesen Erwartungen nachzukommen.

Ihre Eltern hatten inzwischen ein Grundstück erworben, ein Stück Wiese neben dem Friedhof, wo in den Kriegsjahren ein Verbandsplatz gewesen war, dick mit Kies eingestreut und mit einem roten Kreuz gekennzeichnet. Martin und Otto setzten nun Obstbäume. Burgi legte eine Reihe Gartenbeete an, in denen sie nach Herzenslust Stangenbohnen und Zinnien, Rhabarber und Kamillen, Kohlrabi und Astern ziehen konnte. Die Ränder wurden mit Johannis-, Stachel- und Himbeersträuchern bepflanzt; die versprachen eine Menge Marmelade. Zum Aufbewahren von Werkzeug und Geräten baute Otto eine Holzhütte, denn das Grundstück lag weitab von der Wohnung. Aber es war endlich etwas Eigenes, das sich Burgi schon lang erträumt hatte, Arbeit, in der sie schwelgte und ihre Tochter selbstverständlich mit einbezog. Denn sie sparte eisern wie eh und je und wollte möglichst viel für den Eigenbedarf selbst produzieren.

In ihren Briefen erzählten die Eltern jedoch auch von beginnenden Gesundheitsproblemen. Die Entbehrungen während der Kriegsjahre, Hunger und Kälte, die nur wenig verbesserte Versorgung danach und Martins permanente Überarbeitung wirkten sich nun aus. Von Herz- und Blasenleiden sowie Bronchitis bei ihm, von verschiedenen Entzündungen bei Burgi wurde berichtet, und immer wieder waren Rheuma und Grippe ein Thema. Auch Otto, der sich inzwischen als Vertreter für Kunstgewerbe versuchte, war oft krank. Burgi seufzte sogar einmal in einem Brief: „Es ist mir wohl so bestimmt, dass ich immer selber krank bin oder jemanden pflegen muss!"

Hildes Freundin Gunda kündigte brieflich ihre „ewige Profess" an. Zwischen den Zeilen war zu lesen, dass man „bei aller wohltuenden Stille und Pflichterfüllung auch im Kloster unruhig und friedlos sein kann". Schwester Maria Dolores wünschte sich sehnlich eine persönliche Begegnung mit ihrer alten Schulfreundin und versicherte, immer mit ihr verbunden zu bleiben und dafür zu beten, dass ihr Herzenswunsch endlich in Erfüllung gehen möge. Hilde schrieb ihr noch öfter, bekam aber nie mehr Antwort.

Eines Morgens wachte Hilde mit Herzrasen und Übelkeit auf, lag eine Weile wach und ängstigte sich. Es gab nämlich einen älteren EKG-Befund, der sie mit einem „Verdacht auf eine leichte Koronar-Insuffizienz" beunruhigte. Schließlich weckte sie Arnold, der neben ihr schlief.

Mir ist ganz übel, flüsterte sie, so schlecht hab ich mich noch nie gefühlt!

Meinst nicht, das sind bloß die Nerven, das kann passieren, wenn die Anspannung nachlässt, jetzt, wo du die Prüfung endlich hinter dir hast, versuchte er abzulenken.

Nein, mir ist so komisch, als ob ich einen Herzanfall hätte. Ich glaub es ist besser, wenn du den Doktor holst!

Arnold erschrak nun doch, sprang auf und zog sich an.

Ich bring dir jetzt ein Glas Wasser, das beruhigt, und dann geh ich gleich los.

Auf dem Weg zum Hausarzt, der zum Glück in der Nähe wohnte, begegnete ihm zu dieser frühen Stunde eine Kollegin, die beide gut kannte. In ihrer direkten Art fragte sie gleich, was ihm über die Leber gelaufen sei. Als sie hörte, Hilde sei so schlecht beisammen, dass sie einen Herzanfall befürchtete, und habe ihn zum Arzt geschickt, bot sie sich an, ihr inzwischen Gesellschaft zu leisten. Er führte sie in die Wohnung und ins Zimmer, in dem Hilde lag.

Doch als die Kollegin Hilde sah, verschickte sie ihn gleich: Geh du nur den Doktor holen, ich weiß eh schon, was los ist! Und zu Hilde sagte sie: Reg dich nicht auf, meine Liebe, wirst sehen, das hat mit einem Herzanfall gar nichts zu tun! Versuch, tiefer zu schnaufen, und denk an was Schönes, dann wird dir gleich wohler! Ich bleib bei dir, bis der Doktor kommt!

Der Hausarzt, einer von Arnolds alten Schulfreunden, kam sofort mit. Nachdem er Hilde untersucht hatte, die sich schon wieder besser fühlte, verkündete er: Da kann man nur gratulieren! Soviel ich weiß, habt ihr euch das schon lang gewünscht. Arnold, deine Frau ist schwanger!

Hab ich's doch gewusst, triumphierte die Kollegin, stolz auf ihren klinischen Blick. Lasst euch Glück wünschen, ihr ungeschickten Lehrerleut! Ich freu mich mit euch – aber vor allem, weil ich die Erste war, die's kapiert hat!

Zum Glück entwickelte sich diesmal alles normal. Aber Hilde wollte nun jedes Risiko ausschalten und nahm ihre Schwangerschaft übergenau: kein Alkohol, keine Zigaretten, nur noch ganz gesundes Essen, nur Spaziergänge in frischer Luft, keine Wanderungen, keine Strapazen mehr, vor allem nichts Schweres aufheben, jedes kleinste Wehwehchen ernst nehmen und sich möglichst schonen. Wie immer setzte sie sich selbst am meisten unter Druck, wollte alles richtig machen und eine perfekte – wenn auch verspätete, immerhin schon fast dreißigjährige – Mutter werden, indem sie nichts dem Zufall überließ, ständig an die Gesundheit des Babys dachte und sich ganz auf das bevorstehende Ereignis konzentrierte. Je näher der Termin rückte – Mitte Februar wurde errechnet, gerade passend zu Arnolds Geburtstag –, desto nervöser und ängstlicher wurde sie, achtete auf jede Kindesbewegung und befürchtete sofort das Schlimmste, wenn ihr Baby einmal Ruhe gab.

Um sie ein bisschen abzulenken, schenkte ihr Arnold einen Roman, der dann zu einem ihrer Lieblingsbücher wurde: *Kristin Lavranstochter* von Sigrid Undset, die für diese Mittelalter-Trilogie den Nobelpreis bekommen hatte. Darin brachte die Titelheldin allerdings ihren ersten Sohn unter tagelangen Höllenqualen zur Welt – nicht besonders ermutigend für eine Frau, der das gerade bevorstand.

Ihre eigene Niederkunft erlebte Hilde dann ebenfalls als nicht enden wollendes Martyrium, über das ihr nur die überwältigende Freude über das Kind hinweghalf. Arnold, der sie in frühester Morgenstunde ins Krankenhaus gebracht hatte und dann in die Schule gegangen war, wurde das Warten auch lang, die Nervosität machte ihm schwer zu schaffen. Die Hebamme und die Schwestern verschickten ihn am Nachmittag mehrmals und am Abend wieder, es sei noch nicht so weit, und dann lief er im Gang stundenlang hin und her. Endlich, lang nach Mitternacht, kam das Kind – ein Mädchen! –, und es schrie sofort, noch bevor es ganz auf der Welt war, wie die Hebamme mitteilte und der gerührte Vater ins kleine rote Buch *Unser Kind* eintrug.

So groß die Erleichterung war, endlich ein gesundes Kind geboren zu haben, so kränkend waren dann doch die Gratulation der Schwiegermutter – auch wenn's nur a Gitsch is! – und ähnliche Bemerkungen aus der Verwandtschaft, die sich wie selbstverständlich auf einen Stammhalter eingestellt hatte. Sogar der Onkel Dekan fügte seinen brieflichen Glückwünschen an den Neffen am Ende ein „Vivat sequens Henricus!" an. Denn „Heinrich" oder „Herlinde" hatte den beiden als Name vorgeschwebt, je nachdem, was es werden würde.

Das Kind wurde einige Tage später auf den Namen Edith getauft – nach einer Großtante. Tante Burgi ließ sich gern zur Taufpatin erwählen; sie fand sich dann wie die Großmütter in den weiteren Vornamen verewigt: Maria Notburga. Im kleinen roten Buch wurden die Taufgeschenke verzeichnet, die von einem Fass Wein über Wollpatschen bis zum ersten, gebogenen Kinderlöffel – aus Silber, mit Namensgravur – reichten.

Unter den Lauben begegneten sie einander ganz unerwartet, zufällig, eines Nachmittags. Hilde befand sich auf einer ihrer hastigen Besorgungsrunden durch Fachgeschäfte, als ihr eine Gruppe Nonnen auffiel, die auf der anderen Laubenseite daherkam. Plötzlich trat eine zwischen zwei Schaufenstern heraus auf die Gasse und starrte herüber, winkte dann und lief auf sie zu. Hilde traute ihren Augen nicht, als sie das liebe, unvergessene Gesicht ihrer alten Freundin Gunda erblickte. Schon lagen sich die beiden in den Armen, lachten und weinten zugleich, während drüben, auf der anderen Seite, der schwarz gekleidete Trupp aufmerksam wurde, stehen blieb und herüberspähte.

Endlich seh ich dich wieder! Gut schaust du aus! Was war denn los mit dir, warum hast du denn nicht mehr geschrieben? Wie lang ist das jetzt her? Ich hab so oft an dich gedacht! Die Fragen überstürzten sich, und die beiden Frauen konnte sich nicht sattsehen aneinander und die Tränen nicht zurückhalten. Da wurde von drüben gewinkt, und Schwester Maria Dolores fasste Hilde unter den Arm und zog sie mit, flüsterte ihr zu: Wir müssen weiter, kannst du uns nicht ein Stück begleiten, vielleicht gar bis zum Bahnhof?

Hilde war nur zu gern dazu bereit, und die beiden schlossen sich der Gruppe an. Sie hatten sich so viel zu erzählen. Hilde von ihrem Kind, ihrem Leben, ihrer Arbeit,

Gunda vom Unterricht, ihren Verpflichtungen, der Klostergemeinschaft und ihrer Schwester, die nun ebenfalls ins Kloster eingetreten war. Und dann, verschämt, kam auch die Erklärung für ihr unvermitteltes Schweigen. Es sei unangenehm aufgefallen, dass sie, fast als Einzige im Kloster, Post bekommen habe, die nicht von den engsten Verwandten, sondern von anderer Seite kam. Um Eifersüchteleien und Neid bei den Mitschwestern auszuschalten, habe die Schwester Oberin bei einer Aussprache von ihr verlangt, ab sofort ihrer Korrespondenz mit Hilde zu entsagen. Ein Verzicht von vielen und einer der schwersten, schluchzte Gunda und drückte Hildes Arm. Was aber nicht heißt, dass ich nicht an dich denke, wie immer im Gebet! Und ich bin dem lieben Gott jetzt so dankbar, dass er es so eingerichtet hat, dass wir uns doch einmal getroffen haben, dass ich dir erklären kann, warum ich dir nicht mehr schreiben darf! Das hab ich mir am allermeisten gewünscht, das war furchtbar schwer zu ertragen, dass du den Eindruck hast haben müssen, dass mir an deiner Freundschaft nichts mehr liegt!

Hilde war wie vom Donner gerührt: Dann heißt das, dass wir uns nie mehr schreiben dürfen, und sehen schon gar nicht?

Schwester Maria Dolores nickte unter Tränen, nahm ihre Hände und umarmte ihre Freundin zum Abschied, da die Mitschwestern ihr Zeichen machten, sie solle sich beeilen, der Zug fahre gleich ab.

Sie sahen sich nie wieder. Aber Hilde bewahrte Gundas Fotos in einem Album auf. Links das Porträt einer ernsten jungen Frau in Kostüm und weißer Bluse, rechts, nach der Einkleidung, selig lächelnd, in der Ordenstracht mit dem Blütenkranz auf dem Schleier.

# Erzählt. Erinnert.

Sommer bei Großmama, die nicht Oma genannt werden will, sondern Mama – im Unterschied zu Mutti. Für mich ist das selbstverständlich, sagen ja alle Mama zu ihr, Mutti genauso wie Vati, Onkel Otto und Papa auch. Mama ist eine fabelhafte Oma, immer liebevoll, zu Späßen und Spielen aufgelegt. Sie hat es nie eilig oder jedenfalls höchst selten, erzählt Geschichten, schiebt ihre Näharbeit zur Seite und nimmt mich auf den Schoß, um mich zu knuddeln. Sie kocht lauter gute Sachen (nie so grausliches graues Zeug wie Beuschel und Faschbraten) und sorgt für herzhafte Jausen, dicke Scheiben Schwarzbrot, auf das sie vor dem ersten Anschneiden auf der Rückseite immer das Kreuzzeichen macht (Mutti tut das nie), mit Honig und Butter, beides ineinander gemischt, damit nichts herunterlaufen kann, dass die Nachbarskinder ganz neidige Augen machen; zu Mittag gibt's Erdäpfel-Paunzen mit Krautsalat, Zwetschgenknödel, die dann kalt fast noch besser schmecken als warm, Krapfen und Apfelküchel, Reisfleisch und Kasknödel, Spatzln und Spinat-Omeletten. Dazu selbst gemachten Ribisl- oder Holundersaft und danach oft noch Kompott. Wenn sie mich zum Einkaufen oder auf einen Spaziergang mitnimmt, bleiben wir bei jedem Tier stehen, dem wir begegnen, Katzen und Hunden, Pferden und Kühen, Hasen und Hennen, und sogar zu den Schweinen im Stall beim Nachbarn führt sie mich, wo es wirklich ganz entsetzlich stinkt. Natürlich gehen wir auch oft in die Kirche. Da zeichnet sie mir mit Weihwasser ein Kreuz auf Stirn, Mund und Brust, führt mich zu ihrer angestammten Bank und erklärt flüsternd, welche Heilige auf den Altären stehen und wer auf den Bildern zu sehen ist, dann lässt sie mich ruhig neben sich in der Bank sitzen oder knien, während sie ihren Rosenkranz betet und die

Stille und der besondere Geruch nach Kerzen und Weihrauch, Bohnerwachs und Blumen auf mich wirken. Besonders schön sind die Sonntagsmessen, wenn Papa an der Orgel sitzt und auch ich oben auf der Empore sein und ihn beobachten darf. Der Chor singt der Gemeinde vor und versucht, einen flotteren Rhythmus durchzusetzen, den die Leute unten immer wieder hartnäckig dehnen. Jedes Mal beobachte ich von oben herunter den Pfarrer und warte gespannt auf das Kyrie, denn wenn er sich zur Gemeinde umdreht, sieht man, dass er zu dick ist, um die Hände über dem Bauch zu falten; er bringt nur die Fingerspitzen zusammen, und dann folgt der Dialog mit der Gemeinde, bei dem er grundsätzlich „Kyrie ela-ison" sagt, während die Gemeinde „Kyrie eile-ison" antwortet, und dann geht es weiter mit „Christe ela-ison" und „Christe ele-ison" und wieder Kyrie und so fort. Ich frage den Papa einmal, wie es richtig heißt. Eigentlich „Kyrie ele-ison", das ist Griechisch und bedeutet „Herr, erbarme dich", erklärt der, aber der Pfarrer hat es eben so gelernt und will offenbar dabei bleiben – der liebe Gott wird's schon nicht so genau nehmen.

Neben Papa auf dem Orgelbock zu sitzen ist besonders schön. Dass er mit beiden Händen und mit den Füßen zugleich spielt und die Orgel so wunderbar braust und die Lieder sich fast von selber singen und alles so prächtig klingt, finde ich hinreißend.

Am Grund, wo Mama im Gemüsegarten wühlt oder Beeren pflückt, dass sie fast hinter den Sträuchern verschwindet und nur daraus auftaucht, wenn sie den Platz wechselt, mache ich meine ersten Naturentdeckungen: dass es nicht nur über dem Gras, sondern auch unter den Wasen viele kleine Tiere gibt wie Käfer, Regenwürmer, Ohrenschliefer und dicke weiße Engerlinge; dass es welche gibt, die manchmal nützlich sind und manchmal lästig wie der Maulwurf; dass Igel im Komposthaufen schlafen und nur am Abend spazieren gehen; dass Schnecken bewegliche Stielaugen haben und unmöglich von ihrem Haus zu trennen sind – ich hab's lang und mit aller Kraft versucht, aber es geht nicht. Mama schimpft über die Wühlmäuse und hebt anklagend die gelben Rüben hoch, die bis auf einen winzigen Stummel unter dem Grün abgenagt sind. Denen kommt sie mit einer giftigen Paste bei, die ausschaut wie violetter Pudding; die schmiert sie auf die Karotten und steckt sie wieder in die Erde zurück. Onkel Otto hat mir ein Wägelchen gebastelt, das ich hinter mir herziehen kann. Damit fahre ich die Salatgurken spazieren, wenn Mama findet, dass die groß genug geworden sind.

Im Hinterhof zwischen der Schule und den Nachbarshäusern treffen wir Kinder uns, jeden Sommer wieder, jeden Tag zum Spielen. Endlich einmal Kinder, die ganz selbstverständlich da sind, und ein weitläufiger Platz mit verschiedenen Bereichen, wo es viele Möglichkeiten gibt – kein staubiger, winziger Hinterhof wie bei uns in Bozen, in dem das Ballspielen verboten ist, wenn nasse Wäsche dort hängt, oder eine Promenade, wo der Sand in den Gruben trocken bröselt, und kein Wasser weit und breit. Im Hof bei den Großeltern kann man nach Herzenslust patzen und pritscheln, mit Wasser aus der Waschküche planschen, Zelte bauen mit alten Decken und Vorhängen, die zwar etwas muffig oder streng riechen, aber das ist egal, im Gras herumtollen und balgen, an der Teppichstange schaukeln, und wenn es regnet, unter das Schupfendach schlüpfen und zuhören, wie es auf die Schindeln tropft, bis es durchregnet und es Zeit ist, ins Stiegenhaus zu flüchten. Wir sind zu sechst: drei schüchterne Geschwister vom unteren Stock, ein Bub und zwei kleinere Mädchen, Horst, Gudrun und Uschi, aus dem Nachbarhaus eine launische, wehrhafte Wilma, die gleich alt ist wie ich, ein etwas größerer Gerhard, der sich aber bald absetzt, als er den Kinderspielen entwachsen ist, und ich. Immer geht es eine Weile friedlich zu, dann wird unvermeidlich wegen irgendwelcher Banalitäten gestritten, und die Bande läuft beleidigt auseinander – aber das dauert nie lang. Ich warte meistens auf der Veranda darauf, ob die anderen unten im Hof wieder zusammenfinden und mich jemand ruft.

Auch die Nachbarn sind eingehender Beobachtung wert. Die junge Bäuerin Moidi, die den Knecht geheiratet hat, einen groben Kerl, der uns Kinder immer ausjagt, wenn wir auf den Tennen geschlichen sind, schiebt fast jeden Sommer wieder einen dicken Bauch vor sich her, was uns einige Rätsel aufgibt. Als ich Mama frage, wieso ist die so dick, antwortet sie, wahrscheinlich ist sie einfach ungeschickt angezogen. Das überzeugt mich aber keineswegs, und wir Kinder überlegen, was dahinterstecken könnte, bis Wilma erklärt, dass die Moidi schon wieder ein Kind im Bauch hat! Das ist dann ein weiteres Problem, das uns Kopfzerbrechen macht: Wie kommt es denn da heraus? Und wieder weiß Wilma Bescheid: Die kommt ins Krankenhaus, dann schneiden sie ihr den Bauch auf, und dann ist das Poppele da. Das hat ihr ihre Oma erklärt.

Gegenüber wohnt die alte einschichtige Hanna, eine lange, dürre Gestalt, die immer dasselbe Kopftuch und denselben verwaschenen Kittel trägt und fast nur erscheint, um ihre Hennen zu füttern (deshalb heißt sie „Hena-Hana"). Ihre Nachbarin, die Loisi, Wilmas Großmutter, ist bekannt dafür, dass sie schlampert und ihre Kleider mitten im Raum auf einen Haufen wirft, aus dem sie sich täglich bedient – deswegen läuft sie so zerknittert herum. Auch im Schulhaus wohnen interessante Leute. Ganz oben, unter dem Dach, wo die Wände schon ziemlich schräg sind, liegt die alte dicke Frau John immer im Fenster und hält nach ihrem Sohn Ausschau, der alle paar Abende sturzbetrunken nach Hause torkelt. Wir Kinder stellen uns extra am Weg auf, um das Spektakel nicht zu versäumen, wie er im Zickzack den Schotterweg entlangkommt. Er ist groß und kräftig, von Beruf Schmied, hat einen rasierten Kopf, trägt kurze Westen und um beide Handgelenke breite Lederbänder. Schon von weitem hört man ihn mit sich selber reden: Heut hat's dich wieder amal erwischt, Toni, heut sein ma wieder amal gut aufg'legt – dann stolpert er, fängt sich aber immer wieder gerade noch, und wenn er bei der Ecke ist, um die er in den Hof biegen muss, um in Richtung Haustor zu kommen, nimmt er Anlauf, stützt sich an der Mauer ab und dreht sich schnell und geschickt darum herum, damit er nicht den Stand verliert. Erst im Stiegenhaus, wenn es gilt, die vielen steilen Holztreppen nach oben in Angriff zu nehmen, wird es ihm zu viel, da beginnt er laut zu schimpfen, fällt immer wieder hin, stößt sich wund und bleibt manchmal auch einfach auf einem Treppenabsatz liegen, um an Ort und Stelle seinen Rausch auszuschlafen, während seine Mutter oben an der Tür steht und keift: Bist schon wieder b'soffen, du Nixnutz? Und er grölt zurück: Halt die Schnauzen, alte Hex! Und droht dann: I bring euch alle um!

Natürlich haben wir Angst vor ihm, aber wir finden es zugleich schaurig und aufregend, dass ein Erwachsener sich so aufführt, wir halten respektvoll Abstand, finden diese Auftritte aber viel zu interessant, als dass wir sie uns entgehen ließen. Denn der Toni ist zudem eine richtige Berühmtheit: Man erzählt sich, dass er im Rausch einmal über das ganze gebogene Geländer der Innbrücke balanciert sei, ohne abzustürzen – grandios!

Kein Wunder, dass der Sommer immer viel zu schnell vorbei ist und ich ihn – am liebsten ohne Eltern – bei Mama so lang wie möglich bis in den Herbst verlängere!

Zum fünften Geburtstag bekomme ich einen Roller, der dann überallhin mit muss. Damit ist ein Unfall verbunden, an den mich ein Leben lang eine dicke Narbe am Knie erinnert. Auf dem Schotterweg vor dem Haus rutsche ich aus, kann mich nirgends halten und falle auf alle viere. Die Kiesel sitzen überall im Fleisch, in Knien und Händen, und Mama muss sie mit der Pinzette herausklauben. Danach kommt sie mit ihrer gefürchteten Jodflasche an und tupft die Wunden aus, was scheußlich brennt. Mama schimpft aber nie, wenn so was passiert. Sie schimpft nur, wenn ich schwindele und sie anlüge, was sie immer sofort durchschaut. Nur Vati schimpft jedes Mal, wenn ich mir wehtue; da ärgert er sich noch hinterher, dass ich nicht genug aufgepasst habe. Das finde ich sehr ungerecht, weil ich mir ja selber wehgetan habe und nicht ihm, und schon dadurch genug gestraft bin – da muss er nicht noch extra schimpfen. Mutti ist mitleidiger, aber auch ängstlicher. Ich soll immer aufpassen, nicht auf die Straße laufen, nicht zu hoch schaukeln, nicht über rohe Holzbretter klettern, um mir keinen Schiefer einzuziehen, nicht auf der bloßen Erde sitzen, um mir nicht die Blase zu verkühlen, und in den kalten Monaten plagt sie mich mit dicken Kopftüchern und Mützen, dass ich mit meinen fünf, sechs Jahren ganz alt aussehe auf Fotos. Im Kindergarten überrage ich alle anderen.

Im Oktober 1958 ist es dann endlich so weit: Einschulung! Ich habe es eilig, endlich richtig lesen zu lernen, nicht nur so zu tun, als ob, mit dem Finger den Buchzeilen entlangzufahren und den Text dazu auswendig aufzusagen. Weder Mutti noch Vati haben nachgegeben, wenn ich bettelte, sie sollten es mir beibringen, denn ihrer Meinung nach darf ich mich in der ersten Klasse nicht langweilen. Welcher Theorie sie damit folgen, weiß ich nicht; sicher haben sie sich einschlägige Unterstützung geholt wie bei allem, was sie an mir erproben. Denn zur Erziehung fühlen sich beide berufen, und Fehler wollen sie von Anfang an vermeiden.

Die Klasse, in die ich komme, ist eine reine Mädchenklasse und bleibt das auch die fünf Jahre lang. Die höheren Bubenklassen werden den wenigen Lehrern anvertraut; Vati führt immer eine davon. Wir haben das Glück, eine liebenswürdige, engagierte Lehrerin zu bekommen, die uns auf einfühlsame Art an die Schule gewöhnt und auch den wichtigtuerischen „Plätschhafelen", wie die geübten Petzerinnen heißen, allmählich den Schneid abkauft. Einige der Mädchen sind schon mit mir im Kindergarten gewesen, aber in der großen Gruppe müssen wir erst noch lernen, miteinander auszukommen. Mit dem Lesen geht es schnell vorwärts, das Schreiben zieht langsamer nach, aber jeder Erfolg wird verbucht: Die Lehrerin unterstützt unsere Anstrengungen, indem sie rote Stempel mit „gut – sehr gut – brav!" unter die Aufgaben in die Hefte setzt. Wer dreißig „brav!" zusammenbringt, bekommt ein Fleißbildchen, und wer am Ende des Jahres am meisten davon vorweisen kann, ein kleines Geschenk. Das setzt einen Wettbewerb in Gang, der sich für alle lohnt, auch für die Lehrerin.

Besonders spannend fallen die Religionsstunden aus, die der alte Hausherr meiner Eltern hält, ein begabter Erzähler. Er trägt die Geschichten des Alten Testaments vor, unterstützt von bunten Rollbildern, die an die Tafel gehängt werden können. Moses, der die Israeliten durch das Rote Meer führt, das in hoch aufgebogenen Wänden aus Wasser mit Schaumkronen zur Seite weicht, damit sie trockenen Fußes hindurchschreiten können, während am oberen Bildrand die Verfolger samt Pferden und Wagen unerbittlich von den Fluten verschluckt werden – ein bleibender Eindruck! Und der Triumphzug des Josef in Ägypten, der neben dem prächtig geschmückten Pharao auf einem Wagen sitzt, dem schwarze Sklaven mit Kamelen und Geparden vorausgehen. Der Katechet fragt uns, was die Leute, die ihm zujubeln, sich jetzt wohl denken mögen. Zuletzt auch noch, was die Kamele denken – und als niemand antwortet, lacht er und macht uns aufmerksam, dass Kamele Tiere sind und also nicht denken können.

In der Schule ergibt sich auch der erste Kontakt mit italienischen Kindern. Natürlich nicht in der eigenen Klasse. Die italienischen Grundschulklassen haben ein eigenes Stockwerk, eigene Zeiten, eigene Lehrerinnen und auffällige Schuluniformen, schwarze Kittelchen, die hinten geknöpft werden wie unsere im Kindergarten, mit weißem Bubikragen, unter dem die Mädchen eine rosa Schleife tragen, die Buben eine himmelblaue. Das Zusammenleben in der Schule ist nicht problematisch, weil wir einander kaum begegnen. Der kritische Moment ist die Pause, denn die italienischen Kinder haben die zu anderen Zeiten als wir, und die wenigen Klassen verursachen einen solchen Höllenlärm, wenn sie durch den Korridor stürmen, dass unsere Lehrerin seufzend abwartet, bis die Mitbewohner im Schulhof verschwinden. Schlimm, wenn sie bei Regenwetter oder wegen Kälte nicht hinaus können und ihre Pause herinnen verbringen müssen. Dann lässt unsere Lehrerin uns aufstehen und neben den Bänken ein bisschen turnen. Was ohnehin nötig ist, denn der Turnsaal ist klein und schlecht eingerichtet.

Die Kontakte mit Italienern halten sich generell in Grenzen. In der Altstadt, wo wir uns bewegen, kommt es kaum dazu. Die Geschäfte, in denen Mutti einkauft, sind alle deutsch, und es dauert eine Weile, bis wir die italienischen überhaupt wahrnehmen. Und noch viel länger, bis deutsche Hausfrauen dort tatsächlich einkaufen. Um die Frauen davon abzuhalten, wird auch allgemein das Gerücht verbreitet, dort gebe es nur „billiges Glump" zu kaufen, während Qualität eben nur unter den Lauben zu Hause sei. Eines Abends verkündet Mutti fast schon triumphierend, sie habe eine Bekannte, die Frau eines betont deutschen Politikers, auf der Straße getroffen und bei dieser Gelegenheit die Einkaufstasche der „Rinascente" in ihrem Korb entdeckt. Wenn die dort einkauft, dann kann ich mir das auch leisten, kommentiert sie. Jedenfalls wagt sich Mutti dann auch dorthin, achtet aber darauf, dass sie die Tüten tief in ihrer blickdichten Tasche versenkt.

Italienisch sind auch die plastifizierten Plakate, die in allen Klassenzimmern mit bunten, dramatischen Zeichnungen Schulkinder davor warnen, mit Kriegsrelikten zu spielen. Die Lehrerin übersetzt, was darauf steht, und erklärt, dass der weinende Bub im schwarzen Schulkittel sich mit einem explodierenden Metallkörper schwer verletzt habe und dass man dadurch die Finger verlieren könne, ja sogar das Augenlicht. Davor sollen wir uns unbedingt in Acht nehmen und solche verdächtigen Fundstücke den Eltern oder der Polizei melden. Dass derartige Dinger tatsächlich noch herumliegen, beweist ein Blindgänger, den wir Kinder im Keller des Nachbarhauses unter einigen losen Holzplanken respektvoll betrachten. Ich melde das jedenfalls brav den Eltern; wer die Bombe dann entfernt, weiß ich nicht. Die Warnplakate bleiben jedenfalls zu Recht noch jahrelang hängen.

Ich bin ein sehr braves Kind, das im Grunde keine Schwierigkeiten macht. Die Hausaufgaben sind nie ein Problem, um das sich Mutti kümmern müsste, die mache ich ganz allein und sogar gern – ich habe ja nicht viel, was mich davon ablenken würde. Höchstens Bücher, aber keinen Fernseher, und das Radio kommt erst am Abend zum Einsatz, wenn die Märchentante mit dem Sandmännchen gemeinsame Sache macht. Im Wohnzimmer, in dem ich meine Aufgaben mache und seit der Einschulung auf dem Diwan schlafe, haben wir zwar auch einen Plattenspieler, der in den großen Radiokasten eingebaut ist, aber den darf ich nicht anrühren, weil der sehr empfindlich ist. Da meine Eltern gern Operetten hören, haben sie eine einschlägige Sammlung, natürlich auch eine Reihe Langspielplatten mit klassischer Musik, besonders Klavierkonzerten und Chören. Die legen sie manchmal auf, aber das ist immer eine lange Prozedur, denn auf den Platten darf kein Stäubchen mehr sein, die werden mit einem eigenen Samtkissen abgewischt, sonst gibt es Kratzer und die Nadel geht kaputt.

Gerade diesen Plattenspieler, mit dem meine Eltern so vorsichtig umgehen, behandle ich einmal sehr schlecht. Nach der Pockenimpfung, die wie andere Vorsorge-Aktionen in der Schule durchgeführt wird, bekomme ich in der Nacht einen wilden Fiebertraum: Ich werde von unsichtbaren Kräften in die Höhle einer grausigen schwarzen Hexe gezerrt, die mich grinsend erwartet und schon ihre dürren Arme nach mir ausstreckt, während ich schreie und zappele und mich wehre nach Leibeskräften. Dabei muss ich im Schlaf aufgestanden und zum Radiokasten gegangen sein, ihn aufgehoben und nach ihr geworfen haben. Der Krach schreckt Vati und Mutti auf, die kommen gelaufen und schalten das Licht ein – ich stehe mitten im Zimmer und reibe mir die Augen, aber ich weiß nicht, warum der schwere Radiokasten am Boden liegt und aus dem offenen Deckel des Plattenspielers die Gabel wie eine lange weiße Zunge hängt.

Nur wenn wir abends Gäste haben, werde ich vorübergehend wieder im Schlafzimmer einquartiert. Zum Beispiel bei Vatis Tarockabenden, die in Abständen, aber regelmäßig stattfinden und an denen immer neben einem wechselnden Freund „in Zivil", wie Vati sagt, zwei geistliche Herren teilnehmen. Denn Tarock spielt man zu viert, und das ist ein sehr kompliziertes Spiel, das lang dauert, für das man also viel Zeit braucht und das Geistliche gern spielen, weil sie viel Zeit haben. Da wird dann wirklich bis spätnachts gespielt, dabei werden Brötchen gefuttert und Zigarren geraucht. Mutti bleibt inzwischen in der Küche und wartet das Ende des Spiels ab, und am nächsten Tag muss das Wohnzimmer erst aufgeräumt und lang und gründlich gelüftet werden. Vati hat auch sonst viele geistliche Besucher, oft Kollegen von früher, die als Pfarrer in verschiedenen Dörfern wirken, manchmal in der Stadt etwas zu besorgen haben und zufällig gegen Mittag in der Schule auftauchen oder ihm auf dem Heimweg begegnen, um dem alten Freund Grüß Gott zu sagen; die bringt er dann oft zum Essen mit.

Mit den Verwandten ist es ähnlich. Da alle Ämter in der Stadt und meistens nur am Vormittag geöffnet sind, kommen sie mit dem Zug, machen ihre Besorgungen und finden sich dann gegen Mittag bei uns ein. Mutti kommt dann auch oft erst aus der Schule, hat aber meistens schon am Abend vorgekocht und „streckt" das Angebot noch mit einer Suppe. Da bekomme ich manchmal Gelegenheit, mich über andere Essgewohnheiten zu wundern. So beim alten Vetter Johannes, der mir einmal am Tisch gegenübersitzt und seine Suppe ständig ganz laut vom Löffel schlürft, ohne dass Mutti und Vati etwas sagen würden. Und danach wischt er sich den Mund einfach mit der Hand ab!

So lerne ich die Erwachsenen sehr genau beobachten und denke mir meinen Teil dabei. Von Anfang an stört mich, dass ihnen viel erlaubt ist, was man mir nicht durchgehen lässt. Wenn ich Mutti darauf anspreche, sagt sie nur, dass man bei einem Besuch eben viel „übersehen" müsse, und auch das soll ich mir merken.

Oft bekommt Vati dann noch einen Auftrag von Verwandten, soll eine Gefälligkeit für sie erledigen, etwa ein Dokument abholen und ihnen schicken, damit sie nicht noch einmal in die Stadt fahren müssen. Er sagt nie nein, auch wenn Mutti ihm gerade das vorwirft: Du kannst eben nie nein sagen, das ist eigentlich eine Zumutung, du musst nicht immer alles akzeptieren, du hast ja so schon viel zu viel zu tun!

„Zumutung": Auch so ein Wort, das mich beschäftigt. Wie vieles, was ich in Gesellschaft von Erwachsenen aufschnappe und dann eine Weile mit mir herumtrage, bis ich nachfrage, was das bedeutet. Einzelkinder sind eben unvermeidlich vor allem mit Erwachsenen zusammen und machen entsprechend viel mit sich selber aus. „Altklug" bezeichnet das Ergebnis vermutlich am besten.

In der zweiten oder dritten Klasse ereignet sich eine Episode, an die ich mich später mit Unbehagen erinnere. Inspektion ist angesagt, für unsere Lehrerin sicher nicht besonders angenehm, und es geht um Kopfrechnen. Die alte Inspektorin fasziniert mich; sie lächelt aus ihren faltigen Schlitzaugen betont freundlich und listig herausfordernd, während sie uns Fragen stellt, um unsere Kenntnisse im Addieren, Subtrahieren und Multiplizieren zu überprüfen. Nachdem sie eine Reihe Rechenaufgaben gestellt hat, kommt sie auf die Idee, uns selber nach weiteren hübschen Aufgaben suchen zu lassen, und ich melde mich sofort. Mein Vorschlag besteht darin, die Almrosenknospen in einer Vase zu zählen, von denen jeden Tag einige aufblühen, und dann abzurechnen, wie viele noch übrig bleiben, bis alle in voller Blüte stehen. Frau Inspektor ist begeistert von der phantasievollen Aufgabe und lässt uns verschiedene Varianten durchrechnen. Als sie sich schließlich verabschieden will, fällt mir nichts Besseres ein, als sie zu bitten, noch eine Weile zu bleiben.

In Kufstein kann Papa endlich seine Pensionierung antreten. Es ist ihm gelungen, bis zum regulären Dienstende auszuhalten. Aber gleich darauf erleidet er einen Schlaganfall, muss ins Krankenhaus und kommt erst nach Wochen wieder nach Hause, mit einer halbseitigen Lähmung, die ihm lange Zeit zu schaffen macht. Typisch für ihn, dass er sich konsequent dazu zwingt, am Schreibtisch und am Klavier zu üben, doch es dauert, bis er wieder schreiben kann. Ganz beweglich wird er zwar nicht mehr, aber immerhin kann er mit Mama spazieren gehen, normal sprechen und nach zwei Jahren sogar wieder Orgel spielen.

Onkel Otto findet einen günstig gelegenen Geschäftsraum und lässt sich endlich nieder, verkauft Handwerk und Reiseandenken, die im Lauf der Zeit immer kitschiger werden. Er bezeichnet seine Ware dann selber als Ramsch, muss sich aber damit abfinden, dass seine Kundschaft, vor allem Touristen aus Bayern, gerade danach verlangt.

Das alte Schulhaus wird an einen Spengler verkauft, der sich ebenerdig eine große Werkstatt einrichtet und dann mit allen Mitteln versucht, die Mieter aus dem Haus zu vertreiben. Die Hausleute beginnen sich zu wehren, sich zugleich aber auch nach anderen Möglichkeiten umzusehen. Der Traum vom Eigenheim liegt in der Luft, und auch Mama fängt davon zu reden an. Das Grundstück ist groß genug, und als endlich die Gefahr gebannt ist, dass die Gemeinde es enteignen könnte, um den Friedhof zu erweitern, setzt sie ihre Ideen durch. Papa nimmt ein Darlehen auf, lässt sich einen Plan erstellen, schließt einen Bausparvertrag ab und beauftragt eine Baufirma. So weit wie andere Nachbarn, die ihr Haus buchstäblich eigenhändig errichten, angefangen bei den Ziegeln, die sie sogar selber pressen, können die beiden nicht gehen, dafür sind sie zu alt. Aber sich um alle Bestellungen selber zu kümmern, den Maurern zuzuarbeiten, sogar täglich für eine frische Jause zu sorgen, das erscheint Mama möglich, und sie nimmt es auf sich, diese Aufgabe zu erfüllen, um Kosten zu sparen und zugleich eine gewisse

Kontrolle am Bau damit zu verbinden. Da sie im Jahr zuvor einen schweren Unfall erlitten hat – ein Betrunkener hat sie mit dem Auto von Papas Arm weggerissen und ein Stück mitgeschleift, sodass sie Prellungen am ganzen Körper, Rippenbrüche, eine Gehirnerschütterung und einen Schlüsselbeinbruch davontrug –, nimmt sie sich damit eigentlich zu viel vor. Aber die Aussicht darauf, ein eigenes Haus zu besitzen, das sie endlich nach ihren Wünschen gestalten kann, lässt sie alle Mühen ertragen. Der Hausbau zieht sich lange hin, weil die Arbeiter sich Zeit lassen und auch viel aufgeschoben werden muss, wenn das Geld gerade nicht reicht.

Der Wunsch nach einem Eigenheim greift nun überall um sich. Mutti entdeckt, dass sich in der angrenzenden Bombenruine Arbeiten abzeichnen, und holt bei der Baufirma Informationen ein. Nach langen Überlegungen und Berechnungen steigen die beiden in einen Kaufvertrag ein und erstehen eine Wohnung im fünften Stock. Mutti hätte gern eine größere, aber Vati findet, es reicht, wenn ich ein eigenes Zimmer bekomme. Denn das Geld ist knapp, er muss ohnehin einen Bankkredit aufnehmen, was ihm gar nicht zusagt – und außerdem hat er die Meinung seiner Verwandten eingeholt. Die finden auch, eine Dreizimmerwohnung sei für drei Leute gerade recht.

Ein eigenes Zimmer zu haben ist natürlich prima. Auch sonst gibt es endlich Bequemlichkeiten, die wir vorher nicht hatten: eine Waschmaschine, einen Kühlschrank, ein Telefon an der Wand im Gang, zwei große Balkone. Und so hoch oben zu wohnen, über die anderen Dächer hinaus zu schauen, hat schon einen besonderen Reiz. Die Sicht auf die Berghänge ringsum, vor allem den Rosengarten, der bei schönem Wetter im Abendschein rot erstrahlt, entzückt Mutti immer wieder aufs Neue, und mir gefallen vor allem die Vogelschwärme, die am Himmel über dem weiten Hinterhof ihre schrillen Runden ziehen.

Wir sind gerade ins neue Nachbarhaus übersiedelt, als wir vom Balkon aus unter einem brandroten Himmel die Sprengungen der Feuernacht, der konzertierten Bombenanschläge am Herz-Jesu-Sonntag 1961, miterleben. Vati ist gar nicht sonderlich überrascht darüber, Mutti dagegen ist sehr aufgeregt und redet lang auf ihn ein, auch in den folgenden Tagen. In der nächsten Zeit knackt es immer wieder verdächtig in der Telefonleitung, und ich bemerke, dass mir auf dem Schulweg oft jemand folgt – meistens derselbe, grau gekleidete Mann, der mich beobachtet und rauchend an der Ecke steht, wenn ich das Haus verlasse. Diese Beschattung dauert lang, bis weit in die Mittelschule hinein, und ich mache mir einen Spaß daraus, einen „treuen Begleiter" zu haben.

Leider gibt es auch eine Neuerung, mit der ich weniger einverstanden bin. Ein Pianino wird ins Wohnzimmer gestellt, damit ich üben kann. Denn meine Eltern bestehen darauf, dass ich das Konservatorium besuche und Klavier spielen lerne so wie sie beide. Aber ich habe keine Freude daran: Die italienische Notenlehre (Solfeggio) ist eine einzige Qual, der Klavierunterricht bei einer alten, von Schüttellähmung geplagten Lehrerin bringt kein Erfolgserlebnis ein, beschert mir sogar wegen einer verqueren Technik Rückenschmerzen, und nach vier Jahren, in denen ich trotz intensiven Übens nicht weiterkomme, ist das Unternehmen endgültig vom Tisch. Mit dem Erfolg, dass ich das Klavier nie wieder anrühre.

Der Satz, den ich viel zu oft höre und daher irgendwann einfach nicht mehr hören kann, ist: „Wir müssen sparen." Gespart wird immer und überall. Ich spüre das auch am eigenen Leib, denn neue Kleider gibt es höchst selten, und weil ich so schnell wachse, werden Kleider von Mutti und sogar von Mama aufgetrennt, Stoffe gewendet und für mich umgearbeitet. Bei einer Hausfrau, die in der Nähe wohnt und sich dadurch ein Zubrot verdient, lässt Mutti diese Näharbeiten machen. Die Ergebnisse sind recht ordentlich und werden lange „aufgetragen". Aber eigentlich sind das erwachsene Kleider, auch wenn sie in den einschlägigen Zeitschriften als „jugendliche Schnitte" angepriesen werden. Schicke junge Mode bleibt lange Zeit ein Wunschtraum, auf Fotos von mir finde ich mich selbst hausbacken und ältlich.

Auch auf Handarbeiten wird viel Wert gelegt. In der Schule lernen wir vor allem Sticken, meistens für Zierdeckchen oder Untersetzer zum Muttertag; der Strickmusterfleck wird zu Hause ergänzt und ist bald ellenlang. Mutti bringt mir zudem Häkeln bei, und Mama vervollständigt diesen Unterricht jeden Sommer, sodass ich bald imstande bin, unter ihrer Anleitung Selbstgestricktes zu fabrizieren. Dabei muss ich mich in Geduld üben, denn oft genug macht sie mich auf Fehler aufmerksam, die ich übersehen habe, weil ich nur möglichst schnell fertig werden will. Dann braucht es viel Überzeugungsarbeit von ihrer Seite, mich zum Auftrennen und Wiederholen zu bewegen. Aber sie behält natürlich immer recht.

Auf meine Eltern mache ich offenbar einen frühreifen, artig abgeklärten Eindruck. Natürlich sind sie beide gegen alles, was seichte „amerikanische" Unterhaltung darstellt, also „Negermusik" wie Jazz und Rock, Comics und Zeichentrickfilme, und gehen davon aus, dass ich gerade so wie sie darauf reagieren werde. Als wir die ersten Märchenfilme wie *Schneewittchen* und *Aschenputtel* im Kino sehen, stört mich tatsächlich die flächige Darstellung, die so gar nicht den detailfreudigen, romantischen Illustrationen entspricht, an die mich meine Bücher gewöhnt haben – abgesehen davon, dass die Geschichten auch noch anders ablaufen. Also erwarten meine Eltern, dass ich auch die Mickymaushefte mit ihren Sprechblasen und

Ausrufen – seufz – grrr – stöhn – mampf – ablehne, denn für sie sind sie purer Schund. Vati nimmt sie seinen Schülern manchmal vorübergehend ab, wenn diese sich während des Unterrichts unter der Bank damit beschäftigen, und bringt sie in seiner Tasche mit nach Hause. Das finde ich irgendwann heraus, hole sie mir heimlich und lese die Geschichten von Donald Duck und Mickymaus und Pluto mit größtem Vergnügen. Am genussvollsten dann, wenn ich dazu Erdnüsse futtern kann – in dieser Kombination so etwas wie der Gipfel des „amerikanischen" Kindertraums.

Daneben begeistere ich mich auf einmal für die Tiroler Freiheitskämpfe anno 1809 und danach, weitgehend übergangslos, für die Bücher von Karl May, natürlich die Indianergeschichten, die bald darauf auch verfilmt werden. Die Winnetou-Bände lese ich mehrmals hintereinander und sogar Mutti vor, während sie bügelt. Als Winnetou im Band drei ermordet wird, zerfließe ich in Tränen. Mein erster Filmschwarm ist also Pierre Brice, und seinetwegen kratze ich mein bisschen Taschengeld zusammen, um heimlich *Bravo*-Hefte zu kaufen, denn darin gibt es Bilder von ihm, die ich ausschneiden und innen in meinen Kleiderschrank hängen kann. Mutti hat erstaunlicherweise nichts dagegen. Dass es dafür auch noch einen anderen Grund gibt, gesteht sie mir einmal in einem mitteilsamen Moment: Der Winnetou-Darsteller gleiche auffallend ihrem ersten Freund, von dem sich dann während des Krieges jede Spur verlor. Wie wenig Film und Realität miteinander zu tun haben, erfahre ich erst viel später, als Pierre Brice einmal höchstpersönlich nach Bozen kommt und von einer hemmungslos kreischenden Meute junger Mädchen „abgepasst" wird – ich mittendrin. Als Winnetou hat er mir wirklich besser gefallen.

Nachdem meine Eltern einen Vortrag über den schädlichen Einfluss von Karl May auf junge Leser besucht haben, versuchen sie, meine Indianerromantik durch historische Darstellungen zurechtzurücken. Mit dem Erfolg, dass ich beides lese (oft genug nachts mit der Taschenlampe unter der Decke, denn Mutti kontrolliert gern), ebenso wie alle greifbaren Wildwestromane, die *Lederstrumpf*-Geschichten und den *Letzten Mohikaner*, Cowboy- und Abenteuerbücher und Dokumentationen über die amerikanische Pionierzeit und die Verbrechen an den Indianern und ihrem Lebensraum. Bei jedem Fasching verkleide ich mich jedenfalls als Indianerin und verziere sogar eigenhändig Bänder mit Perlenstickerei dazu, nach Mustern, die ich auf Abbildungen entdeckt habe.

Einen weiteren Vorteil bringen die *Bravo*-Hefte mit sich: Darin ist viel über Aufklärung zu lesen, ein Thema, das mich sehr interessiert und wofür Mutti keine besonders gute Informantin ist. Die damit verbundenen Fragen sind ihr offensichtlich peinlich. Solang es nur um Schwangerschaft und Geburt geht, schafft sie es gerade noch, aber wie es dazu kommt, ist zu viel verlangt. Da müssen wieder Lexika und Romane aushelfen, die ich nach „Stellen" absuche, und die verpönte *Bravo* ergänzt, was sie nicht leisten können. Vor allem ist Mutti nur imstande, von den Naturpflichten und der Heiligkeit des Geschlechts zu reden, nie davon, dass Sex auch Spaß macht – unabhängig vom Kindersegen. Einer prüden Erziehung ist eben schwer zu entkommen, das verstehe ich bald und nehme mir vor, mich dadurch nicht einschränken zu lassen. Die lockeren Sechziger- und Siebzigerjahre tragen dann dazu bei.

# Ein Gespräch

Jetzt komm einmal her und setz dich zu mir, ich muss mit dir reden, sagt meine Oma.

Sie sitzt in ihrem Sessel im Wohnzimmer und schaut mich aufmerksam und liebevoll an, auch ein bisschen streng allerdings. Da kündigt sich vielleicht nicht gerade eine Predigt an, aber ich muss mich auf etwas gefasst machen.

Du bist mein einziges Enkelkind, beginnt sie. Wie lang bist du jetzt schon verheiratet?

Schon eine ganze Weile, antworte ich, die Zeit vergeht ja so schnell. Bald sind's wohl schon sechs, nein – sieben Jahre.

Ich will mich ja nicht in eure Pläne einmischen, aber ich muss mich drauf einstellen, dass ich nicht mehr gar so lang zu leben habe. Nimm's mir nicht übel, dass ich drauf zu reden komme ...

Ich kann mir schon denken, um was es geht. Nein, Mama, dir nehm ich das sicher nicht übel, von dir lass ich mir das schon gefallen – von anderen weniger.

Es wär halt schon schön, wenn ich meine Urenkel noch erleben könnte.

Ach so, gleich mehrere? Wie viele denn?

Na ja, ich denk mir, zwei sollten's schon sein. Eines ist eben viel allein, so wie's bei dir war.

Einverstanden, Mama. Ich möchte auch lieber zwei als eins.

Ja, siehst du – und wie lang willst du dann noch warten damit? Ich weiß schon: zuerst das Studium. Find ich ganz richtig. Junge Frauen müssen studieren, damit sie eine gute Arbeit haben. Aber das hast du ja jetzt hinter dir.

Schon, Mama, aber jetzt geht's an den Aufbau. Ich hab ja nicht umsonst studiert, jetzt will ich auch arbeiten.

Das seh ich ein, arbeiten ist schon in Ordnung. Eigenes Geld verdienen. Das hätt ich mir auch gewünscht. Ich hab immer mit dem knappen Haushaltsgeld wirtschaften müssen, das mir der Papa – Gott hab' ihn selig – gegeben hat. Da hab ich manchmal schon zu kämpfen gehabt – und es war ja eh nur für die Familie, nicht für mich. Aber das Kinderkriegen hat halt auch seine Zeiten, meint sie.

Ich versteh schon, Mama. Aber das ist jetzt ganz anders als bei dir: Damals haben die Frauen nicht entscheiden können, ob oder wann sie Kinder wollen, die haben sie eben gekriegt.

Das stimmt, sinniert sie. Aber ich weiß nicht, ob das jetzt gar so viel besser ist. Wenn du dich selber entscheiden kannst, wann du ein Kind haben willst – dann verschiebst du es halt ständig, weil es nie richtig passt!

Du hast nicht ganz unrecht, muss ich zugeben, aber irgendwann wird's schon so weit sein!

Wenn die Natur dann noch mittut, warnt sie mich mit erhobenem Zeigefinger. Ihr jungen Frauen wisst ja gar nicht, wie gut es euch geht! Könnt selber entscheiden und habt niemand, der euch ständig dreinredet in eure privaten Sachen.

Das würde ich mir auch nicht gefallen lassen, werfe ich ein, das wär ja noch schöner!

Eben deswegen sage ich ja, du weißt gar nicht, wie gut es dir geht, wiederholt sie. Wie ich jung war, war das alles streng verboten, die Pfarrer haben uns die Hölle heißgemacht. Ständig beichten hätten wir müssen. Einerseits eheliche Pflichten – weißt schon –, andererseits alles sündhaft, und wehe, man versucht, dabei nicht schwanger zu werden ... Du kennst ja die Geschichte, wie ich bei deiner Mutter schwanger war, wie ich gelitten hab – Gott sei's geklagt, was für Sorgen das waren!

Ja, ich weiß, meine Liebe, dass ich dir sogar dankbar sein muss für deine Sturheit, denn sonst wär ich ja auch nicht auf der Welt. Ich lege ihr meinen Arm um die Schulter und knuffe sie ein bisschen.

Das kannst du laut sagen, da hab ich einen großen Segen gehabt, dass trotzdem alles gut gegangen ist. Der Papa hat sich damals furchtbar aufgeregt über mich, und wenn ich es heut recht bedenke, hätten wir eigentlich schon verhüten sollen. Nicht abtreiben, Gott bewahre, wie die Ärzte geraten haben, darüber brauchen wir gar nicht zu reden, aber verhindern, dass es dazu kommt!

Bin ganz deiner Meinung, Mama. Heutzutage ist das gar kein Problem mehr. Aber wenn man's genau nimmt, hat sich in der Kirche da nicht viel getan seitdem. Es ist bloß das „gemeine Volk", das sich nicht mehr drum schert, erkläre ich ihr.

Das hab ich schon auch mitgekriegt, ich bin ja nicht von vorgestern, gibt sie zurück, und ich muss sagen, ich versteh's. Vom Vatikanischen Konzil hat man sich ja viel mehr erwartet, vor allem eine richtige Lebenshilfe für die Gläubigen. Stattdessen hat sich die Kirche von ihnen zurückgezogen, um stur an der Überlieferung festzuhalten.

Das sagst ausgerechnet du, Mama, wundere ich mich, dann wirfst du ihnen ja genau das Gleiche vor wie ich! Wir haben damals im Lyzeum über die Pillenenzyklika diskutiert, besonders während der „Einkehrtage". Ich erinnere mich noch genau an die dummen Fragen auf den Zetteln, die wir eingesammelt und abgegeben haben, damit ja alles anonym bleibt: „Ist Küssen Sünde?" und ähnlicher Blödsinn, stell dir vor ... Ich hab dann dem Jesuiten, der die Vorträge gehalten hat, das Problem mit der Verhütung vorgelegt, ob das nicht logisch wäre, dass Ehepaare, die schon mehrere Kinder haben, auf weitere verzichten sollten, damit es der Familie besser geht und gerade auch im Hinblick auf die Überbevölkerung. Weißt du, was der geantwortet hat? „Solche Fälle werden nur in den Medien aufgebauscht, das gibt es in Wirklichkeit überhaupt nicht." Was soll man mit so einer blöden Antwort anfangen, sag du mir?!

Stimmt, das ist wirklich bloß ungeschickt und dumm. Früher hat's auch so einen Spruch gegeben: „Gibt der Herrgott das Hasl, gibt er auch das Grasl." In Wirklichkeit schaut's ganz anders aus, das hab ich oft genug erlebt. Bei mir ist's aber nur um die Gesundheit gegangen, das Grasl hätt grad noch gereicht, lacht sie. Weißt du, ich schau jetzt zurück und denk mir mein Teil. Ich kann ja nichts mehr ändern, mein Leben ist vorbei, und wie's war, weiß der liebe Gott – ich hab's immer gut gemeint. Aber von Freiheit haben wir nie reden können, das hat's nie gegeben. Wir haben nie selber bestimmen dürfen, wie wir unser Leben einrichten wollen. Zuerst die Eltern, denen man folgen muss ohne Aufmucken, sonst gibt's Schläge, dann die Geistlichen, die sich überall eingemischt haben und dauernd dahinter waren, dass man ja brav alles tut, was sie von einem verlangen ... Ich hab mich oft im Stillen aufgeregt darüber und mir nachher noch ein Gewissen daraus gemacht, dass ich anders denke! So skrupulös bin ich erzogen, weißt du ... Dann die Politik, die dir ins Privatleben eingreift und sich so einmischt, dass du dich nicht mehr rühren kannst, dass dir vorkommt, du hast bald gar nichts mehr, was nur dir gehört, nicht einmal sagen darfst du, was du denkst, weil du Angst haben musst, dass es jemand weitersagt und dich denunziert. Das waren harte Zeiten! Und wenn ich dir jetzt so zuschaue, dann – nimm's mir nicht übel –, dann bin ich fast ein bisschen neidisch auf dich.

Ich weiß schon, wie du's meinst, Mama, ich versteh dich.

Glaub mir, die Frauen haben es heutzutage einfach besser, weil sie sich nicht mehr so viel draus machen und dreinreden lassen. Von der Arbeit einmal ganz abgesehen, die ist ja auch viel leichter geworden. Bis ich eine Waschmaschine gekriegt hab – das hat gedauert! Und ein bequemes Bad und einen Kühlschrank ... Das hab ich erst im neuen Haus bekommen, da war ich eigentlich schon alt und hätt's sonst eh nicht mehr derpackt ... Aber weil wir von der Kirche geredet haben: Die hat wirklich viel versäumt. Wenn ihr jetzt die Leute davonlaufen, hat sie sich das nur selber zuzuschreiben.

Du sicher nicht, Mama, wenn ich seh, wie du in die Kirche rennst! Von einer Messe zur anderen, vom Deutschhaus zu den Franziskanern und dann noch in die Herz-Jesu-Kirche! Entschuldige, aber das hat schon eher was mit deiner bekannten Sammelwut zu tun, ziehe ich sie auf.

Ich bin halt so, gibt sie zurück und zuckt mit den Schultern, ich kann halt nicht mehr anders, außerdem hab ich jetzt ja Zeit. Und weiß ich denn, ob ihr nachher für mich noch Messen auszahlt – da sorg ich schon lieber selber dafür, dass ich genug zusammenkriege, solang ich noch kann! Das kommt eher schnippisch daher, fast ein bisschen vorwurfsvoll. Aber wir schauen uns an und lachen beide zugleich darüber.

Das kannst du halten, wie du willst, Mama. Ich mein bloß, dass es auf den Inhalt ankommt, nicht auf die Menge – aber du wirst schon wissen, was für dich richtig ist. Ich sag ja nichts: Sonntags ist es Pflicht, alles andere ist Luxus.

Ach Kind, für mich ist es jeden Tag Pflicht – das hab ich versprochen, das weißt du, und das halt ich bis ans Ende meiner Tage. – Aber wir sind vom Thema abgeschweift: Wie lang willst du noch warten, bis du dich endlich entschließt, ein Kind zu kriegen?

## Glossar

| | |
|---|---|
| Abfertigung | *Abfindung nach Dienstende* |
| ausgrausigen | *hinausekeln* |
| jemandem ausstellen | *ausweichen* |
| Beuschel | *Lungenhaschee, allg. Innereien* |
| Brauner | *Kaffee mit Milch bzw. Sahne* |
| Brennsuppe | *angeschwitzte Mehlsuppe* |
| Brotschmarrn | *Schmarrn aus altbackenen Brotstücken* |
| Budel | *Theke* |
| Couleurstudent | *Burschenschafter* |
| einschichtig | *vereinzelt, ledig, verschroben* |
| Erdäpfel | *Kartoffeln* |
| Falott | *Gauner* |
| Faschbraten | *Hackfleischbraten* |
| Feber | *Februar* |
| Flachsen | *Sehnen, zähes Stück Fleisch* |
| Frittatensuppe | *Suppe mit Einlage von Eierkuchenstreifen* |
| Frühmesser | *(älterer) Geistlicher, der nur Morgenmessen liest* |
| Fürtuch | *Schürze* |
| Gänsrupfen | *Gänsehaut* |
| Georgi | *23. April, Fest des hl. Georg* |
| Gerstsuppe | *Suppe mit Gersteinlage* |
| Gitsch | *Mädchen* |
| Grammeln | *geröstete Speckwürfel* |
| Grandl | *Wasserwanne am Herd* |
| Großdirn | *Vorarbeiterin, wichtigste der weiblichen Dienstboten* |
| Gsatzl | *Abschnitt am Rosenkranz* |
| Gschnas | *Schlager, nervtötendes Lied* |
| Häuserin | *Pfarrerköchin* |
| Heidenmehl | *Buchweizenmehl* |
| Herz-Jesu-Sonntag | *3. Sonntag nach Pfingsten (Herz-Jesu-Feuer)* |
| Heumonat | *Juli* |
| Hochunserfrauentag | *Mariä Himmelfahrt, 15. August* |
| Holler | *Holunder (aus Blüten), Hollersulze (Gelee aus Beeren)* |
| Jänner | *Januar* |
| Karfreitag | *Freitag in der Karwoche, an dem die Glocken schweigen; stattdessen kommen die „Ratschen" zum Einsatz, hölzerne Klappervorrichtungen* |
| Kasknödel | *Fastenknödel mit Käse* |

| | |
|---|---|
| Keschtn | *Kastanien* |
| Kindsdirn | *Babysitter* |
| Kleinhäusler | *armer Bauer auf einem kleinen Hof* |
| Kletzenbrot | *Brotgebäck mit getrockneten Apfel- oder Birnenscheiben* |
| Knospen | *Holzschuhe für den Stall* |
| Koch | *hier: Mus; plentenes Koch = Maisbrei* |
| Konzipient | *Mitarbeiter eines Anwalts* |
| Kooperator | *Mitarbeiter des Pfarrers* |
| Krampus | *Teufelsfigur, die den Nikolaus begleitet* |
| Lichtmess | *Maria L., 2. Februar* |
| Mariä Empfängnis | *8. Dezember* |
| Martini | *11. November, Fest des hl. Martin* |
| Milchhafen | *Kanne* |
| Missale | *Gebetbuch zur Begleitung der Messe* |
| Model | *Form (Guss- oder Pressform; auch: Typ)* |
| notig | *karg, geizig* |
| Ohrenschliefer | *Ohrwurm* |
| Palmsonntag | *Sonntag, Beginn der Karwoche (Einzug Jesu)* |
| Paradeiser | *Tomate(n)* |
| Paukboden | *Raum, in dem die Burschenschafter fechten* |
| Paunzen | *in Schmalz gebackene Kartoffelnudeln* |
| Pergeln | *Weinlaube* |
| Pfiat Gott | *Abschiedsgruß (Behüt dich Gott!)* |
| pflanzen | *necken* |
| Plenni | *(Kriegs-)Gefangener (slaw.)* |
| Plenten | *Maisbrei, Polenta* |
| Pofesen | *gefüllte, in Teig ausgebackene Brotscheiben* |
| Ratzen | *langer, ungepflegter Schnauzbart* |
| Ribisel | *Johannisbeeren* |
| Riebler | *Kartoffelschmarrn* |
| Rinascente | *erste Kaufhauskette in Italien (Sinn: Neubeginn)* |
| Rohne | *rote Bete* |
| Schaff | *Holzbottich* |
| Scheiterhaufen | *Auflauf aus altbackenem Brot mit Ei und Milch* |
| Scheren | *Krusten (beim Mus besonders beliebt)* |
| Schober | *Heuhaufen* |
| Schwarzplenten | *Brei aus Heidenmehl (Buchweizenmehl)* |
| schwenzen | *ausspülen* |
| sekkieren | *plagen, traktieren* |
| Spagat | *Bindfaden* |
| Spatzln | *Beilage aus Omelettenteig* |

| | |
|---|---|
| Spengler | *Klempner* |
| Stamperl | *kleines Schnapsglas* |
| Stellwagen | *Postkutsche* |
| Sterz | *dickes Mehlgericht* |
| Sulz | *mit Gallert eingekochtes Fleisch* |
| Topfen | *Quark* |
| Türken | *Mais* |
| walsch | *italienisch (abfällig)* |
| Wasen | *Rasenstück* |
| Weitling | *große flache Schüssel* |
| Widum | *Pfarrhaus* |
| wimmen | *Trauben ernten* |
| Wollpatschen | *Pantoffeln aus Wolle* |

**Inhalt**

Rosa 5
Burgi 39
Hildegard 90
Alles in deutscher Hand 138
Und wieder Krieg 194
Zeit der Briefe 252
Ausnahmezustand 313
Erzählt. Erinnert. 342
Ein Gespräch 360

Glossar 365

**Edith Moroder,** geboren 1952, lebt als Kulturjournalistin und Übersetzerin in ihrer Heimatstadt Bozen. Nach Studium der Sprachen, Geschichte und Kunstgeschichte in Florenz langjährige Unterrichtstätigkeit an italienischen Oberschulen, Ausbildung zur Literatur-Übersetzerin. Seit 1976 freie Mitarbeit bei verschiedenen Medien und Publikation von Sachbüchern.